전후소설 담론의
이데올로기와 유토피아

이정석 지음

새미

머리말...

　이 책은 한국 전후문학의 긍정적 의의를 발굴함으로써 문학사적 연속성의 구체적 근거를 확보하는 데 연구의 궁극적인 목적을 두고 있다. 대부분의 논자들은 전후문학을 시대의 부정성에 압도되어 '당대의 역사적 현실을 총체적으로 드러내는 데 실패한 심미성이 결여된 문학' 으로 평가한다. 그런데 전후문학이 부정적 평가를 받는 이유는 전후문학 자체의 약점에 기인한 측면도 있지만, 무엇보다도 특정한 미학적 규범에 입각한 선입견을 암암리에 답습하고 있는 접근 방식에 기인한 결과라고 여겨진다. 그러므로 전후문학 연구에서 무엇보다도 우선적으로 요구되는 것은 전후문학을 특정한 미학적 규범으로 재단하기 전에, 기대지평의 확대와 전환을 통해 전후문학 자체의 고유한 미적 자질을 이해하려는 자세다.

　전후문학을 새로운 관점에서 긍정적으로 바라보기 위해서는, 우선 기존의 협소한 미학적 규범에서 탈피하여 전후문학 자체의 고유한 미학적 특성을 면밀하게 규명하는 작업이 요구된다. 이를 위해, 여기서는 '담론'의 문제설정을 통해 텍스트의 형식적 이데올로기적 특성을 동시적으로 조명하고자 했다. 즉, 의미 생성방식으로서의 담론 고찰을 통해, 텍스트의 구조·언술의 층위와 의미·주제의 층위는 물론 사회·역사적 층위를 다각도로 분석하여, 텍스트의 형식미학적 특성과 이데올로기적 특성을 세밀하게 밝혀내고자 했다.

하지만 이것이 단순히 개별 작품론의 나열에 그쳐서는 전후문학 전체의 지형도를 그려내지 못한다. 따라서 이 글에서는 전후문학 전체의 지형을 총체적으로 조망할 수 있도록 전후문학을 유형별로 분류한 후, 그 유형을 대표하는 텍스트를 선별·분석했다.

시작이 너무 미약하다. 좀더 가다듬으려다 외려 떠밀리듯이 첫 책을 세상에 내놓는다. 통념을 넘어서기란 얼마나 어려운 일인가. 모든 부끄러움과 아쉬움은 가슴 속에 꼭꼭 쟁여 두었다가 쓰디쓴 약으로나 써야겠다.

현실보다 책 속의 세상이 더 절실하게 다가올 때가 많고, 작품보다 이론에 더욱 매혹될 때가 적지 않다. 한국 전후문학에 대한 글이지만, 대상작품 못지 않게 애정을 쏟은 것이 방법론이다. 형식주의적 문학이론의 전통과 리얼리즘 문학이론의 전통이 행복하게 조우하는 장면을 연출하고 싶었다. 현재의 만남이 어색해 보이더라도, 멋진 조우가 될 때까지 계속 새로운 만남을 주선하고 싶다.

점점 의례의 무게를 실감한다. 삶도 문학도 형식과 내용이 명확하게 분리될 수 없는 건 마찬가지인가 보다. 어차피 피할 수 없는 의례라면, 진심을 담은 몸짓이 되기를 바랄 뿐이다.

먼저, 아직도 자식에 대한 사랑과 걱정으로 쉴 새 없는 부모님께.

  침묵으로 넘어가기에는 너무나 죄스럽고, 표현을 하기에는 적당한 말이 떠오르지 않는다. 누님과 동생들 역시도. 다만, 이 자리를 빌려 가족 모두에게 사랑과 고마움을 표한다. 그리고 항상 삶에 서툰 몸짓으로 일관하는 못난 제자를 품어 주시는 한승옥 선생님, 이제 존재 자체가 가르침으로 다가오는 소재영, 최태영, 권영진 선생님, 때로는 애정 어린 격려로 때로는 날카로운 조언으로 부족함을 일깨워 주시는 박종철 선생님, 학문하는 사람의 삶이 어떠해야 하는가를 온몸으로 보여 주시는 조규익 선생님께, 깊이 머리 숙여 감사드린다. 또 직관의 힘과 삶의 멋을 꾸밈없이 보여 주시는 한용환 선생님과 송하춘, 김상태, 송현호 선생님께도 감사의 말을 올린다. 겸손하게 은근한 가르침을 주시는 민충환 선생님께도 고마움을 표하지 않을 수 없다.

  항상 선배다운 배려를 잊지 않는 장경남 선생님, 매서운 비판으로 자극을 주는 오충연 선생님, 그리고 학문적 동지애를 느끼게 해 준 김인호, 변지연 선생님을 비롯한 〈생태문화연구회〉의 모든 회원들께 고마운 마음을 전한다. 매번 못난 글을 꼼꼼히 읽어 주고 애정 어린 비판을 아끼지 않는 학문의 벗 김상철, 윤승희 선생님, 양영아 학형에게도 고맙다는 말을 빠뜨릴 수 없다. 출판을 주선해 준 조해옥 선생님과 흔쾌히 책을 만들어 주신 새미의 식구들에게도 인사를 드려야겠다.

〈문예아카데미〉, 〈철학아카데미〉, 〈연구공간 '수유+너머'〉를 오가던 길이 더러 외롭고 힘들게 느껴지던 적이 없지 않았지만, 항상 행복한 시간이었던 것도 분명한 사실이다. 둔한 내가 여기까지 올 수 있었던 데는 그 시간의 힘도 꽤 큰 듯하다. 간서치(看書痴)로 살고 싶은 것이 조그만 바람이다. 아직은 잘 그려지지 않는 나중의 내 모습에 관계없이, 묵묵히 '인문학'의 길을 걷고 싶다.

목차

목차

목차

제1장 '담론'의 문제설정

1. 새로운 논의의 창출을 위하여

문학 연구자는 주관성의 한계를 극복하기 위해 일정한 객관성을 확보한 판단의 기준에 입각하여 연구작업을 실행하게 된다. 이때 연구자는 자신이 의지하는 판단의 기준을 보편 타당한 규범으로 상정하고, 그 기준이 투영된 다양한 비평적 개념을 방법론적 도구로 삼아 개별 문학작품을 해석·평가한다. 그러나 아무리 미적 판단이 보편적 판단과 인류의 상식과 판단의 이상적 총화에 호소한다[1]고 할지라도, 절대적인 보편 타당성을 갖춘 판단의 규범이 존재하는 것은 아니다. 왜냐하면 모든 비평적 규범은 주관적인 취향을 내포할 수밖에 없으며, 동시에 변화 가능성이라는 역사적 한계를 지닌 상대적 기준이기 때문이다. 그럼에도 연구자는 자신이 지지하는 판단의 규범을 보편적 기준으로 설정하면서, 분석의 대상이 되는 작품을 해석하고 평가하기 마련이다. 물론 특정 미학적 규범은 텍스트 이해의 지반이 된다는 점에서 배제해야만 할 성질의 것이 아니다. 다만 문제는 특정한 규범이 절대적 권위를 행사할 때, 그 규범에 부합하지 않는 문학작품은 부정적인 선입견에 의해 재단될 우려가 있다는 점이다. 한국문학사에서 그와 같은 불운한 대접을 받고 있는 대상이 바로 전후문학이다. 전후문학에 대한 연구가 대부분 부정적 평가로 귀결되는 것은 전후문학 자체의 단점에만 연유하는 것은 아니다. 오히려 전후

---

1) René Wellek, 「문학비평의 역사적 조망」, Paul Hernadi 엮음, 최상규 옮김, 『비평이란 무엇인가』, 예림기획, 1998, 371쪽.

문학에 대한 부정적 평가는 특정 미학적 규범을 지나치게 중시한 결과로 여겨진다.

전후문학(戰後文學)은 한국전쟁(Korean War)이라는 결코 벗어날 수 없는 숙명적 멍에를 쓰고 탄생한 궁핍한 시대의 문학이다. 전후문학이라는 명칭은 50년대 문학의 이러한 특질을 압축적으로 담아내는 바, 전후문학에는 부조리한 현실에 절망하면서도 그 모순을 넘어서고자 하는 당대인의 간절한 욕망이 담겨 있다.2) 그런데 대표적인 전후문학 작가들은

---

2) '전후문학'은 그 용어부터 논란의 대상이 된다. 이 시기의 문학을 지칭할 때 한국전쟁의 직·간접적 영향에 자유로울 수 없다는 점에서 전후문학이라는 용어를 주로 사용(한승옥, 「1950년대 소설」, 한길문학 편집위원회 편, 『한국근현대문학연구입문』, 한길사, 1990, 210쪽)해 왔는데, 근자에 들어서는 '전후문학'이라는 용어의 문제점을 지적하면서, '1950년대 문학'이라는 명칭을 자주 사용한다. 그러나 10년 단위로 문학을 분절하는 방식을 채택하고 있는 이 용어 역시도 그리 적절한 명칭은 아니다. 왜냐하면 이 용어는 당대의 문학적 특성을 드러내지 못하는 단점을 논외로 하더라도, 심각한 논리적 모순으로 인해 불필요한 혼란을 자초하고 있다고 여겨지기 때문이다.

'1950년대 문학'이라는 명칭 자체가 엄격히 시기적 한계를 정하는 것임에도 불구하고, 대부분의 논자들은 50년대 문학연구를 표방하면서도 60년대에 발표된 텍스트들을 연구대상에 포함시키는 논리적 모순을 범한다. 특히 '1960년대 문학'이라는 표제를 내세워, 50년대 전후문학과 동일선상에 있는 60년대의 작품들을 연구의 대상으로 삼고 있는 글의 경우는, 단순한 논리적 모순을 넘어 혼동을 야기하기까지 한다. 60년대는 이전까지와는 다른 새로운 문학적 경향이 태동한 시기이다. 따라서 일반적으로 '1960년대 문학'이라 함은 김승옥이나 이청준 등 50년대와는 다른 새로운 문학적 흐름을 보여주는 작가의 작품군을 지칭하는 용어로 인식된다. 그럼에도 새로운 문학적 흐름을 지시하는 '1960년대 문학'이라는 명칭으로 전후문학의 흐름을 이어가는 작품군을 지칭하는 것은 양자의 변별성을 회석시켜, 혼동을 야기할 수밖에 없는 것이다. 여기서 10년 단위로 분절될 수 없는 문학의 연속성과 단절성을 발견할 수 있다. 결국 60년대는 50년대와는 다른 새로운 문학적 흐름과 50년대를 이어가는 문학적 흐름이 공존하는 시기이며, 이것이 '1950년대 문학' 혹은 '1960년대 문학'이라는 용어가 논리적 모순과 혼동을 야기할 수밖에 없는 원인으로 작용하는 것이다. 따라서 본고는 새로운 준거기준을 마련하여 '전후문학'이라는 용어의 사용을 고집하고자 한다. 이제 '전후문학'은 특정 시기의 문학을 지칭하는 개념일 뿐만 아니라 그 문학적 특성까지를 내포하는 개념이 되었다고 판단된다. 이에, 본고는 '전후문학'이라는 용어를 두 가지 하위용어, 즉 '50년대-전후문학'과 '60년대-전후문학'을 포괄하는 명칭으로 사용한다. 이렇게 사용된 '전후문학'은 이 시기 문학적 특징의 지속과 변화를 적절하게 드러내 주는 장점이 있다. '50년대-전후문학'은

역사적 현실의 소용돌이에 내던져진 인간의 실존적 고뇌와 비원을 정통적인 소설형식에서 일탈된 형태로 표출하려 했다. 때문에 전후문학에 대한 대개의 논의는 부정적인 평가로 귀결되고 마는데, 그것은 '당대의 역사적 현실을 총체적으로 드러내는 데 실패한 심미성이 결여된 문학'이라는 표현으로 압축될 수 있다. 하지만 전후문학은 그 자체의 존재론적 특성을 지니고 있는 바, 본고는 개별 텍스트의 꼼꼼한 독해를 통해 전후문학 담론의 고유한 미적 형성원리와 그 이데올로기적 효과를 면밀하게 탐색함으로써, 그동안의 부정적 평가를 재고하고 긍정적인 입장에서 전후문학을 바라볼 수 있는 입지를 마련하는 데 궁극적인 목적을 둔다.

심미성을 중시하는 입장에 선 비평가들은 전후문학이 개성적인 미적 형상화 작업에 실패하고 있다고 비판한다. 그와 같은 입장에 서 있는 대표적인 논객으로 김현을 들 수 있다. 그의 전후문학 비판은 크게 '사고와 표현의 괴리현상'과 '비개성적 허무주의'로 이분하여 살펴볼 수 있다. 사고와 표현의 괴리현상이란 전후작가들이 식민지시대를 거쳐오면서 일본어로 사고하고 한국어로 표현해야만 하는 치명적 약점을 안게 되었으며, 이것이 개개인의 사고와 감정을 한글로 표현하는 데 있어 미숙성을 초래했다는 주장이다.[3] 이 주장은 전후작가들이 사고와 표현의 심각한

전쟁 이후의 작품들을, '60년대-전후문학'은 50년대에 활동하던 대표적인 전후작가들이 60년대에 창작한 작품군을 가리키는 명칭이 된다. 이는 그 하한선의 확장이 약점으로 대두되지만, 그 약점을 상쇄하고도 남는 장점이 있다. 50년대의 대표적인 전후작가들은 60년대 중반까지도 전후문학적 특성을 보여주는 작품들을 다수 창작했다. 전후문학의 하한선을 60년대까지 확장하면, '50년대 문학'이라는 용어처럼 논리상의 혼란 없이, 이들 작품들을 전후문학 안에 포괄할 수 있게 된다. 더구나 50년대-전후문학이 단편 중심이라면, 60년대-전후문학은 장편 위주로 창작이 이루어졌는데, 두 명칭은 이런 차이를 비교적 명확히 드러내면서 양자를 비교·고찰하게 해주는 미덕을 지닌다. 아울러 60년대-전후문학이라고 하면, 김승옥으로 대표되는 '60년대 문학'과 경향을 달리하는 작품들을 지칭한다는 것을 쉽게 파악할 수 있게 하는 장점이 있다.
3) 김현, 「테러리즘의 문학- 50년대 문학소고」, 『문학과 지성』, 1971 여름호.

괴리로 인해 심미성을 지닌 문학작품을 창조하지 못했다는 비판으로 귀결된다. 또 비개성적 허무주의란 전후문학이 절망과 좌절에 깊이 침윤되어, 자아에 대한 냉정한 성찰과 치열한 대결의식에 입각해 현실을 극복하겠다는 강렬한 의지를 보여주지 못하고 자기 반성 없이 상황에 이끌리고 있다는 비판이다.[4] 여기서 유의할 점은 그 비판의 무게 중심이 '허무주의적' 측면이 아니라 '비개성적' 측면에 놓여 있다는 사실이다. 즉, 그 비판의 요체는 전후문학이 타인과 현실상황에 자신을 의탁한 몰개성적 존재만을 보여줄 뿐, 개인적 주체성의 단계로 도약하지 못함으로써 개성적 문학의 산출에 실패하고 말았다는 것이다.

문학이 언어를 매개로 심미적 개성을 표출하는 언어예술임을 감안한다면, 언어의 미숙성에 대한 비판은 일견 타당한 지적이라고 여겨진다. 그러나 그 비판의 이면에 존재하는 판단의 준거틀을 들여다보면, 당연히 그에 대한 반론이 제기될 수밖에 없다. 전후문학의 주체성과 언어감각을 문제삼는 김현의 비판은 당대 사회의 특수한 역사적 상황을 무시한 견해다. 즉 그것은 서구의 근대적 개인주의와 심미주의적 문학관을 이상적 기준으로 내세우면서, 60년대의 입장에서 사후적으로 전후문학을 가혹하게 재단하는 것이다. 더구나 그의 주장은 이에 그치지 않고 한국문학 전반에 대한 폄하를 가져올 수 있다는 점에서, 문제성을 내포하고 있다.[5]

4) 김현, 「허무주의와 그 극복- 동인문학상수상작가를 중심으로 한 시론」, 『사상계』, 1968. 2.
5) 60년대 문학에 이르러서야 개인주의가 확립되고 50년대 전후문학의 패배주의가 지양되었다는 김치수(「한국소설의 과제」, 『현대한국문학의 이론』, 민음사, 1982)의 견해 역시, 서구적 개인주의의 입장에 서서 전후문학을 부정적으로 평가한다는 점에서 김현의 주장과 맥을 같이 한다. 이와 같은 견해는 후대의 연구자들에 의해 확대 재생산되는데, 최근에 대두된 '세대론적 인정투쟁'(이명원, 「4 · 19세대 비평 '문학적 기념비' 아니다」, 『경향신문』, 2000. 6. 9; 권성우, 「4 · 19세대비평의 성과와 한계」, 『문학과 사회』, 문학과 지성사, 2000 여름호)은 전후문학을 부정적으로 평가하게 된 결정적인 출발점 자체를 반성적으로 재고하게 만든다는 점에서 주목된다. '세대론적 인정투쟁'의 골자는 4 · 19세대의 비평가들이 자기 세대의 비평적 헤게모니 장악을 위해서, 60년대의 문학에 대해선 긍정적인 평가를 내리면서도 50년 전후

이를테면 사고와 표현의 괴리현상에 대한 지적은 곧, 한국적 정서를 이언어(異言語)의 규범체계를 거쳐 표현해야만 하는 난점에 대한 언급에 다름 아니다. 하지만 이러한 지적은 전후문학뿐 아니라 식민지시대를 거쳐 형성된 한국문학 전체를 미숙한 언어의식의 소산으로 치부할 여지를 남긴다. 김현의 논리대로라면, 국어의 감수성을 육화해야 할 청소년 시기에 유학을 가서 일본어라는 이언어 체계의 중계를 통해 체득한 소설언어로 한국 근대문학의 주춧돌을 놓은 이광수와 김동인 등도, 한국어의 감성과 정서를 완벽히 체득하지 못해 표현의 장애를 겪었다고 간주할 수 있다.6) 그러나 언술주체의 의도와 진술간의 불일치에 대한 지적은 문어(文語)에 대한 과도한 강조에서 나온 주장이라 볼 수 있다.7) 아무리 식민지시대를 거쳤더라도, 대부분의 사람들은 일상적인 국면에서는 구어(口語)로 한국

문학을 지나치게 폄하함으로써 두 시기의 문학 사이에 존재하는 차이를 실제 이상으로 부풀렸다는 것이다. 이러한 주장은 '문학을 정치적인 권력투쟁의 문제로 환원한다'는 의혹에도 불구하고, 좁게는 전후문학에 대한 반성적 연구의 계기를 제공해 줌은 물론 넓게는 지금까지의 문학연구가 소홀히 취급한 부분을 고찰하게 한다는 점에서 의의가 있다. 사실 문학연구의 중심점이 발화내용에서 발화방식으로 이동해야 한다는 견해에는 전적으로 동감하지만, 이 역시 문학장(文學場)을 둘러싼 제반 문제를 함께 고찰하지 않는다면 세련된 형식주의로 전락할 위험성을 내포하고 있다. 문학담론의 연구는 '문학담론의 외부에서 무슨 일이 일어나는가', 즉 담론을 선별·통제·평가·재생산하는 다양한 권력기제들을 고려해야만 보다 풍부한 성과를 기대할 수 있는 것이다.

6) 구상은 일본어로 하고 실제 창작은 한국어로 했다는 김동인의 다음과 같은 토로도 장용학 등 일부 전후작가의 고백과 별반 다를 바가 없다. "소설을 쓰는 데 가장 먼저 봉착하여—따라서 가장 먼저 고심하는 것이 用語였다. 구상은 일본말로 하니 문제 안 되지만, 쓰기를 조선글로 쓰자니, 소설에 가장 많이 쓰이는 'ナツカシク' '一ヲ感ジタ' '一ニ違ヒナカツタ' '一ヲ覺エタ' 같은 말을 '정답게' '을 느꼈다' '틀림(혹은 다름)없었다' '느끼(혹 깨달)었다' 등으로—한 귀의 말에, 거기 맞는 조선말을 얻기 위하여서 많은 시간을 소비하고 하였다."(김동인, 『김동인전집』 15, 조선일보사, 1988, 327쪽).

7) 이러한 김현의 언어관은 서구의 심미주의 미학과 연관이 있다. 그는 이러한 입장에서 전후문학이 '미의식의 추상화'를 보이고 있다고 강하게 비판한다. 하지만 소설이 이질적인 것들을 수용하는 잡식성의 장르라는 것을 염두에 둔다면, 관념적 사변의 틈입에 대한 그의 비판 역시도 문제의 여지가 있다.

어를 구사했기 때문에, 국어(國語)로서 일본어를 사용했더라도 한국어를 모어(母語)로 체현하고 있었다고 보아야 한다. 당연히 특수한 예를 제하고, 대부분의 전후작가들은 사고와 표현의 괴리 때문에 곤란을 겪지는 않았으리라 판단된다. 또한 근원적으로 보면, 라캉(Jacques Lacan)의 언어관에서도 알 수 있듯이 언술주체의 의도와 표현 사이의 간극은 하나의 숙명이며, 단지 이언어를 지닌 사람은 그 편차를 더욱 강하게 의식할 뿐인 것이다.[8]

김현의 시각이 지닌 문제점은 '비개성적 허무주의'라는 이름으로 전후문학의 몰주체성을 비판하는 와중에서 보다 확연히 드러난다. 그는 '동인문학상' 수상작을 검토하는 자리에서, 허무주의란 개인과 손잡지 않는 한 실의와 체념의 동의어에 지나지 않는다고 하면서, 개인적 자아가 부재하는 한국문학의 허무주의를 강하게 비판한다. 이는 근대적 개인주의의 불철저성에 대한 비판에 다름 아니다. 결국 김현의 비판은 전후문학 자체에 국한되지 않고 한국 문학 전반에 존재하는 민족의 심층적 정서 자체의 부정으로 확대될 소지를 안고 있다. 이런 점에서, 그의 비판은 서구적 개인주의에 과도하게 침윤된 시각이라는 역비판에서 자유로울 수 없다.[9]

한편 재현성과 총체성을 중시하는 리얼리즘[10]의 주창자들은, 전후소

8) 그에 대한 구체적인 논의는 아래의 책을 참조할 것.
  정백수, 『한국근대의 식민지 체험과 이중언어 문학』, 아세아문화사, 2000, 372~373쪽.
9) 이에 대해, 이명원은 "김현이 강조했던 개인주의는 현저하게 서구적 시각에 침윤되어 있었으며, 다른 한편에서 서구 문화를 하나의 보편적 규정력으로 무비판적으로 인정하는 오류를 범하기도 하였다"(『타는 혀』, 새움, 2000, 19쪽)고 신랄하게 비판한다.
10) 유진 런은 19세기 서구 근대소설을 전범으로 추출된 리얼리즘 비평의 본질적 기준을 다음과 같이 정리한다. 1) 전형성(typicality): 대표적이며 전형적인 상황과 인물이 특정한 역사적 환경과 더불어 구체적이고 사회적으로 조건화되는 범위 안에서 제시될 필요가 있다. 2) 개별성(individuality): 다양한 사회계급 출신의 대표적인 인물들은 특징적이고 독자적이며 개별적 자질들로 묘사되어야 한다. 3) 유기적인 플롯 구성(organic plot construction): 작품의 정치적 '경향성'은 "그것에 대한 노골적인 주장 없이, 상황과 행동 그 자체로부터 솟아나야 한다." 4) 역사의 객체 및 주체로서의 인간의 제시 (the presentation of humans as subjects as well as objects of

설이 형식과 내용의 측면에서 서사양식이 요구하는 가장 기본적인 요건
조차 충족시키지 못하고 있다고 비판하는데, 이는 '추상적 무시간성'[11]과
'총체적 전망의 결여'[12]라는 말로 요약될 수 있다. 추상적 무시간성이란
전후문학 일반이 객관적 현실을 구체적으로 형상화하지 못하고, 현실과
유리된 추상적 텍스트를 생산하고 있다는 비판이다. 이 비판은 현실의
제반 관계망을 면밀하게 밝혀 내려는 탐구정신을 불가능하게 하는 현실
상황이 전후작가로 하여금 현실의 일부분에 고착되거나 선행관념의 틀
로 현실을 재단하게 만들었다고 본다. 그리고 이것이 결국 당대의 역사적
현실을 사실적으로 드러내는 데 실패한 추상적 무시간성의 형식을 낳았
다고 비판하는 것이다. 또한 총체적 전망의 결여에 대한 비판은 전후문학
일반이 역사적 힘에 압도되어 내면의 상처와 불안과 절망의식을 드러낼
뿐, 역사적 발전의 필연적 방향성을 제시해 주지 못하고 있다고 보는
입장이다. 그러나 이들 비판은 특정한 서사양식만을 고정 불변의 보편
타당한 전범으로 간주[13]하고 있을 뿐만 아니라, 특정 이념에 기반한 비평

---

history): 주어진 상황 내에서 역사를 만들어 가는 능동적인 인간형을 제시해야
  한다.(Eugene Lunn, 김병익 역,『마르크시즘과 모더니즘』, 문학과 지성사, 2000, 3
  7~38쪽).

11) 김윤식·정호웅,『한국소설사』, 예하, 1993.
   김동환,「한국 전후소설에 나타난 현실의 추상화방법 연구」, 한국현대문학연구회
   편,『한국의 전후문학』, 태학사, 1991.
   하정일,「전후 단편소설의 세계관과 장르적 특성」,『민족문학의 이념과 방법』, 태
   학사, 1993.

12) 이와 같은 비판을 제기하는 대표적인 논객으로는 전후문학을 실존주의 사조의
   측면에서 조망한 임헌영을 들 수 있다. 그는 전후 실존문학이 저항과 역사 전체에
   대한 가치판단을 배제한 채 탈역사적인 불안과 고뇌와 위기의식만을 보여주고
   있다고 강하게 비판한다(임헌영,「실존주의와 1950년대의 문학사상」,『한국현대
   문학사상사』, 한길사, 1988).

13) 서구의 서사이론은 서사 텍스트 자체에서 유래된 것이 아니라 극양식을 전범으로
   도출된 아리스토텔레스의 모방론적 견해에 기초하고 있다. 그것은 현실세계의
   모방을 서사의 본질로 상정하며, 유기적이고 통일적인 형식을 중요한 미적 규범으
   로 내세운다. 문제는 이러한 서사양식을 보편적이고 절대적인 규준으로 강제하면,
   제3세계의 전통적 소설들뿐 아니라 서구의 방대한 문학유산조차도 정당한 평가를

적 규범을 절대적 기준으로 설정하고 이에 부합하는 텍스트만을 옹호하는 편협한 이념적 재단의 성격을 띠고 있다는 점에서, 문제성을 안고 있다.

서사는 허구세계와 현실세계 사이의 관련 양상에 따라 재현적인 (represent) 것과 예시적인 (illustrate) 것으로 구분할 수 있다.[14] 재현적인 양식이 현실의 모방적 재현을 통해 최대한 사실효과(reality effect)를 창출하려 한다면, 예시적인 양식은 상징적 방식으로 현실의 한 양상을 환기시켜주려 할 뿐이다. 이는 재현이 서사의 표준적 요소가 아니라 한 작품 혹은 한 장르의 수많은 요소들 가운데 하나일 뿐[15]이라는 것을 의미하는 것이다. 그럼에도 불구하고 고전적 모방개념에 바탕을 두고, 19세기 서구소설을 전범으로 성립되어, 변증법적 유물론과 결합한 리얼리즘론은, 객관적 현실의 사실적 반영과 역사 발전의 필연적 방향성의 제시를 금과옥조(金科玉條)로 삼는다. 이렇게 리얼리즘의 양식을 과도하게 강조하게 되면, 현실과의 일치성 여부가 문학성을 판별하는 가늠자가 되는 문제점은 차치하더라도, 리얼리즘의 형식과는 이질적인 형식을 지닌 예술작품이 제대로 조명을 받을 기회조차 얻지 못하게 된다. 나아가 루카치의 모더니즘 비판에서 드러나듯이, 그 원칙에 부합하지 않는 많은 문학작품들이 풍부한 문학성에도 불구하고 절망과 퇴폐의 문학으로 치부될 소지마저 내재하고 있다.[16]

받지 못한 채 무시되고 만다는 사실이다(Sheldon Hsiao-Peng Lu, 조미원·박계화·손수영 옮김, 『역사에서 허구로- 중국의 서사학』, 길, 2001, 48~50쪽 참조).

14) Robert Scholes·Robert Kellogg, 임병권 옮김, 『서사의 본질』, 예림기획, 2001, 115~116쪽.

15) Alastrair Fowler, *Kind of Literature*, Cambridge·Mass: Harvard University Press, 1982, p. 236.

16) 이를 아도르노는 '강요된 화해'라고 비판한다(Theodor W. Adorno, 김주연 역, 「강요된 화해- 루카치의 오해된 리얼리즘에 대하여」, 『아도르노의 문학이론』, 민음사, 1992).

결국, 지금까지의 전후문학 연구가 기존의 부정적 평가를 확대 재생산하는 데 그치고 만 것은, 연구대상이 된 전후문학 자체의 결함에 기인한다기보다 특정 미학적 규범을 지나치게 고집한 데서 연유한다. 그러므로 전후문학 연구에서 무엇보다도 우선적으로 요구되는 것은 전후문학을 특정한 미학적 규범으로 재단하기 전에, 기대지평의 확대와 전환을 통해 전후문학 자체의 고유한 미적 특성을 이해하려는 자세다. 전후문학의 연구가 기존의 부정적 평가를 재확인하는 데 그친다면, 사실상 50년대가 문학의 진공기로 치부됨으로써 한국문학사는 공백과 단절이라는 치유불능의 상처를 안게 된다.

그러므로 본고는 전후문학의 긍정적 의의를 발굴함으로써, 문학사적 연속성의 구체적 근거를 확보하는 데 궁극적인 목적을 둔다. 이를 위해서는 먼저 특정 문학이념에 근거한 선입견 없이 전후문학 자체의 고유한 미학적 자질을 면밀하게 규명하는 작업이 요청된다. 지금까지 전후문학의 평가는 주로 전쟁이 초래한 역사적 상황을 얼마나 잘 반영하면서 미래적 전망을 보여주는가에 초점이 맞추어져 왔다.[17] 따라서 전후문학 자체의 미학적 특성을 밝혀내기 전에 성급하게 그 부정성과 한계를 논하려는 경향이 팽배해 있다. 이처럼, 텍스트의 미학적 특성에 대한 정치(精緻)한 연구가 선행되지 않은 텍스트의 가치평가는, 문학적 안목에 근거한 평가라기보다는 도덕적 역사적 당위에 입각한 평가가 되기 쉽다. 그러나 "훌륭한 작품론을 쓰는 것은 훌륭한 문학사를 쓰는 것과 같다" 는 말이 시사하듯이, 한 시대의 문학을 제대로 평가하려면 개별작품 고유의 미학적

---

17) 전후소설에 나타난 현실인식의 양상을 중점적으로 규명하려 한 글로는,
   이기윤, 「1950년대 한국소설의 전쟁체험 연구」, 인하대학교 박사논문, 1989.
   한점돌, 「전후소설의 현실인식」, 구인환 외, 『한국전후문학연구』, 삼지원, 1995.
   배팔수, 「1950년대 소설에 나타난 작가의 현실인식 연구」, 계명대학교 박사논문, 1997.
   최례열, 「한국 전후소설에 나타난 현실인식 연구」, 대전대학교 박사논문, 1997.

특성을 포착하는 작업이 선행되어야 한다.

그러므로 본고는 우선 개별 텍스트의 면밀한 독해를 통해 전후문학의 미학적 특성을 규명하는 데 일차적 목적을 두고자 한다.[18] 하지만 이것이 전후문학의 형식미학만을 고립적으로 조명하겠다는 뜻은 아니다. 오히려 본고는 텍스트의 형식적 특성과 이데올로기적 특성을 동시적으로 조명하고자 한다. 의미 생성방식으로서의 담론 고찰[19]은 미적 형상화원리는 물론 그것에 의해 생산된 이데올로기를 함께 고찰하게 한다는 점에서, 이를 가능하게 하는 효과적인 방법론이다. 따라서 본고는 담론의 문제설정을 통해, 텍스트의 구조·언술의 층위와 의미·주제의 층위는 물론 사회·역사적 층위를 다각도로 분석하여, 텍스트의 형식미학적 특성과 이데올로기적 특성을 세밀하게 밝혀내도록 하겠다. 하지만 이것이 단순히 개별 작품론의 나열에 그쳐서는 전후문학 전체의 지형도를 그려내지

---

18) 전후문학을 기법적 측면에서 논의한 글들로는,
   구인환, 『한국근대소설 연구』, 삼영사, 1977.
   이유식, 『한국소설의 위상』, 이우출판사, 1988.
   김상태, 「1950년대 소설의 문체 연구」, 한국현대문학연구회, 『한국의 전후문학』, 태학사, 1991.
   나은진, 『1950년대 소설의 서사적 세 모형 연구- 장용학, 손창섭, 김성한을 중심으로』, 이화여자대학교 박사논문, 1999.

19) 의미의 측면을 중시하는 담론연구에서 주목할만한 연구결과를 낸 연구자로는 우한용(『채만식소설 담론의 시학』, 개문사, 1992), 김상욱(『소설교육의 방법론 연구』, 서울대학교 출판부, 1996), 김현(『현대소설의 담화론적 연구』, 계명문화사, 1995), 박훈하(『소설담론과 주체형식』, 삼지원, 1998)를 들 수 있다. 특히 박훈하의 연구는 그 연구대상이 본고와 동일하다는 점에서 주목을 요한다. 그는 발화내용 중심에서 발화방식으로 문학연구의 방향이 전환되어야 함을 역설하면서, 전후소설의 이데올로기를 집중적으로 조명함으로써 보다 진전된 연구성과를 남긴다. 하지만 지배 이데올로기에 침윤된 텍스트와 지배 이데올로기에 저항하는 텍스트라는 이분법적 분류는 그 단순 도식성으로 말미암아 텍스트의 이데올로기가 지닌 중층성을 포착해내지 못하고 있다. 또 문학사를 염두한 연구임에도 불구하고, 개별 작품의 나열적 분석에 그쳐 전후문학 전체를 포괄하는 안목을 결여하고 있을 뿐 아니라, 손창섭 등 주요 작가와 작품이 빠지고 오히려 60년대의 선상에서 논의되는 최인훈을 비중 있게 다루는 문제점을 드러내고 있다.

못한다. 따라서 본고에서는 전후문학 전체의 지형을 총체적으로 조망할 수 있도록 의미 생성방식에 따라 전후문학을 담론 유형별로 분류한 후, 그 유형을 대표하는 작품을 선택해서 그 의미 생성방식을 면밀하게 탐색해 나갈 것이다.

지금까지 전후문학의 전체적인 조망은 세대론적 접근방식[20]이나 사조사적 접근방식[21]에 의해 주로 이루어지고 있다. 그러나 두 접근방식은 작가론적 측면에서의 긍정적 기여에도 불구하고, 문학 외적인 요인에 의거해 전후문학을 설명하려 할 뿐 아니라 전후문학 내부에 존재하는 다양성과 차이성을 사장시키는 문제점을 안고 있다. 세대론적 접근은 특정 작가에만 집중함으로써 전후문학의 다양성을 협소화한다. 또 그것은 문학 외적인 요인에 근거한 접근이기에, 한 테두리에 묶인 작가 사이에 존재하는 문학적 차이를 사장시킬 뿐만 아니라 문학 내적 공통성의 규명에도 별반 도움을 주지 못한다. 그리고 사조사적 접근법 역시도 개별 작품의 미학적 자립성을 간과할 뿐 아니라, 실존주의와의 영향관계에 주력함으로써 그와 무관하게 존재하는 전후문학의 다양한 양상을 간과해 버린다. 한편 문학 내적 요인에 근거한 조망의 경우라도, 소재 혹은 내용에 따른 분류[22]에 불과해서 전후문학의 미학적 특성을 명확하게

---

20) 백철, 「한국문단 10년- 하나의 서론적인 글」, 『사상계』, 1960. 2.
　　김상선, 『신세대작가론』, 일신사, 1964.
　　신경득, 『한국전후소설연구』, 일지사, 1983.
　　엄해영, 『한국전후세대소설연구』, 국학자료원, 1994.
21) 임헌영, 앞의 책.
　　김양선, 『한국현대소설과 비평의 만남』, 한불문화출판, 1993.
　　전기철, 『한국전후 문예비평 연구』, 서울, 1993.
　　이대영, 『한국 전후실존주의소설 연구』, 국학자료원, 1998.
22) 이어령, 「문제성을 찾아서」, 『한국전후문제작품집』 1, 신구문화사, 1966.
　　천이두, 「공백으로부터의 재건」, 『현대문학』, 1965. 4.
　　박동규, 「1950년대 소설의 변화」, 전광용 외, 『한국현대소설사 연구』, 민음사, 1984.
　　윤병로, 『한국현대소설의 연구』, 범우사, 1980.

드러내기에는 미흡한 감이 없지 않다. 더구나 소재 혹은 내용의 차이에 근거한 분류방식은 개별작가 혹은 텍스트 사이에 존재하는 형식적 편차를 무시하고, 단지 표면적 내용에만 근거해 이질적인 작가나 작품을 동일한 범주로 묶는 오류를 범하곤 한다.

결국, 지금까지의 전후문학 연구는 동시대 문학 내부에 존재하는 다양성과 차별성을 전체적으로 조망하는 데 일정한 한계를 지니고 있다고 볼 수 있다. 담론의 유형체계에 근거한 전후문학의 포괄적 조망은 이러한 한계를 상당 부분 극복해 주리라 기대한다. 각 담론은 시대가 부여한 제약이며, 텍스트 생산주체는 그 제약 아래에서 텍스트를 창조하게 된다. 이때 동시대에는 다양한 담론양식이 존재하게 되며, 각각의 담론은 다른 담론과의 관계 속에서 자신의 독특한 위상을 차지한다. 특히 각 담론양식은 그 전후(前後)시대에 존재하는 담론의 특성을 답습하기도 하고 새로운 모습을 보여주기도 한다. 따라서 각 담론양식의 특성을 고찰하면, 특정 시대 문학의 전체적인 양상은 물론 그 연속성과 단절의 양상을 명료하게 부각시킬 수 있을 것이다.

본고에서는 전후소설을 의미의 생성원리에 따라 네 가지 담론유형으로 분류하여 살펴보고자 한다. 즉 전후문학을 허무주의 담론과 관념주의 담론, 그리고 휴머니즘 담론과 전통주의 담론으로 분류하고 그 유형에 부합하는 텍스트를 선정·분석하고자 한다. 물론 이때 선택된 텍스트는 특정 담론의 특성을 잘 드러낼 뿐 아니라 전후소설을 대표하는 문학적 성과로 인정받는 작품이어서, 담론 유형분류에 입각한 텍스트 분석이 자연스럽게 전후소설 전체의 조감으로 이어질 수 있도록 했다.

허무주의 담론은 전쟁으로 말미암아 물적 토대와 기성의 가치질서가

김우종, 『한국현대소설사』, 성문각, 1982.
정한숙, 『한국현대문학사』, 고려대출판부, 1983.

붕괴된 사회적 상황에서 연유한 담론양식이다. 그러므로 허무주의 담론은 주객의 단절과 사회적 규범으로부터의 일탈행위 등을 보여주면서, 존재의 내적 체험과 허무의식을 집중적으로 의미화한다. 이 담론유형에 부합하는 작품으로는 손창섭의 「혈서」와 서기원의 「암사지도」를 거론할 수 있다. 손창섭은 전후소설을 논함에 있어, 가장 빈번하게 언급되는 작가 중의 한 사람이다. 하지만 그의 문학에는 한국전쟁(Korean War)이 서사의 표면에 직접적으로 표출되어 있지 않기 때문에, 손창섭을 전후소설을 대표하는 작가로 인정하기 위해서는 "한국전쟁이 가져다 줄 수 있는 가장 철저한 절망의 표현"[23]이 바로 그의 작품이라는 견해에 대한 동의가 전제되어야 한다. 특히 손창섭의 작품 속에서 한국전쟁의 상처와 절망은 형식적 매개를 거쳐 드러나는데, 이를 잘 보여주는 작품의 하나가 바로 「혈서」다. 때문에, 「혈서」는 허무주의 담론의 의미 생성과정을 살펴보기에 가장 적절한 텍스트라 판단된다. 그리고 「암사지도」는 부정적 현실에 의해 배태된 허무의식과 바람직한 삶에의 지향의식이라는 다소 상반된 의미항들이 통합되어 단일한 텍스트를 형성하고 있다. 따라서 「암사지도」는 허무주의 담론의 양가성을 살펴보기에 적당한 텍스트라고 할 수 있다.

한편 전후소설 전체를 조감하다 보면, 기존의 소설양식에서 일탈된 새로운 형태의 소설이 눈에 띈다. 전통적인 분류방식으로 포괄할 수 없는 이들 소설을 포괄하기 위해서는 관념주의 담론의 설정이 요구된다. 관념주의 담론은 관념의 서사적 전개를 통해 주제적 의미를 견인하는 서사양식이다. 이 담론양식의 특성이 고스란히 담겨 있는 작품으로는 장용학의 「요한시집」과 김성한의 「오분간」을 들 수 있다. 「요한시집」은 기존의 소설양식에서 일탈된 독특한 소설미학 탓에 발표 직후 많은 화제와 논란을 불러 일으켰다. "관념의 배설"[24]이라든지, "韻文으로 된 小說, 스토리 있는

---

23) 김병익, 「분단의식의 문학적 전개」, 『문학과 지성』, 문학과 지성사, 1979 봄, 90쪽.

論文, 철학의 르포르타주"25)라는 평들은 관념주의 담론의 특이성에 대한 언급에 다름 아니다. 이는 그만큼 「요한시집」이 기존의 소설독법으로 해명할 수 없는 관념주의 담론의 미학을 규명하기에 적절한 텍스트임을 입증하는 말이기도 하다. 「오분간」 역시도 관념적 소설양식을 선보였던 김성한이 전후문학을 대표하는 작가로 자리잡는 데 결정적 역할을 한 텍스트라는 점에서, 관념주의 담론을 언급함에 있어 빼놓을 수 없는 작품으로 간주된다. 이에 본고에서는 「요한시집」과 「오분간」을 분석의 대상으로 삼아, 관념주의 담론이 새로운 소설형식을 통해 어떻게 현실의 부정성을 폭로하면서 유토피아에의 지향성을 표출하는가를 살펴볼 것이다.

전쟁은 인간성을 옹호하는 휴머니즘을 문학의 핵심적 화두로 삼게 했는데, 그 구체적인 문학적 실천이 휴머니즘 담론을 낳는다. 휴머니즘 담론은 엄격한 이분법적 대립구도에 의해 의미를 견인해 내는데, 그 의미 형성과정의 특성이 잘 집약되어 있는 작품이 오상원의 「유예」와 선우휘의 「불꽃」이다. 「유예」는 지배 이데올로기의 전파에 급급하던 선전문학의 수준을 넘어선 최초의 전쟁문학이라는 상찬과 함께 '행동주의' 혹은 '휴머니즘' 문학의 지평을 보여주었다는 평가를 받는 작품이다.26) 반면 '반공문학'이라는 다소 폄하적 진단이 말해주듯이, 반공 이데올로기 추수적(追隨的)이라는 비판의 표적이 되기도 하는 작품이다.27) 언뜻 모순되어 보이는 이러한 평가들 속에는 전후문학에서 휴머니즘 담론이 차지하는 미묘한 위치를 드러내는 지적이 담겨 있다고 생각된다. 선우휘의 「불꽃」은 허무주의적이고 병적인 경향에서 탈피해 행동과 저항의 휴머니즘

---

24) 이준재, 「존재의 고뇌와 자유의 의미- 장용학의 <요한시집>론」, 『세대』, 1963. 12.
25) 임헌영, 「장용학론- 아나키스트의 환가」, 『현대문학』, 1966. 3.
26) 유종호, 「도상의 문학- 오상원론」, 『현대한국문학전집』 7, 신구문화사, 1966, 441쪽; 신경득, 앞의 책, 69쪽.
27) 이재선, 「전쟁체험과 50년대 소설」, 이재선·김동욱 편, 『한국현대문학사』, 현대문학, 1989, 286쪽.

을 성공적으로 형상화했다는 평가를 받는 작품으로, 휴머니즘 담론의 중층성을 잘 보여준다.[28] 따라서 「유예」와 「불꽃」은 휴머니즘 담론의 의미 생산방식과 이데올기적 효과를 당대의 역사적 상황의 맥락에서 점검하기에 알맞은 텍스트라 여겨진다.

한편 전통주의 담론에서는 이범선의 「학마을 사람들」과 하근찬의 「수난이대」를 분석의 대상으로 선정했다. 우리는 전통주의 담론을 통해 전쟁의 충격과 대면하는 또 다른 양상을 목격할 수 있다. 이 담론양식에는 전쟁으로 인한 공동체의 파괴와 수난을 전통적인 정서와 화해의 논리로 치유하고자 하는 염원이 투영되어 있다. 이때 화해와 치유의 염원은 감상적 인도주의(humanitarianism)의 면모를 보여주기 때문에, 기존의 논의에서는 전통주의 담론을 휴머니즘 담론에 포괄하여 설명하려 한다. 하지만 표면적 유사성에도 불구하고 감상적 인도주의는 휴머니즘과는 다른 차원에서 논의되어야 할 성질의 것일 뿐 아니라, 전통주의 담론은 서사양식의 측면에 있어서도 휴머니즘 담론과 다른 면모를 보여준다. 그러므로 본고에서는 「학마을 사람들」과 「수난이대」 등 그동안 휴머니즘 담론으로 분류되던 작품들을 새롭게 '전통주의 담론'[29]으로 분류하여 논의하고자 한다. 「학마을 사람들」이 향토적 공간을 배경으로 전쟁의 상흔을 서정

---

28) 「불꽃」을 행동적 휴머니즘으로 진단하는 논자들은 이 작품을 '전흔(戰痕)의 증언과 고발', '현실과 정면으로 대결하는 저항성과 극복의지', '휴머니즘에 기초한 행동성' 등이 부각된 작품이라고 평가한다(이광훈, 「선우휘론- 역사에의 저항과 배전」, 『문학춘추』, 1965. 2; 김병걸, 「소설 속의 6・25 그 비극의 문학」, 『월간중앙』, 1979. 6; 권영민, 「전후의식의 극복과 문학적 자기인식」, 『한국문학』, 1985. 6). 그러나 이에 대한 반론도 만만치 않아, '현실 순응주의', '소극적 개인주의', '행동에 대한 컴플렉스' 등으로 이 작품의 성격을 규정짓기도 한다(정명환, 「전쟁과 한국작가」, 『사상계』, 1963. 3; 염무웅, 「선우휘론」, 『창작과 비평』, 1967 겨울; 신경득, 앞의 책; 김진기, 『한국근현대 작가연구』, 박이정, 1999).

29) 본고에서 설정한 전통주의 담론은 '향토적 서정소설'과 유사한 내포를 지닌 담론 범주이다. 향토적 서정소설에 대해 논한 글로는, 박헌호, 『한국인의 애독작품- 향토적 서정소설의 미학』, 책세상, 2001; 문화라, 「1950년대 서정소설 연구- 황순원, 오영수, 이범선을 중심으로」, 이화여자대학교 박사논문, 2002.

적 필치로 그려내 그 상처를 위무하려 한 소설이라는 데는 평자들이 일치된 견해를 보이고 있다.30) 그러나 이 텍스트의 형식과 이데올로기에 대한 구체적인 논의들을 살펴보면, 논자마다 상이한 견해를 피력하고 있음을 알 수 있다. 서사구조에 대해서 '학'의 신화성에 기대어 뛰어난 미학적 구조를 성취하고 있다는 견해31)와 뚜렷한 인과관계와 갈등의 부재라는 구성의 허점을 지적하는 견해32)가 공존한다. 텍스트가 담지하고 있는 이데올로기를 바라보는 시각의 차이도 커서, 이념적 대립을 소거한 채 우회적으로 전흔(戰痕)을 담아내 탈이데올로기적 경향을 보인다는 평가33)와 이념에 대한 비판적 인식을 결여함으로써 지배 이데올로기 추수적 경향을 띠고 있다는 평가34)가 병존한다. 이러한 상반된 논의들은 「학마을 사람들」이 전통주의 담론의 의미 생산방식과 그 이데올로기성을 고찰하는 데 최적의 텍스트가 될 수 있음을 말하는 것이다. 「수난이대」 역시도 민중의 수난과 전통적인 한의 정조를 짙게 풍기면서 전흔의 극복 의지를 보여준다는 점에서, 전통주의 담론양식의 전형을 보여주는 작품으로 간주하고 분석할만한 가치가 있다.

---

30) 이보영, 「이범선론」, 『평론선집 Ⅱ』, 삼성출판사, 1981.
   이용남, 「서정과 고발의 미학- 이범선론」, 『한국의 전후문학』, 태학사, 1991.
   강현구, 「전흔과 좌절의 궤적」, 송하춘 · 이남호 편, 『1950년대의 소설가들』, 나남, 1994.
31) 권영민, 『한국현대문학사』, 민음사, 1993.
   배경열, 「서정과 고발의 미학- 이범선의 작품세계」, 『한국문학논총』 제25집, 1999. 12.
32) 이남호, 「교과서에 실린 문학작품을 어떻게 가르칠 것인가」, 『현대문학』, 2000. 9.
33) 유학영, 1950년대 한국소설 연구, 성균관대학교 박사학위논문, 1987.
   김만수, 「1950년대 소설에 나타난 한국전쟁의 형상화방식」, 『한국전후문학의 형성과 전개』, 태학사, 1993.
34) 권영민, 앞의 책.
   조동숙, 「1950 · 60년대 소설에 나타난 이데올로기 연구」, 고려대학교 박사학위논문, 1993.

2. 통합적 서사시학을 향하여

서사로서의 소설은 실존적 상황에 대한 인간의 역동적 반응의 소산이다. 세계의 혼돈과 결핍을 체험한 인간은 실존적 역사체험을 이해 가능한 형태로 제시하면서 상실된 총체성의 복원을 염원하는데, 그 욕망의 산물이 바로 서사인 것이다. 따라서 소설은 세계 이해의 산물이자, 초개인적인 역사의 억압 안에서 자아감각을 체득할 수 있게 하는 인간 정신의 형성물이라 할 수 있다.35) 그러나 형식주의 서사시학36)은 실존적 반응의

---

35) 플롯이 욕망에 추동되어 시간의 연속적인 흐름을 통해 발전해 가는 목적 지향적인 구조이자, 인간 이해의 특별한 모델을 조직화하는 역동적 논리(Peter Brooks, *Reading for the Plot : Design and Intention in Narrative*, New York: Vantage, 1984, pp. 7~12 참조)라고 설명하는 브룩스는 서사를 '앎의 형식'으로 보는 대표적인 논자이다. 서사가 "문학적 형식이나 구조라기보다는 하나의 인식론적 범주"(William C. Dowling, *Jameson, Althusser, Marx: An Introduction to The Political Unconscious*, Ithaca·New York: Cornell University Press, 1984, p. 95)로서, "총체성을 향한 열망"(Steven Best, "Jameson, Totality and the Poststructuralist Critique", *Postmodernism/ Jameson/ Critique*, ed. Douglas Kellner, Washington D. C.: Maisonneuve Press, 1989, p. 343)이 상징적 형식으로 각인된 존재태라고 이해하는 제임슨이나, 허구를 '궁핍(poverty)한 세계 속에서 삶을 살아가는 인간에게 위안을 주는 존재'로 보는 커모드(Frank Kemode, 조초희 옮김, 『종말의식과 인간적 시간- 허구이론의 연구』, 문학과 지성사, 1993)도, 서사를 현실에 대한 미학적 반응의 산물로 본다는 점에서 브룩스와 맥을 같이 한다고 볼 수 있다.

36) 형식주의적 서사시학의 전통은 그 근원을 아리스토텔레스(Aristoteles)까지 거슬러 올라갈 수 있지만, 그에 대한 본격적인 탐색은 금세기 초에 등장한 러시아 형식주의에서 시작된다. 러시아 형식주의자들은 문학 텍스트의 미학적 원리를 해명하기 위해서는 문학을 문학이게 하는 고유한 자질, 즉 문학성(literariness)을 규명해야 한다고 역설하면서, '무엇'에 대한 고찰에서 '어떻게'에 대한 탐색으로 문학 연구의 방향을 전환한다. 이후 구조시학자들은 러시아 형식주의자들의 연구를 발전적으로 계승하면서 인상비평의 주관성을 극복하고 보편과학으로서의 서사이론을 수립하고자 한다. 구조언어학의 틀을 활용하여 서사요소의 통사적 배열원리를 밝히려 한 토도로프(Tzvetan Todorov)의 시도는 보편적 서사문법을 정립하려는 대표적인 연구성과의 하나이다. 결국 서사에 대한 다양한 연구성과의 축적은 서사학(narratology)이라는 새로운 학문분과를 탄생시키기에 이르는데, 서사학은 모든 서사 텍스트를 설명할 수 있는 보편원리의 정립을 시도하면서도 "의미생성과 운영의 구조를 파악하려는 구조론 또는 구조시학과는 달리, 허구서사의 여러 특징적 측면들(사건, 인물, 조직, 제시, 시점, 서술, 화자, 수용 등)을 분석과 기술의 대상으로 한다"(도정일, 「구조- 기호시학과 서사이론(6)」, 『문예아카데미 이론강좌』,

소산으로서의 소설 텍스트를 조명하는 데 취약한데, 이는 그것이 기반하고 있는 텍스트관에 기인한다.

형식주의 서사시학은 서사체가 '어떻게' 조직되는가를 묻는 질문에는 명쾌한 대답을 주지만, 정작 서사체에 담긴 실존적 함의나 서사체가 생산되고 존재하는 이유를 묻는 '왜'라는 질문에는 침묵으로 일관한다. 형식주의 서사시학이 이처럼 '왜'라는 본질적 물음에 대답할 수 없는 이유는, 그 이론적 토대를 소쉬르(Ferdinand de Saussure)의 언어학적 모델에 두고 있기 때문이다.[37] 공시적 언어학을 주창하는 소쉬르는 기호현상을 '기호(sign) · 해석(interpretant) · 대상(object)' 삼자간의 상호작용으로 보는 퍼스(Charles S. Peirce)와 달리, 언어기호에서 지시대상(referent)을 삭제해 버리고 언어를 기표(signifiant)와 기의(signifié)의 자의적 관계로 설명한다.[38] 지시대상은 곧 현실과 직결되는 문제이기에, 지시대상이 부재하는 언어학적 모형에 입각해 서사 텍스트를 바라보면, 그것은 현실과 유리된 기호의 연쇄망에 불과하게 된다. 즉 지시대상이 소거된 언어학적 모형에 기반한 형식주의 서사시학은 역사성을 배제한 채 공시적 구조만을 문제삼기 때문에, 구조적 직조물로서의 텍스트를 안정적으로 고찰할 수 있게 된다. 하지만 그 대신 역사적 현실의 인식 혹은 실존적 현실체험의 소산으로서의 소설 텍스트의 의미를 탐문하는 '왜'라는 질문이 들어설 여지를 원천적으로 차단한다. 따라서 텍스트를 현실과 유리된 고립적 자립체로 파악하는 형식주의 서사시학은 텍스트 내적 미학의 규명에 많

1998. 4). 그러므로 구조시학자들이 의미형성의 심층적 원리 탐색에 주목하여 스토리의 층위에서 주목할만한 업적을 남겼다면, 서사학자들은 상대적으로 담론의 층위에 연구를 십중하여 시점이론 등에서 괄목할만한 성과를 거두게 된다.

37) Fredric Jameson, 윤지관 옮김, 『언어의 감옥- 구조주의와 형식주의 비판』, 까치, 1985, 87쪽.

38) Robert Scholes, 「언어, 서술과 반서술」, Gerard Genette 외, 석경징 외 옮김, 『현대 서술이론의 흐름』, 솔, 1997, 103~105쪽 참조.

은 성과를 내면서 서사이론의 새로운 지평을 열지만, 소설 텍스트가 역사적 현실과 맺고 있는 역동적 관계양상을 탐색하는 데는 근본적인 한계를 보이게 되는 것이다.

이런 형식주의 서사시학의 한계에 비한다면, 리얼리즘 시학은 그와 같은 문제들을 상당 부분 극복하고 있는 듯이 보인다. 리얼리즘 시학은 소설 텍스트를 사회 · 역사적 상황의 반영물로 파악하기 때문에, 그것이 현실과 맺고 있는 역동적인 관계양상의 탐색에 능숙하다. 소설 텍스트를 자기 완결적인 소우주로 여기는 형식주의 서사시학은 서사형식마저도 의미를 조직하는 형식적 기법으로 축소하고 만다. 반면에 소설 텍스트를 객관현실에 대한 총체적 인식의 집약체로 간주하는 리얼리즘 시학은 '내적 형식'의 개념을 통해 형식과 내용이 분리불가능한 통일체임을 분명히 한다.39) 즉 그것은 내용의 자기 전개과정이 곧 형식이기에, "진정한 미적 형식은 항상 '특정한 내용'을 지닌 형식"40)임을 설파한다. 이로써 리얼리즘 시학은 역사적 현실의 체험을 이해 가능한 형태로 질서화하면서, 이상과 현실의 간극을 넘어서고자 하는 욕망을 담아내는 서사의 본질에 한층 가깝게 접근할 수 있게 되는 것이다. 그러나 리얼리즘 시학은 형식에 대한 내용의 우월성에 대한 강조가 지나쳐 오히려 형식을 내용의 종속적 요소로 간주함으로써, 형식의 면밀한 탐색에 있어서는 오히려 형식주의 시학에 비해 퇴보한 감이 없지 않다.

더구나 리얼리즘 시학은 형식주의 시학과 마찬가지로, 유기적인 통일성을 이룬 텍스트관41)를 신봉하고 있기에, 보다 생산적인 새로운 논의의

---

39) Béla Királyfalvi, 김태경 역, 『루카치 미학비평』, 한밭출판사, 1984, 121~129 참조.
40) Georg Lukács, 여균동 옮김, 『미와 변증법』, 이론과 실천, 1987, 187쪽.
41) 물론 유기적 통일성을 텍스트의 이상적 형태로 보는 형식주의 서사시학과 리얼리즘 시학은 그 공통성에도 불구하고 인식론적 지반을 서로 달리 하고 있다. 즉 형식주의 서사학의 유기적 통일성이 구조주의적 인식에 기반하고 있다면, 리얼리즘 시학의 그것은 헤겔주의에 기초하고 있다.

가능성을 차단하고 있다. 다시 말해, 단일하고 일관된 의미를 형성하는 유기적인 배열체라는 동일성의 텍스트관은 형식의 충위에 존재하는 부조화와 불협화음은 물론 의미의 충위에 내재한 혼돈과 모순을 설명하지 못한다.[42]

사실 텍스트의 모든 요소가 일관된 총체성의 세계를 형성하면서 서로 조화롭게 존재하고 있는 것은 아니다. 오히려 유기적 통일성을 형성하고 있는 듯이 보이는 텍스트의 각 요소들은 상호 충돌과 모순을 일으키며 다층적 구조를 이루고 있다.[43] 그러나 이것이 텍스트 형식충위에 존재하는 유기적 통합성이나, 의미충위를 지배하는 통일적인 의미망의 존재를 전적으로 부정하는 말은 아니다. 단지 그것은 유기적 예술작품이 추구하는 부분과 전체의 관계라는 특정한 유형의 형식적 통일[44]과 총체성이 상정하는 단일적이고 안정된 의미의 통일, 즉 초역사적인 규범으로 작용하는 통일성의 논리를 배격하는 것뿐이다. 이렇게 보면, 텍스트는 상호 모순적 요소들이 충돌 · 길항하는 가운데 조화와 통일성을 유지하고 있다고 할 수 있을 것이다. 이처럼 모순을 내재한 통일성의 원리를 옹호하

---

42) 그에 대해 비판적인 문제제기를 하고 있는 글로는, Pierre Zima, 이건우 역, 『문학텍스트의 사회학을 위하여』, 문학과 지성사, 1983.

43) 현대 비평이론은 "텍스트는 자기 동일적인 존재가 아니다(The text is never at one with itself)"라는 명제를 자신의 이론적 기반으로 하고 있다. 즉, 현대비평은 텍스트가 그 자신도 인지하지 못하는 텍스트의 무의식을 지니고 있다고 보는 것이다. 이런 새로운 텍스트관이 출현하게 된 근저에는 철학적 사상적 조류의 변화가 자리하고 있다. 형식주의 시학의 기반이 되는 구조주의는 시간과 카오스 등 구조화되지 않는 요소들을 배제한 채 안정된 구조의 정태적 분석에 골몰한다. 이러한 구조주의의 정태성은 우연과 불연속, 주체와 욕망 등의 개념을 사유의 대상에 포함시켜 구조주의를 보다 역동화한 포스트구조주의에 와서야 비로소 극복된다(이정우, 『시뮬라크르의 시대』, 거름, 1999, 35∼42쪽 참조). 그리고 이 포스트구조주의를 마르크시즘과 접맥하려는 일련의 시도들이 문학의 영역에서도 새로운 이론적 성과를 낳고 있는 것이다. 포스트구조주의와 마르크시즘을 접맥하려는 대표적인 시도로는 라이언의 작업을 들 수 있다(Michael Ryan, 나병철 · 이경훈 옮김, 『해체론과 변증법』, 평민사, 1994).

44) Peter Bürger, 최성만 역, 『전위예술의 새로운 이해』, 심설당, 1986, 136쪽.

는 탈중심화된 비동일성의 텍스트관은 텍스트 독해에 있어 몇 가지 장점을 지니고 있다.

우선 비동일성의 텍스트관은 형식의 측면에서, 전위예술처럼 유기적 텍스트관의 이해권을 벗어난 비유기적 텍스트의 미적 조명까지도 가능하게 하는 이점이 있다. 그리고 의미의 층위에 잔존해 있는 모순과 충돌을 텍스트 내적 논리에 따라 설명할 수 있게 한다. 특히 그것은 의미의 모순과 충돌을 단서로 해서, 텍스트가 담지한 이데올로기에 대한 심도 깊은 고찰을 가능하게 한다는 점에서, 매우 중요한 미덕을 발휘한다. 기존의 이데올로기 분석은 표면적 서사내용에 기초해, 지배 이데올로기에 침윤된 텍스트와 지배 이데올로기에 저항하는 텍스트로 이분하는 수준에 머물고 있다. 이러한 단순 도식적 해석틀은 텍스트 이데올로기의 중층적 모순구조를 간과한 채, 문학 텍스트를 이데올로기로 환원할 우려가 있다. 반면 비동일성의 텍스트관은 내부에 존재하는 모순점의 포착으로부터 출발, 이데올로기 안에서 형성됨에도 불구하고 이데올로기에 갇히지 않고 그것의 한계와 모순을 폭로하는 문학 텍스트의 특이한 존재양상을 섬세하게 포착해 낼 수 있다.[45]

그러므로 본고에서는 비동일성의 텍스트관을 준거틀로 삼아, 형식주의 시학과 리얼리즘 시학을 변증법적으로 통합시킬 수 있는 방법론을 정립하여, 소설 텍스트의 미학적 특성과 그 이데올로기적 함의를 동시적

---

[45] '문학 텍스트가 이데올로기의 한계와 모순을 드러낸다'는 명제에 대해 의미 있는 해명을 한 논자로는 우선 알튀세르를 거론할 수 있다. 그는 문학 텍스트는 그것의 특수한 존재방식으로 인해 이데올로기의 내부에서 그것의 모순과 한계를 보여준다고 말한다(Louis Althusser, 이진수 역, 「예술론- 앙드레 다스프르에 답함」, 『레닌과 철학』, 백의, 1991, 228~229쪽). 이를 구체적인 텍스트 분석을 통해 보다 명증하게 규명해 낸 이론가는 '문학 생산이론'의 선구자 마슈레다. 그는 문학 텍스트는 이데올로기적 경험에 일정한 형식을 부여함으로써, 본질적으로 자신의 한계를 인식하지 못하는 이데올로기로 하여금 자신의 모순을 드러내게 할 수 있다고 본다(Pierre Macherey, 배영달 옮김, 『문학생산이론을 위하여』, 백의, 1994).

으로 조망하고자 한다. 이는 '담론(discourse)'이라는 문제설정을 통해 보다 구체화될 수 있을 것이다.

소설은 세계에 대한 개념적 지식을 논리적으로 전개시켜 나가는 존재가 아니라, 역사적 현실과 인간의 실존적 삶의 상황을 포착하여 이를 미적으로 축조함으로써 독자를 감동시키는 미적 형성체다. 따라서 소설에서는 텍스트가 제시하고자 하는 주제를 효과적으로 구현하고 독자에게 미적 감흥을 불러일으키기 위한 미적 생산과정이 매우 중요시된다. 소설 텍스트의 미적 생산과정이란 작가라는 텍스트의 생산주체가 외부에 선재(先在)하는 현실세계를 끌어들여 미학적 작업을 통해 주관적으로 변형 · 재구성하여, 텍스트 내적 정황으로 전이시킴으로써 의미 있는 서사체를 구축하는 과정이라 할 수 있다. 이때 '미적 차원', 즉 예술작품 생산의 물질적 사회적 조건과 예술작품을 구성하는 기존의 미적 약호와 관습이 텍스트의 창조적 형상화 작업을 매개하게 되는데,46) 이는 텍스트의 자율성(the autonomy of text)의 측면에서 매우 중요한 의미를 지닌다. 왜냐하면 소설 텍스트가 역사적 현실 혹은 이데올로기의 수동적 반영체가 아니라, 자율성을 확보한 예술작품으로 존립할 수 있는 것은 바로 그것의 생산과정이 미적 차원의 매개를 거치기 때문이다.

또 한편으로, 텍스트화의 과정은 단순히 현실과 유리된 예술적 자족체의 창조과정에 머무는 것이 아니라 이데올로기의 매개를 거쳐 적극적으로 이데올로기를 산출하는 과정이기도 하다.47) 텍스트 생산주체가 서사 내용을 선택해서 이를 배열하고 서술하는 과정에는 필연적으로 텍스트 생산주체의 이데올로기가 개입되기 마련이다. 즉, 선택 · 배열 · 서술의

---

46) Janet Wolff, 이성훈 · 이현석 옮김, 『예술의 사회적 생산』, 한마당, 1986, 84~92쪽.
47) 테리 이글턴은 이데올로기에 매개되어 역사가 텍스트화되는 과정을 '역사 → 이데올로기 → 문학 텍스트'의 도식으로 설명한다(Terry Eagleton, 윤희기 옮김, 『비평과 이데올로기』, 열린책들, 1987, 101쪽).

작업은 텍스트 생산주체의 이데올로기가 의식적 무의식적으로 관여하는 과정인 것이다. 그러므로 텍스트 내적 현실은 순수하게 주어진 현실이 아니라 이데올로기의 개입에 의해 굴절·변형되고 미적으로 재구축된 현실이라 볼 수 있다. 따라서 그것은 실재의 현실을 지시하기에 앞서 텍스트가 역사적 현실과 맺고 있는 특별한 관계의 양상을 보여준다.

결국, 소설 텍스트의 생산과정은 무질서하게 널려 있는 원초적인 질료인 역사적 현실에 미적 형식을 부여함으로써, 의미 있는 서사체를 구축하는 사회적 물질적 실천의 과정이다. 담론의 문제설정을 통해, '이데올로기적 형식으로서의 예술'과 '미적 과정으로서의 예술'[48]에 대한 고찰을 병행해야 하는 당위성도 바로 여기에 있다. 의미 생성방식으로서의 담론 고찰은 텍스트의 미적 특성은 물론 이데올로기를 생산하는 방식과 그 이데올로기적 효과를 통합적으로 접근할 수 있는 유용한 방법론이다. 왜냐하면 담론분석은 연구자로 하여금 텍스트의 구조서술의 층위에서 출발하여, 의미·주제의 층위를 경유한 후, 사회·역사적 층위의 분석으로 나아가도록 추동하기 때문이다.

그런데 형식주의 서사시학은 담론을 스토리의 층위에 대응하는 서술의 층위, 즉 스토리를 전달하는 서사구조의 표현적 국면을 지칭하는 개념으로 사용한다.[49] 이는 문학 연구에 있어 기법의 중요성을 강조한 러시아

---

48) Pierre Macherey, 「반영의 문제」, Dominique Lecourt 외, 이성훈 편역, 『유물론 반영론 리얼리즘』, 백의, 1995, 223쪽.
49) 그러나 모든 서사학자들이 텍스트를 이분체계로 나누는 것은 아니다. 보다 정교한 서사분석을 위해서 이분체계에서 '담론'에 해당하는 영역을 다시 양분하여 삼분체계로 텍스트를 설명하려는 서사론자들도 있다. 삼분체계를 지지하는 대표적인 이론가로는 이야기(histoire) / 레시(recit) / 서술(narration)로 텍스트를 삼분하는 즈네트(Gérard Genette), 파불라(fabula) / 이야기(story) / 텍스트(text)의 구분체계를 도입하는 미키 발(Mieke Bal), 그리고 즈네트를 따라 이야기(story) / 텍스트(text) / 서술(narration)로 구분하여 텍스트를 설명하는 리몬-케논(Shiomith Rimmon-Kenan)을 들 수 있다.

형식주의자들이 스토리(fabula)와 대립적인 의미로 사용한 플롯(sjužet)의 개념에 맞닿아 있다. 따라서 형식주의 서사시학의 담론연구는 의미작용의 문제를 간과한 채 서사 전달의 형식적 기법에만 몰두한다는 비판에 직면한다. 담론이 물질적 실천으로서의 대화적 속성을 지니고 있기에, 담론연구가 단순히 서술형식의 분석에 그쳐서는 안 된다는 점을 고려하면, 형식주의적 담론연구의 문제점은 더욱 커 보인다. 그럼에도 의미 생성방식으로서의 담론연구 역시도 형식주의적 담론의 연구의 풍부한 성과를 폭넓게 받아들이면서, 무엇보다 먼저 구조·서술의 층위분석에 집중할 필요가 있다.

혹자는 의미작용을 하거나 의미를 지닌 모든 것을 담론으로 간주한다.[50] 이렇게 담론의 개념을 지나치게 확대하는 경향의 문제는 문학적 담론과 여타 담론의 구분을 모호하게 한다는 점이다. 사실 의미 생성방식으로서의 담론연구가 형식주의적 담론연구의 성과를 배제하면 문학 텍스트와 비문학적 텍스트를 구분하는 특성을 명확히 밝힐 수 없게 된다. 왜냐하면 문학 텍스트의 문학성은 형식적 층위, 즉 구조·서술의 층위분석을 통해 분명해지는데, 상대적으로 의미작용을 문제삼는 담론연구는 형식적 층위를 소홀히 다룰 수 있기 때문이다. 따라서 의미 생성방식으로서의 담론연구는 형식주의적 서사시학의 성과를 바탕으로 구조·서술의 층위의 정치한 분석으로부터 출발하면서, 의미·주제의 층위를 형식적 층위와의 상호 연관 속에 고찰해야만 한다.

한편 담론은 단순히 언술이나 발화의 집합체에 불과한 것이 아니라, 사회적 맥락 안에서 활성화되고 사회적 맥락에 의해서 결정되며 사회적 맥락이 계속 유지될 수 있도록 기여하는 발화·문장·언술들의 집합체이다.[51] 이는 담론의 의미가 폐쇄적인 언어체계의 산물이 아니라, 사회적

---

50) Diane Macdonell, 임상훈 옮김, 『담론이란 무엇인가』, 한울, 1992, 13쪽.

맥락 안에서 현실에 영향을 미치는 의미효과를 창출하려는 주체의 언어적 실천에 의한 역동적 생산물임을 뜻하는 것이다. 다시 말해서, 그것은 담론적 실천이 현실적 맥락의 관여 아래서, 개별주체의 사유와 행위에 영향을 미치는 의미효과를 생산하는 이데올로기적 실천임을 드러낸다. 예를 들어, 한국전쟁(Korean War)을 '6 · 25전쟁'이라고 칭하거나 '조국 해방전쟁'이라고 부르는 것은 결코 현실과 유리된 단순한 발화행위가 아니라, 현실규범에 근거하여 제도적 물적 토대를 두고 벌여 나가는 쟁투의 언어적 표현행위로 보아야 한다. '6 · 25전쟁'이라는 명명은 한국전쟁을 소련의 사주를 받은 북한 공산당이 갑자기 불법적으로 남침하여 평화롭게 살던 우리 민족 전체를 고통에 빠뜨린 비극적인 사건으로 정의52)하는 것이라면, '조국 해방전쟁'은 미제국주의와 이에 결탁한 이승만 정권의 지배 하에서 고통을 겪고 있는 동포를 해방시키기 위한 정의로운 전쟁이라는 의미를 내포한 표현이다. 따라서 지배 이데올로기의 규범이 투영되어 있고 이를 재생산하는 효과를 낳는 두 대립적인 발화행위는, 사회적 맥락의 관여 속에서 현실적 질서를 재생산하는 매우 사회적이고 실천적인 행위인 것이다.

이처럼 의미란 사회적 상황맥락 속에서 형성되는 것이기에, 의미작용을 문제삼는 담론연구는 언어체계의 폐쇄성에 갇혀 '의미작용의 형식화'53)에만 매달리지 않고, 현실적 상황맥락이 의미형성에 관여함으로써 일어나는 의미현상까지도 풍부하게 고려해야만 한다. 다시 말해, 의미의 층위분석은 형식과 내용이 상호 조응하여 생산하는 의미를 내재적으로

---

51) Sara Mills, 김부용 옮김, 『담론』, 인간사랑, 2001, 25쪽.
52) 김동춘, 『전쟁과 사회- 우리에게 한국전쟁은 무엇이었나?』, 돌베개, 2000, 19~20쪽 참조.
53) 의미작용의 형식화 문제를 집중적으로 탐구한 학자로는 그레마스를 들 수 있다 (Algeirdas Julien Greimas, 김성도 편역, 『의미에 관하여』, 인간사랑, 1997).

분석하는 데 머무르는 것이 아니라, 담론의 의미 생성과정을 이데올로기 생산과정으로 파악·탐색하는 단계까지 나아가야 한다. 이로써, 담론연구는 텍스트의 사회적 역사적 층위를 고구(考究)하는 차원으로 도약하게 된다. 텍스트의 사회·역사적 층위를 분석한다는 것은 곧 형식과 의미의 이데올로기적 함의와 그 효과를 탐색하는 것에 다름 아니다. 따라서 담론연구는 텍스트의 구조·서술의 층위와 의미·주제의 층위를 분석하는 과정을 거쳐 그 사회·역사적 층위를 고찰함으로써, 미적 형식으로서의 텍스트와 이데올로기 생산체로서의 텍스트 분석작업을 완결하게 된다. 하지만 텍스트의 이데올로기성과 관련해서는 좀더 심도 깊은 방법론의 논의과정이 필요하다. 이에 본고는 제임슨(Fredric Jameson)을 중심으로 해서 텍스트의 이데올로기성을 보다 치밀하게 고구할 수 있는 방법론을 모색해 보기로 하겠다.

이데올로기는 더 이상 개인의 주체성에 의존하는 정치적 신념이나 '허위의식'으로 정의되지 않는다.54) 대신 이데올로기는 인간으로 하여금 자신이 몸담고 있는 세계와 사회적 현실을 정당하고 자명한 것으로 받아들이도록 하는 동시에, 사회적 세계 속의 인간에게 자신의 위치와 역할을 부여하는 일종의 표상체계로 정의된다.55) 이데올로기가 이렇게 정의되

---

54) 구조주의적 맑스주의자들이 이데올로기를 '허위의식'으로 정의하는 것에 대해 거부하는 이유는 세 가지 측면으로 정리할 수 있다. 첫 번째 측면은 이데올로기 개념을 개인의 주체성과 무관한 사회적 실재의 객관적 층위로 파악하는 것과 관계되어 있다. 사상을 만들어 내는 것은 주체가 아니다. 오히려 주체가 이데올로기에 의해 만들어지는 것이다. 두 번째 측면은 이데올로기의 물질성 개념과 관계되어 있다. 이데올로기는 관념적이거나 정신적 실존과는 무관한 것으로 오히려 물질적인 존재와 관련되어 있다. 세 번째 측면은 그것이 허위성이라는 관념 그 자체를 거부하고 있다는 점과 관계가 있다. 이데올로기는 더 이상 실재에 대한 왜곡된 표상이 아니다. 왜냐하면 이데올로기는 사람들의 실존의 조건을 직접 표상하는 것이 아니라, 그 물질적 조건에 대한 그들의 체험된 관계를 표상하는 것으로 이해되기 때문이다(Jorge Larrain, 신희영 옮김, 『맑스주의와 이데올로기』, 백의, 1998, 126~129쪽).
55) 이데올로기는 한 주어진 사회 내에서 역사적 존재와 역할을 지닌 하나의 표상체계이

면, 그것은 더 이상 인식적 오류가 아니라 인간이 주체로서 사회적 삶을 살아갈 수 있게 하는 근본적 지반이 된다. 그리고 여기서 이데올로기가 사회가 부여한 주체성을 자연스럽게 내면화한 주체를 생산하고, "역사의 근저에 깔린 모순을 억압하는 사회 그 자체에 대한 설명을 사회가 마련하도록 허용하는 봉쇄"56)의 기능을 수행한다는 것을 알 수 있다. 우리가 문학 텍스트를 이데올로기와 연관시켜 좀더 구체적으로 논의해야만 하는 이유도 바로 여기에 있다.

서사는 역사적 현실의 제모순을 변용하여 미적으로 형상화한다는 점에서, 현실로부터 한 발 비켜나 있는 '상징'행위의 소산이다. 그리고 서사는 현실의 모순에 대한 주체의 일정한 반응태라는 점에서, 현실에 참여하는 '사회적' 행위의 결과이기도 하다. 그래서 제임슨은 레비-스토로스 (Claude Lévi-Strauss)의 견해57)를 받아들여, 서사를 주체가 '현실적으로 해결할 수 없는 모순을 상징적으로 해결'58)하려는 사회적 상징행위라고 말한다. 다시 말해, 서사는 상징화의 과정을 통해 주체와 역사적 현실

다. "이데올로기는 인간이 그들의 세계와 맺고 있는 관계의 표현, 다시 말해 인간이 그들의 실제적 존재조건들과 맺는 실제적 관계와 상상적 관계와의 (중층결정된) 통일성이다. 이데올로기 안에서 실제적 관계는 어쩔 수 없이 상상적 관계, 즉 하나의 의지(보수주의적, 순응주의적, 개혁주의적 혹은 혁명적인) 이상을, 심지어는 실체를 묘사하지 않는 희망이나 향수를 표현하는 관계에 의해 포위된다"(Louis Althusser, 고길환·이화숙 역, 『마르크스를 위하여』, 백의, 1990, 265~267쪽).

56) Raman Selden, 현대문학이론 연구회 역, 『현대문학이론』, 문학과 지성사, 1987, 78쪽.

57) 레비-스트로스는 『슬픈 열대』에서 카두베오(Caduveo) 인디안들의 얼굴장식이 그 형식을 통해 사회의 현실적 모순을 상징적으로 해결하고 있음을 지적한다. 즉 사회적인 것이 형식적이고 미적인 것 안에 상징적으로 존재하게 되는데, 여기에 필연적으로 이데올로기가 개입하게 된다는 것이다. 즉 처음부터 이데올로기가 있었던 것이 아니라 사회적인 모순을 '현실적으로'가 아니라 '상상적으로' 해결하려는 그 행위 자체가 이데올로기를 발생시킨다는 것이다. 그러므로, 모든 예술이 상징적 해결인 한에 있어서 모든 예술은 이데올로기적인 것이다(Claude Lévi-Strauss, 박옥줄 옮김, 『슬픈 열대』, 한길사, 1998, 342~380쪽 참조).

58) Fredric Jameson, *The Political Unconscious: Narrative as a Socially Symbolic Act*, New York: Cornell University Press, 1981, pp. 79~82.

사이에 가로놓인 메울 수 없는 간극과 모순을 넘어서려는 실천행위인
것이다. 이때 문제가 되는 것은 상징화의 과정이 일정한 왜곡과 은폐를
수반한다는 점이다. 주체의 욕망 또는 역사적 현실은 텍스트에 그대로
반영되는 것이 아니라, 왜곡과 굴절의 변형과정을 거치면서 사회가 허용
하는 형태로 서사화된다. 이때 왜곡과 굴절의 변형과정을 통해 이데올로
기를 산출하는 구체적인 국면에 해당하는 것이 바로, 서사 텍스트를 서술
하고 구성하는 형식화이다. 이것이 서사 텍스트의 이데올로기를 논할
때조차, 형식의 층위가 중요하게 부각되는 이유다.

역사적 현실이나 주체의 욕망이 굴절이라는 변형과정을 거쳐 텍스트
내부로 틈입해 들어온다는 것은, 표면적 서사내용에 집착해서는 그 실체
에 다가설 수 없고 일종의 형식적 효과를 경유해서만 그것을 추적할 수
있음을 뜻한다.[59] 여기서 우리는 텍스트의 형식미학적 분석작업이 형식
속에 은폐되어 있는 이데올로기성을 들추어내는 동시에, 감춰진 역사의
실체를 파악하는 적극적인 실천적 작업이 되어야만 하는 당위와 마주치
게 된다. "형식적 분석은 텍스트에 대한 단순한 해명에 불과한 것이 아니
라 미적 모순을 근원적인 사회적 모순의 존재를 드러내고 있는 것으로
정초하려는 하나의 시도"[60]로 자리매김되어야 하는 것이다. 따라서 텍스

---

59) 제임슨 의하면, 역사는 비서사적이고 비재현적이기 때문에, 역사가 곧 텍스트라는
    명제는 성립되지 않으며, 그것은 단지 텍스트의 형식을 통해서만 접근할 수 있다.
    (위의 책, 1981, 82쪽). 여기서, 우리는 제임슨이 역사를 라캉(Jacques Lacan)의 '실재
    (Real)' 혹은 알튀세르의 '부재원인(absent cause)'의 개념을 통해 이해함을 알 수
    있다. 라캉에게 실재계(The Real)는 상상계와 상징계에 이어 나타나는 영역으로,
    의미작용의 영역 너머에 존재하는 상징화를 거부하는 궁극적 지시체이다(Terry
    Eagleton, 김명환 외역, 『문학이론입문』, 창작과 비평사, 1986, 206쪽). 즉 그것은
    의미작용의 영역 너머에 존재하면서, 논리와 합리의 세계를 열어놓는 틈새요 간극
    인 셈이다(권택영, 『영화와 소설 속의 욕망이론』, 민음사, 1995, 122쪽). 그리고
    이 파악될 수 없는 실재가, 역사의 동인이자 합리성을 향해 끊임없이 노력하게
    하는 그 무엇이다(Peter Widmer, 홍준기 · 이승미 옮김, 『욕망의 전복』, 한울 아카데
    미, 1998, 25쪽).
60) William C. Dowling, 앞의 책, p. 128.

트의 이데올로기 분석은 단지 이데올로기성을 판별하거나 이데올로기의 형성과정을 규명하는 데서 나아가, 텍스트의 이데올로기가 형성되는 과정에서 억압되고 배제된 요소와 텍스트가 침묵하는 지점이나 텍스트 내부에 잠재해 있는 모순 등을 활성화함으로써, 문학 텍스트가 이데올로기를 산출하면서도 그 이데올로기를 넘어서는 지점을 포착할 수 있어야 한다.

현실과 이상의 간극을 상징적으로 봉합하고자 하는 주체의 욕망이 낳은 이데올로기는 주체와 역사적 현실 사이에 존재하는 간극과 모순을 봉쇄하는 기능을 수행한다. 하지만 텍스트의 침묵과 모순은 이데올로기의 봉쇄전략에도 불구하고, 서사 텍스트가 유토피아를 추동하는 계기로 작용하는 "실패한 해방과 배반된 약속에 대한 무의식적 기억"[61]을 내포하고 있음을 보여준다. 즉 서사 텍스트는 이데올로기와 함께 역사적 현실의 모순과 억압에 대한 저항적 기제로서의 유토피아적 원형질을 내재하고 있는 것이다. 그러므로 상징적 해결의 욕망은 억압된 현실 속에서 해방과 자유를 향하여 형성되어, 이데올로기를 생성하고 그 안에서 움직이지만, 다른 한편으로는 그 한계 내에서 상상할 수 있는 최선의 유토피아를 그려낼 수 있게 되는 것이다.[62] 여기서 우리는 서사 텍스트의 이데올로기성이 중층적 구조를 형성하고 있다는 것을 알 수 있다.

서사 텍스트는 이데올로기와 유토피아의 변증법적 긴장관계 속에 위치하고 있다.[63] 아무리 이데올로기가 현실의 모순을 봉쇄하려 해도, 문학 텍스트는 현실을 부정하고 새로운 가능태를 찾는 그 반골적 속성으로

---

61) Herbert Marcuse, 최현·이근영 역, 『미학과 문화』, 범우사, 1982, 80쪽.
62) 이경덕, 「욕망과 서사」, 『문화과학』, 1993 봄, 문화과학사, 121쪽.
63) 문학 속에 존재하는 이데올로기와 유토피아의 관계양상에 대한 자세한 논의는 다음의 책을 참조할 것.
Norbert Mecklenburg, 허창운 옮김, 『변증법적 문예비평』, 예림기획, 1999

말미암아 그 봉쇄를 뚫고 "더 나은 삶에 관한 꿈"[64]으로서의 유토피아적 욕망을 드러낼 수밖에 없다. 물론 그것은 가시적인 상으로 드러날 수도, 완강하게 그 화해의 가상을 거부하는 식[65]으로 나타날 수도 있다. 따라서 지배 이데올로기만을 일방적으로 수용하는 텍스트는 애초부터 존재 불가능하며, 모든 서사 텍스트에는 역사적 현실의 모순을 합리화하는 이데올로기와 더불어 부조리한 현실을 초월하여 보다 인간적인 삶을 희구하는 유토피아적 욕망이 내재되어 있음에 유의해야 한다. 이는 결국, 이데올로기성의 탐색작업이 서사 표면에 나타난 이데올로기의 장막을 걷어내고 그 이데올로기로부터 유토피아적 본성을 추출하는 단계로까지 확장될 것을 요구하는 것이다.

---

64) Ernst Bloch, 박설호 옮김, 『희망의 원리』 1, 솔, 1995, 23쪽.
65) Theodor W. Adorno, 홍승용 역, 『미학이론』, 문학과 지성사, 1984, 62쪽.

제2장 허무주의 담론

허무주의 담론은 전후문학을 대표하는 담론유형의 하나임에도, 현실 극복의지나 미래에 대한 전망이 부재하다는 이유로 부정적 평가를 받기 일쑤였다.[1] 허무주의 담론에 대한 폄하는 문학은 부정적 현실을 진지한 방식으로 비판하면서 역사적 안목을 갖고 낙관적 전망을 제시해야 한다는 지배적인 문학적 신념체계에 근거하여 이루어진다. 하지만 이러한 문학적 신념에서 살짝 빗겨나 허무주의 담론을 바라보면, 절망감과 허무의식을 집요하게 표현하는 텍스트의 이면에 부정적 현실을 넘어서 보다 바람직한 삶을 지향하는 주체의 몸부림이 각인되어 있음을 감지할 수 있다. 왜냐하면 허무주의 담론은 절망과 허무의식에의 끝없는 침윤 자체를 그리는 데에 목적이 있는 것이 아니라, 현실의 부조리를 나름의 방식으로 재현하면서 비판과 저항의 지를 드러내는 데 목표를 두고 있기 때문이다. 따라서 여기에서는 허무주의 담론의 미학적 축조과정을 정치하게 살펴보는 동시에, 그 담론에 내재되어 있는 유토피아를 내밀하게 고찰해 보도록 하겠다. 이러한 탐색작업은 그동안 폄하되던 허무주의 담론의 긍정적 의의를 발굴함으로써, 그에 합당한 위치를 찾아주기 위한 노력의 일환으로 행해지는 것이다.

---

[1] 전후문학을 실존주의 사조의 측면에서 조망한 임헌영은, 서기원과 손창섭의 문학이 내면세계에 침잠해 불안과 위기의식만을 보여줄 뿐 역사와 사회의 문제를 방기하고 있다고 비판한다(임헌영, 「실존주의와 1950년대의 문학사상」, 『한국현대문학사상사』, 한길사, 1988). 또 천이두는 서기원 · 손창섭 · 이범선 등의 문학이 자의식 과잉의 상태와 심리적 내면적 상처만을 보여준다는 이유로 피해자문학으로 분류한다(천이두, 「분단 현실과 한국문학」, 『한국소설의 관점』, 문학과 지성사, 1980).

I. 아이러니와 역설의 유토피아 : 「혈서」

1) 운명의 아이러니와 인물의 아이러니

텍스트의 형식층위란 서사의 구성요소를 유기적으로 배치하고 언술을 직조하여 통일적인 의미망을 구축하는 방식들의 총체다. 달리 말하자면, 텍스트의 형식층위는 의미 생성방식의 총합을 뜻한다. 따라서 텍스트의 형식층위를 분석의 대상으로 삼는 접근법은 텍스트를 외적 정보에 종속시키지 않고 자족적인 독립체로 바라보자는 것이지, 의미론적 층위를 논의에서 제외하자는 말이 아니다. 그리고 엄밀히 이야기하면, 텍스트의 의미와 형식은 동전의 앞뒷면과 같은 관계를 맺고 있어서, 이를 엄정하게 분리할 수 있는 것도 아니다. 단지 의미층위의 분석에서 유의할 점은 서사의 표면적 내용에 현혹되지 말고 심층적 의미구조의 분석에 초점을 맞추어야 한다는 것이다. 그러므로 텍스트의 미학적 특수성을 밝혀내는 일은 심층적 의미구조는 물론 서사주체와 서술형태까지 조명하는 매우 포괄적인 분석작업이라 할 수 있다.

「혈서」의 서사내용2)을 일별(一瞥)해 보면, 텍스트 내적 상황이 긍정적

---

2) 「혈서」의 주요 서사내용을 추려 정리하면 다음과 같다.
① 취직자리를 구하기 위해 하루 종일 거리를 헤매던 달수가 침울하게 집으로 돌아온다
② 하루 종일 집에 있던 준석과 달수가 무의미한 논쟁을 되풀이한다
③ 규홍은 불란서어 강습을 듣고 집으로 돌아와 늦은 밤까지 시를 쓰는 생활을 반복한다
④ 어느 날 트럭에 치어 죽을 뻔하다가 요행이 살아난 경험을 한 후부터 달수는 자신이 살아 있다는 데 불안을 느끼며 지낸다
⑤ 박노인은 지방행상 도중에 가끔 규홍에게 창애와 결혼을 해달라는 부탁의 편지를 보내 오는데, 이런 편지가 온 날 저녁에는 어김없이 준식과 달수 사이에 논쟁이 벌어진다
⑥ 누가 창애와 한 이불 속에서 자느냐는 문제로 준석과 달수가 또 다시 논쟁을 한다
⑦ 박노인의 편지가 발단이 되어 논쟁을 벌이다가 준석이 달수의 손가락을 절단한다

상황으로 변환되지 못하고 시작부터 종결까지 부정적 상황이 지속·강화되고 있음을 알 수 있다. 손창섭의 소설세계가 언제나 절망의 분위기로 채색되어 있는 듯한 인상을 주게 되는 것은 이러한 텍스트 내적 상황에 기인한다. 이렇게 서사 내적 상태가 철저하게 부정적인 상황으로 일관되는 것은, 심층적 의미생산이 욕망의 축에 존재하는 추구와 좌절의 원리에 기반하고 있기 때문에 생겨나는 현상이다. 텍스트에서 욕망은 서사적 동기부여의 원동력으로써 서사를 진행시키는 소설 자체 내의 모터와 같은 구실을 한다.3) 이는 욕망의 존재양태에 의해 서사의 전개과정과 상태의 변화가 결정된다는 것을 의미한다. 따라서 욕망의 추구와 좌절이 심층적 의미구조를 결정하는 텍스트가 절망적 상황으로 일관하게 되는 것은 필연적인 현상일 수밖에 없다.

「혈서」에서 욕망의 주체들은 상이한 욕망을 소유한 채 서로 길항하고 충돌하면서 복합적인 욕망의 구도를 형성한다. 법대에 다니는 고학생 달수(達壽)는 지금 친구 집에 얹혀 살고 있지만, 스스로 학비와 생활비를 조달하여 타인에게 기생하는 현재의 처지에서 벗어나서 무사히 대학을 마치기를 원한다. 여기서 달수가 현재의 결핍에서 벗어나 현실적 질서에 안착하여 정상적인 삶을 영위하고자 하는 욕망, 즉 '상징적 질서'4)에 편

---

⑧ 준석이 한쪽 다리를 대용하는 지팡이에 의지해 어둠 속으로 사라져 간다

3) Peter Brooks, *Reading for the Plot: Design and Intention in Narrative*, New York: Vintage Books, 1984, p. 41.

4) '상징적 질서'는 라캉(Jacques Lacan)의 욕망이론에서 빌려온 개념이다. 라캉은 인간의 주체형성 과정을 상상계(The Imaginary), 상징계(The Symbolic), 실재계(The Real)로 나누어 설명한다. 그에 의하면, 상상계의 단계에서 인간은 자신과 타자를 명확히 구별하지 못하고 자아에 고착되어 있다가, '아버지의 법(the law of father)' 즉 현실원칙을 수용하고 상징계의 단계로 진입하면서 온전한 자기정체성을 확립하게 된다는 것이다. 따라서 여기에서는 인간이 상징계의 영역에 진입하여, 주체로서의 개별성을 획득하고 타자와 관계 속에서 사회생활을 영위하기 위해 받아들여야만 하는 현실원칙, 즉 현실을 지배하는 사회·문화적 질서의 총체를 지칭하는 개념으로 '상징적 질서'라는 용어를 사용하고자 한다.

입하고자 하는 욕망을 지니고 있으며, 그 욕망을 달성하고자 하는 구체적인 실천이 구직행위임을 알 수 있다. 이에 비해 규홍(奎鴻)은 법대를 나와 판검사가 되어야 한다는 부친의 바람을 무시하고 국문과에 적을 두고 시를 쓰는 데 몰두하는 시인 지망생이다. 이때 서사에서 시를 쓰는 창작 행위는 물화된 상징적 질서를 넘어서 보다 이상적인 삶을 추구하고자 하는 현실 초월적 욕망의 구체적 실천의 의미를 띠게 된다.

결국 달수의 욕망이 상징적 질서를 지향한다면, 규홍의 욕망은 상징적 질서의 초월을 추구한다는 점에서, 상이한 방향성을 드러내고 있는 것이다. 그럼에도 불구하고, 두 욕망은 동일한 의미항으로 묶을 수 있는 공통적 속성을 내포하고 있다. 즉, 현재의 결핍을 넘어 보다 바람직한 삶을 모색하는 상승 지향적 욕망이라는 점에서 동질적 특성을 함유하고 있는 것이다. 한편 "아무 것도 할 일이 없"이 무력하게 현재에 고착된 채 육욕(肉慾)만을 채우는 준석(俊錫)에게서는 퇴행적 욕망을 읽어낼 수 있다. 이렇게 상징적 질서에 편입하고자 하는 달수와 이를 초월하고자 하는 규홍에게서 상승 지향적 욕망을, 그리고 어떤 향상의 노력도 보여주지 못하고 소외된 상태에 고착되어 있는 준석에게서 하강적 욕망을 추출해 볼 수 있다. 이렇게 보면, 텍스트의 심층구조에 〈상승적 욕망 : 하강적 욕망〉이라는 의미론적 대립항이 내재되어 있음을 알 수 있게 된다. 이러한 심층적 욕망의 대립은 표층구조에서 달수와 준석의 논쟁으로 표출되는데, 이 논쟁이 반복되어 파국으로 치닫게 됨으로써 대립적인 두 욕망은 '환멸'이라는 단일한 의미항으로 통합된다.

텍스트의 서두에서, 달수는 취직자리를 구하지 못해 "절망을 앞세우고 풀이 죽"은 모습으로 나타난다. 자신의 욕망을 성취하고자 하는 의지의 구체적 표출이 구직행위라면, 달수의 욕망은 처음부터 좌절에 직면해 있는 것이다. 이후 "매일 아침 조반을 치르기가 무섭게 쫓겨나듯 밖으로 나오"지만 "달수의 취직 행각은 역시 아무런 성과를 거두지 못"한다. 이로써 달수의 구직행위는 서사 내부에서 상황의 변화를 유발하지 못하는 무의미한 행위로 각인되고, 이와 더불어 달수의 서사축은 욕망의 추구와 좌절의 구도를 반복하게 된다.

추구와 좌절의 욕망구조는 규홍의 서사축에도 동일하게 반복되어, 규홍은 날마다 시창작에 열중하며, 신문과 잡지에 투고도 해보지만 매번 고배를 든다. 그리고 규홍이 쓴 〈혈서〉라는 시는 서사에서 초월적 욕망의 좌절을 분명하게 보여준다. 시를 쓰는 행위가 물화된 현실에 대한 상징적 대응이라면, "血書 쓰듯 / 血書라도 쓰듯 / 瞬間을 살고 싶다"는 구절이 담겨 있는 시 〈혈서〉는, 현실을 초극하려는 규홍의 몸짓이 구체적인 표현을 통해 명시적으로 표출된 것이라 볼 수 있다. 그런데 문제는 비천한 현실을 부정·초월하고자 하는 욕망의 상징적 표출로서의 '혈서'가 준석의 돌출행동으로 인해 현실화되자마자, 그것이 속악한 현실 속에서 벌어지는 비천한 행위로 전락하고 만다는 사실이다.[5] 따라서 달수의 손가락을 절단하여 혈서를 강요하는 준석의 행위는 서사의 중핵사건으로서 규홍의 초월 지향적 욕망을 좌절시킨다. 동시에 그 행위는 정상적 사회질서에 편입하고자 하는 달수의 욕망을 원천적으로 봉쇄함으로써 상승적 욕망을 하강적 욕망에 수렴시키는 역할을 하기도 한다.

추구와 좌절의 과정을 반복하는 상승적 욕망의 축과는 달리, 하강적 욕망의 축은 소외된 현실로부터의 퇴행과정을 반복한다. 이 '퇴행'이라는 심층적 의미항은 서사의 표층에서 고착의 행위와 도발의 행위로 드러나게 된다. 고착의 행위가 무지향성의 표지라면, 도발의 행위는 현재의 좌절감이 타인을 향한 왜곡된 형태의 공격으로 표출된 것이라 볼 수 있다. 준석의 도발행위는 달수와의 논쟁을 유발하는 행위와 창애에 대한

---

5) 여기서 독자는 비극적 정조보다는 차라리 짙은 페이소스만을 느끼게 된다.

육욕의 분출로 구체화되는데, 그 절정은 달수의 손가락을 절단하는 사건이다. 하강적 욕망의 축은 부정적 상황을 긍정적 상황으로 역전시킬 수 있는 매개체가 부재하기 때문에, 서사의 부정적 상황을 강화시키는 역할을 할 뿐이다.

이처럼 상승적 욕망의 축에서는 부정적인 상황을 중화(中和)시켜 긍정적인 상황으로 전화하려는 행위주체의 모색이 실패로 점철되고 있다면, 하강적 욕망의 축에는 부정적 상황을 긍정적 상황으로 전환시키려는 시도 자체가 부재하고 있다. 결국 이와 같은 심층적 서사구도가 텍스트로 하여금 부정적 상황으로 일관하다 파국으로 치닫는 절망의 미학을 분출하게 만드는 것이다.

그런데 여기서 보다 바람직한 삶을 동경하는 주체의 욕망을 좌초시키고 심지어는 주체로 하여금 절망적 현실에서 벗어나려는 어떤 노력도 없이 퇴행적 욕망에 집착하게 하는 근원은 무엇인가? 하는 의문에 직면하게 된다. 이러한 의문은 텍스트에 전경화되어 있는 병적 인물들의 기이한 행태보다는 그 현상의 배후에 도사린 현실로 시선을 돌리게 한다.[6] 왜냐하면 현재의 결핍을 넘어서 보다 나은 삶을 추구하다 좌초하여 절망적으로 부유하는 인물들의 외부에는, 역사적 현실이 '운명'의 마스크를 쓰고 똬리를 튼 채 그들을 옥죄면서 파멸로 인도하고 있기 때문이다. 따라서 이제 "역사는 상처를 주는 것이며, 욕망을 거부하고 개인적인 실천과 집단적인 실천에 가혹한 제한을 가한다. 그리고 역사의 '간지(奸智)'는 욕망과 실천에서의 명백한 의도를 음울하고 아이러니한 반전으로 변화시킨다."[7]는 발언을 환기하면서, 텍스트의 아이러니[8]에 대해 고찰

---

6) 이러한 측면에서, "현실구조를 문제삼지 않고 그의 작품에 등장하는 인물들의 병적 왜곡상에만 집착하는 것은 문제의 본질에서 조금 벗어나 있다"는 김진기의 지적은 손창섭 소설세계를 보다 내밀하게 조명하려는 문제의식을 담고 있다고 보여진다(김진기, 『한국근현대 작가연구』, 박이정, 1999, 9쪽).

할 필요가 있다.

거리에 어둠이 오면, 시각(視覺)을 통해서 보다 더 짙은 어둠이 그
의 마음을 덮어버리는 것이었다. 그리되면 어디라 갈곳이 없는 그는,
무거운 걸음으로 奎鴻이네 집쪽을 향하고 걷는 수밖에 없었다. 그렇
게 어둡고 무겁기만한 귀로에서 「최선을 다한 나의 노력은 오늘도
수포로 돌아갔다」는 생각이 어쩔 수 없는 결론이나 처럼 선명하게
의식되는 것이었다. 수포(水泡)라는 통속적 한자어는, 어둠 속에 무수
히 떴다 사라지는 물거품을 그에게 거푸 보여주는 것이었다. 일편
그러한 그의 헛수고는 비단 오늘에 한한 일만이 아닌 것 같았다. 그
것은 오늘이라는 시간을 기준으로 출생 이전의 무한한 공간에서부터
이랬고, 앞으로는 또 죽은 뒤에 까지도 영원히 이렇게 불행할 것만
같았다.9)

위의 인용문은 달수가 취직운동에 실패하고 "상여 뒤를 따르는 상제처
럼" 풀이 죽어 그가 얹혀 사는 규홍의 거처로 돌아가는 장면이다. 여기에
는 정상적 삶을 영위하고자 하는 개인의 정당한 욕망과 이를 배반하는
부조리한 현실 사이의 심연, 즉 주체와 세계의 아이러니한 대립에 대한
절망적 인식이 잘 드러나 있다. 따라서 그 속에는 근본적인 모순을 내재
하고 있는 세계와 인간의 의지로 어쩌지 못하는 현실의 부조리를 정관하
는 아이러니10)적 시각이 함유되어 있다고 할 수 있다. 그런데 달수는

---

7) Fredric Jameson, *The Political Unconscious: Narrative as a Socially Symbolic Act*, New York: Cornell
University Press, 1981, p. 102.
8) 루카치는 아이러니가 주체와 세계 사이에 가로놓인 심연을 자각한 소설로 하여
금, 잃어버린 총체성을 새롭게 창조하는 객관적 형상화를 가능하게 하는 선험적
조건이라고 말한다(Georg Lukács, 반성완 역, 『소설의 이론』, 심설당, 1985,
119~120쪽 참조). 여기서 우리는 루카치가 아이러니를 소설에 객관적 형식을 부여
하는 선험적 형식으로까지 격상시키려 하고 있음을 목도하게 된다.
9) 손창섭, 「혈서」, 『현대문학』, 1955. 1, 173쪽.
10) D. C. Muecke, 문상득 역, 『아이러니』, 서울대학교 출판부, 1980, 107~108쪽

현재의 좌절을 자신의 의지로는 영원히 벗어날 수 없는 존재론적 숙명으로 인식한다. 이는 주체의 합리적 열망을 패퇴시키는, 보이지 않는 외적 힘이 역사적 현실로서가 아니라 실존적 현실의 부조리로 형상화되어 있다는 것을 의미한다. 이렇게 손창섭 소설 텍스트에서 주체의 내적 욕망을 좌절시키는 외적 힘은 역사성을 탈각한 채 불가해하고 우연적인 운명으로 제시된다. 절망적 현실을 벗어나려는 주체의 내면적 열망을 좌초시키는 부조리한 운명의 존재는 서술의 층위에서 빈번하게 나타나는 "영원히", "언제나", "늘", "날마다", "꼭같은", "운명적인"과 같은 표현들에 의해 매우 강렬하게 환기된다. 하지만 아이러니스트의 역할을 떠맡고 있는 운명은 명확하게 텍스트의 표면에 그 존재를 드러내지 않고 배면에 숨어 주체의 욕망을 좌초시키고 있다.

결국 여기서 주체의 욕망을 좌절시키고 서사의 심층적 의미 대립항, 즉 상승적 욕망과 하강적 욕망의 대립을 파국적 종결로 이끌어, 서사에서 부정적 상황을 지속시키는 근원이 바로 운명이라는 것을 분명하게 확인하게 된다. 그 운명은 두 대립적 욕망의 파국적 종결을 통해, "이상과 동떨어진 먼 세계에 적응하려고 하는 의도적 시도는 물론이려니와, 현실에 억지로 적응하기 위해 영혼이 추상적인 이상을 포기하는 것도 무참히 좌절"11)하게 만드는 마성적 아이러니스트의 면모를 보여주고 있다. 따라서 손창섭 소설 텍스트에 나타나는 아이러니는 불가해한 세계를 텍스트에 끌어들여 의미 있는 질서를 부여하는 동시에, 부조리한 현실을 넘어서 보다 바람직한 삶을 추구하는 주체의 욕망을 배반하는 현실적 질서를 고발하기 위해 채택된 서사양식이라고 말할 수 있다. 다시 말하자면, 「혈서」에서 아이러니는 텍스트에 이해 가능한 미적 형식을 부여하는 기

참조.
11) Georg Lukács, 반성완 역, 『소설의 이론』, 심설당, 1985, 110쪽.

제이자, 주체와 세계 사이에 존재하는 간극에 대한 통찰을 보여주는 인식 원리로 채택되고 있는 것이다. 손창섭 아이러니의 중요한 특징은 인간의 지향을 좌절시키는 운명, 즉 현실의 모순을 폭로하는 '운명의 아이러니'와 함께, 그 아이러니의 희생자로서의 인물을 희화화하는 '인물의 아이러니'가 동시적으로 구현되고 있다는 점이다.

> a) 어느새 십이월이건만, 그는 겨울 내의도 없이, 맨살에다 염색한 미군 작업복 상하를 걸치었을 뿐이다. 까즐해진 그의 얼굴은 언제나 먼지투성이다. 그리고 멍든 것처럼 퍼렇게 된 입술은 의식해서 꾹 다물지 않으면 덜덜덜 떨리는 것이었다. 그래도 그는 날마다 닥치는대로 회사고, 음식점이고, 서점이고 시계방이고 그러한 구별 없이 십여군데 내지는 이십여군데나 찾아들어가 보는 것이었다.
> b) 물론 요즘 와서는 손톱만한 희망도 거는 일 없이, 그냥 그렇게 찾아다니며 중얼거리기 위해서 세상에 태어난 것 처럼 「나는 법과 대학생인데 고학생입니다. 학비와 식비만 당해 준다면, 무슨 일이든 목숨을 걸고 충성을 다하겠습니다.」 하고, 거기 있는 사람들의 얼굴을 두루 쳐다보는 것이었다. 達壽는 취직하기 위해서 그 이상의 어떠한 수단도 방법도 발견하지 못하는 것이었다.[12]

위 인용문의 a)부분은 달수가 열악한 조건을 감내하면서 취직을 하기 위해 고군분투하는 모습을 보여줌으로써, 그 내적 욕망의 강렬함을 부각시키고 있다. 이에 반해 b)는 그가 취직자리를 얻기 위해 행하는 구체적 행동을 제시함으로써, 그 행위의 맹목성과 어이없음을 두드러지게 나타내고 있다. 두 부분이 결합할 때, a)에 담긴 강한 내적 열망과 b)에서 보이는 비합리적 해결책의 상호 대립성이 부각되면서 아이러니가 발생한다. 결국 한 인물이 지니고 있는 상반된 요소들의 충돌, 즉 인물의

---

12) 손창섭, 앞의 책, 186쪽.

내적 열망과 외적 행동 사이에 존재하는 낙차로 인해서 인물의 아이러니가 발생하게 되는 것이다. 이처럼 운명의 아이러니가 주체와 세계 사이의 간극에서 생겨나는 불일치에 근거한다면, 인물의 아이러니는 주체 내·외부의 상반성에 기초한다. 그것들이 유발하는 정조도 달라서, 운명의 아이러니가 짙은 페이소스(pathos)[13]를 동반하는데 비해, 인물의 아이러니는 희화화의 효과를 낳는다.

> 그러다가 최후의 기력을 짜 내듯이, 한 손으로 昌愛의 배를 가리켰다. 그리고는 신(神)에게라도 항의하듯 필사적인 어투로 중얼거리는 것이었다.
> 「저 배를 봐. 昌愛의 배가 저렇게 불렀는데…… 저 배를 좀 봐아.」
> 간신히 그러고 나서는 어린애 처럼 입을 비쭉거리다가 마침내 達壽는 눈물을 좌르르 흘리는 것이었다.(…중략…)
> 達壽는 지금 그와 흡사히 절박한 감정에서 울고야 마는 것이었다. 무엇인지 알 수 없는 그 무엇에 대해서, 항거하려야 항거할 수 없는 무의미한 항거는, 마침내 그에게 있어서 울음으로 밖에 터져 나올 도리가 없는 것이었다.(…중략…)
> 「어이 무턱. 너는 나하구 무슨 원수를 졌니? 대천지 원수냐?」
> 俊錫은 또 한참이나 독기오른 눈초리로 達壽를 쏘아보고나서
> 「이 자식아. 昌愛의 배가 불렀건 꺼졌건, 그게 나하구 무슨 상관이 있단 말이냐? 昌愛의 배는, 어디까지나 昌愛의 배지, 내 배는

---

13) 고통을 체험한 인물이 적대적 환경에 맞서고 적극적 투쟁해 나갈 만한 힘을 갖추고 있는 경우에 비극적 효과가 발생한다면, 페이소스의 효과는 유약한 인물이 적대적 환경에 좌절해 고통을 겪는 장면에서 발생한다(한용환, 『소설학사전』, 고려원, 1992, 448쪽)는 점에 비추어보면, 왜 손창섭의 소설세계가 비극적 효과가 아닌 페이소스의 효과를 산출할 수밖에 없는가를 알 수 있다. 특히 개인이 속하고 싶어하는 사회집단으로부터 배제시키는 것이 페이소스의 근본개념(Northrop Frye, 임철규 역, 『비평의 해부』, 한길사, 1982, 59쪽)임을 감안하면, 상징적 영역의 나자민이 존재하는 손창섭 소설이 페이소스의 효과를 산출할 수밖에 없는 불가피성을 쉽게 짐작할 수 있다.

아니다. 昌愛 배가 부른게 어째서 내 죄란말야.」

하고, 악을 쓰듯이 딜대는 것이었다.

「나두 잘 몰라...... 나는 왜 그런 쓸데없는 말을 했을가.」

達壽는 울음과 웃음이 반반씩 섞인 그 비극적인 표정으로, 영문 모를 소리를 간신히 그렇게 중얼거렸을 뿐이었다.[14]

이 인용문은 텍스트에서 창애의 임신문제를 놓고 달수와 준석이 논쟁을 벌이고 있는 부분이다. 그들 사이의 논쟁은 달수의 구직행위를 두고 벌이는 논쟁으로부터 시작해서 창애의 임신문제를 둘러싼 논쟁에 이르기까지 텍스트에서 다섯 번에 걸쳐 반복적으로 제시된다. 그 제시방식이 한 번 일어난 사건을 한 번 서술하는 단회서술(singulative)임에도 불구하고, 사건이 일어날 때마다 그 사건이 요약 진술되지 않고 매번 서술됨으로 해서, 전체 텍스트에서 이 논쟁들은 가장 시선을 집중시키는 핵사건으로 전경화되어 있다.

상술한 바처럼, 이들 논쟁의 심층에는 상승적 욕망과 하강적 욕망의 대립이 존재하며, 논쟁이 반복될수록 심층의 대립도 강도를 더하다가, 결국에는 파국적인 종결을 맞이하게 된다. 이때 서술자는 주관적 논평을 통해 운명이 그러한 대립과 파국의 주재자임을 면밀하게 지시한다. 서술의 층위에서 보여지는 "맹랑한 논쟁", "기괴한 논쟁", "어처구니없는 토론", "영원히 일치점에 도달할 수 없는 괴이한 논전", "무의미한 논쟁", "운명적인 논전", "보람없는 토론", "운명적인 대립"이라는 가치 평가적 표현들은 서술자가 주관적 논평을 위해 동원하는 어휘들이다. 이들 어휘는 영원히 엇나간 채 서로 의사소통에 이르지 못하는 논쟁의 당사자, 달수와 준석이 운명에 희롱당하는 모습을 효과적으로 부각시킨다.

여기서 언제나 먼저 논쟁을 촉발하고 공격적인 태도를 취하는 준석

---

14) 손창섭, 앞의 책, 190~191쪽.

역시도 운명의 아이러니의 희생자일 뿐임을 알 수 있다. 그는 논쟁의 국면에서 위압적인 어조로 허장성세(虛張聲勢)를 부리며 표면적으로 상대방을 압도하는 듯 보인다. 그러나 이러한 준석의 태도는 오히려 자신의 잘못을 부각시키며, 무의식적인 자기 폭로의 결과만을 야기할 뿐이다. 예를 들면 "昌愛의 배는, 어디까지나 창애의 배지, 내 배는 아니다"는 준석의 억지스런 응수에서 볼 수 있는 것처럼, 그가 자신의 잘못을 강경하게 부정을 하면 할수록 내적으로는 당황해 하면서, 불합리하게 상황에 대응하는 자신의 한심스런 모습만을 노출시킬 뿐이다. 달수는 준석에 강하게 응전하려는 내적 의지와는 반대로, 소극적인 어조로 유약하게 발화를 행하며 그조차도 의문에 부친다. 그럼에도 그의 발화는 날카롭게 상대방의 약점을 파고들기 때문에, 이러한 그의 대응방식에서 어리석음을 가장한 채 교활하게 상대방을 농락하는 에이론(eiron)을 떠올리게 된다. 한편 "필사적인 어투로 중얼거"린다는 서술에서도 알 수 있는 것처럼, 서술자가 상반된 요소를 결합시킨 이율배반적 표현을 통해 달수조차도 희화화하고 있는 것을 볼 수 있다. 따라서 달수와 준석의 논쟁은 인물의 내면과 외면 사이의 분열을 드러냄으로써 인물을 희화화하는 역할을 하고 있는 것이다. 또 한편으로 서술자는 그들의 논쟁을 냉소적으로 바라보는 규홍 역시도 "히죽히죽 웃으며 바라보았다"는 주관적 묘사를 통해 희화화의 대상으로 삼는다.

결국 운명의 아이러니가 우연적이고 불합리한 현실의 모순을 폭로하고, 인물의 아이러니가 현실에 좌초당하는 인간을 희화화하는 이중적 아이러니의 구도는 텍스트에서 모든 가치체계를 무화시키는 양가성의 세계를 펼쳐 놓는다. 다시 말해, 그것은 아이러니가 현실세계의 모순을 드러내면서 기존의 가치체계를 무화시키는 기능만을 하지, 숨겨진 확고한 입장을 통해 새로운 가치체계를 구축하는 역할까지 수행하지는 못하고 있다는 것이다. 따라서 「혈서」의 아이러니는 그 아이러니에 의해 손상되지 않는 내면의 확고한 입장이 존재하지 않는 불안정한 아이러니(unstable irony)[15]라 하겠는데, 당연히 그것은 부동의 가치체계나 확고한 지향성을 제시하지는 못한다.

2) 상징적 영역의 타자들

「혈서」에 등장하는 각 행위주체는 상징적 질서에 대해 다양한 태도를 취하지만, 상징계의 타자들이라는 점에서는 모두 동일한 위치를 점하고 있다. 텍스트에서 가장 전경화되어 있는 행위주체인 달수와 준석은 퇴행적 욕망의 주체와 현실적 질서에로의 편입을 욕망하는 주체라는 점에서 상호 대립적이다. 하지만 이들은 상반성 못지 않게 공통성을 지니고 있다. 달수와 준석은 상상적 현실과 실제 현실의 불일치를 허상적 자아에 의존해 봉합하려 한다는 점에서 동질적 특성을 지니고 있다고 볼 수 있다.

> 어디 그뿐이냐. 達壽는 군대에 나가기 전에 대학교 법과를 마치고 싶었고, 그 뒤 고시에 합격하여 판사나 검사가 되었다가, 국회의원으로 당선 되려는 뚜렷한 희망조차 품고있는 것이었다. 俊錫이 아무리 그를 조소하고, 죽으라고 공격한대도, 어떠한 인간이나 매 일반으로 장래라는 무한대한 미지수에 대하여 약속없는 기대를 품어볼 수 있는 자격을 그도 소유하고 있는 것이다. 그 때문에 그는 어제도 오늘도 추위에 떨면서 취직을 구해 서울거리를 헤매이고 있는 것이 아니냐.[16]

---

15) 웨인 부스는 아이러니를, 아이러니에 의해 손상되지 않는 확고한 입장을 통해 고정적이고 안정적인 의미를 재건하는 안정된 아이러니(stable irony)와, 그러한 확고한 입장의 부재 속에서 "진실은 없다"거나 "모든 인간의 진술은 진실한 아이러니한 비전에 의해 부식된다"는 인식을 함유하고 무한한 퇴행만을 반복하는 불안정한 아이러니(unstable irony)로 구분한다(Wanyne Booth, *A Rhetoric of Irony*, Chicago · London: The University of Chicago Press, 1974, pp. 5~6, pp. 233~249 참조).

상상적 현실 속의 달수는 비록 가난한 고학생이지만, 어려운 현실을 이겨내며 상징적 질서에 성공적으로 진입해 들어가는 자수성가형의 인물이다. 그 속에는 자신이 되고 싶은 이상적 자아상이 투영되어 있는데, 그는 이러한 허상에 입각해서 자신의 정체성을 확립하려 든다. 그런데 상상적 현실 속의 허상적 자아에 의지한 정체성이 실제의 현실에서도 효력을 발휘하기 위해서는 두 세계를 이어주는 연결고리가 필요하다. 이때 상상적 현실과 실제의 현실을 연결하는 매개 역할을 하는 것이 '고학생'이라는 자기 인식이다. 이는 자신의 일관된 정체성을 보장해주는 근원적인 준거점이기에, 아무리 준석이 위협을 해도 달수는 그것을 끝까지 사수하고자 한다. 그러나 "사지가 멀쩡한 놈이 남 위에 얹혀 지내면서 대학은 다 뭐냐"는 힐난과 함께 강압적으로 '거지'라는 단어를 들이대며, 달수의 정체성을 선(先) 규정하려는 준석의 강요 역시 집요하게 이루어진다. 이때 달수가 만약 '고학생'이라는 정체성을 포기하고 '거지'라는 강요된 정체성을 받아들인다면, 그 즉시 그는 퇴행의 나락으로 빠져들고 말 것이다. 따라서 달수는 '고학생'이라는 자기 인식을 고수하며 상상적 현실과 실제적 현실 사이의 간극을 좁히기 위한 노력을 지속적으로 행한다. 하지만 취직자리를 구하려는 그의 행위가 '취직 구걸'의 형태로 전락하면서, '거지'라는 판단의 정당성만을 확인시켜주게 된다. 결국 구직행위의 반복적 실패는 상상적 현실과 실제적 현실 사이에서 분열하는 상징적 영역의 타자, 달수의 균열과 결핍만을 노출시킨다.

한편 달수의 정체성이 실현 불가능한 미래에의 동일시에 기초해 형성된다면, 준석의 정체성은 과거의 왜곡된 기억이라는 사후적으로 구성된 상상적 현실에 의존한다.

---

16) 손창섭, 앞의 책, 187쪽.

俊錫은 達壽를 향해서 화를 내지 않고는 이야기를 할 수 없는 것 같았다. 그러한 자신을 저도 알고있는 모양이라, 오래 군대밥을 먹어왔기 때문에 자기는 고분고분 말을 못하노라고 스스로 변명하듯 하기도 했다. 그러나 따지고 보면 俊錫은 가짜 상이군인인 것이다. 군속으로 전방에만 나가있던 그는 한쪽 다리가 절단되 가지고 후방으로 돌아와서 부터 어엿이 상이군인 행세를 하러드는 것이었다.[17]

위의 인용문은 서술자가 준석의 과거와 관련된 정보를 요약적으로 전달하고 있는 부분이다. 준석은 언제나 '군대'로 대표되는 남성적 힘의 기표와 자신을 동일시하면서 타자에 대한 공격을 감행한다. 그러나 위의 인용문에 근거해 보면, 그는 상상적 현실과 실제적 현실의 불일치를 과거의 허상에 의존해 봉합한 채, 자기 기만적 정체성을 형성하고 있는 주체에 불과하다. 그럼에도 이를 은폐하기 위해, 준석은 모든 책임을 우연적 상황의 탓으로 돌리고 자신을 '군대'라는 남성적 기표의 무력한 희생자로 자처하면서, 위악적으로 현실에 대응하고 있는 것이다. 따라서 퇴행적 욕망은 상징적 영역으로의 편입이 불가능한 지점에서 발생한다고 할 수 있다. 준석은 상징적 영역으로의 편입 불가능성으로 인한 좌절의식을 유독 달수를 향한 공격적 행위로 표출하는데, 이는 상이한 욕망의 충돌이자 달수가 준석의 '분신(double)'[18] 즉, 제2의 자아에 해당하기 때문에 빚어지는 현상이기도 하다. 달수는 우연적 운명의 "약속없는 기대"에 내몰려 끝없이 욕망의 좌절을 맛보는데, 준석은 그러한 그에게서 자신으

---

17) 손창섭, 앞의 책, 186~187쪽.
18) 더블(double, alter ego)에 대한 구체적 논의는 다음의 글을 참조할 것.
전수용, 「분신, 동반자, 제2의 자아」, 『현대 비평과 이론』 13, 한신문화사, 1997 봄·여름.

로서는 접근 불가능한 욕망에 대한 자각과 함께 상징적 영역으로부터 소외된 자신의 실제적 모습을 의식하게 된다. 이에 준석은 자신의 실체에 저항하면서 허상에 기댄 정체성의 유지를 위한 방어기제로서 타인에 대해 공격적 자세를 취하게 되는 것이다. 하지만 파국적 결말과 함께, 통일적 정체성을 형성하고자 하는 준석의 노력은 끝내 실패로 막을 내리게 된다. 준석의 주체성 상실은 서사의 종결부에서 "밖을 향하고 있었기 때문에 자연 대문 밖으로 걸어나가졌다"는 수동적 표현에서 볼 수 있는 것처럼, 자신이 행위의 능동적 주체가 되지 못하는 모습으로 형상화된다.

상징적 영역에서 소외된 달수나 준석과 달리, 규홍은 스스로 상징적 영역으로부터 분리되어 나온다. 그는 부유한 집안의 장남이지만 판검사가 되라는 아버지의 요구를 무시하고 시를 쓰는 데 몰두한다.[19] 여기서 그가 달수와 달리 상징적 영역의 결핍을 간파하고 그로부터 자신을 분리한 채, 일정한 거리를 두고 냉소적으로 그것을 바라본다는 것을 눈치챌 수 있다.[20] 그의 현실 초월적 욕망은 시쓰기, 구체적으로 말해서 '혈서'라는 기표에의 집착으로 나타난다. '혈서'는 텍스트 전체를 장악하는 지배기표의 역할을 떠맡고 있음에도 불구하고, "내용 없는 혈서"라는 표현이 암시하듯이 기의를 만나지 못하고 기표만의 무의미한 유희를 지속한다. 이는 초월적 욕망의 주체인 규홍이 아직 뚜렷한 지향점을 찾지 못하고 현실 속을 부유하고 있음을 의미하고 있는 것인데, 결국 텍스트의 모든 행위주체가 '혈서'라는 기표를 중심으로 연결되면서 규홍 역시도 자기

---

19) 규홍은 「잉여인간」의 서만기의 도래를 예언하는 인물이다. 규홍에게서 냉소적인 면모만 제거한다면, '교양'을 갖추고 타인에 대한 휴머니티 가득한 책임의식을 버리지 않으면서 부조리한 현실에 꿋꿋하게 맞서나가는 윤리적 주체, 서만기의 모습을 찾아 볼 수 있다.

20) 라캉은 분리 과정을 '두 개의 결핍이 만나는 것', 즉 주체를 규정하는 대타자가 나만큼 결핍된 존재임을 깨닫는 순간 분리가 일어난다고 말한다(홍준기, 「지젝의 라캉 읽기」, 『문학과 사회』, 2000 겨울, 1886쪽).

소거의 위기에 봉착한다.

한편 창애는 줄곧 외부의 상황에 무표정과 무반응으로 일관하며, '앉아 있다'는 단어로 환원될 수 있을 정도로 고착적 태도를 보여준다. 그녀의 고착적 이미지는 "돌부처", "돌멩이", "석상(石像)", "목석", "바위" 등 정물적인 수식어로 인해 보다 강화되는데, 이들 어휘들은 대부분 광물성의 이미지를 띠고 있다는 공통점을 지니고 있다. 그녀의 부동적 태도와 광물성의 이미지에서 비참한 현실로부터 도피하여 생명 이전의 무기물로 회귀하고자 하는 자기 소멸의 욕망을 읽어낼 수도, 불가항력적인 현실에 대한 체념과 견딤의 역설적 의지를 찾아낼 수도 있을 것이다. 어쨌든 창애는 원초적 불구성으로 말미암아 상징적의 영역에서 철저하게 소외된 결핍의 주체가 된다는 점에서, 다른 행위주체와 마찬가지로 상징적 영역의 타자라 할 수 있다.

지금까지 살펴본 바와 같이, 「혈서」에는 다양한 유형의 행위주체가 등장한다. 하지만 모두들 비정상적이고 안정된 정체성을 형성하지 못하고 있으며, 상징적 영역의 타자라는 점에서 동질적 존재로 파악될 수 있다. 구체적으로 말하면, 그들은 전통적 소설의 주체처럼 자기 동일적 정체성을 형성하고 있지도 못하며, 세계에 대해 이성적이고 합리적인 태도를 취하지도 못한다. 그리고 모두들 자의든 타의든 상징적 영역으로부터 소외된 채, 허무와 절망의 늪에서 허우적거리는 존재들이다. 그러면서도 동일한 공간에 모여 무의미한 논쟁을 벌이거나 침묵 혹은 냉소로써 서로에 대응하기 때문에, 타자와의 소통을 통한 상호 주체성의 형성에도 이르지 못한다. 이처럼 자기 분열적이고 좌절만을 거듭 경험하는 행위주체의 존재는 아이러니의 주요한 토대가 된다. 그러나 무엇보다도 아이러니의 형성을 견인하는 텍스트의 핵심주체로는 서술주체를 꼽을 수 있다. 따라서 서술주체가 시점의 제국면에서 행위주체와 관계하는 방식을 조명함으로써, 아이러니가 생산되는 과정을 보다 면밀하게 고찰해 볼 필요가 있다.

「혈서」에서 서술주체는 한편으로는 상징적 영역의 타자인 행위주체의 시점을 따르면서 운명의 아이러니를 견인하다가도, 또 한편으로는 시점 국면간의 불일치를 통해 인물의 아이러니를 견인해낸다.[21] 먼저 서술주체가 운명의 아이러니를 구현하는 방식을 살펴보면, 서술주체가 제한적 경험주체의 시점을 따라가면서 그의 내면을 제시함으로써, 인물의 욕망을 좌초시키는 부조리한 운명의 존재를 강력하게 환기시키고 있음을 알 수 있다.

> 그런데 몇 달을 두고 진력해도 어째서 자기만은 취직이 안되는
> 지 알 수가 없었다. 물론 그가 모를 일이란 그것 뿐만은 아니었다.
> 우선 그 자신이 죽지않고 이렇게 살아 있다는 것 부터가 達壽에
> 게는 도무지 알 수 없는 일이었다.(...중략...) 그 생각은 납덩이 처
> 럼 무겁게 잠시도 쉬지않고 그를 짓누르는 것이었다. 그러한 達壽
> 에게는 俊錫이가 살아 있다는 것은 더욱 믿을 수 없는 일이었다.
> 모가지나 허리통이 뚝 끊어져 나가지 않고, 어째서 공교롭게도 한
> 쪽 다리만이 저렇게 잘라졌을가 하고 達壽는 늘 신기해 했을 뿐
> 아니라, 한번은 그런 생각을 입밖에 까지 냈다가 俊錫의 격분을
> 산 일이 있었던 것이다.[22]

위의 인용문은 취직을 못하는 것에 대한 달수의 비관적 의문이, 존재를 지배하는 운명적 법칙의 부조리와 불가해성에 대한 존재론적 물음으로 심화되고 있는 부분이다. 여기서 서술주체는 인물의 수준으로 내려가,

---

21) 시점을 어법적 국면·시공간적 국면·심리적 국면·관념적 국면으로 나누어 고찰하는 우스펜스키는, 각 국면들에서의 시점의 불일치가 아이러니를 생산하는 가장 중요한 기제라고 지적한다(Boris Uspensky, 김경수 옮김, 『소설구성의 시학』, 현대소설사, 1992, 186~194쪽).
22) 손창섭, 앞의 책, 186쪽.

달수의 내적 감정과 심리상태를 세심하게 전달하고 있다. 즉 달수의 내면으로 파고 들어가서, 문제의 원인이 무엇인지 모르고 절망에 빠져드는 인물의 내면심리를 상세하게 보여주고 있는 것이다. 이렇게 되면, 인물의 절망적 심정과 함께 배후에서 인물의 욕망을 좌절시키는 불가해하고 적대적인 운명의 존재가 환기된다. 이로써 행위주체로서는 인지할 수도 넘어설 수도 없는 거대한 운명의 간지(奸智)가 부각되면서, 운명의 아이러니가 효과적으로 견인되는 것이다.

한편 어법적 국면과 관념적 국면의 불일치, 시공간적(지각적) 국면과 관념적 국면의 불일치는 인물의 희화화와 함께 인물의 아이러니를 발생시키는 효과적인 기제가 되고 있다.

1) 그러나 達壽의 뚱딴지 같은 대답에 준석은 실없이 화가 동하는 것이었다. 밥을 굶었느냐고 묻는데 취직을 못 했다는 건 무슨 얼빠진 수작이냐는 것이다. 그야 뻔한 일이 아니냐, 네까짓 게 일년을 두구 싸다녀 본들 누가 똥 싸놓구 간 자리 하나 얻어걸릴 턱이 있겠느냐는 것이다. 達壽는 이 말이 좀 억울하다고 생각한다. 그래서 그는, 한 군데서는 이 삼 일 뒤에 한 번 들러 보라구 그랬는데, 하고 항변해 보는 것이다.[23]

2) 「나 말구두 고학생이 얼마든지 있는데 그래.」
「이자식아 네가 고학생이야? 거지지 무슨 고학생이야. 그래 거지가 대학엘 가? 거지가.」
「그래두 난 정말 대학을 마치구 싶은 걸 어떡거노. 그래야 성공하잖어.」
「이런 맹추 봐……성공? 아니 성공이라구?」
俊錫은 숨이 다 컥컥 막힐 지경이었다. 그는 하도 기가 차서 말

---

23) 위의 책, 176쪽.

을 할 수 없다는 듯이, 목석이나 다름없는 昌愛쪽으로 고개를 돌려 동정을 청해보는 것이었다.

「昌愛야 이 자식, 이게 아주 멍텅구리이지? 형편없는 천치 아냐.」

물론 昌愛는 아무런 대답도 없는 것이다. 옆에서 벌어진 이 기괴한 논쟁에도 창애는 전연 무관심한 태도였다.[24]

1) 인용문은 서술주체가 적극적으로 관여하여 달수와 준석의 논쟁을 전달하고 있는 부분이다. 여기서 서술주체는 자신을 인물과 연루시키면서 인물의 목소리를 그대로 옮겨 적고 있다. 그러나 문제는 서술주체가 어법적 수준의 시점에서는 인물을 따르고 있지만, 관념적 수준의 시점에서는 각 행위주체로부터 떨어져 나와 그들을 평가의 대상으로 삼고 있다는 점이다. 이때 인물의 시점은 서술자의 시점에 종속되어 그것의 구성적 요소로 기능하게 된다. 이처럼 서술주체가 관념적 국면에서는 각 행위주체와 비판적인 거리를 유지(dissonance)하면서 그들을 평가의 대상으로 삼기 때문에, 어법적 수준에서의 시점과 관념적 수준에서의 시점간에 불일치 현상이 일어난다. 그리고 이러한 시점의 불일치로 인해, 기괴한 논쟁을 벌이는 인물이 희화화되면서 인물의 아이러니가 발생하게 되는 것이다.

2)의 인용문은 달수와 준석이 달수의 학업문제를 놓고 논쟁을 벌이고 있는 장면이다. 여기서, 서술주체가 완전히 뒤로 물러선 채 장면화를 통해 인물들의 논쟁을 객관적으로 제시하다, 서서히 자신의 존재를 드러내고 있는 점이 눈에 띈다. 이때 서술주체는 시공간적 수준에서는 지각대상으로서의 인물과 상당히 인접해 있다.[25] 하지만 심리적 국면에서는

---

24) 위의 책, 177~178쪽.

25) 이부순은 「혈서」에서 작중인물과 사건이 시공간적 근접성을 나타내는 지시어 '이'로 지칭되고 있음을 지적함으로써, 인식적 거리는 축소된 반면 심리적 관념적 거리는 확대되어 있음을 밝혀내고 있다. 그러나 그는 심리적 관념적 거리를 특정

인물의 내면까지 투시를 하다가 일정한 거리를 유지하려 하는데, 이는 "듯이"라는 소원화어(word of estrangement)[26]를 통해 확인할 수 있다. 더구나 관념적 국면에서 그 거리는 더욱 벌어져, 인물들의 기이한 행태를 "기괴한 논쟁"이라는 단정적 표현을 동원하여 명시적으로 평가하고 있는 점이 눈에 띈다. 이는 장면화를 통해 인물의 기이한 언행을 객관적으로 제시한 후 그것을 명시적으로 재단하는 것이기에, 시공간적 측면에서의 거리와 관념적 국면에서의 거리간의 불일치를 명백히 보여준다. 이러한 시점 국면간의 불일치현상은 인물의 희화화 효과를 낳으며, 인물의 아이러니가 보다 효과적으로 형성되는 데 크게 기여한다.

한편 결과적으로 아이러니는 상반된 요소들의 결합을 통해 양가성의 세계를 펼쳐 놓음으로써, 기존의 가치체계를 무화시키고 무의미와 무지향을 담지하고 있는 허무주의 담론을 생산해 내는 데 있어서 중요한 역할을 한다. 「혈서」에 나타난 양가성은 "울음과 웃음이 반반씩 섞인 운명적인 표정"이란 이율배반적 표현으로 집약되는데, 그것은 서술의 국면뿐 아니라 서사의 심층구조와 정서적 효과의 측면에 이르기까지 다양한 국면에서 드러난다. 먼저 구조적 측면에서 나타나는 양가성은 파국적 결말에서 상승적 욕망과 하강적 욕망의 절합으로 이루어진다. 이는 화합할 수 없는 상이한 요소의 결합이라는 점에서 양가적 결합이라 할 수 있다. 특히 구조적 측면의 양가성은 현실이 부조리하지만, 그 부조리를 넘어서려는 모든 저항의지와 욕망도 무의미하다는 도도한 허무주의적 실존인식을 함유하고 있다는 점에서 매우 문제적으로 다가온다. 정서적 측면의 양가성은 희화화로 인한 희극적 요소와 페이소스의 정서가 결합되어 발

도덕적 기준이나 관념을 전제로 해야만 하는 풍자적 의도의 구체화로 파악함으로써, 본고와는 정반대의 해석에 이르고 있다(이부순, 「소설의 서사적 거리와 태도」, 『현대소설 시점의 시학』, 새문사, 1996, 379~387쪽).
26) Boris Uspensky, 앞의 책, 144쪽.

생하는데, 텍스트의 미의식을 결정하는 중요한 요소로 간주될 수 있다. 인물의 축에서도 공존할 수 없는 것의 결합을 통한 가치의 무화현상은 두드러지게 나타난다. 타인에 대한 성실한 보살핌과 냉소의 시선이 공존하는 규홍의 모순적 태도가 그렇고, 창애를 사물과 결합시키는 비유적 표현으로 인간의 존재론적 가치를 무화시키는 서술 등도 텍스트 전반에 걸쳐 나타나는 양가성의 일단을 보여준다.

3) 역설의 유토피아

하나의 담론이 형성되는 과정은 서사의 제요소를 유기적으로 배합하는 텍스트화의 공정과정을 거쳐 통일적인 의미망을 구축하는 과정이다. 이러한 과정을 거쳐 완성된 특정 담론은 세계에 대한 특정한 이해방식, 혹은 특정한 이데올로기적 가치를 함축하게 된다. 마찬가지로, 허무주의 담론은 비정상적 서사주체 등 서사의 제요소가 양가성을 산출하는 아이러니와 같은 서사형식에 의해 추구와 좌절의 서사의 궤적을 그려나감으로써 형성된다. 이렇게 형성된 「혈서」의 허무주의 담론은 현존재와 기성의 질서는 물론 초월적 가치까지도 부정하는 듯한 모습을 보여주는데, 여기서 그 속에 함축된 세계인식을 정리하면 다음과 같다. '인간의 존재 자체는 물론 인간적 삶의 토대가 되는 현실의 질서도 부조리하다. 그렇다고 주체가 개입해서 현실의 변화를 도모하는 것도 불가능하다. 현실에 개입하려는 주체의 의지는 언제나 패배로 귀결되기 때문에, 그것을 넘어서고자 하는 어떤 초월적 가치도 성취될 수 없다.' 이와 같은 허무주의적 인식 앞에서, 새로운 대안적 가치체계가 들어설 틈은 조금도 존재하지 않는다. 따라서 그것은 기존의 가치체계를 부정하고 해체하는 데는 능숙하지만, 적극적으로 새로운 가치체계를 생성하는 데까지 나아가지는 못한다. 이러한 허무주의를 '소극적 허무주의'[27]라 명명할 수 있는 바, 이는 언제나 평자들에게 비판의 표적이 되어 왔다.

  그러나 소극적 허무주의의 담론은 '역사적 현실'의 상징적 재현이자,[28] 그에 대한 저항점을 형성한다는 면에서 그 의의를 간과할 수 없다. 다시 말해, 그것은 부조리와 결핍의 현실을 결여의 형식으로 재현·비판하는 동시에 보다 바람직한 세계를 향한 열망을 독특한 방식으로 드러냄으로써, 서사의 기대지평을 확대하고 있는 것이다.

  1950년대는 전쟁으로 인해 전 국토가 초토화되면서 기존의 물적 기반과 가치체계가 전면적인 붕괴를 맞은 시기다. 물적 토대의 붕괴는 개인으로 하여금 오직 자기 보존본능에 입각한 이기적 욕망에만 집착하게 만든다. 그리고 전통적 가치체계의 해체와 새로운 사회적 규범의 부재는 혼돈만을 낳은 채 미래의 전망을 불가능하게 한다. 이에 50년대는 역사적 폭력 앞에서 불안에 떠는 시대, 삶의 준거기준을 상실한 허무의 시대, 어떤 합리적 전망도 불가능한 혼돈의 시대일 수밖에 없다. 사회가 부정성을 산출하면 할수록, 예술적 세계는 더욱더 부정적이 된다[29]는 것을 증명이라도 하듯이, 허무주의 담론은 이러한 시대의 부정성을 첨예하게 드러낸다. 즉, 허무주의의 담론은 아름다움의 미학이 아니라 추(醜)의 미학을, 긍정과 환희의

---

27) 손창섭의 허무주의는 권태와 체념을 낳고 도처에 편재해 있는 무의미성으로부터 벗어날 수 있는 방도를 찾지 못하게 하며 만성적인 환멸의 상태를 촉진하는 소극적인 허무주의(John Goudsbom, 천형균 역, 『니힐리즘과 문화』, 문학과 지성사, 1988, 36쪽) 혹은, 비하된 삶 속에서 가치도 의미도 목적도 없는 세계만이 지속되는 반응적 허무주의(Gilles Deleuze, 이경신 옮김, 『니체와 철학』, 민음사, 1998, 261쪽)의 성격을 띠고 있다.
28) 이는 작가의 개인적 성장사와도 밀접한 연관이 있는 것이지만, 작가의 개인적 체험도 역시 '역사적 현실'이라는 보다 넓은 자장에 포함될 수밖에 없다. 특히 "외관상 개인적이고, 리비도로 가득 찬 작품일지라도, 모든 제3세계 문학은 필연적으로 민족적 알레고리의 형식으로 그 문학을 낳은 정치적 공간의 모습을 투사한다"(Fredric Jameson, "Third-World Literature in the Era of Multinational Capitalism", *Social Text*, vol. 1, no. 5, Fall, 1986, p. 69)고 본다면, 이는 너무도 당연한 지적이라 할 수 있다.
29) 문병호, 『아도르노의 사회이론과 예술이론』, 문학과 지성사, 1993, 159쪽.

미학이 아니라 부정과 절망의 미학을 발산하면서, 전후의 역사적 현실을 상징적으로 재현한다.[30] 그 서사적 재현은 현실을 보다 진실되게 드러내고자 하는 노력의 소산으로, 현실과의 어설픈 화해의 제스처로 서사적 긴장을 이완시키지 않은 채, 현실의 부정성을 자연스럽게 들추어낸다. 이는 역사적 현실을 비판·부정하는 이데올로기적 효과를 산출하게 되는데, 그 구체적인 실례를 서사주체의 국면에서 찾아 볼 수 있다.

　비정상적이고 자기 균열적 서사주체는 단일한 통일적 정체성의 신화를 위협한다. 이들은 상징계가 은폐하고 배제하려는 '비천체(卑賤體, the abject)'[31]들이다. 따라서 이들의 존재 자체가 현실을 부정적으로 재현함으로써 현실의 모순을 들추어내는 효과를 낳는다. 나아가 그들은 지배 이데올로기의 재생산 체계를 혼란에 빠뜨린다. 통일적이고 안정된 주체의 부재 속에서는 지배 이데올로기의 호명도 원활하게 작동할 수 없다. 현존하는 지배 질서 자체가 존재하고 재생산되기 위해서는 주체들이 상징적 질서 안에 자신이 존재하고 있음을 인식하고, 또 수행적인 제스처를 반복함으로써 상징적 질서 내부에서 그들이 차지하는 위치를 계속해서 확인할 수 있어야 한다.[32] 하지만 안정된 정체성을 보유하지 못한 비정상적 주체는 상징적 질서로의 편입욕망에도 불구하고, 언제나 이데올로기의 호명체계의 불완전성을 드러내며 상징적 영역의 타자로 남아서, 우연적 운명이 필연적 체계를 이루는 현실적 질서의 모순을 고발한다. 특히 추구와 좌절의 욕망구도를 통해, 텍스트의 생산주체는 각 행위주체의 욕망을 좌초시

---

30) 더 구체적으로 말하자면, 「혈서」의 허무주의 담론은 암울한 시공간 속을 부유하는 비정상적 서사주체를 전경화하고 있기에 필연적으로 추의 미학을 발산할 수밖에 없고, 그들이 추구하는 욕망이 모두 좌절에 직면하기 때문에 절망의 미학을 배태하게 되며, 기성의 질서를 부정하면서도 새로운 가능성을 보여주지 않기에 당연히 부정의 미학을 분출하게 되는 것이다.

31) Kelly Oliver, 박재열 옮김, 『크리스테바 읽기』, 시와 반시, 1997, 91쪽.

32) Slavoj Žižek, 「"열정적인 집착"에서 반-동일시로」, 라깡과 현대정신분석학회 편, 『우리시대의 욕망 읽기』, 문예출판사, 1999, 262쪽.

키는 불가해한 운명이라는 현실의 실체를 폭로함으로써, 욕망을 좌초시키는 현실을 부정하려 든다.

결국 소극적 허무주의는 현실과 견고한 긴장을 유지한 채, 텍스트가 당위적 명제로 환원되지 않게 함으로써, 지배 이데올로기로의 침윤을 방지하는 긍정적 미덕을 발휘한다. 사실 모든 가치체계를 의문에 빠뜨리는 허무주의 담론 앞에서는 어떤 이데올로기도 자신의 정당성을 효과적으로 설득하기가 어려워진다. 더욱이 엄격한 선악의 이분법에 근거한 지배 이데올로기는 그 경직성으로 말미암아 더 난처한 상황에 봉착할 수밖에 없다. 통일적인 주체를 내세우며 확고한 가치 지향성을 드러낸 휴머니즘 담론이 지배 이데올로기에 동화되어 그 이데올로기의 정당성을 옹호하는 역할을 했다는 것을 상기한다면, 허무주의 담론의 의의가 얼마나 큰가를 쉽게 짐작하게 된다.

그리고 궁극적으로, 현실 비판적 기능을 발휘하는 허무주의 담론은 하나의 텍스트가 뚜렷한 지향점이 없이, 어떻게 부조리한 현실을 넘어서 보다 나은 세계를 갈망하는 유토피아 의식을 담아낼 수 있는가를 보여준다. 표면적으로 보아, 「혈서」는 텍스트 전체가 뚜렷한 전망이 소멸한 채 절망과 좌절의 이미지로 채색되어, 유토피아적 지향의식이 부재하는 것처럼 보인다. 특히 규홍의 현실 초월적인 상승적 욕망조차도 파멸로 치닫게 하는 서사적 구도는, 유토피아 의식의 부재를 단적으로 보여주는 것처럼 보인다. 하지만 그것은 초월적 욕망 자체가 부질없는 짓이라고 말하는 것이 아니라, 그 초월적 지향을 좌절시키는 역사적 현실의 부정성을 폭로하는 역할을 하고 있다고 판단된다.

사실 「혈서」가 보여주는 추와 절망과 부정의 미학은, 궁극적으로 역사적 현실의 부정성을 들추어내는 데 목적이 있다. 다시 말해, 텍스트의 모든 제반 요소들과 그것들로 이루어진 서사의 형식적 구도는 역사적 현실의 부정성을 드러내어, 이를 비판·부정하는 데 초점이 맞추어져 있다는 것이다. 그런데 왜 「혈서」는 온통 현실의 부정성을 드러내는 데만 몰두하는가? 이는 허무주의 담론이 발산하는 유토피아적 욕망의 표출방식과 밀접한 상관관계가 있다. 문학 텍스트는 긍정적인 방식으로 명확한 지향체계를 제시함으로써만이 아니라, 바람직한 지향체계를 공백으로 남겨놓는 방식으로 유토피아적 전망을 표출하기도 한다.

「혈서」의 생산주체는 자신이 창조한 문학 텍스트가 "나와의 공존과 共感을 허용하려 하지 않는 旣成社會, 권위에 대한 억압된 나의 인간적 발산이 문학 형태로 나타난 것"[33]이라고 고백하고 있다. 이 고백은, 역사적 현실로 인해 발생하는 고통에 대한 저항과 유토피아적 열망의 투영물로서 문학 텍스트가 가지는 의의를 강조하는 말에 다름 아니다. 따라서 역사적 현실의 부정성만을 들추어내는 추와 절망과 부정의 미학 속에는, 비참한 현실을 극복하고자 하는 텍스트 생산주체의 유토피아적 욕망이 내재되어 있다고 말할 수 있는 것이다. 즉, 이 텍스트에 나타난 보다 바람직한 삶을 염원하는 욕망의 좌절구도는 유토피아적 지향에 대한 비판을 드러내는 것이 아니라, 그러한 욕망까지도 파멸로 치닫게 하는 부정적 현실을 폭로·비판하고자 하는 것이다. 또 한편으로 텍스트의 생산주체가 '존재와 세계 자체가 부조리하고, 주체가 개입해서 현실의 변화를 도모하는 것도 패배로 귀결되기 때문에, 그것을 넘어서고자 하는 어떤 초월적 가치도 성취될 수 없다'고 발언하더라도, 텍스트의 수용주체는 오히려 현실의 부정성만을 부각시키는 텍스트에 대한 역작용으로 보다 바람직한 세계를 열망하게 되는 것이다.

그러므로 역설적으로 말해서, 서사의 표면에서 사라진 유토피아 의식은 그 부재를 통해 유토피아적 열망을 보다 강렬하게 표출하고 있다고 말할

---

33) 손창섭, 「아마츄어 작가의 변」, 『사상계』, 1965. 7, 301쪽.

수 있다. 이 역시 서사 내적 필연성을 결여한 채 당위론적 명제로 제시된 유토피아 의식이나, 실체가 없는 허상으로 제시된 퇴행적 유토피아 지향이 현실 비판의 기능을 수행하기는커녕, 또 하나의 경화된 이데올로기로 전락되는 것에 비하면 커다란 미덕으로 지적될 수 있다.

그런 측면에서, 「혈서」는 명확한 가치 지향성을 제시하지 않고도, 서사적 긴장을 유지하며 현실 비판과 유토피아적 욕망을 담아내는 텍스트를 창조할 수 있음을 보여주는 구체적인 실례가 되고 있는 것이다. 단지 손창섭 소설 텍스트에 나타나는 소극적 허무주의는 그 현실 부정성에도 불구하고, 부정적 현실을 재생산하는 하부구조의 모순에 대한 성찰에까지 이르지 못했다는 한계를 갖고 있다. 그 성찰의 부재는 인물의 축에서 자기 반성의 결핍으로 나타나는데, 이는 역사적 현실을 선험적 운명의 차원에서 접근하는 데 기인한 현상이라고 할 수 있다. 그리고 자기 반성이 존재하더라도, 그것은 사회적 현실과의 연관 속에서 이루어지는 것이 아니라 개인의 내면에 갇히는 자폐성으로 드러난다. 「잉여인간」은 사회적 모순의 구조적 매카니즘에 대한 비판과 서만기라는 윤리적 주체의 존재로 해서, 이러한 문제점을 일정 부분 극복했다는 긍정적인 평가를 내릴 수도 있다. 하지만 소설에서 윤리적 정당성이 미학적 성과를 판별하는 기준이 될 수 없음을 감안한다면, 그 긍정성이 텍스트에서 얼마나 긴장력 있게 미적으로 형상화되었는가에 대한 평가는 유보하지 않을 수 없다.[34] 이는 결국, 손창섭 소설미학의 본령이 소극적 허무주의를 통해 보다 바람직한 사회에 대한 유토피아적 동경을 역설적으로 드러내는 데에 있다는 것을 확증시켜준다.

---

34) 손창섭의 변모에 대해 비판적인 견해를 내놓는 대표적인 논자가 김동리이다. 그는 후기의 작품세계가 '병적'과 '무의지'에서 '의지'와 '행동'의 세계로 전환을 보여주지만, 그럴수록 서사적 긴장력이 떨어지고 있다고 부정적으로 평가한다. (김동리, 「<무명>에서 <광명>으로」, 『사상계』, 1959. 4).

2. 결말의 반전과 일상성의 회복 의지 : 「암사지도」

1) 하강적 구조와 대단원의 반전

역사적 현실의 부정성과 그로 인한 개인의 상처와 고뇌에만 초점을 맞추는 논자들은, 「암사지도」를 혼돈과 퇴폐의 분위기로 일관함으로써, 절망과 허무의 미학만을 분출하는 텍스트라고 단정한다.[35] 반면에 전흔(戰痕)의 극복의지에 관심을 집중하는 평자들은, 이 텍스트가 전쟁의 상흔 자체를 들추어내기보다 이를 딛고 일어서려는 신념을 제시함으로써, 희망과 긍정의 미학을 발산하고 있다고 평가한다.[36] 이처럼 동일한 텍스트를 두고 상이한 평가가 공존하는 것은 실상 화해 불가능한 대립적 입장에 기인한 결과라기보다는, 텍스트가 지닌 양면성 중 한 측면만을 지나치게 강조한 탓에 빚어진 현상으로 여겨진다. 즉, 그것은 서사의 다양한 구성요소들이 유기적으로 결합되어 통일적인 의미망을 형성해 나가는 텍스트 내적 구성원리를 도외시한 채, 특정 층위에만 관심을 집중하기 때문에 일어나는 현상인 것이다. 이에 상이한 두 입장을 통합적으로 이해할 수 있는 출발점이 필요한데, '암사지도(暗射地圖)'라는 텍스트의 제목은 상이한 평가를 유발하는 근본적인 요인이 무엇인가를 포착해 낼 수 있는 근거점이자, 두 입장을 동시적으로 포괄할 수 있는 화해로운 융합점

---

35) 대부분의 논자들이 이와 같은 입장에 서 있는데, 그 대표적인 평문으로는 아래의 글들을 들 수 있다.
　천상병, 「구질서에의 안티테에제- 암사지도」, 『현대한국문학전집』 7, 신구문화사, 1966.
　이보영, 「난세의 부조리와 구원」, 『문예중앙』, 1982. 6.
　정현기, 「허무주의 혹은 냉소주의의 소설적 전개」, 『소설문학』, 1984. 9.
　이재선, 『현대한국소설사』, 민음사, 1991.
36) 홍사중, 「파격의 포오트레이얼- 서기원론」, 『현대한국문학전집』 7, 신구문화사, 1966.
　이형기, 「암사지도와 전후의 의미- 서기원론」, 『한국단편문학대계』 19, 삼성출판사, 1969.

을 제공해 준다.

일반적으로 소설작품의 제목에는 내용을 간명하게 제시하거나 주제를 암시하려는 의도가 담겨 있기 마련이다.[37] '암사지도'라는 상징적 제목 역시도 서사의 내용을 압축적으로 드러내는 동시에 주제를 암시하는 이중적 역할을 수행한다. '암사지도'의 사전적 의미는 도로나 도시같은 인공물이 기입되어 있지 않고 산과 바다 그리고 하천만을 그린 지도이다.[38] 그런데 이 용어가 텍스트의 제목으로 배치되면, 그 지시적 의미를 넘어서 기존의 물적 토대와 가치체계가 붕괴된 전후의 시대적 정황을 지칭하게 되면서, 전체적인 서사내용을 함축적으로 담아내게 된다. 나아가 그것은 인간이 창조한 모든 인공적 창조물이 파괴된 후에도 존재하는 인간의 자연적 본성을 뜻하는 의미의 확대과정을 거쳐, 텍스트의 주제를 효과적으로 암시하는 기능을 하게 된다. 이렇게 '암사지도'라는 단일한 단어가 부정적 의미뿐만 아니라 그와 대립되는 긍정적 의미까지도 함축할 수 있는 근거는, 근본적으로 텍스트 내적 문맥에서 찾아낼 수 있지만, 그에 앞서 텍스트의 생산주체가 제공하는 외적 정보를 통해서도 밝혀낼 수 있다.

서사 텍스트의 해석작업은 본질적으로 텍스트를 하나의 독립적인 소우주로 간주하면서, 그 자체의 고유한 미학적 구성원리를 규명하는 데 목적이 있다. 그러나 이 말이 모든 텍스트 외적 정보를 배제하고 오직 내재적 접근방식을 택해야만 한다는 뜻은 아니다. 텍스트는 그 자체가 자기 완결적인 총체를 형성하는 소우주이지만, 동시에 현실과의 부단한 관계 속에서 형성된 축조물이라는 점에서 사회 · 역사적 상황의 산물이기도 하다. 따라서 실제 작가의 생애와 발언 그리고 당대의 사회 · 역사적

---

37) 김천혜, 『소설 구조의 이론』, 문학과 지성사, 1990, 18쪽.
38) 서기원, 「암사지도에 관하여」, 『한국전후문제작품집』 1, 신구문화사, 1964, 412쪽.

상황 등 텍스트 외적 정보를 알고 있으면, 텍스트 외부에 선재하는 다양한 질료들이 미적 축조과정을 거쳐 자족적인 서사체를 형성하는 과정을 명료하게 파악할 수 있기 때문에, 보다 풍성한 텍스트 해석의 성과를 이끌어낼 수 있게 된다.[39]

> 이 作品의 主題는 실상 女子가 애를 낳겠다는 平凡하고도 너무나 當然한 本能으로 特異한 狀況속에서 再認識하며 强調하기 爲한 것이었다. 그것은 尊嚴한 信仰이며 不滅의 眞理일 것이다. 생명에의 原始的인 愛着과 信仰은 우리들의 苦惱와 課題가 決코 具體的으로 解決할 수 있는 것은 못되나 救援으로의 可能性과 暗示를 얻을 수 있으리라고 確信했다.[40]

이 인용문에서 텍스트 생산주체는 「암사지도」에서 드러내고자 한 주제적 의도를 직접적으로 피력하고 있다. 여기서 표면적 서사내용이 전반적으로 퇴폐와 허무의 분위기를 물씬 풍기고 있음에도 불구하고, 정작 텍스트 생산주체는 「암사지도」에서 "생명에의 原始的 愛着과 信仰"을 부각시킴으로써, 낙관적 전망을 제시하려 했다고 말하고 있는 점이 눈에 띈다. 이는 종결부 이전의 서사적 전개과정은 단지 낙관적인 전망을 효과적으로 표출시키기 위한 의도 속에 배치되고 있다는 것을 의미한다. 그리고 이 때문에, '암사지도'라는 제목이 부정적 의미와 더불어 긍정적인 의미를 함축할 수 있게 되는 것이다. 결국 여기서 텍스트의 생산주체가 '사회를 지탱하는 기본적 물적 토대와 도덕적 가치체계가 붕괴된 상황에

---

39) 텍스트의 의도성에 대한 고려는 사실 그 자체에 대해 일단 침잠할 것을 요망하는 정당한 요구의 수용이라는 점에서 올바른 비평적 태도이다. 물론 작품의 의도성에 대한 분석 역시 비평의 필요조건이지 충분조건은 아니라는 사실도 당연히 받아들여야 할 진리이다(Norbert Mecklenburg, 허창운 역, 『변증법적 문예비평』, 예림기획, 1999, 134~135쪽 참조).
40) 서기원, 앞의 책, 413쪽.

서도 생명에의 원시적 애착이라는 보편적 가치는 영속한다'는 인식론적 전제 하에 서사 텍스트를 창조하고, 이를 통해 절망적 현실을 넘어 설 수 있는 구원의 가능성을 제시하려 하고 있음을 알 수 있게 된다.

그러나 텍스트 생산주체의 의도가 서사 텍스트에 어떠한 변형도 없이 그대로 관철되는 것은 아니다. 오히려 텍스트의 창조과정 속에서, 생산주체의 의도는 수많은 굴절과 변형을 거쳐 텍스트에 반영되기 때문에, 정작 텍스트에 실현된 주제는 애초의 의도에 반하는 역설적 현상마저 일어나는 경우가 생기기도 한다. 텍스트의 생산주체인 발자크의 세계관을 배반하고 '리얼리즘의 승리'를 구가한 발자크의 소설 텍스트는 이러한 문학 텍스트의 특성을 극적으로 보여주는 대표적인 예이다. 이처럼 텍스트는 실제 저자의 의도는 물론 사회 · 역사적 상황에 종속되지 않으며, 그 자체가 독립적으로 존재하는 자율적 존재다. 그리고 그와 같은 텍스트의 자율성(the autonomy of text)으로 인해, 텍스트는 작가의 세계관이나 현실의 이데올로기를 수동적으로 반영하는 데 그치지 않고 텍스트 자체의 이데올로기를 생산할 수 있게 되는 것이다.

따라서 지금부터는 텍스트 외적 정보에 의존하지 않고, 텍스트의 구성 요소들이 유기적으로 결합하여 총체적인 의미망을 구축하는 서사적 전개 과정을 꼼꼼히 살펴볼 필요가 있다. 이러한 고찰과정을 거치게 되면, 텍스트 외적 요소가 텍스트 내부에 틈입하여 자기를 실현하는 양상도 자연스럽게 밝혀지리라 생각된다. 「암사지도」의 서사적 전개과정을 파악하기 위해서, 먼저 서사내용을 텍스트에 제시된 순서대로 정리하면 다음과 같다.

① 제대 후, 있을 곳이 마땅치 않던 형남은 우연히 길에서 상덕을 만나 함께 살게 된다
② 상덕은 영화관에서 우연히 만난 여자, 윤주를 집으로 데려와 동거를

하게 되었다

③ 영화 간판화 그리는 일을 하는 형남의 수입이 그들 생활비의 대부분을 차지하게 된다

④ 그맘때 공교롭게도 실직을 하게 된 상덕은 더욱 빈번히 기원 출입으로 소일을 한다

⑤ 상덕은 윤주에 자극되어 사창가를 출입하는 형남에게 윤주를 공유하자고 제안한다

⑥ 형남은 윤주에게 접근하다 매몰찬 거절을 당하고, 이를 안 상덕은 윤주를 나무란다

⑦ 형남은 결국 생활비의 대가로 자신의 성을 제공하는 데 동의한 윤주와 동침을 한다

⑧ 어느 날 윤주가 형남과 상덕에게 임신 사실을 알리며, 성관계를 삼가해 달라고 말한다

⑨ 아이의 처리문제를 놓고, 윤주와 상덕 그리고 형남이 논쟁을 벌인다

⑩ 윤주가 아이에 대한 권리를 주장하고 집을 나가자, 형남은 허겁지겁 그녀를 쫓아간다

위에서 정리한 전체적인 서사내용을 살펴보면, 「암사지도」가 〈형남 - 윤주 - 상덕〉 사이에서 성을 매개로 벌어지는 갈등을 중심으로 사건의 얼개가 짜여져 있음을 알 수 있다. 그리고 이들 사이의 갈등이 진전됨에 따라, 텍스트 전체에서 인과적 서사라인이 명료하게 부각되게 된다. 그러나 「암사지도」에서 주요한 사건전개의 틀로 활용되고 있는 삼각구도가, 통속소설처럼 애정의 갈등양상을 부각시킴으로써 흥미를 유발하고자 하는 목적으로 사용되고 있지는 않다. 대신 그것은 성의 공유라는 비상식적 행위를 정점으로, 기존의 가치관이 붕괴된 전후의 현실을 살아가야만

하는 개별주체의 좌절감과 극복의지 등 내면의식의 변화과정을 효율적으로 제시하기 위한 방편으로 차용되고 있다.

「암사지도」는 세 행위주체, 〈형남 - 윤주 - 상덕〉 사이에 삼각관계의 고리가 형성되게 된 동기를 ①과 ②의 서사단락에서 제시하고 있다. 그런데 전체 서사내용이 연대기적 시간순서에 따라 순차적으로 배열되어 있는데 반해, 오직 ①과 ②만 시간역전(anachrony) 기법을 사용하여 사건의 발생순서와 서술의 순서를 뒤바꿔 배치하고 있음이 눈에 띈다. 이러한 사건의 역전적 배치는 이 텍스트의 관심이 성에 대한 통속적 흥미 유발에 있는 것이 아니라, 역사적 현실이 사회와 개인에 남긴 상처에 대한 심층적 탐색에 있음을 말해 준다. 즉 두 단락의 역전적 배치는 수용주체가 남녀간의 비상식적 만남이라는 말초적 흥미에 갇혀 텍스트를 독해하려는 움직임을 봉쇄하고 자연스럽게 기본서사의 성립과 전개를 가능하게 하는 동시에, 삼각관계가 이루어지게 되는 계기를 개연성 있게 형상화하는 역할을 하고 있는 것이다.[41]

한편 ①과 ②의 서사단락은 공통적으로 '우연한 만남'이라는 핵사건이 중심적 내용을 이루고 있다. 텍스트에서, '우연한 만남'의 연속적 배치는 그 우연성에도 불구하고, 삼각관계를 중심으로 서사가 전개될 수 있는 필연적 동기 부여의 역할을 수행한다.

> 「우리집에 놀러 갑시다.」하니까, 그땐 아랫입술을 지긋이 깨물고 댓구가 없다.

---

41) ②단락은 기본서사가 시작되는 시간 이전에 일어난 사건을 제시하는 외적 회상 (external analepses)에 해당한다. 기본서사 시간 안에 일어난 사건을 다루기에, 기본서사를 반복하거나 그것과 충돌할 위험이 있는 내적 회상(internal analepses)과 달리, 외적 회상은 기본서사를 방해하지 않으면서 선행사건을 전함으로써 기본서사를 보충하는 기능을 한다(Gérard Genette, *Narrative Discourse*, tran. Jane E. Lewin, Ithaca · New York: Cornell University Press, 1980, pp. 48~49).

「실례인줄 알면서도 왜 그런지 그런 말이 나옵니다.」「놀러 가
는것이 아니라 아주 살러 가는 것이라면……」.(…중략…)
「……나도 친척이란 아무도 없고, 이 집 하나가 재산이지요. 게
다 직업이래야 언제 털려날지 모르는 따위고, 수입은 쥐꼬리만 한
데 생각은 말꼬리만 하구, 이런 생활이래도 견딜수 있으시면 같이
삽시다.」
　　이렇게 된 일이라 하였다.[42]

　　　　　　　　　　　　　　　•

　　이 인용문은 상덕과 윤주가 거리에서 우연히 만나 동거를 하게 되는
경위를 보여주고 있는 ②서사단락의 일부이다. 여기서 처음 만난 남녀의
결합을 가능하게 하는 원인을, 인물의 특성에서 찾아 희박한 도덕관념의
탓으로 돌릴 수 있다. 하지만 그 근본적 원인은 주거공간의 부재라는
인물을 둘러싼 결핍된 현실상황에서 찾아질 수 있다. 이는 상덕과 형남의
결합을 보여주는 ①단락도 마찬가지여서, 주거공간의 부재가 그들의 공
동거주를 가능하게 하는 동인으로 설정되어 있다. 물론 ①이 생사고락을
같이 했던 전우와의 우연한 재회와 공동거주라면, ②는 남녀의 비상식적
만남과 동거라는 측면에서 다소의 차이가 존재한다. 그리고 그 차이는
각각 끈끈한 전우애에 의한 결합과 희박한 도덕관념에 의한 결합이라는
부가적 의미의 차이를 내포하고 있다는 점에서, 전체 서사 전개상에 개연
성을 부여하는 중요한 기능을 한다고 말할 수 있다. 즉 상덕과 형남의
친밀한 관계가 공동거주에 의한 삼각관계의 형성을 인과적으로 제시할
수 있게 한다면, "야합(野合)"이라는 부정적 어휘로 정의되는 상덕과 윤
주의 비도덕적 결합이 두 남자에 의한 한 여자의 공유라는 비상식적 관계
를 가능하게 만든다.
　　①과 ②의 단락을 거치면서 기본적 틀이 만들어진 삼각관계는 '여자의

---

42) 서기원, 「암사지도」, 『현대문학』, 1956. 11, 106쪽.

공유'라는 패덕의 정점을 거쳐, ⑩의 종결부에 이르기까지 지속적으로 내적 변화의 과정을 거치게 된다. 이때 중요한 것은 삼각구도의 형성 · 발전을 추동하는 근인이 〈노동 : 유희〉라는 대립적 행위양식이라는 점이다.

③과 ④의 서사단락은 〈노동 : 유희〉의 대립이 어떻게 삼각구도의 형성 · 발전을 견인하는가를 잘 보여준다. ③과 ④단락에서 사실상 상덕과 윤주가 부부관계에 있기에, 형남은 윤주에게서 이성적 호감을 느낌에도 불구하고 그녀를 "상덕의 아내로 예우함을 게을리하지" 않는다. 이 때는 삼각관계의 기본적 토대가 마련되어 있는 상태지만, 그것이 텍스트의 내부에 잠복되어 있을 뿐 표면으로 불거져 나오지 않는다. 삼각구도가 텍스트의 표면에서 본격적으로 형성 · 발전 · 변화되어 나가는 때는, ⑤단락에서 '윤주 공유설'이 제기되고 난 이후부터다. 하지만 그것을 견인하는 근인은 이미 ③과 ④의 서사단락에서 노동과 유희의 대립적 행위양태로 나타나 있다.

이를 구체적으로 규명하기 위해 두 단락의 서사내용을 살펴보면, 애초에 세 사람이 일상적 삶을 영위할 수 있도록 노동을 통해 생활비를 제공하던 인물은 상덕이었다. 하지만 일하던 학교가 폐쇄되어 실직을 당하자, 상덕은 취직운동을 단념하고 형남에 의존하면서 오직 바둑으로 하루하루를 소일한다. 이에 반해 형남은 상덕의 집에 기거하자마자 "제 밥값은 해야겠"다는 일념으로 어렵게 일자리를 구해, 세 사람의 생활비 대부분을 제공하다가, 상덕이 실직한 이후에는 그 전부를 떠맡는다. 이와 같은 인물의 상이한 행위양태에서 〈노동 : 유희〉의 대립항을 추출할 수 있다. 유희가 억압의 부재와 즉각적인 만족을 추구하는 행위양식이라면, 노동은 쾌락의 억제와 지연된 만족을 통해 존재의 안전과 발전을 도모하는 행위이다. 따라서 〈노동 : 유희〉의 대립은 〈현실원칙 : 쾌락원칙〉[43]의

---

43) 쾌락원칙과 현실원칙은 다음과 같이 구분될 수 있다.

대립으로 환원하여 설명할 수 있다.

현실원칙의 지배를 받는 노동은 일상적 삶의 근간을 이룬다. 다시 말해 노동은 일상생활을 지탱시켜주는 핵심적 활동이자, 인간다운 실존의 유지를 가능하게 하는 본질적 행위인 것이다. 「암사지도」에서, 이처럼 중요한 노동의 책무를 떠맡는 주체가 ④단락을 기점으로 상덕에서 형남으로 전환된다. 이와 동시에, 상덕은 쾌락원칙에 맹종하는 주체로 전락하는데, 그것은 서사의 표면에서 바둑으로 소일하는 모습으로 나타난다. 특히 노동의 주체가 뒤바뀌는 현상은 ⑤단락에 존재하는 서사의 중핵(kernel) 사건 '윤주 공유설'을 불러온다는 점에서, 서사의 전개에 있어 중요한 의미를 지닌다.

　　이를테면 윤주 공유설(共有說)이다. 형남은 당황했다. 「너, 너, 그게 무슨 소리냐?」 「임마! 춘천서 교대로 놀던 일을 잊었니? 놀랜 일이 어디 있어.」 「그런 여자와 미스 최가 같단 말이냐?」
　　형남은 공연히 목이 메었다.
　　「다를게 머 있어! 생각해 봐, 최형이 내 뭐란 말야. 내가 뭐 걔하구 평생 살겠다든가? 난 너를 기껏 생각해서 하는 제안이다.」 허긴 상덕의 말에도 일리가 있다고 풀이 되었다. 그러나 아직도 이치에 닿는 소리는 못 된다는 얼굴로, 「그렇지만 미쓰 최가 들어줄 리가 있니?」했다. 그게 될 말이냐 하려던 것이 그처럼 비루한 질문이 되었다.

쾌락원칙	현실원칙
즉각적인 만족	지연된 만족
쾌락	쾌락의 억제
놀이(기쁨)	노동(고통)
수동성	생산성
억압의 부재	안전

Herbert Marcuse, 김인환 역, 『에로스와 문명』, 나남출판, 1989, 30쪽.

「그런 여잔데 별수 있니? 건 네가 너무 순진해서 걔를 비싸게 보는 거야……글쎄 내 말대루 해 봐! 지금 네 요구를 거절할 까닭이 없다. 여자란 사는 본능밖에 없는 거다.」[44]

윤주 공유설과 함께 〈형남 - 윤주 - 상덕〉, 세 갈등주체간의 팽팽한 대립이 서사의 표면에서 도드라지게 부각된다. 그런데 위에서 언급한 바처럼, 삼각구도의 중심적 갈등은 상덕과 형남의 대립축에 놓여 있으며, 이들의 갈등은 쾌락원칙과 현실원칙의 대립에 다름 아니다. 하지만 이것이 삼각구도의 한 축을 이루는 윤주라는 갈등주체의 서사적 비중이 미약함을 뜻하는 것은 아니다. 오히려 삼각구도의 한 축에 해당하는 윤주는 삼각구도의 내적 변화와 파국에 따른 대전환을 가져오는 매개자라는 점에서, 대단히 중요한 서사적 역할을 떠맡고 있다. 문제는 그녀가 갈등의 한 축을 이루고 있는 주체이자, 동시에 형남과 상덕의 욕망의 대상으로 존재한다는 점이다. 달리 말하면, 이는 형남과 상덕 사이에 벌어지는 갈등의 핵심에는 윤주 혹은 윤주의 성이 존재하고 있다는 것을 뜻한다.

「……그러니 맘대로 해! 형남은 나나 똑같단 말야. 형남이를 모욕했다면 그건 바로 날 그렇게 한 거야, 최형이 그걸 충분히 이해한다면 그따위 케케묵은 관념으루 집안을 칼칼찮게 맨들게 뭐냐 말야? 엉?」 상덕은 고개를 숙이고 표정을 숨기려는 윤주에게 퍼붓고 있었다. 부릅뜬 그의 눈은 잔인한 기쁨에 타오르고 있었다. 잔뜩 이맛살을 찌푸리면서도 벌름벌름하는 코끝이, 그네가 형남을 물리치고 그에게 곧 호소한 사실에의 만족과 어떤 우월감을 감추지는 못하였다. 「상덕아! 너 미리 이렇게 될 줄 알고 그랬구나!」[45]

위의 인용문은 형남이 윤주의 거부로 성관계를 맺지 못하자, 상덕이

---

44) 서기원, 앞의 책, 200~201쪽.
45) 위의 책, 203쪽.

윤주를 나무라는 ⑥단락의 일부분이다. 애초에 상덕이 제안한 윤주 공유설은 형남의 노동에 대한 보상의 차원에서 이루어진 것이다. 즉 그것은 상덕의 자발적 의지의 소산이라기보다는 생활비를 전적으로 부담하는 형남에 대한 부담의 해소책으로 제안된 것이다. 때문에 상덕은 위의 장면에서 볼 수 있는 것처럼, 윤주가 형남을 거부하고 자신을 의지하는 데에 승리자로서의 "만족과 어떤 우월감을" 나타내는 것이다. 그런데 이런 상덕의 태도에서, 그가 윤주를 욕망하는 저층에 훼손된 남성성에 대한 보상심리가 내재되어 있다는 매우 중요한 사실을 발견할 수 있다. 이는 형남에게도 해당하는 사실인데, 이로써 전체 서사에서 윤주의 성은 남성성을 '확인'하는 매개체의 의미를 강하게 함축하게 된다.

결국 ⑦단락에서 형남이 윤주와 성관계를 맺음으로써, 비로소 윤주 공유설이 텍스트에 실현된다. 이때 두 남자가 한 여자를 공유한다는 비상식적 행위를 합리화하기 위해 상덕은 전장의 논리를, 형남은 도구적 이성의 논리를, 그리고 윤주는 생존의 논리를 내세운다. 전장에서의 성은 전쟁이 불러일으키는 공포로부터의 도피와 유희의 수단이 된다. 따라서 군대에서 매춘부를 데리고 "교대로 놀던" 전쟁터의 경험을 일상적 삶의 영역에까지 연장하게 되면, 무책임과 인간의 사물화를 불러올 수밖에 없다. 그러나 형남은 도구적 이성의 논리에 입각해 윤주 공유설이 "일리가 있다고 풀이" 하는데, 그 속에는 자신의 노동에 상응하는 대가를 받아야 한다는 "타산(打算)"이 깔려 있는 것이다. 한편 윤주는 "비싸고 싸고 따질 여유가" 없다는 절박한 생존의 논리로 성의 제공을 수락한다. 이처럼 세 갈등주체가 내세우는 논리는 한결같이 도덕적 가치를 배제하고 있다. 따라서 각 갈등주체가 이와 같은 논리들로 줄곧 성의 공유를 합리화할 때 기존의 가치질서는 부정·무화되고, 텍스트는 허무와 패덕의 자장권에 갇히고 만다. 결국 세 인물의 만남과 동거로부터 시작해서,

두 남자에 의한 한 여자의 공유라는 결정적 사건을 거쳐, 임신이라는 파국적 사건으로 치닫는 사건전개는 텍스트의 서사구도가 하강구조의 형태를 띠게 만든다.

그러나 모든 소설 텍스트의 결말은 전환이다.[46] 하강적 구도 속에 기존의 가치체계가 부정·무화된 무규범적 세계만을 보여주던 텍스트는, ⑩의 대단원에서 획기적인 전환을 통해 이전까지의 서사적 흐름과는 달리 긍정적 전망을 제시한다. 즉 하강적 구조 속에 퇴폐와 허무적 행태만을 담아내던 텍스트가 일순 모성과 사랑에의 의지를 긍정하면서 의미지평의 대전환을 가져오게 되는 것이다.

> 「난 나가야겠어요. 애는 아직 꿈틀거리진 않아요. 허지만 뭣이 꽉 차 있는것 같아요. 그것까지도 당신네 장난감으로 마껴둘 순 도저히 없어요. 상덕씨! 머 그렇게 좋와하실건 없는데요. 당신의 원대로 하겠다는 건 아니거든요. 당신에겐 아무 권리도 없어요.」 잠시 침묵이 흐른 뒤에 윤주는 담담한 어조로 말했다.(…중략…)
> 애를 낳고 싶단말이냐? 그럼 나라지, 이집에서 나라지, 내가 애비 노릇하지, 난 그렇게 할수가 있다. 윤주가 낳는 애의 애비노릇을 하지, 아니 어쩜 정말 내 앤지도 모른다. 그럴지도 모른다. 적어도 내가 상덕보다도 윤주를 사랑하고 있는 그만큼 내 애일수가 있을지도 모르지. 정말 내 앤지도 모르지……[47]

모성은 윤주를 실존적으로 변모하게 하는 전환기제이다. 윤주는 모성의 긍정을 통해 자기 정체성을 자각함과 동시에, 여성성을 도구화하는 생존의 논리를 떨쳐버리고 새로운 실존을 탐색한다. 따라서 '모성'이라는 의미항은 서사에서 가장 원초적인 생명의 윤리로서, 암울한 현실 속에서

---

46) René Girard, 김윤식 역, 『소설의 이론』, 삼영사, 1977, 217쪽.
47) 서기원, 앞의 책, 212~213쪽.

욕된 삶을 살아가는 존재가 새로운 삶의 모색을 가능하게 하는 중요한 동인으로 기능하고 있다고 할 수 있다. 그리고 무엇보다도 모성의 담지자, 윤주가 형남의 변화를 촉발하는 매개자의 역할을 한다는 점에서, 모성의 의미항은 텍스트의 주제적 의미형성에 매우 중대한 촉매 역할을 수행한다고 볼 수 있다.

도구적 합리성에 침윤된 형남은 모성의 담지자, 윤주를 매개로 이해타산을 초월한 사랑의 추구자가 된다. 사랑의 추구자로 변모한 형남의 모습은 "윤주를 사랑하고 있는 그만큼 내 애일 수가 있"다는 형남의 내적 독백에 잘 드러나 있다. 이처럼 텍스트는 윤주의 모성을 서사의 중대한 전환기제로 활용함으로써, 부정적인 서사의 흐름을 뒤바꾸어 일순 긍정적인 결말로 서사를 마무리한다. 따라서 대단원 이전의 하강적 구조를 이루는 단락들은 대단원의 긍정을 위해 배치되어 있는 것이라 말할 수 있다. 즉 그것들은 긍정적 전환에 앞서 서사 내적 필연성을 확보하기 위해 존재하는 것이다. 때문에, 「암사지도」의 서사 내적 상황이 대부분 부정적 상황으로 점철되어 있다고 하더라도, 이 텍스트를 허무와 절망의 미학으로만 규정할 수 없게 되는 것이다.

결국 「암사지도」는 대단원의 전환을 통해 텍스트의 주제적 의미망, 즉 부정적 삶의 방식을 자각하고 긍정적인 삶으로 전환하려는 주체의 의지를 효과적으로 부각시키고 있는 것이다. 그런데 주제적 층위에서 눈에 띄는 것은 텍스트의 생산주체가 의도한 작품의 주제인 "생명에의 原始的 愛着과 信仰" 즉 윤주의 모성이 주제적 의미를 매개하는 역할에 그치고, 오히려 형남의 남성성 즉 '전흔을 딛고 건실하게 일상성의 세계로 복귀하려는 적극적인 의지'가 텍스트의 핵심적 주제로 부각되고 있다는 점이다. 여기서 텍스트 외적 요소가 텍스트 내적 요소로 전이되는 양상, 구체적으로 말해서 생산주체의 의도가 변형·굴절되어 텍스트 자체의 이데올로기를 생산하는 모습을 볼 수 있다. 이러한 현상은 텍스트 자체의 자율성을 잃지 않으면서도 보다 복합적으로 역사적 현실을 민감하게 재현하는 과정에서 생긴 어긋남이다.[48]

2) 입사(入社)의 행위주체와 함몰(陷沒)된 행위주체

모든 서사체는 동일한 상태를 지속하지 않으며, 반드시 상태변화가 일어난다.[49] 왜냐하면 서사 텍스트는 시간의 축을 따라 발생하는 사건의 연쇄와 그로 인해 변화되는 상황의 서술이기 때문이다. 텍스트에서 사건의 발생과 상황의 변화를 유발하는 주체로는 인물을 들 수 있다. 그러나 인물은 사건의 발생과 변화를 주도하기도 하지만, 그 영향을 받아 스스로가 변화의 대상이 되는 존재이기도 하다. 따라서 텍스트의 주제적 의미를 보다 잘 이해하기 위해서는 중심적인 행위주체인 인물의 존재양태와 그 변모양상을 보다 구체적으로 고찰해 볼 필요가 있다.

「암사지도」는 〈형남 – 상덕 – 윤주〉, 이 세 행위주체가 서로 길항하며 내적으로 변모하는 와중에, 텍스트의 주제를 형성해 가게 된다. 보다 정확히 말하면, 세 행위주체 중에서도 형남의 축에서 일어나는 내면적 변화양상에 따라, 텍스트의 주제적 의미가 실현된다고 할 수 있다. 이는 형남이 주인공으로서 텍스트의 궁극적 주제를 체현하는 행위주체라는 것을 뜻한다. 생산주체의 발언과 배치됨에도 불구하고 직접적인 주제의

---

48) "그 점에서 텍스트의 사회성, 텍스트의 이념이란 사회의 이념과는 다른 새로운 의미를 생산해낸다는 것과 관련된다. 텍스트가 단순히 반영했다고 생각한 의미를 변화시키고, 의미의 체계를 경질시키는 것, 말해지지 않은 모든 것, 생각되지 않은 것, 말로 표현되지 않은 것, 억압되어 있는 것, 궤도 이탈, 실패, 분리, 모순, 새로운 의미가 나오게 될 여백을 이끌어 내는 것 이것이 바로 텍스트의 진정한 사회성이다."(조성애 엮음, 『비평과 이데올로기 분석- 클로드, 뒤세 등의 실제분석을 바탕으로』, 백의, 1996, 20쪽).

49) Tzvetan Todorov, 신동욱 옮김, 『산문의 시학』, 문예출판사, 1992, 131쪽.

체현자로 형남을 거론할 수 있는 근거로는, 우선 시작부와 종결부에서 형남이 초점대상으로 설정되어 있는 점을 들 수 있다. 텍스트의 시작부가 주요 행위주체가 등장하여 의미 형성의 주춧돌을 놓는 부분이라면, 종결점은 인물의 변화가 완결되고 텍스트 중심적 의미가 최종적으로 확정되는 지점이다. 전체 텍스트에서 유독 ①단락과 ②단락만을 역전적으로 배치하여 형남이 상덕을 만나는 사건을 부각시키는 서사구성은, 이처럼 주제 형성에 핵심적인 역할을 하는 중요 지점에 형남을 위치시키기 위한 텍스트 생산주체의 무의식적 의도가 담겨 있는 것으로 판단된다.

> 형남(亨男)이 작년 여름에 제대되어, 의지할 곳이 없었던 차에 우연히 만난 옛 전우가 상덕(相德)이었다. 그들은 같은 중대에서 일년남짓 함께 지냈었다. 중대장은 해방직후 군대에 들어가서 육년만에 대위가 된 사내로, 중대원들에게 훈시할 적마다, 「본관의 사병시대에는 친구를 정돈함에, 공장에서 갓 나온 벽돌을 포개어 놓듯 했는데, 귀관들은 도시 정신 상태가 돼먹지 않았다.」고, 「기합(氣合)」을 넣다가, 으례, 「그러므로해서 귀관들은 인격은 도치(도야 해야 한다)」고 다지군 하였다. 못살던 자가 돈푼깨나 생기면 가난뱅이 없은여기기가 도리어 심하다드니, 그 사내는 사병들에게 노예가 되기 강요했다.
> 그 아래서 미술대학생인 김형남하사와 법대생 박상덕하사는 서로 유일의 친구가 되었다. 총알이 스스로 피해 간다는 중대장이 전사하고, 그들이 속한 소대도 거의 전멸하다싶이 되어, 말더듬이 어느 이등중사가 대장대리근무를 치루지 않을 수 없었던 격전도 용케 견디어 냈었다.[50]

위의 인용문은 서술자가 외적 초점화의 방식으로 자신의 전지적 능력

50) 서기원, 앞의 책, 194~195쪽.

을 최대한 발휘하여 형남과 상덕의 군대 시절을 이야기하고 있는 텍스트의 시작부다. 여기서 서술주체는 인물의 이해에 필수적인 예비적 정보를 제공하고 있는데, 그 정보의 제공은 인물의 군대경험을 부각시키는 데에 목적을 두고 있는 것으로 여겨진다. 규율을 강제함으로써 억압을 내면화한 집단적 주체를 생산하는 억압적 국가장치인 군대에서 형남과 상덕은 "서로 유일의 친구가" 된다. 이는 그들이 전쟁터에서 생사고락을 함께하며 구사일생으로 살아남은 자들 즉, 전쟁의 상처와 후유증을 깊이 간직하고 있는 자들로, 매우 친밀한 정신적 유대관계를 형성하고 있음을 뜻한다. 이처럼 서술주체는 군대와 전쟁체험을 중심으로 인물의 이해에 필수적인 예비적 정보를 제공함으로써, 상술한 바처럼 서사 내적 전개과정의 필연성을 확보하는 동시에, 이 텍스트의 궁극적 의도가 역사적 현실이 개인과 사회에 남긴 상처의 심층적 탐색과 관련되어 있음을 드러낸다. 그리고 "못살던 자가 돈푼깨나 생기면 가난뱅이 없은여기기가 도리어 심하다"는 구절에서처럼, 서술자는 단순히 정보의 전달자에 머물지 않고 적극적인 평가자의 면모를 보여주기도 한다. 상투어의 활용은 그 언어를 사용하는 언어대중의 공통된 의식기반을 바탕으로 한다.[51] 이것은 서술자가 당대의 가치기준에 크게 벗어나지 않는 가치규범을 지니고 있다는 것을 의미한다는 점에서 텍스트 해석에 중요한 단서가 된다.

한편 초점화자가 어떻게 분배되는가에 착안하여 주인공이 누구인가를 판별해 낼 수 있다[52]는 점에 비추어 보면, 텍스트에서 내적 초점자 역할을 담당하고 있는 형남이 주제적 의미를 떠맡고 있는 핵심적 존재라는 것은 보다 분명해 보인다. 시작부를 제외하면, 서술자는 형남을 초점자로 하여 그의 지각과 사고를 충실하게 서술할 뿐 자신의 견해를 노골적

---

51) 우한용, 『채만식소설 담론의 시학』, 개문사, 1992, 39쪽.
52) Mieke Bal, 앞의 책, 175쪽.

으로 드러내는 일이 없다. 즉 서술자는 자아 인식과 타자 인식의 효과적인 기제인 내적 초점화(인물-초점화)를 통해, 초점자의 지각경험과 사고과정을 충실히 기술하고 있는 것이다. 그리고 행위주체 형남을 초점자로 한 내적 초점화의 서술방식은 자아 인식과 타자 인식을 통한 인물의 존재론적 변모양상을 효과적으로 드러내면서, 텍스트의 주제적 의미를 견고하게 구축해 나갈 수 있게 한다. 그러므로 초점화의 주체인 형남이 주제적 의미 구현의 핵심적 존재라면, 상덕과 윤주는 초점화의 대상이자 형남의 자기 인식에 변화를 가져오는 주요한 행위주체라 할 수 있다.

그런데 서술자가 제공한 정보에서 알 수 있듯이, 형남은 군대경험과 전쟁체험이라는 동질적 지반에 기초하여 상덕과 내밀한 유대관계를 형성하고 있다. 다른 각도에서 보면, 이것은 그들이 전쟁의 후유증, 즉 동일한 정신적 외상(trauma)을 앓고 있음을 뜻하는 것이기도 하다. 그 상처는 일상생활의 공간으로 복귀했을 때, 그들로 하여금 존재론적 상실감과 허무의식에 시달리게 하는 근원으로, 위악적 행동과 파탄난 남성성을 야기한다. 이는 상덕을 통해 분명하게 알 수 있는데, 그는 무의식의 밑바닥에 가라앉아 있다가 실직을 계기로 다시 표면으로 떠오른 그 상처와 조우하면서, 간신히 유지하던 심적 균형마저 상실하고 만다. 노동은 의무의 수행인 동시에 사회적 심리적 균형을 완전히 파괴해 버리는 방향으로 작용할 수 있는 에너지들을 정화시키는 역할을 한다.[53] 이러한 노동의 특성 때문에, 서사에서 상덕의 실직은 개인이 현실과 맺고 있던 연결 고리의 절단이자, 심적 균형을 유지하는 핵심적 수단의 붕괴를 의미하게 된다. 실직으로 인해 "꽤 큰 타격"을 받은 상덕은 불안과 위기적 국면에 직면해서, 그에 대한 무의식적 해결책으로 억압을 수반하는 일상적 책무로부터 도피하여

---

53) D. Meakin, 이동화 역, 『인간과 노동- 산업사회에 있어서의 문학과 문화』, 한길사, 1982, 12~13쪽.

84 전후소설 담론의 이데올로기와 유토피아

자기 파멸적 유희에 몰입하게 되는데, 그것은 서사에서 바둑으로 소일하는 모습으로 형상화되어 있다. 그런데 유희라는 퇴행적 해결책은 자유로운 방식으로 대상과 관계를 맺으면서 기존의 관계를 파괴하고 혼란을 유발하는 장난(mischief-joke)[54]을 수반한다.

> 상덕은 그래도 아무 대답이 없는 형남을 한참 바라보다가 「………자, 그럼 우리 지금부터 박씨………앗차, 실수군, 좌우간에 모모씨의 가족회의를 열겠오이다. 불초 노관이 사회를 맡겠습니다. 에! (이때 형남이 관뒷! 했지만) 안건은 가독상속권(家督相續權)을 가지구, 그러니까 앞으로 최형께서 만일 소아(小兒)를 낳게 되면 그 애를 상속인으로 할거야 분명한 일인데……」 상덕은 목을 움츠리고 신파쪼로 말했다. 형남은 「농이 아냐! 너도 계획이 있겠지. 새삼 무슨 수작이야!」 낙태를 생각하며 말했다. 그러나 상덕은 「지금 상속인은 필요없다는 제안이 나왔습니다.」 턱을 앞세우며 목을 길게 뽑았다.[55]

위의 인용문에는 윤주의 임신이라는 심각한 상황에서조차 냉소 섞인 장난으로 일관하는 상덕의 태도가 잘 드러나 있다. 일반적 상식에 의거해서 보면, 애초에 윤주와의 만남이 즉흥적이었다고 하더라도 사실상 부부관계를 유지하고 있기 때문에, 상덕은 그녀에 대해 일정한 책임과 의무를 다해야 한다. 그럼에도 그는 이를 회피하고 유희적 장난으로 일관하고 있는 것이다. 이런 그의 태도 속에는 훼손된 남성성을 은폐하기 위해 짐짓 대범한 척 처신하려는 의도가 숨어 있다. 그러나 이렇게 유희와 장난으로 치장하는 상덕의 행태는 오히려 스스로 훼손된 남성성의 실상을 폭로하는 꼴이 되고 만다.

---

54) 최종영, 『주체와 욕망』, 사계절, 2000, 169쪽.
55) 서기원, 앞의 책, 210쪽.

특히 억압의 부재와 소모적 쾌락만을 추구하는 유희와 장난은 결과적
으로 타자의 억압과 사물화를 낳는다. 윤주 공유설은 유희와 장난이 타자
를 억압하고 사물화하는 부정적 기제가 될 수 있음을 극단적인 형태로
보여주는 중요한 서사적 사건이다. 성은 가장 사적이고 은밀한 영역으로,
성에 대한 억압은 인간의 원초적인 내면적 본질에 대한 폭력이다.56) 따라
서 독립적 인격체인 윤주의 의사에 상관없이 그녀의 성을 공유한다는
발상 자체가 그 존재의 인간성을 철저하게 유린하는 폭력일 수밖에 없다.
이처럼 성이 타인에 대한 폭력적 욕망으로만 존재하는 자리에서는, 성이
단지 소모적 쾌락만을 산출할 뿐 긍정적인 힘을 생산하지 못한다.

　그럼에도 기존의 인간관계나 성도덕 질서를 교란한다는 측면에서, 유
희와 장난만을 일삼는 상덕으로부터 '역설적인 저항의 힘'57)을 읽어낼
수도 있다. 더구나 인간은 상징적 질서에 복종하여 그 억압을 견디고
노동을 수행해야 하는 숙명을 안고 사는 존재라는 점을 고려하면, 노동을
거부하고 유희와 장난에 몰두하는 상덕은 매우 저항적인 행위주체라 하
지 않을 수 없을지도 모른다. 그러나 단정적으로 말해서, 상덕은 저항적
주체가 아니라 함몰된 주체라 규정할 수 있다. 왜냐하면 상덕의 유희와
장난, 특히 성적 일탈에는 현실세계의 부정성을 전복하고 초월할 수 있는
긍정적 활력이 부재하기 때문이다. 고뇌어린 위반은 부정적 현실의 극복
과 환희를 예고하지만, 선과 의무를 저버리고 타자를 사물화하는 함몰은
더 심한 타락과 부정만을 낳을 뿐인 것이다.58) 결국 자신에 대한 자학과
현실에 대한 냉소로 가득 차 벌이는 유희와 장난은 상덕을 함몰된 주체로
규정짓게 만들며, 이는 곧 그가 현실의 부정성을 확대 재생산하는 존재가

56) 박종철·오충연, 『언어와 문화, 그리고 삶』, 월인, 2001, 159쪽.
57) 차혜영, 「서기원의 1950년대 소설 연구」, 한양어문학회 편, 『1950년대 한국문
　　학연구』, 보고사, 1997, 142쪽.
58) Georges Bataille, 조한경 옮김, 『에로티즘』, 민음사, 1989, 151쪽.

되고 있음을 의미하는 것이다.

한편 형남 역시도 상덕과 동일한 정신적 외상에서 연원하는 상실의 고통과 자학의 충동에 시달린다.

> 그런 밤이면 자학(自虐)의 충동을 어쩔수 없어, 안절 부절하다가 마침내는 선반위에 꽂힌 원색판 화집을 꺼내어 뒤지는 것이었다. 「브락크」나 「루오-」를 보는 것이 못견딜 괴로움이었다. 보기 싫어 하는 두 눈앞에 떨리는 손이 용서없이 현란한 원색 화면을 펴 놓 는 것이었다. 미술대학에 다닌때의 야망과 제작의 의욕과 스스로 가 도취되던 휘황한 「이마-쥬」는 죄다 어디로 사라져버리고, 이젠 귓전을 스치는 박격포탄 소리와 전우의 단장(斷腸)의 비명, 그리고 여인의 나체와 욕지기나는 간판화의 원색(原色)......모두가 뒤섞여 머릿속을 맴돌며 어지럽게 하는 것일가.[59]

현실원칙의 수용이 곧 쾌락원칙의 거부를 의미하는 것은 아니다. 거기 에는 쾌락원칙을 보호하고 수정함으로써, 순간적 쾌락을 포기하고 보다 안전하고 확실한 쾌락을 보장받고자 하는 욕망이 담겨 있다.[60] 이 인용문 은 내적 독백의 형식을 통해 초점자 형남이 비판적 시선으로 자신의 내면 세계를 솔직히 드러내고 있는 부분이다. 여기서 보여지는 자기 반성적 시선은 그가 잃어버린 이상과 부정적 현실의 간극 사이에서 허무적 몸짓 으로 일관하지 않고, 서사의 종결부에서 존재론적 대전환을 모색할 수 있는 기반이 된다는 점에서 매우 중요한 의의를 지니고 있다.

하지만 그 반성적 시선에 의해 포착된 자아정체성은 전쟁을 기점으로 극명한 대조를 이루고 있다. 전쟁 이전의 정체성이 "야망", "제작의 의

---

59) 서기원, 앞의 책, 200~201쪽.
60) Sigmund Freud, 윤희기 옮김, 「정신적 기능의 두 가지 원칙」, 『프로이트 전집
   - 무의식에 관하여』 13, 열린책들, 1997, 19쪽.

욕", "원색판 화집", "휘황한 「이마-쥬」" 등의 어휘계열에 의해 지시되고 있는데 반해, 전쟁 이후의 그것은 "박격포탄 소리", "전우의 단장(斷腸)의 비명", "여인의 나체", "간판화의 원색(原色)" 등의 어휘들로 지시된다. 즉 전자의 어휘들이 긍정적 자아상을 환기시킨다면, 후자의 그것들은 전쟁으로 상실되고 훼손된 현재의 부정적 정체성을 표상하고 있다. 따라서 여기서 말하는 "자학(自虐)의 충동"은 단순히 사창가에서 육체적 욕구를 배설하고 난 이후의 자기 모멸감에 기인한다기보다는, 순연한 이상을 상실한 채 비루한 생존에만 매달리고 있는 현재의 자신에 대한 환멸에 연원한다고 볼 수 있다.

이 자학의 충동은 현실원칙에 의해 적절하게 규제되지 않는다면, 자기 파멸로 치닫거나 타자에 대한 폭력을 불러온다. 이에 형남은 도구적 합리성의 논리로 타자의 사물화를 낳는 윤주 공유설에 동의함으로써, 자기를 보존하면서 안전하게 쾌락을 향유하고자 한다. 특히 현실원칙의 지배를 받고 있는 형남은 현실적 질서를 부정 · 일탈하는 행위로 일관하는 상덕과 달리, 현실이 요구하는 규범적 가치에 위배되지 않은 채 자신의 쾌락을 안정적으로 획득하고자 한다. 이처럼 상징적 질서가 허용한 범위 안에서 안온하게 쾌락을 향유하고자 하는 무의식적 욕망은, 형남으로 하여금 타자를 쾌락의 대상으로 삼으면서도 '사랑'을 내세워 교묘하게 이를 합리화하게 만든다. 이에 그가 내세우는 사랑이라는 명목적 가치와 타자를 쾌락의 도구로 간주하는 실제의 행위 사이에 가로놓인 편차는, 서사에서 '위선'과 '자기 기만'이라는 부정적 가치를 산출하고 만다. 그러나 상술한 바처럼 윤주의 모성을 통해, 기만적 정체성을 유지하고 있던 형남은 존재론적 변모를 거쳐 신성한 남성적 정체성을 획득하게 된다.

애비가 뉜지 알지도 못하고 아니 알려하지도, 않고 나간단 말인

가! 그런 어처구니없는 일이! 하고 형남은 그네를 힐난(詰難)하고
싶은 충동이 북바쳐 올랐으나, 「내 물건이란 생각뿐이예요. 거야
틀림없이 두분중에 한분이 애아버지겠죠. 하지만 그건 두분이 다
애아버지가 아니라는 것과 마찬가지예요, 확실한건 내것이란 것
뿐이거든요. 당신들엔 아무 권리가 없어요」하는 윤주의 어감속에
는 상식이나 논리로는 도저히 움직일수 없는 무서운 집념(執念)이
도사려 앉은 것을 느끼며 힘없이 입을 다물지 않을수 없었다.[61]

물론 이때 윤주의 모성적 정체성의 자각이 외부의 타율적 힘에 의해
강요된 것이 아니라 자발적 선택에 의한 것이기에, 그녀 역시도 이를
통해 진정한 자아 정체성을 확립하게 된다. 즉 "상식이나 논리로는 도저
히 움직일수 없는 무서운 집념(執念)"으로 표상되는 모성은, 훼손된 현실
의 부정성에 맞선 주체의 결단과 변모를 가능하게 하는 동력이 되고 있는
것이다.

위 인용문은 형남을 초점자로 하여 지각대상으로서의 윤주의 모성적
주체성을 잘 담아내고 있다. 하지만 여기서 중요한 것은 모성적 주체성의
부각보다도 은밀하게 초점자 자신의 정체성의 변모과정을 보여주고 있
다는 점이다. 초점자 형남은 처음에 도구적 합리성의 논리에 입각해,
윤주의 결단을 "어처구니없는 일"로 치부하고 "그네를 힐난(詰難)하고
싶은 충동"에 사로잡힌다. 하지만 그녀의 단호한 태도에서 왜소한 현실
의 논리를 초월한 숭고한 생명에의 의지를 본 형남은, 기만적이고 훼손된
자기 정체성을 떨쳐버리고 존재론적 전환를 거쳐 부정적 현실을 치유하
고 포용할 수 있는 동력을 얻게 되는 것이다.[62]

---

61) 서기원, 앞의 책, 212쪽.
62) 결국 형남이라는 행위주체의 상태의 변화양상을 중심으로 독해해 보면, 「암사지도」
는 전쟁의 상처를 딛고 상실된 일상세계를 재건하면서 사회와 재통합하는 과정을
담고 있는 입사담(入社談)임을 알 수 있다. 즉, 이 텍스트는 분리(separation)와 전이
(translation)를 거쳐 자아 정체성에 대한 참된 자각을 통해 세계와 새롭게 결합

3) 모성·사랑을 통한 일상성의 회복의지

「암사지도」는 공적인 영역 대신에 사적인 영역을 선택해 남녀간의 성을 중심으로 전후의 사회적 혼란상을 재현하는 동시에 그것의 극복전 망을 제시하고 있다.[63] 이때 공적인 영역이 배제됨으로 인해, 역사의 실재는 텍스트 표면에 직접적으로 그 모습을 드러내지 않게 된다. 따라서 텍스트가 담지하고 있는 이데올로기성을 추출하기 위해서는 지배 이데 올로기의 검열기제를 피해 파편화되어 텍스트의 도처에 분산되고 묻혀 버린 역사적 현실을 복원하는 해석적 작업이 요구된다. 이러한 작업을 위해서는 무엇보다도 '인물의 의식구조'와 '사회의 현실구조'가 상동관계 에 있다는 점에 유의해야 한다. 물론 흔히 지적되듯이, "포탄에 지붕이 뚫어진" 집이 당대 현실의 폐허를 압축적으로 지시하고 있지만, 텍스트 내부에 굴절·변형되어 재현된 현실을 토대로 그 안에 담긴 '정치적 무의 식(the political unconscious)'을 독해해 내기 위해서는 그와 같은 상동관 계에 주목할 필요가 있는 것이다.

상덕은 성적 규범을 지키려는 지극히 상식적인 행위를 "케케 묵은 관념" 으로 비하하고, 아버지를 "그 사나이"라고 호칭하며 사회 질서의 근간인 기본적 가족관계마저 희화화한다. 이런 그의 냉소적 의식과 위악적 행위 가 기성의 질서가 붕괴되어버린 전후의 현실을 지시하고 있다는 것은 자명

(incorporation)하는 과정을 보여주는 성장소설(成長小說)의 형태를 취하고 있다. 이 는 텍스트가 담지하고 있는 이데올로기적 함의와 관련하여 중요한 시사점을 제공 해 줄 뿐 아니라, 서술의 층위에서 나타나는 문장의 미숙성(김윤식·김현, 『한국문 학사』, 민음사, 1973, 256쪽)과 더불어 「암사지도」의 청년문학적 특성을 주장하는 유력한 증거가 된다.

63) 그런 측면에서 "서기원의 초기 소설은 작가로서의 소명의식과(부정적 현실 승언의 체험적 자아) 모랄리스트의 윤리의식(새로운 질서 추구의 도덕적 자아) 간의 팽팽한 대립·갈등·긴장의 과정에 다름 아니다."(구자황, 「구원으로서의 생명과 사랑」, 조건상 편저, 『1950년대 문학의 이해』, 성균관대학교 출판부, 1996, 94쪽)라고 하는 지적은 매우 타당한 견해라 여겨진다.

해 보인다. 그런데 아이러니한 것은 기존의 도덕체계를 완전히 부정하는 것처럼 보이는 그가, 한편으로는 전통적인 권위적 가부장주의에 깊이 침윤되어 여성의 내조를 당연시하고 가장의 권위를 표나게 내세운다는 점이다. 이렇게 양가적 가치가 병존하는 인물의 의식은 이율배반적 요소가 공존하는 당대의 정치·사회적 현실과 동형구조를 이루고 있다.

이승만 정권은 외견상 합법적 정부로서 자유민주주의를 표방했지만, 실상 엄격한 가부장적 권위를 바탕으로 독재적 통치권력을 행사했다. 더구나 그 물적 토대를 미국의 군사·경제적 원조에 절대적으로 의존하고 있어서, 그와 함께 유입된 퇴폐적 대중문화의 확산을 피할 수 없었다. 이는 곧 당대의 역사적 현실이 엄격한 유교적 가부장문화와 서구의 자유분방한 대중문화라는 양립 불가능해 보이는 요소가 혼재하는 양상을 띠고 있었음을 의미하는 것이다.

> 지평선까지 푸른 목장을 배경으로 미국의 「카우 보이」와 부론드의 서부처녀가 키쓰하는 장면, 그림밑에는 베니야판의 파텔이 너댓장 그위 함부로 딩굴고 있는 굵직한 부랏슈, 각색 페인트가 뒤범벅으로 녹아 마루바닥에까지 흐르기가 일수다. 형남은 카우보이의 어깨에 매달린 처녀의 손가락이 신통치 않다고 느껴진다. 가는 붓을 골라 기름에 복힌다. 머릿속엔, 간판화란 첫째 선정적이어야 한다고 강의하는 극장 지배인의 두꺼운 아랫 입술......[64]

이 인용문은 전통적 삶의 질서가 붕괴된 틈을 미국의 퇴폐적 대중문화가 메우고 있는 현실상황을 압축적으로 보여주고 있다. 여기서 공동체의 도덕적 가치는 이제 더 이상 고려의 대상이 되지 않으며, 오직 '선정성'이 모든 가치 판단의 척도로 강요되고 있다. 이런 상황이 필연적으로 전통적

---

64) 서기원, 앞의 책, 397쪽.

인 도덕적 가치의 폄하와 더불어 성의 물화를 낳게 되는 것이다. 이처럼 사회가 물화된 욕망의 기표들만을 제공하면, 참된 욕망을 발현할 수 있는 적절한 소통로를 찾지 못한 주체들은 속화된 현실에 침윤되어 찰나적 쾌락을 추종하게 된다. 이는 "가늘고 야한 목청으로 거지타령을 뽑으며" 친구와 성을 공유하는 상덕의 행태에 잘 드러나 있다.

결국 「암사지도」는 사적 영역의 서사화를 통해 공적인 영역에서 일어난 당대의 역사적 현실의 모순적 국면을 은밀하게 재현·비판하고 있는 것이다. 그리고 부정적인 현실을 재현·비판하면서 그것을 넘어서려는 유토피아적 욕망을 구체적으로 내비치고 있기도 하다. 다시 말해 기성의 도덕질서가 붕괴된 혼돈을 소극적으로 재현하는 데 그치지 않고, 이를 넘어설 수 있는 새로운 극복에의 전망을 적극적으로 제시하고 있는 것이다. 따라서 이 텍스트 전체에 나타난 통일된 의미체계를 평가할 때, '적극적 허무주의'라는 용어를 사용할 수 있을 것이다. 적극적 허무주의는 현존하는 가치질서를 철저히 부정하면서도 그 반동적 힘을 활용하여 새롭게 진정한 가치를 모색한다. 이때 「암사지도」에서 허무의 심연을 뛰어넘어 유토피아적 욕망을 지향할 수 있는 추동력으로 제시되는 것이 바로 모성과 사랑이다.

인간의 원초적 본능에 기초하여 타자에 대한 무조건적인 이해와 책임을 추구하는 모성과 사랑은 특정의 시공간을 초월해 누구나 공감할 수 있는 보편적 가치이다. 이에 비한다면, 성적 규범은 특정 공동체에 의해 규정되는 다소 가변적이고 상대적인 가치이다. 즉 모성과 사랑에 비해, 성규범은 협소한 사회적 상식인 것이다. 더 구체적으로 말하자면, 성규범이 한 공동체가 그 사회를 존속시키기 위해 부과한 선악의 기준이 되는 '도덕'이라면, 모성과 사랑은 공동체의 이익과 규범을 초월한 '윤리'로서 인간의 본질적 책임과 의무에 해당한다.[65] 그렇다면 왜 이 텍스트가 서사의 중요한 변환기제로 모성과 사랑을 내세우는가는 자명해진다. 한 사회의 도덕적 입장에서 보면, 두 남자에 의한 한 여자의 성의 공유로 나타나는 성도덕의 붕괴는 곧 사회적 질서의 근간을 이루는 도덕적 질서의 해체를 의미한다. 이에 텍스트의 생산주체는 그러한 위기적 상황에서도 변함없이 보편적인 동의를 유발할 수 있는 모성과 사랑을 주춧돌 삼아, 붕괴된 사회적 질서를 회복하고자 하는 염원을 설득력 있게 담아내고자 하는 것이다. 결국, 모성과 사랑의 서사적 제시는 기존의 가치체계가 붕괴되더라도 부정할 수 없는 보다 차원 높은 가치를 통해 허무주의를 돌파하면서 생산주체의 유토피아적 욕망을 설득력 있게 제시하고자 하는 의도의 서사적 표현인 것이다.

> 그러나 형남의 뇌리엔 이 집이 아닌 어디 쪼고마한 셋방에서 그와 윤주가 밥상을 끼고 웃어대는 광경이 선명하게 떠오르는 것이다. 결국 소원은 그것인 것이다. 그런 꿈의 실현이 전혀 가망이 없는 일임을 깨닫자, 역시 지금의 이 상태 그대로, 지탱해 갈 다른 아무런 도리가 없음을 체념하는 것이었다.[66]

그렇다면 이 텍스트가 지향하는 유토피아상은 어떤 모습을 띠고 있을까? 위의 인용문에는 이 텍스트가 추구하는 유토피아상이 구체적으로 나타나 있다. 사랑하는 연인과 "밥상을 끼고 웃어대는" 소박한 삶, 즉 전쟁으로 잃어버린 일상적 생활이 복원된 세계가 바로 이 텍스트가 염원하는 유토피아적 세계인 것이다. 여기서 가족이 무사회적 상황의 모든 위기와 불안·모순을 비판하는 강력한 구심점이자, 동시에 훼손된 주체와 사회를 복원할 수 있는 상상적 준거틀로 상정되고 있음을 알 수 있다.[67] 이때

---

65) 炳谷行人, 송태욱 옮김, 『윤리21』, 사회비평, 2001, 58~62쪽 참조.
66) 서기원, 앞의 책, 209쪽.

완전한 가족에의 욕망이 전후 현실에 만연한 위기감과 불안을 해소시키면서 지금과는 다른 현실을 구축하고자 하는 주체의 강한 의지의 표명이라면, 이를 가능하게 하는 원동력이 바로 모성과 사랑인 것이다.

「암사지도」에서 모성과 사랑은 사회의 기본적 도덕체계가 붕괴되더라도 결코 훼손되지 않은 인간윤리의 시원이자 훼손된 주체를 위무하고 치유하는 근원적 힘으로 작용함으로써, 허무와 절망으로 일관하던 서사가 획기적 전환을 거쳐 상실된 생활세계의 복원이라는 유토피아적 욕망을 개연성 있게 제시할 수 있게 한다. 그러나 그 긍정성에도 불구하고, 이와 같은 해결책은 현실 타협적이고 현실 순응적으로 여겨지기도 한다. 사실 두 남자에 의한 한 여자의 공유라는 파격적인 설정[68]에도 불구하고, 모성과 사랑의 전환기제를 통해 가능해진 일상성의 유토피아는 결과적으로 도덕적으로 만족스러운 결말(morally satisfying ending)[69]로 종결되고 있다는 점에서, 현실 순응적인 성격을 내포하고 있는 것도 사실이다. 특히 가부장적 이데올로기를 담지하고 있는 자기 희생의 모성성과 보호자로서의 남성성을 진정한 남성성과 여성성의 표상으로 내우고 있는 것은, 그 보편적 설득력에도 불구하고 다소 보수적 가치체계에 경도된 인상을 지우기 어렵다.

그러나 결론적으로 말하면, 그것은 현실 타협적인 성격을 내포한 소극적 해결책으로 보일지라도 부조리한 현실을 넘어서기 위해 당대인이 상상할 수 있는 가장 현실적인 해결책이라고 판단된다. 사회의 모순이 극에

---

67) 권명아, 『가족이야기는 어떻게 만들어지는가』, 책세상, 2000, 34~35쪽.
68) '여성 공유 모티브'는 이상의 「봉별기(逢別記)」에서도 찾아 볼 수 있다. 이 텍스트에서 주인공은 금홍한테 자신의 친구들과 사귀기를 권유한다. 이러한 성적 도발은 당대의 시대적 정황 속에 훼손된 남성성을 드러내는 서사적 표현이라 볼 수 있다.
69) John G. Cawelti, *Adventure, Mystery and, Romance: Formula Stories as Art and Popular Culture*, Chicago · London: The University of Chicago Press, 1976, p. 262.

달해 사회적 영역에서 주체가 이상적인 욕망을 발현할 수 있는 출구가 봉쇄될 때, 어쩔 수 없이 주체는 그 대안으로 사적인 영역에서 그 탈출구를 찾기 마련이다. 더구나 종속적 정치 · 경제적 구조로 말미암아 전후를 살아가는 주체가 '서구 문화에 의해 거세되어 서구의 대타자 즉 서구의 가치체계를 맹목적으로 욕망하는 상황'70)에서, 이와 같은 해결책은 분명 적지 않은 의의를 지니고 있다.

---

70) 최종렬, 『타자들- 근대 서구 주체성 개념에 대한 정신분석학적 탐구』, 백의, 1999, 148쪽.

제3장 관념주의 담론

전후소설의 지형도를 조망하다 보면, 가장 눈에 띄는 것이 관념주의 담론이다. 관념주의 담론은 객관적 현실을 유기적인 형식에 담아 사실적으로 형상화하는 전통적 소설방식에서 멀리 일탈해 있는 담론양식이다. 때문에 유기적인 통일성을 중시하는 논자들은 인과적 서사성이 약화되고 대신 주관적 관념이 전경화되어 있는 관념주의 담론에 대해 비판적 견해를 쏟아 붓는다.[1] 그러나 전통적인 소설관에 입각해 관념주의 담론을 바라보면, 부정적 견해만을 확대 재생산할 뿐 그것이 지닌 미학적 이데올로기적 특성을 제대로 규명할 수 없다. 따라서 보다 생산적인 논의의 성과를 기대한다면, 기존의 소설문법에서 일탈된 관념주의 소설담론의 서사적 특성을 형식적 파탄이 아니라, 서사 내적 요구에 기인한 필연적 현상으로 간주하는 인식의 전환이 요구된다.[2] 새로운 현실인식은 새

---

[1] 관념주의 담론에 대한 논의는 대부분 텍스트의 기본적 구성요소인 인물의 관념성에 대한 지적(이준재, 「존재의 고뇌와 자유의 의미- 장용학의 <요한시집>론」, 『세대』, 1963. 12; 임헌영, 「장용학론- 아나키스트의 환가」, 『현대문학』, 1966. 3; 김영화, 「김성한론」, 『현대문학』, 1980. 11)에서, 선행관념으로 현실을 재단함으로써 현실의 구체적인 형상화에 실패하고 있다는 형식비판(권영민, 『한국현대문학사』, 민음사, 1993; 김윤식 · 정호웅, 『한국소설사』, 예하, 1993; 박유희, 「관념적 비판의식과 다양한 기법의 채택」, 송하춘 · 이남호 편, 『1950년대의 소설가들』, 나남, 1994)이나, 문제 해결의 전망이 현실적이지 못하고 관념적 차원에 머물고 있다는 텍스트의 이데올로기적 한계에 대한 언급(전영태, 「김성한 문학과 몰의식의 세계」, 서종택 · 정덕준 엮음, 『한국현대소설연구』, 새문사, 1990)에 이르기까지, 대부분 부정적 평가로 귀결되고 만다.

[2] 그러므로 관념주의 담론의 고유한 미적 자질과 의미 생성과정을 보다 심도 깊게 밝혀 낼 수 있는 새로운 접근법이 요청되는데, '관념소설'의 범주를 설정(장수익, 「한국 관념소설의 계보- 장용학, 최인훈, 이청준의 경우」, 문학사와 비평연구회 편, 『1960년대 문학연구』, 예하, 1993; 황순재, 『한국관념소설의 세계』, 태학사, 1996)함으로써, 전통적인 소설독법으로는 설명하기 어려운 요소들을 해명하려는 경향은

로운 서사양식을 요구하기 마련이다. 이런 각도에서 보면, 관념주의 담론
은 기존의 소설형식으로는 담아낼 수 없는 세계인식을 효과적으로 담아
내는 동시에, 부조리한 현실을 초월하여 보다 바람직한 세계를 지향하는
유토피아적 욕망을 암묵적으로 표출하고자 하는 의도의 소산이라고 할
수 있다. 따라서 전통적 소설양식이 애지중지하는 유기성과 사실성을
과감히 무시하고 관념의 표출에 비중을 둔 관념주의 담론양식을 고찰하
기 위해서는, 기존의 서사독법을 고집해 그 담론양식 자체를 부정 · 비판
할 것이 아니라 그 나름의 서사 전개방식과 그것이 산출하는 효과를 점검
해볼 필요가 있다.

Ⅰ. 우화적 알레고리와 열린 유토피아 : 『요한시집』

1) 우화적 알레고리와 자유를 지향하는 욕망

『요한시집』[3]은 〈우화-상-중-하〉로 분절된 네 개의 서사단위가 상호
연계되어 단일한 텍스트를 형성하고 있다. 이 중에서 〈상-중-하〉가 직접
적으로 서사전개에 관여하고 있는 본서사(本敍事)라면, 본서사의 서장에
해당하는 '우화'는 그 자체만으로도 자족적인 서사로 선재(先在)하면서
앞으로 전개될 전체 서사의 흐름을 미리 예시하는 역할을 하고 있다.

이러한 요구를 비교적 잘 충족시켜주고 있는 접근법이라 여겨진다.
3) 관념소설의 범주설정에 의한 접근법은 『요한시집』특유의 미학적 자질을 잘 드러낸
다는 장점에도 불구하고, 텍스트를 '절대적 관념의 제시'로 환원함으로써, 목적론적
서사와 비목적론적 서사의 충돌로 인한 중심화와 탈중심화 현상을 간과한 채 텍스
트의 복합적 의미구도를 지나치게 단순화하는 우를 범하고 만다. 따라서 본고에서
는 먼저 『요한시집』에서 주제적 의미망을 견인해나가는 미적 형성원리를 고찰한
후, 목적론적 서사와 비목적론적 서사의 분기와 접합이 어떻게 텍스트의 중심화와
탈중심화 효과를 산출하는가를 중점적으로 살펴보고자 한다.

즉, '우화'로 이루어진 선행서사는 〈상-중-하〉로 이루어진 후행서사가
전개되기 이전에 이를 추상적인 형태로나마 미리 예시하는 기능을 담당
하고 있는 것이다.

하지만 「요한시집」에서 우화가 중요하게 부각되는 이유는 그것이 단
순히 예시적 기능만을 하는 것이 아니라 전체 텍스트의 주제적 의미망을
통어하는 기능을 하고 있기 때문이다. 본래 우화는 전체 텍스트의 변종이
자 환유적 측면의 일부로써 전체 서사를 대표하는 특성을 갖고 있다.[4]
우화가 지니고 있는 이러한 특성 때문에, 「요한시집」을 구성하고 있는
선행서사인 토끼의 우화는 그 자체로 일관된 통일적 이야기를 형성하고
있으면서 후행서사의 목적론적 서사구조와 본원적인 상동관계에 있을
수 있게 된다. 따라서 우화적 알레고리[5]에 의해 형성된 선행서사는 심층
에 내재되어 있는 추상적인 의미에 의해 전체 텍스트의 의미체계를 일정
한 틀로 제한하면서 효율적으로 주제적 층위를 견인하게 되는 것이다.
이에 「요한시집」의 주제를 탐색하기 위해서는 먼저 서두에 배치된 우화
의 내재적 의미를 독해해야만 하는 선결적 과제가 요구된다.

---

4) Peter V. Zima, 서영상·김창주 옮김, 『소설과 이데올로기』, 문예출판사, 1996, 70쪽.
5) 장용학 소설의 알레고리에 대해 부정적인 입장에서 접근한 김동환은, '토끼 우화'가
   작품에 구조화되지 못하고 생경하게 존재함으로써 알레고리의 본질적 기능을 다하
   지 못한 채 단편적인 우화로 전락하여 단지 비유적 기능만을 담당하고 있다고 비판
   한다(「한국 전후소설에 나타난 현실의 추상화방법연구」, 한국현대문학연구회 편,
   『한국의 전후문학』, 태학사, 1991, 219쪽). 다시 말해, 알레고리의 본질적 기능은
   카프카에서처럼 삶의 표피적 국면에 매몰되지 않고 구체적 전형성을 추상적 특수성
   으로 전환시켜야함에도 불구하고, 토끼의 우화는 "전쟁이 주는 의미나 그 역사의식
   을 추상화시켜 제시하는 방법으로" 사용된 것에 불과하다는 것이다. 이에 반해 방민
   호는 성서적 비유담의 수용에 의한 알레고리적 성격을(「전후소설에 나타난 알레고
   리 연구- 장용학·김성한 소설을 중심으로」, 서울대학교 석사논문, 1993, 34쪽), 나은
   진은 제목과 인명의 알레고리적 역할을 지적하여(「1950년대 소설의 서사적 세 모형
   연구- 장용학, 손창섭, 김성한을 중심으로」, 이화여자대학교 박사논문, 1999, 46쪽),
   장용학 소설에서의 알레고리가 작품 전체의 내용을 추상적으로 비유하는 데 그치는
   것이 아니라 작품의 구조적 원리로 작용하고 있다는 견해를 피력하고 있다.

한 옛날 깊고 깊은 산 속에 굴이 하나 있었읍니다. 토끼 한마리 살고 있는 그 곳은 일곱가지 색으로 꾸며진 꽃같은 집이었읍니다. 나갈 구멍이라고 없이 얼마나 깊은지도 모르게 땅속 깊이에 쿡, 박혀든 그 속에서 바위들이 어떻게 그리 묘하게 엇갈렸는지 용히 한줄로 틈이 뚫어져 거기로 흘러든 가느다란 햇살이 마치 「프리즘」을 통과한 것 처럼 방안에다 찬란한 「스펙톨」의 여울을 쳐 놓았던 것입니다. 도무지 불행이라는 것을 모르고 자랐읍니다. 일곱가지 고운 무지개 색밖에 거기엔 없었으니까요.(...중략...)

「이렇게 고운 빛을 흘러들게 하는 저 바깥세계는 얼마나 아름다운 곳일까‥‥‥‥.」

이를 테면 그것은 하나의 개안(開眼)이라고 할까. 혁명(革命)이었읍니다. 이때까지 그렇게 탐스럽고 아름답게 보이던 그 돌집이 그로부터 갑자기 보잘것없는 것으로 비치기 시작했던 것입니다. 「에덴」동산에 올빼미가 울기 시작한 것입니다.

그러나 아무리 찾아보아도 바깥 세계로 나갈 구멍은 역시 없었읍니다. 두드려도 보고 울면서 몸으로 떠밀어도 보았으나 끄떡도 하지 않는 돌바위였읍니다. 차디찬 감옥의 벽이었읍니다. 갇혀 있는 자신의 위치를 깨달아야 했을 뿐이었읍니다.[6]

공간의 제시로 시작되는 우화의 의미는 내부와 외부의 공간적 대립에서 촉발된다. 처음에 토끼는 자족적 공간에서 "불행이라는 것을 모르고" 지낸다. 하지만 동굴의 "아름다움의 근원"이 바깥세계에 존재한다는 깨달음은 "무엇이 그립고 아쉬워만 지면서" 현재 상태에 대한 결핍감을 초래하는 동시에 외부세계에 대한 동경을 유발한다. 이와 더불어 내부공간은 더 이상 "탐스럽고 아름답게 보이던" 예전의 그것이 아니라 외부와 단절된 "보잘것없는" 폐쇄적 공간으로 느껴지게 된다. 결국 존재가 위치

6) 장용학, 「요한시집」, 『현대문학』, 1955. 7, 49~50쪽.

한 내부공간과 대립되는 외부공간의 지각은 "갇혀 있는" 현상태를 벗어나 외부세계에 대한 동경을 충족시키고 싶은 욕망을 불러 일으키며, 그 욕망은 욕망충족을 위한 구체적인 행동을 수반하게 된다.

그러나 외부세계에 대한 동경에 추동되어 힘겨운 여정을 거쳐 바깥세계에 도달한 토끼는 자신이 그토록 갈망하던 "아름다움의 근원"인 빛을 견디지 못하고 소경이 되고 만다. 토끼는 다시 내부세계, 즉 그가 살던 동굴로 돌아가는 길을 잃어버릴까봐 최초로 바깥 세계에 일별을 던지다 실명을 한 그 자리에 고정된 채 죽고 만다. 이후 토끼가 죽은 자리에 버섯이 자라나고 뭇짐승들은 그 버섯을 "자유의 버섯"이라 명명한 후 어려운 일이 생기면 어김없이 그 앞에서 제사를 지낸다.

이 이야기의 내용을 토대로 구속 혹은 감금 상태를 벗어나 열린 공간을 지향하는 의식에 초점을 맞추어 그 의미를 해석해 보면, 토끼의 우화는 '자유를 지향하는 욕망'을 나타내고 있다고 볼 수 있다.[7] "자유의 버섯"이라는 명명은 이 우화가 '자유를 지향하는 욕망'을 표출하고 있음을 확증시켜준다. 그러나 우화는 욕망을 충족시키기 위한 행위의 결과를 모호하게 처리함으로써 끝까지 이야기의 가치판단을 유보하고 있다. 즉, 토끼가 바깥세계를 지향했던 자신의 행위를 후회하고 동굴로의 회귀를 염원했다는 표현은 섣불리 자유를 쟁취하기 위한 행위에 긍정적 혹은 부정적 가치판단을 내리지 못하게 하는 것이다.

단지 선행서사는 예시적 역할과 더불어 추상적인 시공간의 차원에서 알레고리적 방식으로 '자유를 지향하는 욕망'을 제시함으로써, 전체 텍스트의 의미론적 층위를 일관성 있게 제어할 뿐이다. 이로써, 선행서사와

---

7) 토끼의 우화에 대한 해석은 크게 '삶의 의미' 즉, '본질적 이데아의 지향'(김윤식, 『한국현대문학사론』, 한샘, 1986, 89쪽)으로 파악하는 경향과, 실존적 입장에서 즉자적 존재가 실존적 자각을 통해 대자적 존재로 변모를 모색하는 '실존적 자유'(우한용, 『한국현대소설구조연구』, 삼지원, 1990, 450쪽)로 해석하는 경향으로 나뉘어진다.

후행서사가 '자유를 지향하는 욕망'을 중심으로 일관성 있게 결속되면서
난해한 요설로 얼룩진 텍스트 이해의 단서가 마련되는 것이다. 하지만
선행서사는 최종적인 가치판단을 유보했기에, 후행서사의 성서적 인유
를 차용한 알레고리와 연결되어야만 텍스트 전체의 주제가 명료하게 인
지될 수 있다.

후행서사는 누혜를 중심으로 전개되는 서사와 동호를 정점으로 진행
되는 서사축으로 분기되지만 텍스트의 주제를 파악하기 위해서는 누혜
를 중심으로 이야기를 재구성해 볼 필요가 있다.

① 강압적 규제와 획일이 지배하는 학교생활에서 모범생이라는 벽에
갇힌 누혜는 자율을 회구하게 되고, 대학졸업 후 고향의 자연 속에
서 시를 쓰며 무위(無爲)의 삶을 산다
② 2차대전이 끝나자, 누혜는 인민의 벗이 되려고 당에 들어가지만
인민의 적을 죽임으로써 인민을 만들어 내는 현실만을 자각한다
③ 누혜는 자유에의 길을 막고 있는 벽을 뚫어 보기 위하여 전쟁에
뛰어들었다가 포로가 된다
④ 전쟁에서의 용감성으로 최고훈장까지 받은 그였지만, 친북세력과
반북세력이 반목하는 포로수용소에서는 방관자적 자세로 인하여
반역자로 낙인이 찍힌다
⑤ 포로수용소에서 누혜는 부자유(不自由)를 자유의사(自由意思)로
받아들이면서 노예가 자유인이라는 새로운 인식에 도달하지만, 그
마저도 기만에 지나지 않음을 깨닫는다
⑥ '살로메'의 꿈을 꾼 누혜는 자유마저도 구속이자 극복되어야 그 무
엇이라 여기고 참 자유를 향한 마지막 시도로 자살을 결행한다

여기서 확연히 드러나는 것은 누혜의 삶이 자유를 추구하는 반복적

과정으로 점철되어 있다는 점이다. 획일적인 규율을 강제하여 개성을 말살하는 '학교'와 경화된 이념으로 인간을 압살하는 '당', 그리고 인간성을 유린하는 이념의 쟁투가 벌어지는 '포로수용소', 이것들은 모두 인간의 자유를 구속하는 영역이라는 점에서 동질적인 계열체를 형성한다. 즉, 이것들이 자유를 가로막는 장벽으로서 공통적으로 '구속과 억압'의 의미를 함유하고 있다면, 이들 공간에서 벗어나고자 하는 누혜의 행위는 부조리한 현실로부터 탈주하여 '자유를 쟁취하기 위한 시도'라는 의미를 지닌다. 따라서 선행서사에서 자유를 쟁취하기 위한 토끼의 행위와 후행서사에서의 자유를 지향하는 누혜의 기투(企投)행위 사이에 의미론적 등가관계가 성립되는 것이다. 결국 선행서사와 후행서사가 '자유를 지향하는 욕망'을 정점으로 유기적인 상관관계를 맺고 있음으로 해서, 전체 텍스트에서 주제적 층위의 통일적 이해가 가능해지는 것이다.

하지만 주제적 층위에서 '자유를 지향하는 욕망'의 의미론적 가치는 성서의 비유담을 차용한 알레고리와의 조우를 통해 비로소 확정될 수 있을 뿐이다. 다시 말해, '세례 요한'의 성서담을 차용한 알레고리는 '자유를 지향하는 욕망'을 둘러싼 가치의 향방을 결정하는 분기점이 되는 것이다.

> 自由가 있는 한 人間은 奴隷여야 했다! 自由도 하나의 數字. 拘束이었고, 强制였다. 극복되어야 할 그 무엇이었다. 「뒤」의 것이었다!
> 神 永遠······, 自由에서 빚어져 생긴 이러한 「뒤에서 온 說明」을 가지고 「앞으로 올 生」을 잰다는 것은 하나의 屠殺이요, 冒瀆이다. 生은 說明이 아니라 權利였다! 迷信이 아니라 意慾이었다! 生을 살리는 오직 하나의 길은 神, 永遠······, 自由가 죽은 것이다!
> 「自由」, 그것은 진실로 그 뒤에 올 그 무슨 「眞者」를 위하여 길을 외치는 豫言者, 그 신발 끈을 매어주고 칼에 맞아 길가에 쓰러질 「요한」에 지나지 않았다!(...중략...)

自殺은 하나의 試圖요, 나의 마지막 期待이다. 거기에서도 나를 보지 못한다면 나의 죽음은 소용없는 것이 될 것이고, 그런 소용없는 죽음이 기다리고 있는 것이 生이라면 나는 차라리 한시 바삐 그 轉身을 꾀하여야 할 것이 아닌가 · · · · · · · · · · · · .8)

위의 인용문은 요한의 목을 탐냈던 살로메가 자신을 껴안는 꿈을 꾼 누혜가 수용소의 철조망에 목을 매고 자살하기 전에 남긴 유서의 일부이다. 여기서 핵심적인 어휘 "自由"는 "拘束", "強制" 등의 어휘소에 의해 정의되면서 부정적인 가치를 함축하게 된다. 일반적으로 '자유'는 '강제'나 '구속' 등 부자유의 의미를 내포하고 있는 어휘와 대립함을 감안할 때, 이들 어휘소와 자유에 동질적 의미를 부여하는 언술은 기존의 의미체계와 상이한 새로운 가치함축을 예견케 한다.

누혜는 자유를 "극복되어야 할 그 무엇"으로 규정하며, 이 명제는 자유가 죽어야만 참 자유가 달성될 수 있다는 진술의 반복으로 표나게 강조된다. 이에 "存在가 罪惡"9)인 세계에서는 자유의 존재 자체가 인간을 노예로 만들기에 "자유가 죽어야한다"는 명제는 '자유'와 '생'이 대립하는 의미체계를 구축한다. 그러나 주관적 관념을 강렬하게 내세우는 언술은 '자유'의 어휘에 담겨 있는 공준된 의미를 해체하지만, 서사에서 새로운 의미망을 설정하는 의미의 전이효과를 산출하지는 못한다. 이때 공준된 의미가 탈각되어 마땅한 지칭소도 없이 모호하게 호명될 운명에 처한 자유의 의미론적 전이를 가능케 하는 동력은 '세례 요한'의 성서담이다. 그것은 불분명하고 애매한 개념만을 담지한 채 존립하는 참 자유의 의미가 비유적으로나마 서사에서 구체화될 수 있도록 추동하는 동시에 텍스트의 주제를 효과적으로 견인하게 된다.

---

8) 장용학, 앞의 책, 79~80쪽.
9) 위의 책, 77쪽.

'세례 요한'은 요르단 강가에서 설교하면서 예수의 출현을 기다리다가 살로메의 충돌질에 현혹된 헤롯왕에 의해 살해된 성서 속의 예언자이다. 이 성서담의 차용은 의미의 전이를 추동하면서 자유의 의미를 알레고리적으로 표출할 수 있게 한다. 먼저 그것은 자유를 "그 뒤에 올 그 무슨 「眞者」를 위하여 길을 외치는 豫言者"로 의인화함으로써, 자유에 '예비자'의 의미를 함축한다. 또 자유를 "칼에 맞아 길가에 쓰러질 요한"으로 정의해서 자유를 '희생양적 존재'로 표상하고 있다. 결국 성서담에 기반해서 약호화된 자유는 서사 문맥 내부에서 전이가 실현되어 '도래할 존재를 예비하는 희생양'으로 의미화된다.

성서담의 알레고리는 기존의 자유는 화석화되어 오히려 인간을 구속하는 억압적 존재이기에, 죽음을 통해 자신을 무화함으로써 새로운 생성을 가능하게 해야만 진정한 자유로 전화될 수 있다는 역설을 성립시킨다. 이는 누혜가 지향하는 자유가 기존의 이데올로기에 기반한 의미체계로는 명증하게 설명될 수도, 현실 속에서 획득할 수도 없는 '초월적 자유'이자 '절대적 자유'임을 예증하는 것이다.[10]

초월적 자유를 추구하는 누혜의 욕망은 현존재를 소멸시키는 죽음을 통해서 충족되어진다. 이때 죽음도 공준적 의미에서 일탈되어 새로운 가치의 생성을 위한 매개적 행위로 긍정적인 가치를 함축하게 된다. 이로써 "自殺은 하나의 試圖요, 나의 마지막 期待"라는 역설적 표현을 성립시키는데, 이것은 서사에서 재문맥화된 자유가 '...으로부터' 벗어나고자

---

10) 따라서 이와 같은 표현이 가능하다면 누혜가 추구하는 자유는 '실존적 자유'라기보다는 '이데아적 자유', 즉 '아직' 도래하지 않은 유의미한 삶의 본질을 향한 초월적 자유라고 정의할 수 있다. 이 점에서 텍스트에서 마땅한 지칭소조차 없이 비유적으로만 제시된 참 자유에 대한 언급은 「요한시집」이 표상하고자 하는 자유의 특성에 기인한 필연적인 결과일 수밖에 없다. 왜냐하면 하이데거가 존재론적 현상학에서 말한 것처럼, 이데아적 존재는 스스로를 직접적으로 드러낼 수 없으며 단지 비유적으로 환기될 수밖에 없는 운명을 지니고 있기 때문이다.

하는 수동적 자유에 머무는 것이 아니라 '...을 향한' 적극적인 지향성을 내포한 능동적 자유임을 보여주는 것이기도 한다.

결국 '자유'와 '죽음'을 정점으로 이루어진 새로운 가치의 함축은 서사에서 현재의 제약된 상황을 뛰어넘어 생의 '다른 상태'를 지향하는 초월욕망을 추동하는 동력을 제공하는 바, 그 속에는 현실세계가 주는 억압에서 저항하여 부정적 현실을 넘어서려고 하는 의지가 투영되어 있다. 이는 「요한시집」에서 알레고리가 현실세계의 압도적 위력 앞에서 현실의 제모순을 텍스트 내부로 끌어들여 이해 가능한 의미구조로 형상화하는 표현양식으로 차용되었음을 의미한다. 즉 그것은 주체와 세계의 분열 앞에서 양자 사이의 연속성을 회복하려는 힘겨운 시도이자, '현실적으로 해결할 수 없는 모순을 상상적으로 해결하려는 유토피아적 욕망'의 표상을 가능하게 하는 미적 장치로 기능함을 의미하는 것이다.[11]

그러므로 결론적으로 말하자면, 알레고리적으로 형상화된 초월욕망은 진정한 삶의 의미가 부재하는 현실의 부조리와 모순을 드러내고 그러한 현실을 부정하면서 그 결핍과 부재상태를 비판·극복하려는 시도이기에, 이를 현실 도피적인 허무주의에의 경도로만 파악할 수는 없는 것이다.

---

[11] 예술과 종교 및 그것들의 상징적·알레고리적 표현들 모두가 알레고리적 심층구조에 근원을 두고 있다고 지적하는 제임슨은, 알레고리적 구조에는 언제나 유토피아적 충동이 틈입되기 마련임을 아래와 같이 기술하고 있다.
"어찌 보면 실로 유토피아적 순간은 상상불가능한 것으로밖에 상상할 수 없는 것이기도 하다. 그러므로 일종의 알레고리적 구조가 바로 유토피아적 충동 자체의 전진적 운동으로 아로새겨지게 된다. 유토피아적 충동은 언제나 무언가 다른 것을 가리키며, 결코 스스로를 직접적으로 현시하지 못하고 언제나 비유적으로 말해야 하며, 언제나 구조적으로 완결과 해석을 요구한다."(Fredric Jameson, *Marxism and Form: Twentieth Century Dialectical Theories of Literature*, Princeton: Princeton University Press, 1971, pp. 142~143).

2) 기투(企投)적 행위주체와 분열적 행위주체

「요한시집」에서 의미의 전이를 통해 주제적 층위의 가치함축을 감당하는 서사의 핵심주체는 누혜이다. 그러나 텍스트 전체에서 누혜는 서술된 주체(narrated subject)이며 정작 언술을 주도하는 핵심적 서술주체의 역할은 동호가 떠맡고 있다. 그러므로 이러한 주체의 역할 분화가 의도하는 이데올로기적 효과에 주목하기 위해서는, 텍스트의 주체를 중심으로 서사를 재구성하여, 개별주체의 정체성은 물론 주체들간의 관계망을 통해 주체성의 형성과정을 탐색해 보아야 한다.

> 아홉 살이 됨에 소학교에 들어갔다. 이렇게 公民社會의 한 分子가 되는 과정을 나는 나도 모르는 사이에 착착 밟아간 것이다. 학교는 罪의 집이었다. 벌에서 罪를 배웠다. 1분 지각했는데 삼십분 동안이나 땅에 손을 짚고 「오토세이」처럼 엎드리고 있으면 학교는 그만큼 잘 되어가는 것이다.(...중략...)
> 어느날 아침 조회 때, 천명이나 되는 학생들의 가슴에 달려 있는 단추가 모두 다섯개씩이라는 것을 발견하고 현기증을 느꼈다. 무서운 사실이었다. 주위를 살펴보니 주위는 모두 그런 무서운 사실투성이었다.(...중략...) 중학교에서 나는 모범생이었다. 열일곱 살이 되는 어느 여름날 오후, 돌담에 비친 내 그림자를 뱀이 획 스치고 달아났다. 나는 곡괭이를 찾아들고 그 담을 부시어버렸다. 모범생이라는 壁에 가리워서 빛을 보지 못했던 나는 한길에 나섰던 것이다.[12]

위의 인용문은 텍스트의 주제 표출에 주도적 역할을 하는 누혜의 유서 중 일부분이다. 유서는 서간의 일종이라 할 수 있는데, 전달대상인 수신자를 명백히 가짐으로써 독자에게 직접적으로 호소할 수 있는 언술 장치

---

12) 장용학, 앞의 책, 75~77쪽.

인 서간체는,[13] 다른 방식으로는 표현할 수 없는 미묘한 주제를 인물의 직접적인 자기 해명을 통해 전달할 수 있는 장점을 지니고 있다. 텍스트 내부에서 수신자가 불분명하게 설정된 수기 형태를 띤 누혜의 유서는 서간체의 이러한 특성을 활용해서 자기 고백적 언술 속에 주제의 의미를 명시적으로 드러내는 역할을 하게 된다.

한편 누혜의 유서에는 부조리한 삶의 체험과 참 자유를 향한 누혜의 치열한 욕망이 절박하게 토로되어 있어서 그의 정체성을 드러내는 데 가장 중요한 역할을 한다. 후행서사에서 초점화자 동호에 의해 관찰되고 서술되는 초점대상인 누혜는 여기서 유일하게 직접 서술자의 역할까지 떠맡고 있다. 이렇게 유서의 등장과 함께 이루어지는 초점화자의 교체는 관찰자적 시선의 제한된 지각으로 인한 소극적인 정체성의 제시에서 탈피해, 누혜의 과거 행적과 내적 의식을 밀도 있게 긴박한 서술에 담아내어 텍스트에서 명료한 정체성의 형성을 가능케 한다.

보다 구체적으로 전반부와 후반부로 분할하여 유서의 내용을 살펴보면, 전반부는 서술자가 미각성 상태의 자아를 재체험하면서 부정적인 현실상황과 그에 대한 비판적 성찰을 현재의 시점에서 회고적으로 기술하고 있는 부분이다. 부정적 현실에 대한 비판적 성찰은 강제적인 훈육을 통해 획일적인 주체를 생산하는 '학교'와 '당'에 대한 비판을 통해 이루어진다.

학교는 엄정하게 짜여진 시간표에 의해 시간을 분할하여 학생을 훈육하고, 규율이 부과한 대로 행동하지 않는 구성원은 그에 상응하는 처벌을 가하여 기성체제를 유지하는 공간이다. 그것은 강렬한 규율을 축으로 개인에게 자기 통제와 자기 감시를 내면화하도록 강제하여 체제 순응적

---

13) 윤수영, 「한국근대 서간체소설 연구- 형성과 구조 변모를 중심으로」, 이화여자대학교 박사논문, 1990, 23쪽.

인 주체를 생산한다.[14] 따라서 "벌에서 죄를 배"우는 학교는 "죄의 집"으로 인식될 수밖에 없는 것이다. 당 역시 규범적 준거틀을 확정해 놓고 이에 위배되는 구성원을 처벌함으로써 기존 질서를 공고히 한다는 점에서 사회체제를 재생산하는 영역이라 할 수 있다.

> 나는 人民의 벗이 됨으로써 再生하려고 했다. 黨에 들어갔다.
> 당에 들어가보니 인민은 거기에 없고 인민의 적을 죽임으로써 인민을 만들어내고 있었다.
> 「만들어 내는」 것과 「죽이는」 것. 이어지지 않는 이 間隙. 그것은 생의 乖離이기도 하였다. 生은 意識했을 때 꺼져버렸다. 우리는 그 재(灰)를 삶이라고 한다. 우리는 다른데를 열심히 살고 있는 것이다. 산다는 것은 다른데를 사는 것이다. 그래서 善意識에만 善이 있다는 양식. 이 심연. 그것은 「十○秒間」의 間隙이었고, 自由에의 길을 막고 있는 壁이었다.
> 그 壁을 뚫어보기 위하여 나는 내 육체를 전쟁에 던졌다.[15]

지배체제는 획일적으로 개인의 정체성을 미리 확정하고, 거기서 일탈한 자를 처벌하여 사회질서를 내면화한 순응적 주체를 생산하려 한다.

---

14) 식민지 시대 한국에서 근대적 학교제도를 통해 식민지적 질서의 규율을 내면화한 주체를 생산하려는 제국주의의 교육체계에 대해 「일제하 보통학교와 규율」(김진균·정근식 편저, 『근대주체와 식민지 규율권력』, 문화과학사, 1997, 94~95쪽)이라는 논문은 다음과 같이 말하고 있다.
"근대교육의 특징은 교육이 시간표에 따라 이루어진다는 점이다. 보통학교는 연간 행사표에 따라 운영되었다. 수업은 시간 단위로 구분되어 운영하였다. 시간 단위는 1시간이었으며 이 안에 학교장이 결정하는 휴식시간이 포함되어 있다. 교과과정은 시간표에 의해 구분되어 학생들에게 제시되었다. 시간표의 작성은 아무런 고려 없이 이루어진 것이 아니라 상당한 연구의 대상이었다.(...중략...)
수업은 수업시간을 알리는 소리와 함께 모든 교실에서 동시에 시작되며 훈도가 등장하면 기립, 예, 착석이라는 구령에 따라 동시에 행동하면서 시작된다. 수업내용은 교과서를 중심으로 표준화되어 있으며, 학생들의 문제제기는 자발적인 것이 아니라 통제된 상태에서 이루어지는 것이며, 발언 또한 지명되었을 때만 가능하였다."
15) 장용학, 앞의 책, 77쪽.

다시 말해, 현실권력은 인민의 내부와 외부를 가로지르는 구획선을 설정한 채 이에 어긋나는 적대적 타자를 배제·처벌함으로써, 권력이 부여한 정체성을 내면화한 주체인 "만들어진 인민"을 양산하게 된다. 여기서 진정한 인민은 부재하게 되며, 인민이란 결국 권력이 배제와 처벌의 매커니즘에 의해 생산한 주체에게 부과한 허구적 명칭에 불과하게 된다. 이 극복할 수 없는 당위와 현실 사이의 편차를 누혜는 "間隙", "심연", "乖離"이라는 일련의 단어로 고발한다.

결국 학교와 당은 규율과 처벌을 통해 개인이 현존질서에 자신을 동일시하도록 강제함으로써, 특정한 방식으로 사고하고 특정한 방식으로 행동하는 주체를 생산하려는 권력의 의지가 관여하는 장이다.16) 자본주의와 공산주의라는 상이한 생산체제에 속한 학교와 당이 동질적인 장으로 인식되는 것도 강제된 규율과 처벌의 기제에 의해 주체를 생산하는 방식

---

16) 이 점에서 헤게모니의 장악에 의한 지배가 불가능한 한국의 특수한 역사적 상황하에서, '학교'와 '당'은 이데올로기적 국가장치이기 이전에 억압적 국가장치로 기능한다고 말할 수 있다. 이를 이진경 식으로 바꾸어 말하자면, 그것들은 '동일시를 통한 주체화'가 아니라 억압와 강제를 통해 '동일시 없는 주체화'를 담당하는 영역이다.(이진경, 『맑스주의와 근대성- 주체생산의 역사이론을 위하여』, 문화과학사, 1997, 231~235쪽 참조.) '동일시를 통한 주체화' 이론의 대표적 이론가인 라캉(Jacques Lacan)은 개인의 주체화 과정이 타자에 대한 동일시의 기제에 의하여 이루어진다고 파악한다. 이와 유사한 관점에서 알튀세르(Louis Althusser)는 주체의 동일성을 구성하는 타자를 이데올로기로 규정하고, 그에 대한 동일시를 통해 개인이 주체화된다고 말한다. 그러나 '동일시를 통한 주체화' 이론은 동일시가 실패하는 지점, 즉 이데올로기가 지정한 자리로부터 일탈하여 저항하려는 의지, 그리고 일탈자를 처벌하려는 타자의 강제와 폭력이 존재하는 이유를 설명하지 못하는 맹점을 지닌다. 이에 비해 '동일시 없는 주체화' 이론은 반복적 강제, 감시와 처벌에 의해 주체에 강요된 동일시의 해명에 초점을 맞춰 '동일시를 통한 주체화' 이론의 허점을 훌륭하게 보완해준다. 특히 식민지체제와 억압적 국가체제가 감시와 처벌의 기제를 활용하여 동일시를 강제하면서 주체를 구성하고자 한 한국적 상황에서는, '동일시 없는 주체화' 이론이 현실적 정황을 보다 적절히 설명할 수 있는 이론틀이 될 수 있다고 생각된다. 따라서 지배 이데올로기의 재생산이 강제가 아닌 자발성에 기초한다는 입장(박훈하, 『소설담론과 주체형식』, 삼지원, 1998, 206쪽)에서, 기표의 원근법적 구성원리에만 집착한 동일시의 모형으로 「요한시집」의 서사주체를 설명하려는 논의는 재고의 여지를 남긴다 하겠다.

의 유사성에 기인한다.

유서의 전반부가 주체 생산의 메커니즘에 대한 비판을 담고 있다면, 후반부는 개인을 억압하는 지배체제로부터 탈주하여 자유를 쟁취하려는 끊임없는 기투(企投)의 과정을 기술하고 있다. 누혜는 억압적 현실 속에서 "이러지도 못하고 저러지도 못하고 이율배반 속에서 어물어물하다가" 대학을 졸업하자 자연으로 도피하여, 현실세계와는 차단된 채 "아무런 생산도 없는 시인"이 되어 무위(無爲)의 삶을 살아간다. 그러나 자연과 더불어 자족적으로 살아가는 생은 자기 의식을 방기한 즉자(卽自)적 삶의 형태이기에, 필연적으로 현실세계로의 회귀욕구를 불러일으킨다.

결국 누혜는 고립적 실존에서 벗어나 "인민의 벗이 됨으로써 재생하기 위해" 입당을 하게 된다. 이는 현존질서에 대한 자발적 구속과 복종이 아니라 타인과의 연대를 자각한 행위주체로의 변모를 모색하는 기투행위라고 볼 수 있다. 하지만 당에 들어간 누혜는 이마저도 '인민'이라는 절대적 기표를 상정한 채 그와 대립하는 적대적 타자를 말살함으로써, 동일한 정체성을 내면화한 타율적 주체들을 생산하는 이념공장이자 "자유에로의 길을 막고 있는 벽"임을 자각한다. 그러한 자각은 또 다시 그 벽을 뚫기 위한 기투행위를 촉발하는데, 이는 한계상황 속으로 자신의 존재를 내던지는 참전(參戰)으로 표출된다. 이렇게 누혜는 부조리한 지배체제가 강제하는 주체의 자리에서 탈출하려는 자유를 향한 기투행위를 끊임없이 감행함으로써, 텍스트에서 기투적 주체로서 자신의 정체성을 확고하게 형성하게 된다.

그러나 전쟁포로가 된 누혜는 친북세력과 반북세력이 첨예하게 대립하는 이념투쟁의 공간인 포로수용소에서 공간적 기투를 통해 추구한 자유가 실패로 귀결될 수밖에 없음을 절감하게 된다. 여기서 누혜는 현존하는 자유를 "拘束"과 "强制"로 정의하는데, 이는 억압적 지배장에 대한 반동일시(counter-identification)가 이항대립적 구도를 승인함으로써, 의도하지 않은 기존 이념에의 함몰을 가져올 수 있음에 대한 자각에 다름 아니다. 다시 말해 중간적 존재를 허용치 않는 극한적 대립의 상황에서 친북에 대한 저항은 반북, 즉 반공 이데올로기로 환원될 수밖에 없다는 자각이 자유를 "拘束"과 "强制"로 정의하게 만드는 것이다. 그리고 이러한 자각이 이념적 쟁투에 휩싸인 1950년대의 현실 속에서, 누혜를 특정 이념에 함몰된 주체가 아니라 지배 이데올로기로부터 탈주하여 절대적 자유를 추구하는 유토피아적 주체로 정립시키면서, 「요한시집」이 지배 이데올로기를 비판적으로 고구(考究)하는 반성적 텍스트가 되게 하는 것이다. 이제 누혜는 자유에 새로운 의미를 부여하는 전이를 통한 '역동일시(disidentification)'[17]의 방식으로 현실을 부정 · 초월하여 미래로의 기투를 감행한다. 이는 부조리한 현실세계에서 탈출하고자 하는 기투행위가 공간적 구도에서 시간적 구도로 변경되어 실천되고 있음을 의미한다.[18]

---

17) 역동일시(disidentification)는 주체의 형성에 관여하는 이데올로기의 변형과 전치를 통해서 지배구조의 변혁을 도모하는 담론적 실천을 가리키는 페쇠(Michel Pêcheux)의 용어다. 그는 담론구성체와 자신을 동일시하여 이데올로기에 순종하는 주체의 태도를 동일시(iedntification)로, 담론구성체에 대립하여 이데올로기에의 순응을 거부하는 주체의 태도를 반동일시(counter-identification)로 정의하면서, 두 가지 대응방식으로는 지배구조의 재생산에 기여할 뿐 실질적인 변화를 가져올 수 없다고 말한다. 페쇠는 그 대안으로 역동일시의 전략을 제시하는데, 오직 역동일시만이 지배구조의 재생산 국면에 관여하여 이데올로기에 대한 맹종에서 탈피한 새로운 주체의 형성을 가능케 한다고 강조한다(Michel Pêcheux, Nagpal trans., *Language, Semantics, Ideology,* New York: St. martin's Press, 1982, pp. 156~170).
「요한시집」에서 '자유'의 어휘소에 대한 새로운 가치함축은 지배체제의 재생산에 기여하는 담론체계를 전복하여 새로운 가치를 창출한다는 점에서 페쇠의 역동일시와 부합한다고 할 수 있다. 누혜가 자살을 감행한 공간이 동호가 "눈알을 손바닥에 들고 서 있어야 했던 안세계와 감시병의 향수를 노래하고 있었던 밖세계"를 분할하는 경계선인 철조망인 것도, 그의 자살이 지배체제의 재생산 국면에 '돌파구'를 마련하려는 처절한 몸부림임을 예증한다.
18) 오래된 '유토피아 사회상'이 공간적 구도에 입각해 부정적 현실과 대립되는 바람직한 사회상을 꿈꾸는 '장소 유토피아'인 반면에, 근세의 유토피아는 대부분 시간적 구도 속에 미래지향적인 사고를 제시하는 '시간 유토피아'로 패러다임의 전환

시간적 구도 속에서 감행되는 미래로의 초월적 기투는 자살이라는 자기 모순적 방식으로 달성된다. 자살에 의한 초월이 자기 모순적일 수밖에 없는 이유는 초월하는 주체가 초월 속에서 존재의 소멸을 야기하기 때문이다.[19] 즉, 죽음을 통한 초월은 생의 다른 상태로의 존재론적 전환과 존재의 지속이라는 초월의 이중적 요건을 충족시키지 못하기에 자기 모순적일 수밖에 없는 것이다. 그럼에도 누혜의 죽음이 허무의지의 종결점이 아니라 적극적인 현실 초월의지로 받아들여지는 것은, 그 자살이 "권력의 한계, 권력을 벗어나는 지점"에 대한 모색이자, "삶에 행사되는 권력의 경계와 틈새"[20]를 찾아 '돌파구'를 마련하려는 시도이기 때문이다. 결국 누혜의 자살은 부조리한 현실에 대한 가장 강력한 저항이자, '지금 – 여기'의 시공을 넘어서 절대적 자유의 세계를 추구하는 유토피아적 욕망이 담겨 있는 최종적 기투행위인 것이다.

한편 텍스트에서 통일적이고 확고한 정체성을 유지하고 있는 누혜와

을 보여준다(Ernst Bloch, 박설호 역, 『희망의 원리』, 솔, 1993, 29쪽). 이런 관점에서 본다면, '밀실'과 '광장'으로 상징되는 남북의 공간을 넘나들다가 제3의 공간으로 발길을 돌린 이명준이 결국 자살로 생을 마감하게 되는 『광장』이나, 미래에서 들려오는 초월적 목소리를 빌려 비로소 이념의 쟁투를 비판할 수 있게 되는 『원형의 전설』은 시간 유토피아의 구도 안에서 공간적 도약의 불가능성과 시간적 비전의 가능성을 복합적으로 반영하고 있다고 할 수 있다. 결국 어떤 탈주의 공간도 용납하지 않는 이념의 경직성으로 말미암아, 한국사회의 이념대결의 극복방안은 대체로 시간적 비전 속에서 미래를 기약하는 가능성으로 제시되게 된다.

19) 레비나스는 초월의 자기 모순적 성격을 다음과 같이 말하고 있다. "고전적인 개념으로서 초월(죽음을 통한 초월)의 이념은 자기 모순적이다. 초월하는 주체는 자신의 초월 속에서 소멸해 버린다. (······) 초월이 주체의 동일성 자체와 결부된 것이라면, 우리는 주체의 실체의 죽음을 목격하게 될 것이다. 확실히 우리는 죽음이 초월 자체인지 아닌지 의심할 수 있을 것이다. (······) 죽음은 변화함(化體, transsubstantiation)이라는 생성의 예외적인 사건을 나타내지 못한다. 여기서 변화함(화체)이란, 무(無)로 귀착함 없이, 그리고 동일적인 것의 생존과는 다른 방식으로 연속성을 보증해주는 것을 말한다."(E. Levinas, *Totalité et infini*, Martinus Nijhoff, 1961, p. 251; 서동욱, 「아이와 초월- 레비나스, 투르니에, 쿤데라」, 『세계의 문학』 1999 가을호, 308쪽 재인용).

20) Michel Foucault, 이규현 역, 『성의 역사- 앎의 의지』 1, 나남출판, 1990, 149쪽.

달리, 동호는 견고한 정체성을 유지하지 못하고 끊임없이 자기 분열적인 모습을 보여준다. 또 그의 정체성은 자족적·배타적인 상태를 유지하지 않으며, 누혜와의 밀접한 교호과정 속에서 변모하는 유동적 성격을 띠고 있다. 그러므로 여기서는 시간적 흐름에 따른 정체성의 변모과정과 누혜와의 관련양상에 주목하면서, 행위의 축과 사유의 축으로 구분하여 동호의 정체성을 살펴보도록 하겠다.

> 따지고 보면 의지할 것은 아무것도 없다. 그래서 나는 따라다녔을 뿐이다. 내가 나의 주인이 되어 나의 앞장을 내가 서서 나의 길을 걸어본 적이 있었던가? 없다! 한 번도 없었다. 늘 전봇대를 따라다녔고, 늘 기차시간을 기다리고 있었다. 그러면서 나는 한번도 기차에 타본 적이 없었다. 그러나 나는 그래도 기다렸고 그래도 따라다녔다. 왜? 길에는 전봇대가 있었고 정거장에는 대합실이 있었기 때문이다.
> 생각하면 비참하고 시시하다. 어째서 살아 있는 것이 그래도 낫고 죽는 것이 그래도 나쁜가?[21]

위의 인용문에서 반복적으로 기술되어 있는 "따라다녔다"는 언표가 말해주듯이, 능동적인 행위자로 설정되어 있는 누혜와 달리 행위의 축에서 동호는 매우 수동적인 인물로 그려지고 있다. 이러한 대립적 인물특성은 "자유에의 길을 막고 있는 벽"을 뚫기 위해 참전하여 "용감성으로 최고 훈장을 받은" 누혜와 외부의 강제에 의해 의용군으로서 피동적으로 전쟁에 참가한 동호라는 상이한 행위양태에서도 단적으로 드러난다. 따라서 행위의 측면에서 보면, 누혜가 부조리한 지배질서에서 적극적으로 대처하는 능동적 주체인데 반해, 동호는 지배체제가 구획한 현실

---

21) 장용학, 앞의 책, 59쪽.

의 질서에 무기력하게 순응하는 수동적 주체인 것이다.

그러면서도 동호는 지배질서에 자신을 완전히 동일시하지 못하고 현실 속에서 억압된 내적 욕망을 광기로 표출하는 자기 분열적 모습을 드러낸다. 이를테면, "비행기 소리 같은 것을 들었을 때에는 간이 뒤집혀져서 아무데에나 자빠져서 거품을 물었고, 때로는 몽둥이를 쳐들고 자동차에 달려"드는 등의 비이성적 행위는 소극적으로나마 현실 순응적 상태를 부정·탈피하고자 하는 동호의 무의식적 욕망이 자기 분열적인 형태로 표출되는 것이라 할 수 있다.[22]

동호의 피동적 정체성은 누혜의 자살을 계기로 그의 욕망과 접속되면서 반성적 사유를 촉발함과 동시에 변화의 전기를 맞는다. 동호는 그와 친밀한 관계에 있었다는 이유만으로 누혜의 "눈알을 손바닥에 들고 해가 동쪽 바다에 솟아오를 때까지 서 있으라"는 처벌을 받게 되는데, 여기에는 처벌이 야기하는 죽음의 공포를 통해 자유를 추구하는 욕망의 전이를 봉쇄하려는 의도가 숨어 있다. 하지만 역설적이게도 이러한 처벌을 통해 동호는 자유를 추구하는 누혜의 욕망과 조우하여 서사의 중심적 주체로서 새로운 주체성을 형성해 나갈 수 있게 되는 것이다.[23]

---

22) 정신병 상태는 인간 존재가 취할 수 있는 하나의 가능태로, 그 속에는 절대적 자유에 대한 소망, 즉 어떠한 법칙에도 종속되고 싶어하지 않는 소망이 내재되어 있다(Peter Widmer, 홍준기·이승미 역, 『욕망의 전복』, 한울아카데미, 1998, 153쪽). 따라서 '권력이 있는 곳에 저항이 있다'는 테제를 증명이라도 하듯이, 정신질환적 행위를 통해 동호는 누혜의 욕망과 접속되기 이전에 이미 무의식적으로 현실권력에 대한 저항을 욕망하고 있었다고 말할 수 있다.

23) 「요한시집」에서 '눈'이 반복해서 등장하고 있음에 주의를 기울여야 한다. '눈'이라는 신체기관이 지닌 "보는 기능은 존재를 폭로한다"(Martin Heidegger, 전양범 역, 『존재와 시간』, 시간과 공간사, 1989, 236쪽)는 점에서, 그것은 지배질서의 억압성을 고발하는 동시에 수동적 주체의 반성을 촉구하는 서사적 장치로 설정되어 있다고 볼 수 있다. 특히 여기서 동호가 누혜의 눈을 들고 있는 행위는 서사 내적으로 누혜와 동호의 눈이 겹쳐짐으로써 세계를 바라보는 태도가 변화되는 계기(김병로, 「장용학의 <요한시집>에 나타나는 해체적 서사담론」, 『한국문학과 비평』 3, 예림기획, 1998, 330쪽)인 동시에, 누혜에게서 발원한 자유에의 욕망이 동호에게로 전

결국 누혜의 죽음은 동호를 서사에서 유일한 행위주체이자 인식주체로 남게 하는 서사의 중핵사건이자, 동호로 하여금 수동적 정체성에서 탈피하여 새로운 정체성의 형성을 가능하게 하는 전환점이기도 하다. 그런데 수동적 존재양태에서 탈피하고자 하는 동호의 욕망은 행위의 축에서 누혜의 어머니를 죽게 만드는 사건으로 나타난다.

> 싸늘해지는 손을 느꼈다. 잠에서 깨어난 것처럼 그 손을 물리치려고 했다. 그러나 내 손가락은 노파의 손가락에 꽉 업혀 있었다. 끝내 나는 잡힌 것이다. 「변소의 손」이 나를 잡은 것이다!
> 등곬이 시려진다. 노파의 식은 피가 손가락으로 해서 내 혈관으로 흘러드는 것이다. 노파의 얼굴에 떠오르는 생기를 보아라. 냉기는 내 팔을 얼어붙이고 있지 않은가. 위로 위로······.
> 사실은 내가 죽어가고 있는 것이 아닌가! 그렇지 않으면 왜 내 육체가 이렇게 자꾸 차와지는가? 구리(銅) 같아지는 내 손의 차거움····· 과 팔 .어깨를 지나 가슴으로······. 穴居地帶로, 穴居地帶로, 나는 자꾸 靑銅時代로 끌려드는 鄕愁를 느낀다····· 아이스 케이크를 사먹다가 「동무」에게 어깨를 붙잡힌 나의 가련한 모습.[24]

위의 인용문은 동호가 쥐를 잡아 먹으면서까지 생명을 연명하려는 누혜 어머니의 목을 조르는 장면이다. 여기에서 "붙잡히다"는 수동적 표현의 반복적 서술이 보여주듯이, 동호는 능동적 행위자임에도 불구하고 행위를 받는 피동적 존재로 형상화되어 있다. 이는 과거의 피동적 존재양태에 대한 반성이 서술의 국면에 투영된 결과라 볼 수 있다. 따라서 동호의 행위는 표면저으로는 누혜의 어머니를 죽이는 것이지만, 심층

이되고 있음을 상징한다.
24) 장용학, 앞의 책, 66쪽.

적 의미는 자신의 현실 순응적인 피동적 자아를 죽이는 행위25)라는 해석
이 가능해진다.

그러나 피동적으로 현실을 수락하는 수동적 존재양태에서 탈피하고
자 하는 동호의 욕망은 행위의 축에서가 아니라 사유의 축에서 보다 역동
적으로 전개된다. 동호는 후행서사에서 초점화자가 되어 자신이 체험하
거나 지각한 서사정보를 중계하고 있다. 이때 초점화자인 동호는 서사
정보를 객관적으로 전달하는 데 머물지 않고, 가치 평가적인 서술을 통해
세계와 자아에 대한 비판적 사유를 적극적으로 개진해 나간다.

세계와 자아에 대한 비판적 사유는 필연적으로 반성적 자각을 동반하
는데, 이때 동호는 반성적 주체로서 양분된 자아들 사이에서 자기 분열적
인 괴리를 경험하게 된다.

> 1) 얼마 후, 나는 여기저기 살이 찢어져 피를 줄줄 흘리면서 닭
> 다리를 손에 꼭 쥔 채로 「일요일의 포로」가 된 내 동호를 거기에
> 서 발견했다.
> 가슴에 걸린 「P · W」라는 꼬리표를 턱 아래에 보았을 때 동호
> 의 눈에서는 서러운 눈물이 수없이 흘러떨어졌다. 턱받이, 침을
> 흘리던 어린 시절이 그리운 눈물이 그 꼬리표를 적셨다.
> 거기에 서 있는 것은 어린애였다. 턱받이를 한 어린애였다. 그
> 가 거기에 서 있었다. 異邦의 어린애가 거기에 멍하니 서 있었다.
> 이 나와 저 나를 같은 나로 느낄 확고한 근거는 없었다. 나는
> 나를 나라고 서슴지 않고 부를 수가 없었다. 발도 손도, 기쁨도
> 나의 것 같지 않았다.26)

> 2) 나는 나의 一部分을 살고 있는 셈이 된다. 나는 나의 一部分
> 에 지나지 않는다. 그림자에 지나지 않는다.

25) 김병로, 앞의 책, 335쪽.
26) 장용학, 앞의 책, 60~61쪽.

그래도 동호는 나인가? 나는 나인가? 아까 동호를 불렀는데도
내가 끝내 대답하지 못한 것은 이 때문이 아니었을까.[27]

1)과 2)의 인용문은 모두 초점화자인 동호가 자신을 초점대상으로 삼
아, 자기 자신에 대한 반성적 인식을 드러내고 있다는 점에서 흥미를 끈
다. 1)의 인용문은 강제로 전쟁에 끌려 나왔다가 포로가 되던 순간을 회상
하는 부분이다. 여기서 "「P · W」"가 외부의 억압적 힘에 의해 포획된 자
아의 존재태를 상징한다면, 연이어 등장하는 "어린애"라는 어휘는 미성
숙한 자아의 기호적 표현에 다름 아니다. 이 두 기호의 결합은 수동적
정체성과 미성숙한 의식의 연관성을 상기시키면서, 현재의 각성된 '나'의
입장에서 과거의 피동적인 '나'를 반성적으로 조명할 수 있게 한다.

또 2)의 인용문은 동호가 누혜의 어머니를 찾아가는 도중에 시공간이
착종된 관념의 유희에 빠져 현재의 자신을 망각했던 일에 대해 생각하는
장면이다. 여기서 동호는 자아의 인식 가능성에 회의하면서, 자기 내부에
자신조차도 알지 못하는 은닉된 자아의 욕망이 존재할 가능성에 대해
의문을 품는다. 이는 현실적 질서에 억눌려 광기로 표출되던 무의식적
욕망이 의식의 표면까지 떠오르고 있음을 의미하는 것이다. 그러한 자각
은 본질적 자아의 무의식적 욕망과 괴리된 채 지배질서에 순응하던 자신
의 삶에 대한 반성적 인식을 불러일으키는데, "나는 나의 일부분에 지나
지 않"다거나 "그림자에 지나지 않는다"는 진술은 주체적인 삶을 살지
못하고 수동적으로 현실적 질서에 순응했던 자신에 대한 반성적 응시가
언술의 층위에 투영된 것이라 볼 수 있다.

그런데 위의 두 인용문 속에서, 동호가 자신을 타자화하여 '동호'라는
삼인칭으로 호명하고 있는 점이 눈에 띈다. 삼인칭은 자아와의 소원화된

---

27) 위의 책, 57쪽.

거리감을 드러내면서 자기 자신을 비평의 대상으로 삼는 인칭법이다.[28] 여기서 삼인칭은 자기를 반성의 대상으로 삼는 동시에 분열된 자아를 징후적으로 드러내는 역할을 한다. 1)에서 삼인칭에 의한 호명이 과거의 수동적인 '나'와 현재의 각성된 상태의 '나' 사이에 존재하는 괴리를 나타내고 있다면, 2)의 타자화된 호칭은 존재와 욕망의 불일치 즉, 자아와 자아 내부에 잠재하고 있는 자기 아닌 것(타자성) 사이의 분열을 보여준다. 따라서 타자화된 호칭들은 서사에서 동호의 분열된 정체성을 수면 위로 드러내면서, 통일적 정체성의 존재론적 지반을 이루는 자기 동일적인 현존개념을 근본에서부터 허물어 버리고 있다고 할 수 있다.

분열적 주체의 무의식적 욕망은 지향점도 없이 자유롭게 유영하는 서술의 흐름 속에서도 포착될 수 있다. 유서에서 비교적 논리 정연한 언술을 펼쳐 나가는 누혜와 달리, 후행서사 전체에서 동호는 고정적이고 일관된 중심점 없이 순간순간 떠오르는 사유의 흐름에 따라 자유롭게 서술을 전개시켜 나간다. 이렇게 탈중심화된 서술양상은 통일적이고 단일한 일점으로 환원되지 않는 동호의 분열된 주체성이 어떻게 표현의 층위에서 축조되어 가는가를 명확하게 보여준다.[29]

결론적으로 말해서, 동호는 견고한 구심적 의식을 지닌 능동적 주체가 아니라, 의식과 무의식의 역동적인 결합의 과정 속에서 합리적이고 명증한 주체를 부정하는 분열적 존재로 변환되는 것이다. 그리고 이러한 주체적 특성은 동호로 하여금 획일적 주체를 생산하려는 현실적 질서에 대한 반성적 사유의 운동을 지속하게 하는 동인이 된다. 또 한편으로, 우화

---

28) Roland Barthes, 김희영 역, 「롤랑 바르트의 주요어 20개- 장 자크 브로시에와의 대담」, 『텍스트의 즐거움』, 동문선, 1997, 206쪽.
29) 이 점에서 동호는 실재주체(Real Subjcet)와 유사한 주체적 특성을 함유하고 있다고 여겨진다. 실재주체는 의식과 무의식의 상호 역동적인 작용에 의해, 무의식적 욕망을 의식적 담론 속에 표출하는 존재를 일컫는다(윤효녕 외, 『주체개념의 비판-데리다·라캉·알튀세·푸코』, 서울대학교 출판부, 1999, 86~89쪽 참조).

속에 존재하는 '자유의 버섯'을 숭배하는 무리들은 왜 누혜라는 서사주체
의 소멸 이후에도 서사가 종결되지 않고 동호의 끊임없는 사유의 운동이
필요한가를 단적으로 말해준다.

'자유의 버섯'을 숭배하는 무리는 '자유를 지향하는 욕망'에 부정적 가
치를 부여할 수 있는 여지를 남긴다. 즉, 그와 같은 숭배행위는 자유를
추구하는 욕망을 화석화시킴으로써, 그것을 경화된 이념으로 전락시키는
배반에 다름 아닌 것이다. 따라서 자유가 또 하나의 억압적 이념으로 화석
화되는 것을 방지하기 위해서는, 자유를 불가능하게 하는 현실적 질서의
근본적 지반을 파헤치는 동시에, 자유를 추구하는 기투행위의 의미까지
도 반추할 수 있는 역동적인 반성적 사유가 요구되는 것이다.

3) 현실 부정의 열린 유토피아

전통적으로 소설은 인과론적 원리에 입각해 서사의 제요소를 유기적
으로 배열하여 일관된 스토리를 형성하고 있는 통일적 서사체를 가리킨
다. 「요한시집」도 누혜를 중심으로 서사의 의미구조를 분석하면, 주제적
의미망을 인과론적 연쇄로 견인하는 '목적론적으로 기획된 서사구조'를
도출해 낼 수 있다는 점에서 전통적 소설과 일맥상통한다. 그러나 또
한편으로 「요한시집」의 후행서사는 누혜의 죽음으로 목적론적 서사행위
가 종결된 지점에서 시작하여, 목적론적 서사구조로 수렴되지 않는 비목
적론적 서사구조를 전경화(foregrounding)하고 있다는 점에서, 전통적
소설형식으로부터 일탈되어 있기도 하다. 이 비목적론적 서사구조로 이
루어진 서사 텍스트는 인과론적 원리에 기초한 유기적 통사의 결합으로
통일적 의미망을 청성하려는 목적론적 서사의 구축을 지연·교란한다는
점에서 '배반의 텍스트(the treacherous text)'[30]라 칭할 수 있다. 이 전경

---

30) '배반의 텍스트(the treacherous text)'는 프랭크 커모드가 제시한 개념이다. 커모드에

화된 배반의 텍스트의 존재로 인해 「요한시집」은 전통적 소설미학에서 일탈된 텍스트 미학적 특성을 발산할 수 있게 된다. 따라서 「요한시집」이라는 텍스트의 전모를 파악하기 위해서는 비목적적인 배반의 텍스트를 추출하여 그 존재 이유는 물론, 이것이 '자유를 지향하는 욕망'을 중심으로 이루어진 목적론적인 서사구조와의 교호 속에서 어떤 의미를 생산하는가를 고찰해 볼 필요가 있다.

「요한시집」에서 배반의 텍스트는 순차적인 사건의 전개과정에 형성된 통일적 의미체가 아니라 인과적 통사원리를 부정하는 연상 결합적 서술방식과 현실적 가치기반을 부정하는 에세이적 서술행위로 직조된 비선형적 비목적적 서사구조에 의해 형성된다.

> 나는 여기서 이 나무 아래를 그리워해야 할 것이다. 아까 저 산 기슭에서 이리를 쳐다보았을 때 하꼬방 뒤가 되는 이 한손을 외롭게 하늘로 쳐들고 서 있는 고독이 얼마나 눈물겹게 느껴졌던 것인가.(...중략...)
> 지금도 부엉새는 울고 있을 것이다. 고향 K城, 동북 모퉁이가 되는 성루에서 멀리 바라보이는 산 기슭에 외따른 초가집 한채가 있었다.(...중략...) 그것이 아까 저 산기슭에서 이리를 쳐다보았을 때 망각의 안개를 헤치고 되살아 올랐던 것이다. 이를테면 여기는 하

의하면, 서사물은 인과론적 연쇄에 의해 논리적 일관성을 형성하는 플롯의 이면에 이 인과의 연속성과는 무관하거나 심지어 적대적이기까지 한 이질적인 플롯으로 이루어진 배반의 텍스트를 감추고 있다(Frank Kemode, 「비밀과 서술순서」, Gérard Genette 외, 석징경 외 역, 『현대서술이론의 흐름』, 솔, 1997, 69~100쪽 참조). 이러한 배반의 텍스트의 개념에 비추어 볼 때, 무의식적 연상과 에세이적 언술로 이루어진 전복적 담론이 서사의 인과론적 연쇄와 무관하면서도 두드러지게 강조되어 있다는 점에서, 그것을 '전경화된 형태의 배반의 텍스트'라고 규정할 수 있을 것이다. 그러나 보다 중요한 것은 인과적 연속성에 의해 구성된 텍스트로부터 배반의 텍스트를 찾아내는 일이 아니라, 두 이질적인 텍스트가 분절·무연·갈등·적대의 관계 속에서 어떤 교호작용을 일으키면서 새로운 의미를 생산하는가를 밝혀내는 작업이다.

나의 歸鄕이었다.(...중략...)

　할아버지의 산소가 거기에 있었던가?ㆍㆍㆍㆍㆍㆍ.

　갑자기 믿기 어려웠으나, 저 하꼬방에서 바로 이만큼 떨어진 곳
이었다. 할아버지의 산소가 그 초가집에서 바로 이만큼 떨어진 곳
에 서 있는 소나무의 두툴한 그늘 아래에 자리잡고 있다는 것은
사실이었다.

　그럼 그 동안 나는 어디에 가 있었던가? 그동안 할아버지의 산
소는 어디에 있는 것으로 해두고 있었던가? 그 산소 뒤에 피어 있
는 진달래를 꺾다가 아버지에게 꾸지람을 들었던 일은 기억에 남
아 있었으면서도 그 산소가 거기에 있다는 것은 까맣게 잊고 있
었다. 잊고 있다는 것도 모르고 있었다. 그렇지 않았다면 그렇게
놀랐을까….31)

　위의 인용문은 고목나무를 매개로 촉발된 고향에 대한 회상이 착종된
시공간의 사유로 전이되고 있는 모습을 보여주고 있다. 현실과의 불화에
의해 촉발되는 연상은 규범적인 시공간을 일탈하여 현실세계를 재구성하
고자 하는 인간의 무의식적 욕망을 드러내기에 적합한 기억의 양식이다.
여기서 연상의 양식은 의식과 무의식의 분열 속에서 현실적 대상을 매개로
한 사유의 자유로운 전이를 가능케 함으로써, 전복적 담론의 생성과 무의
식적 욕망의 분출 통로를 마련해 주고 있다. 이렇게 연상은 유기적인 맥락
을 상실하여 서로 아무런 연계성이 없어 보이는 파편화된 기억과 무의식적
망상을 분출하는 유로가 됨으로써 배반의 텍스트를 생성해 나간다. 따라
서 목적론적 서사구조에 수렴되지 않는 서사의 구성요소들은 전경화된
배반의 텍스트를 생성하기 위해 존재하는 것이라 할 수 있다.

　그런데 연상에 의한 서술방식은 확정적 중심을 결여한 문장의 연쇄로,
단일한 언술체계의 성립을 불가능하게 함은 물론 서사의 통합체적 질서

---

31) 장용학, 앞의 책, 56~57쪽.

를 교란한다. 그리고 서사적 질서의 해체는 필연적으로 서사주체의 해체를 동반하기에, 연상의 서술방식은 단일하고 안정된 서사주체의 존재에 의문을 제기하면서 분열적 정체성을 지닌 주체를 생산하게 된다. 다시 말해, 목적론적으로 기획된 서사구조에 입각해 통일적인 서사문법을 구현하고 있는 전통적 소설이 확고한 정체성을 지닌 주체를 등장시킬 수밖에 없는 것과 마찬가지로, 자유연상에 의한 비유기적 불연속적인 서술형태는 정체성의 해체를 가져오기에 자기 분열적 서사주체를 생산할 수밖에 없게 되는 것이다.

한편 연상의 서술방식에는 언제나 에세이적 서술이 뒤따르면서 '배반의 텍스트'를 구성해 나간다. 에세이적 서술은 연상의 서술과 마찬가지로 서사적 통합체의 인과적 연쇄를 단절시키는데, 이로써 이들 서술방식은 서사의 형식적 층위에서 지배질서를 근본에서부터 비판하는 전복적 역할을 수행하게 된다. 따라서 유기적인 서사적 연쇄망의 붕괴로 인한 표면적 혼돈현상은 형식적 약점이 아니라 지배 이데올로기 비판의 충실성을 보여주는 표지라 할 것이다.

연상의 서술이 유기적인 서사망의 해체를 통해 동일적 정체성을 생산하려는 지배질서를 교란·비판하는 역할을 수행하고 있다면, 에세이적 언술은 형식적 층위에서뿐만 아니라 의미론적 층위에서 지배질서가 근거한 공리체계를 직접적으로 비판하는 기능까지도 담당하고 있다. 이는 에세이의 비판적 본질, 즉 '논리적 세계의 환상을 뒤흔들면서 현실을 정당화하는 모든 공식에 대항하는 반체계적인 충동을 내재하고 있는'[32] 에세이의 특성을 언술의 국면에서 효과적으로 활용함으로써 가능해지는 것이다.

---

32) Theodor W. Adorno, "The Essay as Form", *Notes to Literature* V. I., New York: Columbia University Press, 1991, pp. 6~23.

時計가 가리키는 시간과 位置가 빚어내는 시간. 이 두 개의 시간 사이에 가로놓여 있는 빈 터. 그것이 얼마나한 출혈(出血)을 강요하든, 우리는 이러한 빈터에서 놀 때 自由를 느낀다. 우리에게 두 개의 시간을 품게 한 이러한 빈터가 결국은 「나」를 두 개의 나로 쪼개버린 실마리였는지도 모른다.

공간 속을 시간이 흐르는 것인지 시간의 흐름을 따라 공간이 분비(分泌)되어 나오는 것인지 알 수 없지만, 지붕 위에 앉게 된 해를 보고 있노라면 時間은 空間에 갇혀 있는 것 같다. 이 관계 위에 現在의 秩序는 자리잡은 것 같다.

이 공간 위에 갇혀 있는 시간이 가령 그 壁을 뚫고 저쪽으로 뛰어나가게 되면 세상은 어떻게 될 것인가?[33]

이 인용문은 동호가 시간에 대한 관념적 사유를 펼쳐나가는 후행서사의 서두 부분이다. 여기서 "시계가 가리키는 시간"이 시 · 분 · 초로 분할 가능한 객관적 시간이라면, "위치가 빚어내는 시간"은 존재가 속한 공간적 위치에 따라 상대적으로 의식 내부에서 달리 지각되는 주관적 시간을 의미한다. 초점화자 동호는 이 "두 개의 시간 사이에 가로 놓여 있는 빈터"에서 "자유를 느낀다"고 진술하고 있는데, 여기서 빈터로 지칭되는 영역은 주객의 이항대립적 시간으로부터 벗어난 지점을 뜻한다. 아울러 그것은 문맥상 이항대립적 사고가 상호 모순적으로 충돌하는 균열점이라는 함의를 지닌다. 그러므로 빈터에 관한 사유는 현존질서로부터 탈주하여 자유를 지향하고자 하는 욕망의 무의식적 발현으로, 포로수용소를 내외공간으로 이분하는 철조망이라는 경계에서 자살을 감행함으로써 자유를 위한 돌파구를 마련하려 했던 누혜의 행위와 등가적 의미를 내포하게 된다.

---

33) 장용학, 앞의 책, 53~54쪽.

이제 동호의 사유는 시간이 공간에 갇혀 있는 관계 위에 현재의 질서가
자리잡고 있다는 인식에까지 이르면서, 자유로운 상상의 자발적 흐름을
통해 현존질서를 지탱하는 근본적 지반을 전복하려 한다. 이에 동호는
망상 속에서 시간을 구속하는 공간의 벽을 돌파하여 역진적 상상의 운동
을 전개시켜 나가게 되는데, 이 역진적 상상의 전개과정 속에서 현실의
지배질서를 떠받치는 근대의 공리체계라 할 수 있는 반복 불가능하고
불가역적인 시간관은 급격히 해체되고 만다. 따라서 에세이적 서술은
이데올로기적 충돌의 현상적 국면에 대한 비판에 머물지 않고 지배권력
의 작동과 이데올로기적 쟁투를 가능하게 하는 근원적 토대로서의 근대
적 공리체계의 허구성을 폭로하게 되는 것이다.[34]

결국, 연상적 서술과 에세이적 서술에 의해 형성된 비목적론적 서사는
"인과논리적으로 구성된 체계와 불가분의 관계로 결합되어 있"[35]는 지
배원리를 비판적으로 해체하게 된다. 그 과정에서 비목적론적 서사는
파편적 비유기적 서술방식을 통해 목적론적 서사와 길항(拮抗)관계를
형성하여 그것의 일관된 진행을 지연·교란시킨다. 또 목적론적 서사가
동일적 주체(기투적 주체)를 등장시켜 일관성과 일의성을 구축하려는
중심화된 서사라면, 비목적론적 서사는 비동일적 주체(분열적 주체)를
견인하면서 유기성과 단의성을 해체하는 탈중심화된 서사다. 그럼에도
이질적인 두 서사가 상호 길항하면서 접합될 수 있는 것은 비목적론적
서사 역시도 지배질서의 부정과 모순을 비판하면서 유토피아의 충동을

---

34) 근대의 정치철학은 이데올로기적 경향을 불문하고 공통적으로 '자유' 또는 '해방'
을 지향한다(함재봉, 『탈근대와 유교- 한국정치담론의 모색』, 나남출판, 1998, 52
쪽). 이는 이데올로기 비판이 그것의 부정성에 대한 폭로만으로는 불완전할 수밖
에 없음을 의미한다. 차라리 이데올로기 비판은 그 이데올로기의 성립을 가능하게
했던 근대의 근원적 공리체계에 대한 근본적 성찰을 통해서 비로소 효과적으로
수행될 수 있다.
35) Peter V. Zima, 앞의 책, 106쪽.

발산하고 있기 때문이다. 다시 말해, 이질적이면서도 동질적인 두 서사는 유토피아적 욕망의 매개를 통해 상위의 차원에서 고차원적 통일성을 확보하게 되는 것이다.

1) 백만인구를 자랑하던 公民社會는 삽시간에 허허벌판이 되었다. 꺼멓던 文明이 허연 배를 드러내고 여기저기에 뒹군다. 서 있는 것이라곤 아무것도 없다. 죽었다. 都市는 죽었다.(...중략...)

사전(辭典)에서 해방된 모든 나무들이 천천히 걸어들어 온다. 「캐피털 · 레타」의 순서를 벗어던지고 자기의 원하는 곳에 가서 툭툭 선다. 서서는 그늘을 짓는다. 고요하다. 아주 고요하다. 낙원이다. 낙원이 고요하다.(...중략...)

그러나 세계는 고요한 대로 언제까지 있을 수 없다. 한편으로는 벌써 소란해지고 있었다. 낙원은 흔들리기 시작한 것이다. 푸드득 푸드득, 하늘로 날아오르는 부엉새의 떼무리······. 눈먼 새의 뒤에는 사람의 그림자가 따르는 법이다.[36]

2) 이 세계에는 二律背反이 없다. 무수의 律이 마치 穹窿의 星座처럼 서로 범함이 없이, 고요한 詩의 밤을 밝히고 있다. 王者도 없고 奴婢도 여기에는 없다. 憂慮가 없다. 그러니 妥協이 없다. 風習이 없으니 頹廢가 없다. 萬物은 스스로 가 자기의 原因이고, 스스로가 자기의 자(尺)이다. 太陽이 반듯이 동쪽에서만 솟아야 할 이유가 여기에는 없다. 늘 새롭고 늘 아침이고 늘 봄이다. 아 젊은 大陸······[37]

1)은 동호가 근대적 질서의 근원적 토대를 이루는 불가역적 시간을 와해시키며 역진적 상상의 운동을 통해 도달한 정점, 즉 근대문명 자체가 소거된 '무위자연의 낙원(paradise)'을 상상하는 부분이다. 여기서 인간과

---

36) 장용학, 앞의 책, 68쪽.
37) 위의 책, 80쪽.

문명은 낙원의 복원을 위해서 반드시 폐기되어야 할 악으로 의미화되어 있다. 즉 낙원이 위계화된 "순서"에서 해방되어 존재가 자유롭게 "자기의 원하는 곳에" 자리잡을 수 있는 세계라면, 인간과 문명은 낙원의 상실을 가져오는 악의 근원으로 간주되고 있는 것이다.

2)의 인용문은 누혜가 자신이 꿈꾸는 세계를 환상적으로 그리고 있는 부분이다. 이 인용문에는 '자유를 지향하는 욕망'이 궁극적으로 도달하고자 하는 유토피아적 세계가 보다 구체적으로 제시되고 있다. 여기서 누혜가 그리는 유토피아적 세계는 "무수의 律"이 산재하면서도 모순이 없는 세계, 지배와 피지배의 분리로 인한 억압과 차별이 없는 세계, 주객의 대립이 없이 모든 존재가 자기 충족적 삶을 유지하는 세계로 그려져 있다. 이렇게 누혜와 동호가 꿈꾸는 이상향은 부정적 현실을 초월한 유토피아적 비전을 담고 있다는 점에서 동질적인 성격을 띠고 있다.

이 유토피아상들은 환상에 의해 제시 가능하게 되는데, 환상은 욕망의 대상에 대한 주체의 불가능한 관계를 실현시키는 시나리오[38]로써, 주체의 절실한 욕망을 가시적으로 드러내는 무대 구실을 한다. 여기서도 환상의 유토피아상들은 역사적 현실의 역상으로 존재하면서, 그것의 부정성을 폭로 · 비판하며 생의 '다른 상태'를 지향하는 유토피아적 열망을 명시적으로 전달한다. 그런데 위에서 제시된 유토피아상들은 현실 정합성을 결여한 채, 환상을 매개로 부정적 현실에서 벗어나려는 관념적 도피의 경향만을 드러내고 있다는 비판이 제기될 수 있다. 하지만 이러한 유토피아적 세계가 현실적으로 얼마만한 정합성을 지니고 있는가는 부차적인 문제다. 왜냐하면 문제는 "개연성의 기준으로 평가될 수도 있을 구체적인 가능성이 아니라 주어진 현실과는 비교할 수 없는 특성으로 남아야

---

38) Slavoj Žižek, 김소연 · 유재희 옮김, 『삐딱하게 보기- 대중문화를 통한 라캉의 이해』, 시각과 언어, 1995, 23쪽.

할 전혀 추상적인 가능성 혹은 유토피아이기 때문이다."[39]

여기서 보다 중요한 것은 목적론적 서사와 비목적론적 서사가 양가적 관계 속에서 고차원적 통일성을 확보해나간다는 점이다. 다시 말해, 두 서사가 이질적 특성과 동질적 특성을 함께 드러내면서 상호 교호작용 속에 현실 부정으로서의 유토피아를 형성한다는 점이다. 이는 현실 부정으로서의 유토피아상은 부정적 현실에 대응하는 반명제로 제시된 것으로써, '자유를 지향하는 욕망'을 일관되게 제시한 목적론적 서사 자체만으로 형성될 수 없음을 의미하는 것이다. 차라리 현실의 결핍과 모순을 폭로하는 현실 부정의 유토피아상은 비목적론적 서사가 목적론적 서사와 접합되어서야 비로소 그 비전을 명확히 표상할 수 있게 된다고 할 수 있다.

또 한편, 비목적론적 서사와 목적론적 서사는 상실된 낙원으로 복귀하려는 과거 회귀적 경향과 미래 지향적 비전으로 분기된다는 점에서, 양가적 관계에 놓여 있다. 즉, 누혜가 미래로의 적극적인 기투를 통해 부정적 현실을 넘어서고자 하는 욕망을 주체적으로 구현하려는데 비해서, 동호는 역사 이전의 낙원으로의 복귀를 염원함으로써 부정적 현실을 벗어나고자 하는 자신의 욕망을 소극적으로 표출한다. 이는 자유와 해방을 지향하는 인간의 의지가 필연적으로 인간을 구속하는 억압의 역사를 낳고 만다는 회의적 인식에 기인한다. 그리고 동호에 의해 낙원으로 지칭되는 세계 즉, 인간문명과 역사가 제거된 세계는 누혜가 사회와 유리된 채 무위의 삶을 살던 자연세계와 유사하다. 따라서 무위의 낙원을 동경하는 동호의 지향은 미래에 기대를 건 누혜의 기투와 양가적 관계를 형성한다고 할 수 있다.

이러한 양가적 지향성은 유토피아적 기획에 내재된 모순을 노출시킴

---

39) Jürgen Schramke, 원당희·박병화 역, 『현대소설의 이론』, 문예출판사, 1995, 237쪽.

으로써, 텍스트 스스로 현실 초월적 유토피아가 상상적으로만 가능할 뿐 현실적으로 실현 불가능한 이상일 수밖에 없음을 드러내는 것이다. "내일의 태양은 다시 떠오를 것인가"라는 물음으로 종결되는 불확정적인 종결성 역시 이러한 맥락에서 해석이 가능하다. 이에 비목적론적 서사는 유토피아적 욕망이라는 중심점의 성립을 가능하게 하는 동시에 분산적 파편적 서사의 진행으로 이를 다시 해체한다고 말할 수 있게 된다. 그리고 이것은 비목적론적 서사가 '자유를 지향하는 욕망'이 완고한 이데올로기로 경화될 위험성을 방지하는 효과를 발휘하고 있다는 것을 의미한다. 그러므로 비목적론적 서사는 "일사불란한 전진적 형태로 폭력의 감염을 부르는 중심적 서사와 달리, 정적이고 분산된 진행으로 집중적인 돌진을 저지함으로써 폭력의 감염과 동화를 막는 탈중심적 서사"[40]라 할만하다. 더구나 "과거 쪽으로 흘러가는 사건의 흐름"에서 "生成"을 보는 비동일적 주체 동호의 지향성도 폐쇄적인 의미의 완결점을 탈중심적으로 해체하면서 개방적 통합성을 유도한다. 즉, 미래에의 기대와 충만한 과거로의 회귀로 분기된 양가적 지향성은 현실 초월적 유토피아를 이데올로기적 봉쇄가 아닌 이데올로기를 넘어서 열린 유토피아적 전망으로 자리잡게 하는 것이다. 따라서 배반의 텍스트를 사장시킨 채 동일적 주체인 누혜에 의해 견인되는 목적론적 서사를 중심으로 텍스트를 독해함으로써, 「요한시집」을 단성적 관념만을 일방적으로 전달하려는 서사로 파악하려는 경향은 지양되어야 한다.

결국, 「요한시집」은 부조리한 현실을 소설의 형식에 반영하려는 미적 형상체이자 역사적 모순을 극복하려는 유토피아적 비전을 제시하고자 하는 이념의 구현체다. 즉, 「요한시집」은 당대의 역사적 현실을 파열된 미적 형식에 담아 내어 완결된 형식을 불가능하게 하는 현실의 부조리를

---

40) 권택영, 『영화와 소설 속의 욕망이론』, 민음사, 1995, 252쪽.

충실하게 폭로한다. 또 그것은 미적 형식의 매개를 거쳐 유토피아적 비전을 창출함으로써 현실적으로 해결할 수 없는 역사적 현실을 상상적으로 극복하고자 하는 응전의 소산인 것이다. 그러므로 미적 형상체이자 이념의 구현체로서의 「요한시집」이 지닌 가장 중요한 미덕은 이 텍스트가 자신이 제시한 서사적 구도와 대항이념을 해체하면서 자기 반성적 · 자기 전복적 서사의 특성을 보여주고 있다는 점이라 할 수 있다.

2. 풍자적 알레고리와 냉소주의 : 「오분간」

1) 풍자적 알레고리와 양가적 욕망

전통적인 소설에서는 서사의 제요소가 유기적인 관련을 맺으면서 개연성 있게 목적론적 서사를 구성해 나간다. 그러나 「오분간」은 인물과 환경이 상호관련을 맺으면서 현실을 재현해 나가는 전통적 서사의 형태를 취하고 있지 않다. 오히려 그것은 인과성의 원칙을 위배하면서 개별 장면들을 파편적으로 나열하고 있는 듯한 인상을 풍긴다. 이러한 서사적 흐름은 유기적인 의미를 생성하는 미적 구현체로서의 텍스트의 위상에 손상을 가져오지만, 그 대신 현실의 모순을 첨예하게 드러내면서 텍스트 생산주체가 제시하고자 하는 주제적 관념의 알레고리적 형상화를 가능하게 한다. 그러므로 이 텍스트의 궁극적인 의도를 보다 명확하게 이해하기 위해서는, 현실의 사실적 재현을 통해서가 아니라 특정 관념의 서사적 재현을 통해서 주제적 의미가 생성되고 있음에 유의하면서, 그 관념이 서사적으로 형상화되는 양상을 고찰해야 한다. 따라서 여기에서는 우선 이 텍스트가 비인과론적 서사의 흐름에도 불구하고, 어떻게 의미의 층위에서 특정 관념을 이해 가능한 형태로 제시하는지를 살펴보도록 하겠다.

「오분간」에서도 유기적으로 연결된 서사의 연쇄관계를 추출할 수 있다. 즉, 〈자유의 몸이 된 프로메테우스 - 위기를 맞은 신 - 프로메테우스와 신의 대립과 지상의 혼돈 - 회담의 결렬〉로 전개되는 목적론적 서사의 전개과정이 존재하고 있는 것이다. 하지만 이 텍스트의 주제는 이러한 목적론적 서사의 유기적 전개에 의해 형성되고 있지 않다. 오히려 그 주제적 의미망은 부분적 자립성을 가진 채 분산·배치되어 있는 개별적 삽화 혹은 사건들의 이면에 내재되어 있는 알레고리적 의미와 밀접한 관련이 있다. 따라서 필연적인 인과성을 결여한 채 파편화되어 흩어져 있는 사건들이 가지는 의미론적 위상을 파악하는 것이 중요한데, 이는 개별 사건 자체의 고립적 파악에 의해 이루어지지 않는다. 오히려 그것은 국부적인 국면에서 서사의 제요소들을 활용하여 전체 텍스트의 주제적 의미를 구현하는 기법에 대한 이해를 바탕으로 할 때 제대로 규명될 수 있다.

「오분간」은 개별적 사건들이 비유기적으로 분산 배치되어 있어 혼란스런 인상을 주지만, 텍스트 전체의 윤곽을 더듬어 보면 패러디의 기법과 병치의 기법에 의해 의미의 층위가 조정되고 있음을 포착해 낼 수 있다. 다시 말해, 패러디의 기법이 상층공간에서 신과 프로메테우스의 존재를 통해 관념의 생성을 위한 단초를 마련하고 있다면, 병치의 기법은 하층공간에서 이질적인 사건들을 동시적으로 배치함으로써 패러디의 기법에 의해 제시된 관념을 서사적으로 보다 구체화하기 위해 쓰인 기법이다. 따라서 기본적인 의미형성의 단초는 패러디의 기법을 매개로 해서 이루어지고 있다고 볼 수 있다.

푸로메슈스가 왼눈을 똑바로 뜨고 쳐다본다. 신은 질렸다. 예전

같이 젊어서 기운이나 팔팔하면 담박 내려가서 없애버리겠지마는 이제 늙어서 그 힘이 없다. 더구나 지상에는 푸르메슈스菌이 우굴우굴하는 판이다.

푸로메슈스가 천사의 날개쭉지를 휘감아쥐고 무어라고 중얼거린다. 「저놈이 저렇게까지 건방지게 됐나? 조화가 무쌍하기에 좀 불러다가 톡톡히 훈계를 하려댔는데......」[41]

신화는 이야기의 구성요소 자체가 그 이면에 숨겨진 정신적 도덕적 관념을 지시하면서, 세계에 대한 인간적 이해를 담아 낸다는 점에서 본질적으로 알레고리적이다. 「오분간」은 프로메테우스 신화를 패러디함으로써, 이러한 신화의 특성을 십분 활용하면서 원본과 상이한 새로운 알레고리적 의미를 창출한다. 이때 원전과 새롭게 창조된 텍스트 사이에 가로놓인 가장 중요한 차이점은 신과 프로메테우스의 위상 변화에 있다. 이 유사성을 함유한 차이는 문맥상에서 새로운 의미가 형성되는 데 결정적인 작용을 한다. 위의 인용문에서, 신은 "이제 늙어서 그 힘이 없"는 상태가 되어 프로메테우스에게 타협을 구걸하는 처지로 전락해 있다. 신(神)이 '보편적 질서'의 의인화라면, 이처럼 절대적 권능이 실추된 신은 '보편적 질서의 소멸'이라는 알레고리적 의미를 함축하게 된다. 이 텍스트에서 프로메테우스 역시도 저항과 의지의 화신이라는 원전 신화에서의 이미지가 탈각된 채, 오만에 가득 차서 무책임한 방종을 일삼는 존재로 형상화되어 있다. 이에 '인간 지(知)'의 표상으로서의 프로메테우스의 의미는 사라지고, '방향을 상실한 이성(理性)과 과학'이라는 새로운 알레고리적 의미를 함축하게 된다. 원전과 패러디된 텍스트 사이에 존재하는 이러한 "아이러니한 거리감은 문화적 지속성과 안정성에 대한 인문학적 신념의 상실"[42]을 반영하고 있는 것으로, 결국 패러디의 기법은 상층공간에서

---

41) 김성한, 「오분간」, 『사상계』, 1955. 6, 197쪽.

'보편적 질서의 소멸과 방향을 상실한 이성'이라는 관념을 형상화하는 데 적절하게 활용되고 있는 것이다.

반면 하층공간에서 사용된 병치의 기법은 이질적인 사건들의 연쇄적 배치를 통해 새로운 문맥적 의미를 파생시킨다. 그리고 이렇게 파생된 의미와 상층공간에서 생성된 의미가 상호 조응하여, 텍스트가 전달하고자 하는 주제적 관념을 완결된 형태로 제시할 수 있게 되는 것이다. 그리고 이때 차용된 병치의 기법 역시도 유기적 시간의 흐름에 따른 서사의 전개를 약화시키고 동시성을 강조함으로써, 직선적 역사 발전의 낙관적 과정에 대한 신념의 상실을 반영한다.43)

> 피우쓰十二世는 웨쳤다. 「宗敎分裂 이후 교계를 어지럽힌 모든 종파는 자기의 잘못을 회개하고 캐톨릭으로 귀정하라.」 몰로토브는 푸라브다紙에 대서특기하였다. 「모든 宗敎는 아편이다. 가장 과학적인 부르죠아적 지식체계를 하루바삐 청산하라. 지상에서 자본주의 국가를 말살하자.」 비구승과 대처승은 한국 각처에서 어둠을 헤치고 주먹질을 하였다. 「너 같은 것두 중이냐? 파계하구 술 먹구 계집질 하구 감투운동하는 작가가 무슨 중이냐? 절간은 내절간이다, 내놓으란 말이다. 이자식아!」
>
> 「너같이 시대에 역행하구 거지노릇하는 케케묵은 송장 같은 자식이 무슨 중이란 말이냐? 시대가 달라졌단 사실을 알아야지. 절간은 내절간이다. 얼씬하다간 모가지를 비틀어 죽여버린다, 이 도둑놈아!」 부흥회에서 설교하던 장로파 목사는 책상을 두드리며 웨쳤다.44)

이 인용문에는 종교를 절대적 가치로 신봉하는 카톨릭 사제와 종교를

---

42) Linda Hutcheon, 김상구·윤여복 옮김, 『패러디 이론』, 문예출판사, 1992, 21쪽.
43) Eugene Lunn, 김병익 역, 『마르크시즘과 모더니즘』, 문학과 지성사, 2000, 52쪽.
44) 김성한, 앞의 책, 198~199쪽.

아편으로 보는 공산주의자, 반목을 거듭하는 비구승과 파계승, 그리고 카톨릭과 대립하는 개신교 목사를 등장시켜, 상이한 공간에서 일어나는 개별적 사건들을 번갈아 보여주고 있다. 이때 개별 장면들이 파편화되어 비유기적으로 병치되어 있기 때문에, 그것들의 조합은 인과적 연계고리를 형성하지 못한다. 그러나 이질적인 요소들이 무작위적으로 병치되어 있는 듯이 보이지만, 각 장면들은 특정 관념의 명확한 전달을 위해 주의 깊게 선택·배열되어 있는 것으로, '혼돈과 부조리'라는 의미를 함축하게 된다. 그리고 이는 상층공간에서 패러디의 기법에 의해 제시된 '보편적 질서의 소멸과 방향을 상실한 이성'이라는 의미와 상호 조응하면서, 이 텍스트가 제시하고자 하는 주제적 관념을 보다 구체화하게 된다. 다시 말해 패러디에 의해 산출된 의미와 병치에 의해 축적된 의미가 어우러져, '보편적 질서의 소멸과 그로 인한 혼돈과 부조리'라는 관념을 견고하게 구축·전달하게 되는 것이다.[45]

그리고 이 주제적 관념은 이국적 공간과 인물의 무수한 등장에도 불구하고, 한국의 전후 현실을 유비하게 된다. 이는 곧 「오분간」이 주제적 관념의 서사적 재현을 통해 전후 현실을 알레고리화하고 있음을 뜻한다. 즉 그것은 물적 정신적 버팀목의 붕괴로 인해 기본적 윤리의식마저 내던진 채, 생존과 이기적 욕망의 충족을 위한 이전투구(泥田鬪狗)에만 맹종하는 전후의 현실에 대한 알레고리적 형상화인 것이다. 그런데 이 알레고리는 현실의 모순과 부조리를 공격하는 풍자적 특성을 함유하고 있다.

김목사는 康전도부와 교회 뒷간에서 키쓰하였다. 금산사 주지 朴스님은 개고기에 약주 한잔 얼근히 취해서 張과부를 껴안았다.

---

45) 그러므로 풍자적 알레고리가 근본적으로 현실을 인식하는 사유방식이자 서사의 구성원리라면, 패러디와 병치는 이를 실현하기 위해 국부적 국면에서 사용된 형식적 기법으로 간주할 수 있다.

劉강도는 黃집사네 맏딸을 강간하는 중이었다. 뇌물을 받아먹고 예심으로 형무소에 갇힌 법관은 고물고물 생각하였다. 「……가만 있자, 그자는 수십년 친구라고 해두자, 친구끼리 돈을 주고받는다. 이건 무상으로 할수 있는 노릇이니까,……그렇지 빠질 구멍은 여기 있겠다.」[46]

이 인용문은 성직자와 법관 등 금욕과 윤리적 자세를 견지해야 하는 사람들이 오히려 육욕과 물욕에 탐닉하는 현실을 간명하게 보여주고 있다. 이는 절대적 권위를 상실한 채 자신의 이익을 지키기에 급급한 신의 존재와 함께, 당위적 이상과 존재하는 현실 사이에 가로놓인 커다란 간극을 지각하게 한다. 그리고 이 메울 수 없는 이상과 현실 사이의 간극이 풍자의 효과를 발생시키게 된다.[47] 이처럼 혼돈과 부조리가 난무하는 역사적 현실을 우회적으로 재현하면서, 그에 대한 신랄한 풍자적 저항의 정신을 표출하려는 생산주체의 비판적 의도는 '풍자적 알레고리'의 서사구도를 형성한다. 결과적으로, 풍자적 알레고리는 생산주체의 내밀한 의도를 숨기면서 드러내는 데에 효과적으로 기여하고 있다고 판단된다. 따라서 이러한 텍스트의 존재양태를 추적하면, 그와 같은 서사구도의 형성을 가능하게 하는 생산주체의 근원적 욕망을 추출해 낼 수 있을 것이다.

그런데 텍스트 외적 현실의 사실적 재현보다도 그 이면에 담긴 관념적 의미가 보다 중시되는 풍자적 알레고리는, 끊임없이 실제적 현실에 참여하여 이를 비판하고자 하는 생산주체의 내밀한 욕망이 서사적으로 구현된 것이라 볼 수 있다. 반면 그 같은 텍스트 생산주체의 의지는 부조리하고 속악한 현실의 질곡에 빠져들지 않으려는 대립적 욕망에 의해 제동이 걸리는데, 이는 텍스트에서 서술되는 대상과 냉정한 거리를 유지하는

---

46) 위의 책, 201쪽.
47) Arthur Pollard, 송낙헌 역, 『풍자』, 서울대 출판부, 1986, 4쪽.

서술주체의 존재방식으로 나타난다. 이처럼 서사의 형식적 층위로부터 대립적인 방향으로 분기된 텍스트 생산주체의 양가적 욕망을 읽어낼 수 있다. 이 양가적 욕망은 현실 참여에의 강한 지향성을 가지고 있으면서도, 이상과 현실 사이의 괴리 때문에 현실로부터 물러나 관념 속에 침잠하려는 텍스트 생산주체의 이율배반적 지향의식에 다름 아니다.

그렇다면 이 양가적 욕망은 어디서 기원하는 걸까? 이는 진퇴양난의 난처한 상황에 직면해 있는 텍스트 생산주체의 처지에서 연원한다고 추측해 볼 수 있다. 텍스트 생산주체는 현실의 부조리와 모순을 심각하게 받아들이고 있는 동시에, 이를 타파해야 한다는 강한 의무감에 사로잡혀 있다. 그러나 문제는 이를 해결해 나갈만한 현실적 지반을 확보하고 있지 못하다는 점이다. 때문에 텍스트 생산주체는 역사적 현실로부터 한 발짝 물러서 현실의 부정성을 냉소적으로 바라보려 한다. 결국 「오분간」에서 부조리한 현실을 고발하고 이에 저항하고자 하는 욕망이 풍자적 알레고리의 서사구도를 형성하는 동력이라면, 어쩌지 못하는 현실에 대한 무력감과 속악한 현실로부터 자신을 분리하고자 하는 욕망이 냉소적인 서술 태도를 견지하는 서술주체의 존립을 가능하게 한다고 말할 수 있다.

2) 예시(豫示)적 상징으로서의 행위주체와 이종(異種) 서술주체

대부분의 김성한 소설 텍스트가 그러하듯이, 「오분간」의 서술자 역시도 스토리에 참여하지 않는 이종(heterodiegetic) 서술주체[48]다. 이종 서술주체는 자신이 전달하는 이야기의 외부에 위치하고 있으면서, 비판적 거리를 유지한 채 국외자적 시선에 포착된 서술대상을 냉소적인 어조로 서술해

---

48) 즈네트는 서술자가 자신이 이야기하는 스토리 속 등장인물로 존재하는 경우는 '동종 이야기(homodiegetic)', 서술자가 자신이 이야기하는 스토리에 부재하는 경우는 '이종 이야기(heterodiegetic)'라고 부른다(Gérard Genette, *Narrative Discourse*, tran. Jane E. Lewin, Ithaca · New York: Cornell University Press, 1980, pp. 255~256).

나간다. 이는 상술한 바와 같이, 현실세계의 혼돈과 부조리를 적극적으로 비판하면서도, 그로부터 한 발짝 물러서 거리를 두고 조망하고자 하는 텍스트 생산주체의 의도가 서술의 국면에 반영된 것이라 판단된다.

구체적으로 전체 서술의 국면을 살펴보면, 이종 서술주체는 초점대상을 빈번히 이동하여 자유롭게 행위주체를 묘파(描破)하면서 텍스트 전체의 의미적 국면을 주도해 나아간다. 이때 유의할 점은 서술자가 상층공간에 존재하는 주요한 행위주체인 신과 프로메테우스가 초점대상이 될 때는 그 내면까지 파고들지만, 하층공간에 존재하는 행위주체들이 초점대상이 될 시에는 외적 관찰자에 머물고 만다는 사실이다.

  a) 그림자 같이 밤낮 딸아다니는 천사를 코오카사스로 보내고나서 神은 혼자 조용히 앉아 투명한 아인슈타인의 얼을 집어삼켰다. 연전에 모한다스 · K · 깐디의 얼을 씹어먹은 이후 처음 맛보는 성찬이었다. 깐디는 자기의 진지한 충복이었다. 깨끗한 맛은 있어도 이렇다 할 반응은 없었다. 그러나 이번 아인슈타인의 경우는 일종의 흥분까지 느꼈다. 자기에게 충실하면서도 九〇도의 직각으로 달아나는 이 자의 얼은 푸등푸등한 물고기를 잡는 맛이 있었다.(...중략...)

  b) 닥아오는 검은 구름을 입바람으로 불어 버리고 유심히 내려다보았다. 지상은 날나리판이다. 활개치는 푸로메슈스의 아들딸들은 괴상한 곡에 맞춰서 룸바를 추고 있다. 산과 들과 강과 바다, 앉아 돌아가고 거꾸로 돌아가고 서서 돌아가고, 입춤 어깨춤 팔춤 다리춤, ―내일은 없고 오늘만이 존재하고, 자기만이 으뜸이고 남은 보잘것없고, 긁어서 속여서 뺏어서 배만 채우면 그만이다.

  자기의 아들딸들은 교회니 절간이니 교당이니 하는 케케묵은 집에 모여들어 가느다란 모가지를 빼들고 장단도 안맞는 노래를 부르다가는 무어라고 중얼거리며 기도라는 것을 한답시고 입을 놀리고 있다. 입만 놀리면 천하대사가 저절로 풀리는줄 아는 모양이다. 거기다가 또 슬금슬금 곁눈을 판다. 룸바곡이 그리운 모양이다.[49]

이 인용문은 이종 서술주체가 신을 초점대상으로 삼아 그 내부까지 파고들어 내적 심리상태를 자세하게 기술하고 있는 a) 부분과, 하층공간에 존재하는 인간들을 외부로부터 조망하여 서술하는 b) 부분으로 나뉠 수 있다. 여기서 특이한 점은 서술자가 상층공간에 존재하는 신을 초점대상으로 삼을 시에는 자기가 직접 초점자가 되어 그에게 밀착해 수평적인 시선으로 서술을 하는 데 반해, 하층공간의 존재들을 초점대상으로 삼을 때에는 지각적 거리를 충분히 확보한 후 신을 초점자로 내세워 조감적 위치에서 서술을 행하고 있다는 사실이다. 이러한 차이 때문에, 상대적으로 상층공간의 존재보다 하층공간의 존재를 서술할 때, 이야기 세계에 대한 서술자의 지각적 거리가 더욱 확대된다.

하지만 그 지각적 거리의 편차는 제시하고자 하는 관념을 효과적으로 견인하기 위한 서사적 의도의 소산으로, 결과적으로 상층공간과 하층공간의 존재 모두를 희화화하는 효과를 산출한다. 다시 말해 상층공간에서 서술자의 밀착된 지각적 거리는 초점대상으로서의 행위주체, 신과 프로메테우스를 효과적으로 부각시킴으로써, '보편적 질서의 소멸과 방향을 상실한 이성'이라는 알레고리적 의미를 보다 명확하게 전달할 수 있게 한다. 물론 이때 서술자는 한편으로 전지적 능력을 최대한 발휘해 신의 내적 의식을 세밀하게 파고들어, 스스로 자신의 상실된 권위와 무능을 폭로하도록 만든다. 반면 하층공간의 서술자와 초점대상 사이에 벌어진 지각의 거리는 개별 행위주체에 대한 냉소적 비판을 가능하게 한다. 여기서 서술자는 "내일은 없고 오늘만이 존재하고, 자기만이 으뜸이고 남은 보잘것없고, 긁어서 속여서 뺏아서 배만 채우면 그만이다."라는 주관적 논평을 첨가하다가도, 돌연 '―모양이다'는 추측의 표현에서 알 수 있는 바와 같이 전지적 투시의 능력을 슬며시 거두는 서술전략으로, 그 냉소적

---

49) 김성한, 앞의 책, 196~198쪽.

비판의식을 한층 견고하게 구축하려 한다.

결국 이야기 외부에 위치한 이종적 서술주체가 초점대상에 대한 거리의 가감과 전지력의 조절을 통해 추구하는 것은, 객관적 현실의 실감 있는 재현이 아니라 현실의 핵심적 단면 즉, 혼돈과 부조리로 가득찬 현실의 폭로·비판이다. 때문에 이종 서술주체에 의해 견인되는 서사의 행위주체 역시도 생동감을 지닌 사실적 인간으로 형상화되지 못하고 있다. 하지만 그런 행위주체를 두고 구체적인 역사적 상황과 유기적으로 관련을 맺고 있지 못하다고 비판하는 것은, 텍스트를 추동하는 서사적 의도와 유리된 비판을 위한 비판으로 전락할 염려가 크다. 따라서 이 텍스트 자체의 의미 형성원리를 유념하면서, 그러한 행위주체의 존재가 어떻게 텍스트 전체의 주제적 의도 실현에 기여하는가를 고찰하는 것이 보다 생산적인 논의의 방향이라 생각된다.

「오분간」에서 서사의 행위주체로서의 인물은 구체적인 행위나 사건의 연쇄를 통해서가 아니라, 특정 관념을 예시함으로써 주제적 의미의 구축에 기여한다. 이는 이 텍스트의 행위주체가 실제적 개인이 서사적으로 형상화된 전형적인 인물이라기보다 추상적 관념을 예시적으로 보여주기 위해 창조된 예시적 인물형에 속함을 뜻한다.[50]

> 愛蘭의 매마른 땅을 갈던 농부 마아틴은 보습에 걸려 나온 켈트族의 두개골을 발길로 찼다, 「더러워서, 오늘은 재수없게 이따위가 다 튀어나와」. 李대학생 金대학생 朱대학생 安여자대학생은 비

---

50) "예시는 서사 예술에서 재현과 다르다. 다른 이유는 실제를 재생산하는 것을 추구하지 않고 실제적인 것의 선택된 면들을, 즉 그 의미상의 역사적, 심리학적, 또는 사회학적 진실과 관련이 없고 윤리적, 형이상학적 진실과 관련된 그런 본질적인 면들을 제시한다는 데에 있다. 예시적 인물들은 사람과 비슷한 형상을 한 개념들이거나 온전한 인간 모습의 가면을 쓴 그런 인간 정신의 파편적 모습을 한 개념들이다."(Robert Scholes·Robert Kellogg, 임병권 옮김, 『서사의 본질』, 예림기획, 2001, 120쪽).

밀 땐스홀에서 춤을 추다가 걸상에 걸터앉아 맥주를 마시면서 한 숨 돌리고 재잘거렸다.(...중략...) 「쥬리안·반다가 무어야?」 「하여 튼 불란서 사람인 것만은 아는데......에에또 너의 집에 인명사전이 나 문예사전이 없니?」 「없다!」 「시시한 소리 말구 맥주나 마셔, 마 드모아젤安 왈츠 한번 춤시다」 「얘 丁茶山이 어딧는 山이니?」 「전 라도 쯤 있겠지.」 「그까짓건 그렇구, 엘라스무스란 무슨 뜻이니?」 「엘라는 엘로에 통하고 스무스는 정확하게 발음하면 스무-쓰니가 결국 연애가 잘돼간다는 뜻이지 뭐야!」 잘난 학생들은 입을 놀리 고 왈츠曲은 울리고 이정민은 깔고 누었던 여자를 밀어제끼고 벌 떡 일어나 앉았다.[51]

이 인용문은 「오분간」에서 행위주체로서의 인물이 어떠한 기능을 하 고 있는가를 단적으로 보여준다. 인용문에는 상이한 장소에 존재하는 여러 인물들이 연이어 등장하지만, 그에 대한 서술주체의 구체적 설명이 나 묘사는 최소화되고 등장인물들의 발화만이 이어진다. 이는 달리 말하 면 이종 서술주체가 조감적 위치에서 초점대상과 최대한 이념적 거리를 확보한 채, 서술상황에의 몰입을 최대한 자제하고 있음을 뜻하는 것이다. 이와 같은 서술전략은 인간적 정체성의 형성을 어렵게 하는 대신, 각 행위주체의 발화를 전경화함으로써 인물의 풍자와 알레고리적 관념의 제시를 용이하게 한다. 이를 위의 예문에서 살펴보면, 발화의 주체를 명확히 파악할 수 없는 대학생들의 대화가 발화의 내용만을 전경화하면 서 발화주체들 자신을 스스로 풍자하게 한다면, 상이한 공간에 존재하는 인물들의 발화가 병렬됨으로 해서 혼돈과 무질서가 난무하는 현실의 효 과적 알레고리화가 가능해지는 것이다. 따라서 서사의 전개과정 속에서 인간적 정체성을 구축하지는 못하지만, 특정 관념의 전달에는 충실한 「오분간」의 행위주체는 예시적 인물형에 속한다고 할 수 있다.[52]

---

51) 김성한, 앞의 책, 203쪽.

그러므로 지각적 거리를 확장하는 이종 서술주체와 예시적 상징으로 존재하는 행위주체는 「오분간」의 텍스트만이 지닌 고유한 미적 자질을 구성한다고 말할 수 있다. 구체적으로 말하자면, 이종 서술주체는 지각적 거리의 확대를 통해, 용이하게 풍자를 구현하는 동시에 심리적 이념적 간극을 강조함으로써 역사적 현실로부터 분리되고자 하는 텍스트 생산 주체의 욕망을 충족시킨다. 또 예시적 상징으로서의 행위주체 역시도 서사에서 특정한 관념이 효과적으로 형성 · 부각될 수 있게 함으로써, 주제적 의미의 발현에 크게 기여한다.

3) 부정적 유토피아와 냉소주의

　　「오분간」이 환경과의 긴밀한 상호작용을 통해 인간적 정체성을 형성하는 인물을 등장시켜, 조화로운 의미의 총체성을 구현하는 전통적 서사체가 아니라는 것은 자명하다. 이처럼 표준적 규범으로부터 일탈된 채 소원화의 미학을 발산하는 서사체이기에, 「오분간」은 유기적인 통일성을 중시하는 전통적인 서사적 기대지평에서는 정당한 평가를 받지 못하고 폄하되기 쉽다. 그러나 유기적인 형식이 파편화된 현실의 모순과 부정성을 간과 혹은 은폐할 수 있는 가능성을 내포하고 있음을 고려할 때, 이 텍스트의 형식미학이 지닌 의의를 적극적으로 인정할 필요가 있다. 다시 말해서, 「오분간」이 구현하고 있는 소원화의 미학은 현실적 제약성을 돌파하여 기존의 방식으로는 표현할 수 없는 현실 사회의 모순과 균열을 가시화한다는 점에서, 즉 혼돈의 현실을 혼돈의 형식으로 재현 · 비판한다는 점에서 긍정적인 의미를 부여할 수 있을 것이다.

---

52) 소설의 인물들은 특수화된 시간과 공간의 배경 내에 설정될 때 비로소 개인들이 될 수 있는 것이다(Ian Watt, 전철민 옮김, 『소설의 발생』, 열린책들, 1988, 32쪽). 따라서 구체적인 시공간이 거세된 세계 속의 인물이 근대적 소설 속의 인물과 다른 특성을 보이라는 것은 명약관화한 일이다.

한편 「오분간」은 유토피아적 열망과 냉소주의가 상호 공존하는 양가적 소설미학을 형성하고 있다. 즉 보다 바람직한 삶에의 열망을 발산하는 동시에, 첨예한 역사적 현실의 모순으로 인해 그것의 현실적 구현이 불가능하다는 냉소적 의식을 표출하고 있는 것이다. 그런데 혼돈과 부조리만을 재현하고 있는 듯이 보이는 텍스트를 두고 이상적인 세계를 지향하는 유토피아적 욕망이 내재되어 있다고 말할 수 있는 근거는 무엇일까? 본래 존재하는 것과 존재하지 않는 것이 서로 상호작용을 맺으면서 형성하는 관계가 바로 예술의 유토피아적 형상이다.[53]

> 地上은 부글부글 끓었다. 무질서의 도가니였다. 걷잡을 수 없는
> 혼돈 속에서 狡智와 暴力과 好惡이 활개를 치면서, 神의 옆구리를
> 차겠다고 날치는 판이었다. 神의 얼굴에는 결심의 빛이 나타났
> 다.(...중략...)
> 회담은 五分間에 끝나고 제각기 자기 고장을 향해서 아래위로
> 떠났다. 도중에서 神은 혼자 중얼거렸다. 「아, 이 혼돈의 허무 속
> 에서는 제三 존재의 출현을 기다리는 수밖에 없다. 그 시비를 내
> 어찌 책임질소냐.」[54]

이 인용문은 「오분간」의 종결부에 해당하는 부분인데, 혼돈과 부조리만이 전경화되어 있을 뿐 바람직한 세계에 대한 열망이 구체적으로 제시되어 있지 않다. 이처럼 풍자적 알레고리는 주체가 지향하는 이상적인 세계상을 텍스트의 표면에 가시적으로 드러내지 못한다. 그럼에도 이 텍스트에 부정적 현실을 초월하려는 유토피아적 열망이 내재되어 있다고 판단할 수 있는 근거는 풍자의 고유한 특성에서 찾아질 수 있다. 풍자는 비교적 명료하게 드러나는 텍스트 생산주체의 도덕적 기준에 입각해

53) Theodor W. Adorno, 홍승용 역, 『미학이론』, 문학과 지성사, 1984, 361쪽.
54) 김성한, 앞의 책, 204쪽.

있기 때문에, 당위적 이상의 구체적 형상화 없이 부정적인 현실을 들추어 내는 것만으로 충분히 유토피아적 지향의식을 표출할 수 있다. 다시 말해 풍자는 풍자를 도모하는 주체의 도덕적 규범을 준거점으로 현실의 부정 성을 강조함으로써, 존재해야만 하는 당위로서의 이상을 강력하게 부각 시킨다. 이것이 바로 '현상과 본질의 직접적인 대조'[55]라는 풍자의 원리 인데, 이처럼 현실과 이상의 간극을 표나게 강조함으로써 부상하는 유토 피아상이 바로 부정적 유토피아(Negative Utopia)이다.

부정적 유토피아는 유토피아적 열망을 부정하는 것이 아니라 그 열망 을 부정적인 방식으로, 즉 바람직한 사회상의 구체적 형상화 없이 현실의 부정성에 대한 강조만으로 형상화된 유토피아를 말한다. 본질적으로 명 확하게 유토피아적 지향성을 드러내지 않고 있는 텍스트로부터 유토피아 적 욕망을 찾아내려면, 그 징후적 공백을 가시화함으로써 텍스트가 침묵 하는 것을 말하게 하는 징후적 독해[56]가 필요하다. 그러나 풍자적 알레고 리에 의해 견인된 부정적 유토피아는 혼돈과 부조리의 대타항이라는 점 에서, 그 대체적 윤곽을 어렵지 않게 짐작할 수 있다. 더구나 텍스트의 표면에 불거져 나온 "제 3의 존재"는 유토피아적 열망의 흔적을 보다 확연히 보여준다. 그러나 문제는 결과적으로 부정적인 양극의 대립성이 지양된 전일성(全一性)의 유토피아가 강력하게 추동되지 못하고, 냉소주 의 혹은 방관주의에 의해 구심점을 잃고 부유한다는 점이다. 이처럼 유토 피적 열망이 온전히 '희망의 원리'로 승화되지 못하고 유산(流産)되는 것 은 「오분간」뿐 아니라 김성한 소설 텍스트 전반에 해당하는 문제다.

부정적 현실에 대한 저항으로서의 유토피아적 열망이 올바른 지향점 을 찾기 위해서는 역사적 발전에 대한 확고한 믿음과 전망이 뒷받침되어

---

55) Georg Lukács, 「풍자에 대하여」, 『루카치 문학이론』, 세계, 1990, 50쪽.
56) Klaus-Michael Bogdal, 문학이론연구회 옮김, 『새로운 문학 이론의 흐름』, 문학과 지성사, 1994, 114쪽.

야 한다. 그렇지 않으면, 추동력을 상실한 유토피아적 욕망은 냉소주의나 방관주의와 같은 패배적 허무주의를 낳기 마련이다. 역사의 진보에 대한 확고한 신념은 '지금 - 여기'의 현실에서 그 진전의 가능성을 발견해야 한다. 왜냐하면 우리가 살아가고 있는 '지금'과 '이곳'이 유토피아의 결정적인 핵이 되기 때문이다.[57] 그러나 김성한은 현실의 부정성이 특정한 역사적 국면에 국한된 문제가 아니라 본원적 필연성의 차원에서 유래하고 있다고 파악하기에, 원천적으로 진보에 대한 믿음을 확보하지 못한다.

> 가난한 자, 괴로워하는 자를 구하는 것이 그리스도의 본의일진
> 대 선천적으로 결정된 운명의 밧줄에 묶여서, 래틴말을 배우지 못
> 한 그들이 쉬운 자기말로 복음의 혜택을 받는 것이 어째서 사형
> 을 받아야만 하는 극악무도한 짓이란 말인가? 성찬의 빵과 프도주
> 는 크리스도의 분신이니 신성하다지마는 아무리 보아도 빵이요
> 먹어도 빵이다. 포도주 역시 다를 것이 없다. 말짱한 정신으로는
> 거짓이 아니고야 어찌 인정할 도리가 있을 것이냐? 무슨 까닭에
> 벽을 문이라고 내미는 것이냐? 절대적으로 보면 같은 수평선상에
> 서 있는 사람이 제멋대로 꾸며낸 것을 다른 사람에게 강요할 근
> 거가 어디 있단 말이냐? 바비도는 울화가 치밀었다.[58]

내적 독백의 형태로 이루어진 이 인용문은 영역복음서를 읽는 이단행위를 했다는 죄목으로 잡혀온 바비도가 그 부당한 금지규정에 대해 항의하는 내용을 담고 있는 「바비도」의 일부이다. 여기서 현실적 질서 혹은 상징적 질서가 어떻게 성립·유지되는가를 포착해 낼 수 있다. 지배층은 자신들만이 독해할 수 있는 라틴어만을 정통적인 언어로 공인하는데, 이는 자연스럽게 민중에게 이질적인 언어인 라틴어에 권위·신성·진리

---

57) Ernst Bloch, 박설호 옮김, 『희망의 원리』 1, 솔, 1995, 26쪽.
58) 김성한, 「바비도」, 『사상계』, 1956. 5, 282쪽.

의 가치를 부여하는 효과를 낳는다.59) 또 성직자들은 종교적 의례(儀禮)에 성스런 의미를 부여하고, 이를 엄격하게 주재한다. 이로써 지배계급은 '상징권력'을 배타적으로 점유하게 되고, 이는 현실권력의 독점으로 이어진다. 그리고 그러한 과정을 거치면서 존재의 의식과 행위를 규제하는 절대적인 준거체계로서의 상징적 질서가 구축된다. 본질적으로 상징적 질서는 자의적 체계다. 그러나 그것이 생성되고 나면, 자의성과 인위성을 은폐하고 필연성을 지닌 자연적 질서로 자신을 합리화하면서 절대적 수용을 강제한다.60) 〈정통 : 이단〉, 〈진 : 위〉, 〈선 : 악〉의 위계적 판별도 바로 이 상징적 질서에 의해 자의적으로 규정되는 것이다. 바비도의 항의는 바로 이 절대적 기준으로서의 상징적 질서의 자의성과 부당성을 겨누고 있다.

그러므로 상징적 질서는 이데올로기의 한 변종이라고 할 수 있다.61) 이렇게 보면, 지배층이 상징의 조작을 통해 현실적 질서를 구축하는 조작자가 되고, 민중은 그에 기만당하는 자가 되어버리는 형국이 조성된다. 다시 말해 상징적 공동체의 구축자인 지배층이 기만과 허위를 일삼는 조작자라면, 민중은 어리석음과 무지로 인해 그에 무비판적으로 복종하는 존재가 되고 마는 것이다. 물론 이러한 인식은 교도(敎導)적 민주주의(Guided Democracy)와 권위주의적 요소가 접합됨으로써, 가부장적 독재가 지배하던 당대의 정치 · 사회적 현실을 일정하게 반영하고 있는 것이다.62) 그리고 그러한 인식은 텍스트에서 바비도의 무죄함을 알면서도 그를 희생양으로 삼는 지배층과 상징적 질서의 이데올로기에 호명되어

---

59) Mikhail Bakhtin · V. N. Vološinov, 송기한 역, 『마르크스주의와 언어철학』, 흔겨레, 1988, 104쪽 참조.
60) 淺田彰, 이정우 옮김, 『구조주의와 포스트구조주의』, 새물결, 1995, 29~42쪽 참조.
61) 위의 책, 37쪽.
62) 진덕규, 「이승만시대 권력구조의 이해」, 진덕규 외, 『1950년대의 인식』, 한길사, 1981, 19쪽.

바비도의 희생에 환호하는 군중의 모습에서, 보다 직접적으로 드러난다.

그런데 상징적 질서의 자의성과 부정성에 대한 비판은 상징적 질서를 합리화하는 이데올로기의 미망에서 벗어나게 하는 미덕을 발휘하지만, 현실의 모순과 부조리를 해결 불가능한 본원적 요소로 파악함으로써 역사적 진보의 가능성에 회의를 불러일으키게 된다. 따라서 충동의 무정부주의적 상황을 극복하려는 유토피아적 열망은 상징적 질서에 능동적으로 개입하여 그것의 부정성을 개선하려는 현실적 추구의 방향으로 나아가지 못하고, 역사적 현실에 대한 격한 냉소주의를 동반하면서 관념적 초월의 방향으로 치닫게 된다. 이것이 바로 김성한의 유토피아적 열망이 희망의 원리로 승화되지 못하게 하는 근본적인 원인이다.

> 개구리들은 제멋대로 살았다.
> 아늑한 골짜기, 잔잔한 연못에 자리잡은 그들은 아름다운 화초가 욱어진 물가에서 노래부르고, 피곤하면 푸른 하늘 아래 바윗등에서 마음놓고 낮잠을 잤다. 해가 기울어 출출하게 되면 물속으로 뛰어들었다. 벌레와 송사리 떼는 아무리 잡아먹어도 줄어들 줄을 몰랐다. 아득한 옛날 그들의 조상이 땅위에 삶을 시작한 이래 이 연못가에는 일찍이 이렇다할 풍파조차 일어난 일이 없었다.[63]

「제우쓰의 자살」(「개구리」)의 일 부분인 이 인용문은 김성한 소설 텍스트에 내재된 유토피아적 욕망이 도달하고자 하는 궁극적인 이상향을 명확히 드러내 보여주고 있다. 선악의 구분이나 권위적 위계질서 없이 주객이 일체화되어 자유롭게 약동하는 삶을 영위하는 전일성의 세계, 언뜻 무질서하게 보이지만 고도의 유기체적 질서가 삶의 제국면을 조절하기에 생명력으로 충만되어 있는 퓌지스(physis)의 세계가 바로 김성한

---

63) 김성한, 「제우쓰의 자살」, 『사상계』, 1955. 1, 128쪽.

소설 텍스트가 본질적으로 지향하는 유토피아상이다. 이 유토피아상은 인간을 규율하는 모든 사회적 질서가 자의적 조작에 불과하다고 보는 절대적인 현실 부정의식과 불가분의 관계에 있다. 결국 상호 텍스트성에 입각해 보면, 「오분간」에서 보여지는 혼돈의 무정부 상태를 극복하려는 노력은 새로운 상징적 공동체를 모색하는 방향으로 나아가는 것이 아니라, 인위성이 배제된 자연적 질서에로의 회귀로 귀결되고 마는 것이다. 이는 가장 완벽한 이상적 낙원세계에 대한 추구이지만, 문화적인 영역 혹은 사회적 정체성을 포기해야만 도달할 수 있는 이상향에 대한 탐색이라는 점에서, 허무주의적 초월의식에 침윤되어 있다는 비판에 직면할 수밖에 없다.

그러나 불합리한 사회적 질서의 대체항으로 설정된 자연적 질서의 유토피아는 상징적 질서의 이면에 잠재되어 있는 이기와 야욕을 폭로하는 계몽적 기제가 되는 동시에, 바람직한 삶에의 열망을 징후적으로나마 표출한다는 점에서, 그 의의를 전적으로 부정할 수는 없다. 「바비도」에서 보여지듯이, 지배집단은 희생양 만들기를 통해 사회적 질서의 교란과 균열을 제어하고 상징적 질서를 안정화시키려 한다. 이를 위해, 지배집단은 희생양의 무고함을 잘 알고 있으면서도 공동체의 이해와 질서의 보존이라는 명분을 내세워, 희생양의 죄를 정말로 믿는 어리석은 타자의 공모를 유도하면서 희생양 만들기를 정당화한다.[64] 이때 자연적 질서의 유토피아는 지배집단의 공리주의적 희생의 논리를 거부하고 사회적 질서의 이면에 내재된 허위와 위선을 폭로할 수 있게 하는 준거점의 역할을 하게 되는 것이다. 단 그것이 진정한 희망의 원리로 승화되지 못하고 허무의식에 침윤됨으로써, 현실적 차원의 유토피아적 욕망을 유산시키고 얻어진

---

64) Slavoj Žižek, 주은우 옮김, 『당신의 징후를 즐겨라!: 할리우드의 정신분석』, 한나래, 1997, 136~137쪽 참조.

관념적 차원의 유토피아라는 점에서 명백한 한계를 지니고 있는 것도 부정할 수 없는 사실이다.

제4장 휴머니즘 담론

전쟁이 배태한 대부분의 문학이 그러하듯이, 한국의 전후문학 역시도 인간성을 옹호하는 휴머니즘을 강렬하게 지향하기에, 휴머니즘 담론이 전후소설의 지배적 담론양식으로 부상한다. 하지만 전후문학 일반을 휴머니즘으로 등치시키면서, 심정적으로 인간성을 옹호하는 단순한 태도조차 휴머니즘 담론에 포함시키는 것은 문제가 없지 않다. 이를테면 감상주의적 태도를 보여주는 텍스트까지 '인정적 휴머니즘'이라는 명칭으로 휴머니즘 담론 안에 포함시켜 논의를 하는데, 그것은 인간성을 긍정하는 단순한 심정적 태도라는 점에서 서구의 휴머니즘사상과는 별개로 논의해야 한다. 따라서 여기서는 서구 실존사상의 영향을 받아 개인의 자유와 존엄성을 강조하는 사상적 면모를 내비치며, 인간성을 억압하고 파멸시키는 부조리에 저항하는 모습을 명시적으로 드러내는 것만을 휴머니즘 담론으로 규정한다.

1. 한계상황과 행동적 휴머니즘 : 「유예」

1) 한계상황과 이분법적 대립구조

「유예」는 인물과 인물이 존재하는 상황적 배경의 제시로 텍스트를 열어간다. 서사체에서 배경은 인물이 벌이는 일련의 행위와 사건의 구성적 토대를 제공하는 필수적인 구성요건이면서도 다른 요소들에 비해 상대적으로 소홀히 취급되고 있다. 그러나 배경은 단순한 물리적 배후에 그치는 것이 아니라 인물의 행동과 사건이 가능하게 하는 필수적인 자질로서, 서사전개와 심미적 양상을 좌우하는 핵심적 요소로까지 기능한다. 때문에 배경을 단지 사건이 일어나는 시공간이라는 외적 상황만을 지칭하는 것이 아니라 존재가 직면하고 있는 인물의 내적 상황까지를 포괄하는 확장적 개념으로 이해하면서,[1] 그에 대한 탐색을 시도해야 한다.

> 몸을 웅크리고 가마니속에 쓰러져 있었다. 한시간후면 모든 것은 끝나는 것이다. 손과 발이 돌덩어리처럼 차다. 허여케 흙벽 마다 서리가 앉은 깊은 움속, 서너 길 높이에 통나무로 막은 문틈 사이로 차가이 하늘이 엿보인다.[2]

내적 독백의 형식으로 서술된 내용을 통해 인물을 둘러싼 외적 상황을 재구성해보면, 주인공 '나'는 전투 중에 부상을 입고 포로가 되어 "깊은 움 속" 추운 감방에 감금되어 있다는 사실을 알 수 있다. 인물이 처한 외적 상황은 "한 시간 후면 모든 것은 끝나는 것이다"는 독백에서 엿볼 수 있듯이, '죽음'이 예기되는 내적 상황인식을 촉발하며 서사 전체의 위기적 국면을 조성하는 시발점 구실을 한다. 또 현재의 상태와 과거의 사건이 교차 서술되는 구성방식도, 전체 서사 내적 분위기를 일관되게 관통하는 한계상황으로서의 '죽음'을 부각시키는 역할을 하고 있다. 왜냐하면 과거의 서사축에 담겨 있는 여러 인물들의 '실현된 죽음'은 현재의 서사축에서 주인공의 '유예된 죽음'의 상황과 중첩되면서 서사 내적 상황을 유기적으로 통합하고 있기 때문이다.[3]

---

1) 김상욱, 『소설교육의 방법연구』, 서울대 출판부, 1996, 201~202쪽.
2) 오상원, 「유예」, 『한국일보』, 1955. 1. 1.
3) 「유예」의 서사 텍스트를 중요한 서사단락에 따라 분절하면 다음과 같다.
   ① 움 속 감방 안에서 한 시간의 유예를 받던 과거의 회상과 앞으로 닥칠 죽음의 상상

이를 구체적으로 살펴보면, 과거의 사건이 소급제시된 서사단락들에서 각각 〈소대원들의 전사 - 선임하사의 죽음 - 국군장교의 죽음〉을 핵심적인 사건으로 추출할 수 있어서, 과거의 서사축도 '죽음'을 중심으로 상황맥락이 유기적으로 결속되어 있음을 알 수 있다. 따라서 과거의 서사단락과 현재의 서사단락이 공통된 상황맥락에 의해 연결되면서, 존재의 조건으로서의 '죽음'이 더욱 전경화되는 것이다. 결국 전체 텍스트 내적 상황으로 설정된 한계상황으로서의 '죽음'은 주인공의 '유예된 죽음'이 실현되어 서사가 종결될 때까지 별다른 변화 없이 일관되게 유지된다.

텍스트 내적 상황의 국면에 대해, 주인공은 자신이 당면한 상황을 변경이 불가능한 숙명으로 인식하는데, 이러한 상황인식은 서사적 상황과 마찬가지로 서사의 시작에서 종결까지 커다란 변화 없이 지속된다. 이처럼 서사적 상황과 인물의 인식적 국면에서 정태적 흐름이 지속되는 이유는 텍스트가 취하고 있는 시간기법에 기인한다.

텍스트 전체는 서두에 극적 상황을 제시한 후에, 인물이 현재의 상황에 도달하기까지의 과정을 보여주다가, 다시 현재의 시점으로 회귀하여 서사가 종결되는 〈현재 - 과거 - 현재〉의 시간 역전기법을 차용하고 있다. 엄밀히 말하면, 서두와 결말 이외의 부분도 현재와 과거가 교차 서술되고 있지만, 중간에 삽입된 현재의 서사축은 과거의 회상과 미래의 상상 등으로 서사적 상황을 변화시킬만한 사건이나 인식의 변수를 내포하고 있지 못하다. 또 과거의 서사축도 내적 개연성을 확보하는 역할만을 하고 있을 뿐이지, 서사의 역동적 변화를 촉발하지는 못하고 있다. 따라서 이러한

---

② 후퇴 중 소대원들의 연이은 전사
③ 움 속 감방에서 다시 심문 상황을 회상
④ 탈출 중 선임하사의 부상
⑤ 총상으로 인한 고통
⑥ 선임하사의 죽음과 총살 직전의 장교를 구하기 위한 전투
⑦ 움막에서 끌려나와 총살형에 처해지기까지의 의식

텍스트의 구성방식은 불가피하게 정태적인 서사의 흐름을 야기하게 된다. 그러나 그것은 텍스트 전체의 서사적 상황과 인물의 상황인식의 일관성을 보장하면서 통일적이고 지배적인 텍스트의 이데올로기를 축조하는데는 매우 유익한 기능을 한다.

그런데 서사 내적 상황과 인물의 상황인식에 대한 서사적 정보가 풍부하게 제공되어 있는데 비해, 인물이 그러한 상황인식에 도달하기까지의 과정에 대한 서사적 정보는 철저히 차단되어 있다.

> 다시 한번 생각할 여유를 주겠소. 한 시간 후, 동무의 답변이 모든 것을 결정지을 거요.
> 몽롱한 의식속에 갓 지나간 대화가 오고간다. 한 시간 후면 모든 것은 끝나는 것이다. 사박사박, 걸음을 옮길 때마다 발밑에 부서지는 눈, 그리고 따발총구를 등뒤에 느끼며 앞장서 가는 인민군 병사를 따라 무너진 초가집뒷담을 끼고 이 움 속감방으로 오던 자신이 마음속에 삼삼히 아른거린다. 한 시간 후면 나는 그들에게 끌려 예정대로의 둑길을 걸어가고 있을것이다.[4]

이 인용문은 주인공이 현재의 시점에서 과거의 심문장면을 회상하다 연이어 앞으로 닥칠 자신의 죽음을 상상하는 부분이다. 여기서 주인공의 "답변이 모든 것을 결정지을" 것이라는 인민군 대장의 발화는 그가 죽음을 벗어날 수 있는 유일한 선택의 기회를 제공한다. 즉 '전향' 여부에 따라 그의 운명이 달라질 수 있음을 말하고 있는 것이다. 그러나 주인공은 그것을 전혀 숙고의 대상으로 생각하지 않은 채 '죽음'을 자신이 감내해야 할 운명으로 받아들인다. 죽음을 선택 불가능한 운명으로 인식하고 이를 감수하려는 주인공의 확고한 의지는 텍스트에서 선택의 기회가 주

---

[4] 위의 글, 186쪽.

어지는 심문장면의 회상에 연이어 미래의 죽음을 상상하는 장면으로 전환되는 내적 독백에 의해 우회적으로 표출된다.

죽음을 회피하지 않고 당당히 맞서려는 인물의 의지는 서사의 종결부에서 그가 상상하던 죽음이 한치의 오차도 없이 그대로 실현됨으로써 완성된다. 이러한 인물의 행동을 추동하는 내적 동력은 인간의 존엄성을 지키려는 인물의 욕망이다.

> 인제 모든것은 끝난다. 끝나는 그 순간까지 정확히 끝을 맺어야 한다. 끝나는 일초 일각까지 나를, 자기를 잊어서는 안된다.
> (...중략...) 훤칠히 트인 벌판 너머로 마주선 언덕, 흰 눈이다. 연발하는 총성. 마치 외부 세계의 잡음만 같다. 아니 아무것도 아닌 것이다. 그는 흰 속을 그대로 한 걸음 한 걸음 정확히 걸어가고 있었다.[5]

위 인용문에서, 인물은 한계상황으로서의 죽음을 수동적으로 받아들이지 않고 적극적 의지와 행위를 통해 정면으로 맞서 나가는 의지적 모습을 보여준다. 이로써 주인공의 죽음은 주체의 내적 의지가 외적으로 발현되어 현실화되는 실존적 현현의 순간이 된다. 이때 인물의 의지는 "나를, 자기를 잊"지 않고 "한 걸음 한 걸음 정확히 걸어가"는 걸음걸이로 드러난다. 그리고 인물에게 강요된 죽음은 "외부 세계의 잡음"으로 후경화되어 상대적으로 그의 확고한 의지를 부각시키고 있다.

여기서 무엇보다도 중요한 것은 인간의 존엄성을 지키고자 하는 인물의 욕망이 부정적 함의를 띤 극한상황으로서의 '죽음'을 긍정적 의미를 함축한 상황으로 전화시킨다는 점이다. 즉, 외부에서 강제적으로 주어진 부정적 상황으로서의 죽음은 인물의 확고한 저항의지로 인하여 인간의

---

5) 위의 글.

존엄성을 지키는 실존적 기투(企投)의 순간으로 전화되는 것이다. 따라서 「유예」에서 인간의 존엄성을 유지하고자 하는 인물의 욕망이 죽음을 감내하는 행동주의를 견인하는 원동력이 되어 행동적 휴머니즘의 이데올로기를 산출한다고 말할 수 있다.

그런데 행동적 휴머니즘은 텍스트의 심층에 자리잡은 〈집단 : 개인〉의 의미론적 대립구조에 의해 축조되어 있다. 이는 〈집단 : 개인〉의 이분법적 대립에 의해 구성과 서술이 이루어져 있다는 것을 뜻한다.

> 『동무는 우리 인민의 처사에 대하여 이의가 있소?』
> 그 위엄으로 보아 대장인가 싶다.
> 『생명체와 도구와는 다른 것이요. 내 이상 더 무엇을 말하고 싶겠소? 나는 포로가 되었을 때 비로소 내가 확실히 호흡하고 있는 인간이라는 것을 알았을뿐이요. 나는 기쁘오. 내가 한 개 기계나, 도구가 아니었다는 것, 하나의 생명체인 인간으로서 살아 있었다는 것, 그리고 인간으로서 살아 있었다는 것, 그리고 인간으로서 죽어간다는 것, 이것이 한없이 기쁠뿐입니다.』 명확한 차가운 음성이었다.[6]

위 인용문은 총살형을 앞두고 인민군 대장과 국군장교가 대화를 나누는 부분이다. 여기서 '우두머리'를 뜻하는 "대장"이라는 어휘소로 지칭되는 인물은 집단의 이데올로기어인 "인민"의 이름으로 사형을 집행한다. 따라서 '집단'은 '죽이는 자'라는 부정적인 가치를 함축하게 되고, 홀로 죽어 가는 국군장교는 '죽는 자'라는 의미를 함축하게 된다. 이러한 대립은 '피해자'라는 구체적인 어휘에 의해 표현의 층위에 드러난다. 또 국군장교의 발화에서 '집단'은 "기계"와 "도구"라는 어휘소와 연계되어 '반인간'이라는 부정적 의미를 함축하는 반면, 그는 자유의지를 지닌 '인간'으

---

6) 위의 글.

로 의미화되고 있다. 이렇게 '개인'은 〈죽는 자 - 인간〉이라는 일련의 가치를 함축한 의미망을 구성하면서 〈집단 - 죽이는 자 - 반인간〉의 대립 항들과 병치관계에 놓여 있다. 결국 이러한 의미항의 대립구조가 개인과 집단의 대립구도 속에 개인에 긍정적 가치를 함축하면서, 죽음을 강요하는 집단적 폭력에 당당히 맞서는 개인적 의지를 부각시키는 행동주의적 휴머니즘의 축조를 가능하게 하는 것이다.

2) 휴머니즘적 행위주체와 이념적 행위주체

행동적 휴머니즘은 극한상황을 강요하는 집단의 폭력에 대항하여 인간의 존엄성을 옹호하는 가치체계를 의미한다고 할 수 있는데, 이러한 서사적 의미작용의 결과로 텍스트는 이념적 집단에 저항하는 개인이라는 휴머니즘적 주체를 생산한다. 이 휴머니즘의 주체는 자신을 집단과 이념에 종속되지 않은 자율적 존재로 인식한다. 그러나 주체성의 원천을 오직 주체 안에서만 찾는 자기 인식과 달리, 휴머니즘적 주체는 전적으로 타자의 존재에 의존해서만이 주체성을 확립할 수 있다. 이러한 휴머니즘적 주체의 특성은 〈이념적 집단 : 자율적 개인〉의 이분법적 대립에 기초한 동일시와 배제의 이중적 원리에 기인한다.

먼저 휴머니즘의 주체는 이분법적 분할선에 의해 구조적으로 배제되는 부정적 타자와의 관계에 의해 성립된다. 이때 배제되는 타자는 집단적 주체인데, 휴머니즘적 주체는 이 타자와의 적대적 차이에 기반하여 자신과 타자의 주체성을 인지한다.

> 아니, 어쩌면 놈들은 내 옷에 탐이 나서 홀랑 빨가벗겨서 걷게 할지도 모른다(찢어지기는 하였지만 아직 색깔이 제 빛인 미(美) 전투복이니까⋯⋯) 나는 빨가벗은채 추위에 살이 빨가니 얼어서 흰

둑길을 걸어간다. 수발의 총성. 나는 그대로 털썩 눈위에 쓰러진
다. 이윽고 붉은 피가하이얀 눈을 호젓이 물들여간다. 그순간 모
든 것은 끝나는 것이다. 놈들은 멋적게 총을 다시 거꾸로 둘러메
고 본대로 돌아들간다. 발의 눈을 털고 추위에 손을 비벼 가며 방
안으로 들어들 갈테지. 몇 분후면 그들은 화롯불에 손을 녹이며
아무 일도 없었던 듯 담배들을 말아피고 기지개를 할 것이다.[7]

이 부분은 주인공이 한 시간 후에 닥칠 자신의 죽음을 상상하는 장면이
다. 인용문에서 "놈들", "그들"로 지칭되는 적대적 타자는 아무렇지도
않게 사람을 죽이는 반인간적인 존재로 약호화되어 있다. 즉, 이념적
주체(집단적 주체)는 "생명체인 인간"의 존엄성을 말살하는 폭력적 존재
로 그 정체성이 규정되고 있는 것이다. 이렇게 휴머니즘적 주체는 집단적
주체를 인간성을 상실한 이념적 도구로 파악하여 타자에게 부정적 속성
을 부여한다. 따라서 집단적 주체로서의 타자는 부정과 배제의 대상일
뿐이며, 휴머니즘적 주체는 이 부정적 타자와의 차이에 의해 자신의 인간
적 정체성을 확립하려 한다. 그런 의미에서, 휴머니즘적 주체의 동일성은
자기가 적대하는 타자와의 차이에 의존한다[8]고 말할 수 있는데, 그 차이
는 부정적 타자의 존재와 대립적 위치를 점하기 위해 상상에 근거하여
생산하고 절대화한 타자의 이미지일 뿐이다.

휴머니즘적 주체의 동일성은 부정적 타자의 배제와 함께 긍정적 타자
와의 동일시의 과정을 거쳐 구성된다. 이때 긍정적 타자로 부각되는 인물
이 총살형에 처해진 국군장교이다. 주인공은 그 타자에게 자신의 욕망을

---

7) 위의 글.
8) 이러한 휴머니즘적 주체의 형성과정은 '반공(反共)' 이데올로기의 존재과정과 유사
하다. 반공 이데올로기는 스스로 현존하지 못하며 공산주의와의 대립항으로서 자신
의 존재를 인식할 때, 이데올로기적 정체성을 확립하게 되는 것이다. 그런 의미에서,
반공 이데올로기는 공산주의에 의해 그 이데올로기적 정체성을 부여받는다고 말할
수 있을 것이다.

투사하는 '상상적 동일시'의 과정을 거쳐 휴머니즘적 주체로서의 자신의 동일성을 확립하려 한다. 이 과정에서 휴머니즘적 주체는 부정적 타자인 집단적 주체에 부정적인 속성을 부여한 것과 달리, 자신에게는 타자의 폭력에 저항하면서 인간의 존엄성을 지키는 행위자로 긍정적 속성을 부여한다.

> 눈앞이 빙빙 돈다. 그는마치 저 언덕길을 걸어가고 있는 것이 자기인것만같았다. 순간 그는 총을 꽉 움켜쥐었다. 내일을 위해 오늘의 싸움을 피한다는 것은 비겁한 수단이다. 지금 저 눈길을 걸어가고 있는 피해자는 그가 아니라 나 자신이다. 내가 지금 피 살당하러 가고 있는것이다. 쏴야한다. 그는 사수를 겨누었다.9)

국군 장교는 자신이 "한 개의 기계나 도구가" 아니라 "하나의 생명체인 인간으로서 살아 있다는 것, 그리고 인간으로서 죽어 간다는 것"에 커다란 자부심을 느끼며 당당히 죽음을 맞이하려 한다. 그 순간, 주인공은 부정적 타자의 폭력에 희생되는 '피해자'와 자신을 동일시한다. 사실 주인공에게 국군장교는 자신이 되고 싶은 이상적 자아(ideal ego)에 다름 아니다. 그는 이념의 '도구'가 아니라 주체적 '인간'이기를 주장하는 국군 장교에게서 이상적 자아를 발견하고, 자신의 욕망을 투사하여 이를 다시 자기의 것으로 전유(appropriation)한다. 그리고 이를 통해 인물은 인간의 존엄을 잃지 않는 죽음을 동일하게 실행하게 되는데, 이로써 텍스트에서 휴머니즘적 주체의 동일성이 확고하게 구축되는 것이다.

휴머니즘적 주체는 '오인(misrecognition)'10)에 기반해 자신과 타자의

---

9) 위의 글.
10) 상상계에서 얻은 자기 동일성은 오인에 의해 생겨난 환상일 뿐이다. 따라서 이 단계에 고착된 자아는 오인된 환상적인 자기 이미지에 기반하여 자신을 둘러싼 세계를 이해한다(Jacques Lacan, 「정신분석 경험에서 드러나 주체기능 형성모형으

동일성을 산출한다는 점에서 상상적 질서에 고착된 존재이다. 이는 텍스트의 특성을 파악하는 데 매우 중요한 의미를 지닌다. 환상적인 자기 이미지를 투사하여 오인에 의해 자신과 타자의 동일성을 구축한다는 것은, 자기 안에 밀폐되어 세계에 대한 왜곡된 이해를 산출한다는 것을 의미한다. 그래서 주인공은 휴머니즘적 주체로서의 자기 동일성에만 고착되어 '수색대 대장'이라는 집단적 주체로서의 자신을 철저히 망각한다. 이것은 집단과 집단의 충돌, 이념과 이념의 대결구도를 텍스트에서 철저하게 은닉할 수 있게 만든다. 결국 휴머니즘적 주체의 이러한 특성이, 오상원의 텍스트가 역사적 현실과 유리된 '탈역사적 인도주의'11)를 담지하고 있다는 비판을 받게 되는 한 원인으로 작용한다.

한편 텍스트에서 인물의 주체성은 서술자의 서술방식에 의해 견인된다.12) 서술자는 서술방식에 의해 전체 텍스트의 심미적 효과는 물론 이데올로기적 향방을 조정하는 텍스트의 주체이다.13) 따라서 인물의 주체성과 이데올로기의 형성과정을 보다 세밀하게 밝혀내기 위해서는, 이를 서술자의 서술방식과 연계하여 조망하는 보충적인 작업이 필요하다.

「유예」가 지닌 가장 중요한 서술방식의 특성은 '내적 초점화(인물-초점자)'와 '외적 초점화(서술자-초점자)'14)의 기법을 유기적으로 혼용하여

로서의 거울단계」, 권택영 엮음, 민승기 · 이미선 · 권택영 옮김, 『욕망이론』, 문예출판사, 1994, 46쪽).

11) 임헌영, 『한국현대문학사상사』, 한길사, 1988, 92쪽.

12) Steven Cohan · Linda M. Shires, 『이야기하기의 이론- 소설과 영화의 문화 기호학』, 한나레, 1997, 143∼160쪽 참조.

13) "개별 텍스트에 있어서의 시점의 특별한 유형화인 '표층구조'는 문학적 행위에 대한 작가의 수사적 관계에 의하여 전달되는 통상적인 미학적 이데올로기뿐 아니라, 이데올로기와 생산의 심층구조를 반영한다."(Susan Snaider Lanser, 김형민 옮김, 『시점의 시학』, 좋은날, 1998, 110∼111쪽)는 랜서의 관점은, 텍스트의 서술이 지닌 미학적 효과와 이데올로기적 효과를 함께 고구(考究)하려는 대표적인 발언이다.

14) '초점화(focalization)'는 "누가 보는가"와 "누가 서술하는가"를 구분하기 위해 즈네트가 사용한 개념이다. 초점화의 개념을 도입하면 서술의 주체를 초점자(누가 보는가)와 서술자(누가 서술하는가)로 세분하여 서술과정을 보다 구체적으로 설명할

주체성과 텍스트의 이데올로기를 견고하게 형성한다는 점이다. 먼저 내적 초점화의 양상을 살펴보면, 휴머니즘적 주체인 '나'가 초점자의 역할을 맡고 있어서 그의 제한된 지각과 의식을 경유해서 서술이 이루어짐을 알 수 있다. 즉, 내적 초점자의 자격을 부여받은 휴머니즘적 주체는 자신의 감정과 신념에 입각해서 주관적으로 자신이 인지한 서사정보를 전달하고 있는 것이다. 초점자가 초점대상을 제시하는 시각에 따라 강력한 조작효과를 산출[15]하기 때문에, 이것은 주체성의 형성을 효과적으로 견인할 수 있게 한다.

> 소속 사단은? 학벌은? 고향은? 군인에 나온 동기는? 공산주의를 어떻게 생각하시오? 미국에 대한 감정은? 그럼…… 동무의 말은 하나도 이치에 당치 않소.
> 동무는 아직도 계급의식이 그대로 남아 있소. 출신계급을 탓하지는 않소. 오해하지 마시오.[16]

위 인용문은 주인공이 심문과정을 회상하는 부분이다. 여기서 인민군 대장의 발언에는 "공산주의", "계급" 등의 사회어[17]가 부각되어 있다. 하지만 인물의 의식을 경유해 제시되면서, 심문자의 질문만이 드러나 있고 초점자 '나'가 발화한 말들은 표현의 층위에서 누락되어 있다. 이처

수 있는 이점이 있다. 양자가 일치하는 초점화의 유형을 '외적 초점화(서술자-초점자)'로, 그렇지 않은 것을 '내적 초점화(인물-초점자)'로 지칭한다(Shiomith Rimomon-Kenan, 최상규 역,『소설의 시학』, 문학과 지성사, 1985, 109~128쪽 참조).
15) Mieke Bal, 한용환·강덕화 옮김,『서사란 무엇인가』, 문예출판사, 1999, 185쪽.
16) 오상원, 앞의 글.
17) 사회어(sociolecte), 혹은 집단언어는 집단의 이해관계가 언어의 층위에서 갈등·충돌하는 현상을 분석함으로써, 텍스트와 사회의 연관관계를 설명하기 위해 지마(Peter V. Zima)가 사용하는 용어이다. 예를 들어 '개인', '자유', '자치', 또는 '책임'과 같은 단어들은 자유주의적 또는 신-자유주의적 사회어의 특징이다(정수철 역,『문학의 사회비평론』, 태학사, 1996, 180~182쪽).

럼 초점자인 휴머니즘적 주체는 텍스트 전체에서 집단적 주체의 이념적 폭력성을 부각시키는 서사정보만을 과다하게 공급한다. 그리고 집단적 주체의 폭력성에 대한 정보의 과다공급(paralepsis)과는 달리, 휴머니즘적 주체의 이념적 속성에 대한 정보는 과소공급(paralipsis)되어 있다. 이렇게 초점자의 역할을 맡은 주인공은 자신의 이념적 성향에 대한 서사적 정보를 부재와 공백으로 남겨놓음으로써, 집단적 주체의 이념적 폭압성에 맞선 휴머니즘적 주체의 정체성이 텍스트에서 통일적인 이미지로 구축될 수 있는 것이다.

내적 초점화가 서사정보의 규제로 대립적 차이에 기반해서 휴머니즘적 주체와 집단적 주체(이념적 주체)의 주체성 형성을 견인하는 기능을 하고 있다면, 외적 초점화는 주체성의 형성을 보조하면서 휴머니즘적 주체에 대한 독자의 공감과 동화를 유도하는 기능을 한다. 외적 초점자는 이러한 기능의 수행을 위해서 초점대상마다 상이한 거리를 유지한다.

집단적 주체는 대부분 내적 초점자에 의해 초점화되지만, 외적 초점자가 집단적 주체를 초점대상으로 삼을 때에는 냉정하게 객관적 거리를 유지하려 한다. 객관적인 거리를 유지하고 싶어하는 외적 초점자의 의도는 인민군 대장을 서술하는 장면에 잘 나타나 있다. 이 부분에서 초점자는 "그 위엄으로 보아 대장인가 싶다."라고 하여 '……인가 싶다'는 소원화어를 사용하면서 인물과 냉정한 거리를 유지하고 싶어 하는 의도를 표현의 층위에 드러낸다. 반면 휴머니즘적 주체를 초점화하여 서술할 경우에는, 주관적 판단이 섞인 표현으로 초점자와 초점대상간의 관계를 긴밀하게 밀착시킨다.

　　걸음걸이는 그의 의지처럼 또한 정확했다. 아무리 한 걸음, 한 걸음 다가가는 걸음걸이가 죽음에 접근하여 가는 마지막 길일지라도 결코 허투른, 불안한, 절망적인 것일 수는 없었다. 흰눈, 그속

을 걷고 있다.[18]

　여기서 서술자-초점자는 초점대상인 인물을 외부로부터 지각하지만, "의지처럼 또한 정확했다"고 단정적으로 언표화하여 자신이 인물의 내적 의지에 동화되어 있음을 보여준다. 연이어 서술자-초점자는 "허투른, 불안한, 절망적인 것일 수는 없었다"라는 가치 평가적 표현에서 알 수 있듯이, 휴머니즘적 주체의 행위와 그로 인해 텍스트 속에 구축된 행동적 휴머니즘의 이데올로기에 긍정적 가치를 부여하고 있다. 또 한편으로 외적 초점자의 평가적 서술에 이어 인물의 내적 독백이 교차되는 서술방식은 인물과 서술자의 심리적 거리가 매우 근접해 있음을 나타낸다. 이처럼 상대적으로 권위 있고 중립적인 인상을 주는 외적 초점자가 인물과 융합되는 서술양태는 휴머니즘적 주체에 대한 독자의 공감을 유도함은 물론 독자의 이데올로기적 지향성을 규제하는 기능을 하게 되는 것이다.

　3) 휴머니즘의 발현과 허무의식

　텍스트에 명시적으로 제시된 표층적 이데올로기로서의 행동적 휴머니즘은, 〈집단(이념) : 개인(인간)〉의 이항대립에 근거한 자유주의 이데올로기에 기반하고 있다. 이는 자유주의 이데올로기가 표층의 이데올로기를 조정하는 심층적 이데올로기의 역할을 하고 있음을 의미한다. 따라서 표층의 서사내용에만 주목하여 텍스트를 독해한다면, 심층적 이데올로기가 생산하는 이데올로기적 효과를 간과하게 된다.

　50년대의 자유주의는 공산주의를 부정하기 위한 반공이념의 보다 적극적인 형태로서, 반공 이데올로기의 또 다른 명칭에 불과하다.[19] 그것은

---

18) 오상원, 앞의 글.
19) 시대적 변천에 따라 한국사회의 지배 이데올로기를 다음과 같이 도식화할 수 있다.

인간의 자유와 존엄성에 최고의 가치를 부여하고 전체주의적 권력이나 집단적 이념을 자신의 타자로 배제하면서, 자신에 속한 것은 선이요, 타자에게 속한 것은 악이라는 이항대립적 구도로 자신의 윤리적 정당성을 확보하려는 이데올로기이다.[20] 이에 기반해서 '집단(이념)'에 부정적 가치를 부여하고 '개인(인간)'에 긍정적 가치를 부여하면서 휴머니즘은 텍스트에서 명시적인 이데올로기로서 자신을 구축한다. 하지만 이렇게 자유주의와 동일한 가치체계를 공유하고 있는 휴머니즘의 인간성 옹호는 의도로서만 존재할 뿐, 독자에게 그것은 공산주의에 대한 대항이데올로기로 전유되어 수용될 뿐이다. 그러므로 휴머니즘은 자연스럽게 당대의 지배 이데올로기인 반공 이데올로기의 자장에 흡입되고 마는 것이다.

하지만 행동적 휴머니즘은 텍스트에서 자신의 이데올로기성을 은폐하기 위해 침묵과 부재의 전략을 구사한다. 사실 당대의 자유주의가 헤게모니적 우위를 확보하지 못한 채 이데올로기 투쟁의 한 축을 형성하고 있는 반공주의와 강력한 친화성을 내포하고 있다면, 집단적 이념에 대항

1950년대 : 반공 + 미국식 자유민주주의 이데올로기
1960년대 : 반공 + 근대화(발전) 이데올로기
1970년대 : 반공 + 발전 이데올로기 + 한국적 민주주의 이데올로기
한지수, 「지배 이데올로기와 재생산 메커니즘」, 한국정치연구회 편, 『한국정치론』, 백산서당, 1989, 206쪽.

20) 전체주의에 대한 저항과 개인적 자유의 존중을 내세운다는 점에서, 자유주의 이데올로기는 50년대의 이념적 지형 속에서 지배 이데올로기와 매우 미묘한 관계를 형성한다. 자유민주주의 이데올로기는 사회주의적 민주주의의 대항 이데올로기, 즉 반공주의의 또 다른 표현이라는 점에서 지배 이데올로기와 강력한 유대관계를 형성한다. 그런데 50년대의 지배세력은 언론과 표현의 자유, 집회와 결사의 자유를 철저하게 억압하여, 자유민주주의 이데올로기를 빈 껍데기뿐인 통치 이데올로기로 전락시키고 만다. 이러한 상황은 이념과 현실간의 괴리를 느끼게 함으로써, 4·19혁명이라는 국민적 저항을 불러일으켜 이승만 정권 전복의 동력이 되었다. 이 점에서 자유민주주의 이데올로기는 지배 이데올로기로서 기능하면서도 궁극적으로는 그에 저항하는 대항 이데올로기의 구실도 함께 하고 있다고 볼 수 있다(손호철, 「1950년대의 이데올로기: 극우, 반공 일색이었나?」, 『현대한국정치 이론과 역사』, 사회평론 1995, 160~161쪽).

하여 인간성을 옹호하는 작가적 메시지를 전달하기 위해서는 이를 강조하기 보다 은폐하는 것이 독자의 동의를 유도할 수 있는 보다 효율적인 서사전략이라고 할 수 있다. 인물-초점화로 집단적 주체의 이데올로기성에 대한 정보는 과다공급하는 대신 휴머니즘적 주체의 이데올로기성에 대한 정보는 최소화하거나 누락시켜 자신의 이념성의 흔적을 텍스트에서 지워 버리려는 전략은 이의 구체적인 실천이다. 이는 집단적 이념의 폭압성을 고발하기 위해 자신의 이데올로기성을 은폐하는 형국인데, 「유예」가 선전문학의 수준에 머물던 전후문학의 수준을 한 단계 끌어올려 놓았다는 평가를 받을 수 있었던 것도 이와 같은 은폐적 서술전략의 성공에 기인한 것이다. 또 한편으로 「유예」는 인간을 둘러싼 한계상황으로서의 '죽음'과 이를 양산하는 이념적 집단의 폭력에 대항하여 인간의 존엄성을 지키려는 인물의 행동이 부각되도록 치밀하게 서사단락을 배치하고 있다. 이렇게 은폐와 강조의 서사전략이 효율적으로 구사됨으로써, 텍스트에서 행동적 휴머니즘은 보편 타당한 가치체계로 자연스럽게 합리화된다.[21]

텍스트의 이데올로기로서 행동적 휴머니즘은 지배 이데올로기에 편입되는 부정성에도 불구하고, 동시에 부정적 현실을 넘어서고자 하는 유토피아적 비전을 담고 있다는 긍정성을 내포하고 있다. 이는 이데올로기의 매개를 거쳐 역사적 현실을 텍스트 내부에 축조하는 과정에서, 그것

---

21) 그러나 텍스트 속의 이데올로기가 아무리 자신의 이데올로기성을 은폐하려 해도, 결국 이데올로기는 그 의도와는 상관없이 자신의 정체성과 한계를 노출하기 마련이다. 왜냐하면 이데올로기는 그것이 말하는 것보다 말하지 않는 것에 의해 이데올로기와 결부되어 있고, 이 침묵과 공백은 이데올로기의 모순과 한계를 확실히 느낄 수 있는 곳이기 때문이다(Pierre Macherey, 배영달 옮김, 『문학생산 이론을 위하여』, 백의, 1994, 155~156쪽). 심문장면에서 집단적 주체의 이념적 정체성이 이데올로기어에 의해 선명하게 노출된 반면에, 그에 대한 주인공의 답변을 누락시킴으로써 휴머니즘적 주체의 이데올로기적 성격을 은폐하는 부분은 역설적이게 자신의 이데올로기성을 드러내는 결정적인 지점이기도 하다.

을 넘어서고자 하는 작가의 욕망이 스며들기 때문에 가능해지는 것이다. 외적 현실은 그대로 텍스트 내부에 반영되는 것이 아니라 이데올로기의 매개과정을 거쳐 변형·굴절되어 텍스트 내적 현실로 전이된다. 따라서 텍스트 내적 현실은 실재의 현실을 지시하는 것인 동시에 특정한 서사적 목적을 달성하기 위해 새롭게 조성된 현실이라고 할 수 있다. 이렇게 볼 때, 「유예」에서 죽음을 정점으로 설정된 극한상황은 개인을 죽음으로 몰아넣는 한국전쟁이라는 객관적 현실을 반영한 것인 동시에, 그 역사적 현실을 바라보는 텍스트 생산주체의 욕망이 개입된 현실임을 알 수 있다.

텍스트에서 극한상황에 처한 인물은 이를 회피하지 않고 당당하게 인간의 존엄성을 지키며 죽음을 맞이한다. 그러므로 휴머니즘적 주체의 '죽음'은 외부적 강제에 의한 것이라기보다는 스스로의 결단에 의한 의지의 실현이라는 긍정적 의미를 함축하면서 행동적 휴머니즘을 산출하게 된다. 이때 행동적 휴머니즘은 부정적 현실을 초월하여 보다 인간적인 삶을 희구하는 텍스트 생산주체의 유토피아적 욕망이 이데올로기적으로 발현된 것이라 할 수 있다. 즉, 행동적 휴머니즘은 근본적으로 부조리한 현실과 역사적 상처를 초월하여 보다 인간다운 삶을 향유하고자 하는 작가의 소망이 내재되어 있는 유토피아적 이데올로기인 셈이다.

그러나 부조리한 현실을 뚫고 보다 바람직한 삶의 형태를 바라는 작가의 욕망은 이데올로기적 봉합선을 뚫고 나오는 허무의식의 존재와 함께 그 한계점을 드러내고 만다. 휴머니즘이 타자와의 적대적 차이에 기초해 인간의 존엄성을 옹호하는 가치체계를 산출하고 있다면, 허무의식은 차이의 무화를 통해 일체의 가치에 어깃장을 놓는다. 이 양립 불가능한 의식의 공존은 텍스트를 가로지르는 의미 심장한 균열이자, 이데올로기의 한계를 암시하는 징표이다.

허무의식은 텍스트에서 선임하사의 발화를 통해 의미를 생성해낸다.

일본군, 팔로군, 국부군, 국군으로 인생유전을 거쳐온 선임하사는 죽음을 앞두고 "인간은 서로 죽이게끔 마련이"라고 주장한다. 선임하사의 이력과 발화는 〈집단(이념) : 개인(인간)〉의 이분법적 대립에 기초한 휴머니즘 담론을 위험에 빠뜨린다. 그의 말대로 "역사란 인간이 인간을 학살해온 기록"이라면, 가해자와 피해자의 구분은 무의미하게 되며 인간은 차이가 부재한 동질적 존재 즉, 학살의 주체로 환원되고 만다. "이분법이 그 존재 이유를 잃게 되는 의미세계에서는, 주체성의 토대가 흔들리게 된다."[22] 따라서 이분법의 와해는 부정되어야 할 악인 집단적 주체와의 적대적 차이에 의해 자신의 주체성을 부여받는 휴머니즘적 주체의 통일된 주체성을 무너뜨린다.

> 누가 죽었건 지나가고 나면 아무것도 아니다. 모두 평범한 일인 것이다. 의식이 점점 그로부터 어두워 갔다. 흰눈 위다. 햇볕이 따스히 눈 위에 부서진다.[23]

위의 인용문은 텍스트의 말미를 장식하고 있는 부분이다. 텍스트의 잉여물이라고 할 수 있는 이 부분은, 인물의 죽음에 의해 휴머니즘의 의미화가 완결된 뒤에도 그에 포섭되지 않고 그 이데올로기적 한계를 암시하고 있다.[24] 선임하사의 허무의식은 휴머니즘적 주체에게 전이되어, 그는 "아무것도 아니다"는 발화로 자신이 지향하는 가치를 무화시키고 있다. 따라서 그의 발화는 통일적이고 일관된 이데올로기의 형성을

---

22) Peter V. Zimer, 정수철 역, 『문학의 사회비평론』, 태학사, 1996, 216쪽.
23) 오상원, 앞의 글.
24) 흔히 오상원 소설의 행동주의적 경향은 무의미한 존재에의 저항과 초월, 허무의지에 의한 선택과 결단이라는 행동양식에 기인한다고 해석된다.(장윤수, 「6·25, 그 문학적 대응의 한 양상- 오상원론」, 송하춘·이남호 편, 앞의 책, 171쪽) 하지만 이러한 해석은 행동주의와 허무주의 사이에 가로놓인 모순성과 양가성을 설명하지 못하는 한계를 안고 있다.

방해하면서 가치 부재의 허무의식을 드러낸다. 결국 양립 불가능한 요소의 공존은 휴머니즘의 이데올로기적 한계를 드러내면서, 작가의 욕망에서 파생된 이데올로기로 전유할 수 없는 현실의 모순을 증거하고 있는 것이다.

2. 원점 회귀적 구조와 반응적 휴머니즘 : 「불꽃」

1) 원점회귀적 서사구조와 휴머니즘의 자각

「불꽃」은 현재의 서사축인 외서사(外敍事)와 과거의 서사축인 내서사(內敍事)가 결합하여 단일한 서사 텍스트를 형성한다. 즉, 동굴을 주무대로 현재의 이야기가 펼쳐지는 외서사, 그리고 3·1운동으로부터 시작하여 고현이 동굴로 오기까지의 과거 이야기와 그에 대한 회상적 평가가 결합된 내서사 단락이 상호 결합하여 단일한 텍스트를 형성하고 있는 것이다. 이때 내서사는 외서사의 인과적 필연성을 확보하여, 그것이 품고 있는 핵심적 의미망의 표출을 가능하게 하는 중요한 역할을 수행한다. 따라서 「불꽃」을 언급할 때마다 줄곧 지적되어온 1부와 2부의 양적 불균형성은, 내서사와 외서사의 결합을 통해 텍스트의 주제를 무리 없이 설득하려는 서사적 배치과정에서 발생한 불가피한 서사의 균형 상실이라 할 수 있다. 다시 말해 「불꽃」이 지닌 서사의 불균형이라는 형식적 단점이 의미의 층위에서 주제를 강렬하게 부각시키는 데에는 오히려 효과적인 기능을 수행하고 있다고 판단된다.

일반적으로 평자들은 외서사에서 강렬하게 분출된 주제의식에만 집착하여 이 텍스트가 '행동적 휴머니즘'을 형상화하고 있다고 평가한다.

그러나 이와 같은 평가는 서사의 구조적 불균형 현상을 간과한다는 점에서 그리 적절한 설명이 될 수 없을 듯 싶다. 그러므로 여기에서는 우선 서사구조와 연관하여 전체 텍스트의 통일적 의미망의 형성과정을 면밀하게 점검함으로써, 「불꽃」에 대한 기왕의 평가를 새롭게 점검해 보도록 하겠다. 이를 위해서는 긴 시간 속에서 전개되는 전체 서사내용을 텍스트에 제시된 순서대로 재구성해서 이해할 필요가 있다.

① 고현이 인민재판장에서 소동을 일으키고 동굴로 피신하여 과거의 일을 회상한다

② 3·1운동이 일어나자 고노인은 이를 백안시하지만, 그의 아들은 이를 주동하다가 총을 맞고 부엉산 동굴에서 사망한다

③ 어머니는 유복자로 태어난 고현을 헌신적으로 양육하고, 고노인은 고현의 경솔한 행동을 경계한다

④ 학교를 마친 고현이 고향에 머물고 싶어 하지만, 어머니의 권유에 의해 일본유학을 떠나게 된다

⑤ 일본의 제국주의 침략을 합리화하는 다카다 교수의 발언에 이의를 제기한 고현은 금방 후회와 환멸에 사로잡힌다

⑥ 징용을 당한 현은 부대를 탈출해서 연안까지 가게 되지만, 그곳의 상황에 환멸을 느끼고 다시 남만주로 떠난다

⑦ 국내로 들어와 교편을 잡은 고현은 정치대립의 장이 되어버린 학교에도 실망을 한다

⑧ 교장의 야비한 대응에 문제를 제기한 후 교직을 그만 둔다

⑨ 인민재판장에서 연호가 조선생의 부친을 처형하려 하자, 보안서원의 소총을 빼앗아 달아난다

⑩ 동굴에서 현은 자신의 과거를 반성적으로 되돌아본다

⑪ 고노인을 앞세우고 동굴로 들이닥친 연호를 죽인 현은 '조용한 인간들의 세계'를 지키겠다는 의지를 강렬하게 피력한다

위에서 정리한 서사의 전개과정을 살펴보면, 「불꽃」은 현재시점인 ①에서 서사를 시작하여, ②부터 ⑨까지 과거의 이야기를 소급제시하는 단락을 거쳐, ⑩과 ⑪에서 현재의 축으로 회귀하는 원점회귀적 서사구조를 취하고 있음을 알 수 있다. 특이한 것은 ⑩단락이 내서사에 속하면서도 현재의 시점으로 설정되어, 내서사와 외서사를 중개하는 매개단락의 구실을 한다는 것이다. 즉 ⑩단락은 과거의 행적을 반성적으로 고구하게 함으로써, 고현이 내면의 변화와 더불어 ⑪단락에서 텍스트의 주제와 맞닿아 있는 행동에의 의지를 자연스럽게 표출케 하는 중요한 기능을 담당하고 있는 것이다.

원점회귀적 서사구조는 인과적 타당성을 확보함으로써 텍스트가 제시하고자 하는 핵심적 의미망을 효과적으로 견인하고자 하는 의도 하에 채택된 형식이다. 즉, 원점회귀적 구조는 과거의 회상과 자기 반성의 과정을 거쳐, 인간다운 세계를 추구하는 인물의 행동의지를 강렬하게 드러내기 위해 채택된 텍스트의 형식적 자질인 것이다. 따라서 내서사와 외서사의 교묘한 연계과정을 간과하고 원점회귀적 구조가 두드러지게 부각시킬 수밖에 없는 행동에의 의지에만 현혹된다면, 거기에 담겨 있는 내적 모순과 이데올로기적 함의를 놓치게 된다. 따라서 텍스트가 원점회귀적 서사구조의 틀 내부에 각각의 구성 요소를 배치하여 통일적 의미를 축조해 나가는 과정을 면밀하게 탐색해 볼 필요가 있다.

「불꽃」은 텍스트의 서두에 해당하는 외서사에 ①부분을 배치하여, 처음부터 전체 텍스트의 가치체계를 일정한 방향으로 규제한다.

산과 산. 또 산. 이어간 산줄기와 구비치는 골짜구니. 영겁의 정적. 멀리서 보면 북에서 남으로 흐르는 이 골짜구니가 마치 푸른 모포를 드리운 것같이 부드러운 빛깔로 보였다.(...중략...)

그곳, 검푸르게 우거진 솔밭가운데 현의 증조부의 산소가 보였고, 거기서 눈길을 북으로 돌리면, 보이지 않는 오욕(汚辱)의 날(刀)이 영겁의 산줄기를 끊어놓고 있었다. 아니 지금은 그 흔적뿐. 포성과 함께 피를 품고 남쪽으로 옮겨간 오욕의 날. 오욕, 인간이 땅과 인간에 가한 오욕.[25)]

이 인용문은 고현이 자리하고 있는 동굴을 중심으로 지리적 배경을 서술하고 있는 부분이다. 위 글에서 객관적인 배경묘사로 시작하여 점차 노골적으로 주관적인 가치,평가를 드러내는 서술의 변화과정이 눈에 띈다. 이 부분의 중요성은 텍스트의 핵심적 의미체계를 일정하게 제어하는 구실을 한다는 데 있다. 여기서 "영겁의 정적"을 깨뜨리고 북에서 남으로 옮겨간 "인간이 땅과 인간에 가한 오욕"이 무엇인지는 내서사가 종결되기 이전까지는 명확하게 밝혀지지 않지만, 이를 통해 앞으로 펼쳐질 서사의 내용과 그것을 둘러싼 의미체계의 향방을 대략적으로 감지할 수 있다. 다시 말해 앞으로의 서사적 전개과정은 구체적인 사건들의 연쇄를 통해 모호하게 제시된 "보이지 않는 오욕"을 구체적으로 드러내면서 중심적 의미체계를 형성해 갈 것이라고 예상할 수 있는 것이다.

'오욕'이 구체적으로 무엇을 지칭하는가를 알기 위해, 내서사를 식민지 시대와 해방 후부터 한국전쟁에 걸친 시기로 분절하여 각 서사단락의 핵심적 내용을 재정리해보면, 그것은 〈② 3·1운동과 아버지의 죽음 - ③ 아이들과의 싸움과 할아버지의 질책 - ④ 어머니와 함께 한 고향에서

---

25) 선우휘, 「불꽃」, 『문학예술』, 1957. 7, 26~27쪽.

의 생활과 유학 - ⑤ 제국주의의 합리화에 대한 저항과 환멸〉과, 〈⑥ 일본군에 대한 환멸로 인한 탈영과 연안에서의 환멸 - ⑦ 교직생활과 정치투쟁에 대한 환멸 - ⑧ 교장에 대한 반항과 환멸 - ⑨ 인민재판정에서의 분노의 폭발 ⑩ 지난날의 삶에 대한 반추〉로 양분된다. 이러한 서사 내용으로 볼 때, 오욕이 암울한 시대적 상황에 의해 배태된 것임을 쉽게 눈치챌 수 있다. 단지 문제로 남는 것은 그 오욕이 식민통치에서 비롯된 것인지, 아니면 해방 후 이념의 대립과 전쟁에 연원하는지를 판별해 내는 것이다.

만약 그 오욕이 식민통치에서 비롯된 것이라면, 내서사의 시작 부분인 ②는 억압적 식민통치에 대한 전 민족적 항거인 3·1운동을 중심으로 일제와 한민족의 대립을 비중 있게 다루게 될 것이다. 하지만 이 부분은 오히려 만세운동을 주도하는 아버지와 그에 대해 비판적으로 대응하는 할아버지의 대립에 초점이 맞추어져 있다. 그들의 대립은 민족의 독립이라는 대의(大義)를 앞세우는 가치관과 가족의 안위를 중시하는 이기적 가족주의의 충돌에 다름 아니다. 고노인은 만세운동에 앞장 선 아들을 발견하자, "집안이 망했구나!"라는 외침을 통해 가족 우선의 가치관을 분명하게 드러낸다. 심지어 그는 일경의 추격을 피해 자신의 가게로 들어온 사람을 사지로 내몰기까지 한다. 이러한 서사내용을 볼 때, 서사가 전개되어 갈수록 텍스트에서 고노인의 이기적 가족주의는 분명히 부정적인 가치를 함축하게 될 것이라고 예상할 수 있다. 그런데 ③서사단락의 존재와 함께 예상과 달리, 고노인의 이기적 가족주의 가치관은 부정적인 가치를 함축하기는커녕 오히려 텍스트 내부에서 필연적인 정당성을 확보해 나가게 된다.

『그러나 아버지는 훌륭한 일을 하시고 돌아가신 것이라고 저번에 선생님도 말씀하시던데요.』

고노인이 버럭 화를 내고 소리를 질렀다. 성성한 흰 수염이 떨렸다.

『어떤 놈이 그런 소릴 하던. 훌륭한 일을 했구나, 애비 두고 죽은 불효가 훌륭하다든, 네 어미를 청상과부 만든 것이 훌륭하다든』

(...중략...)

『..............』

『네 애비가 살아 있었으면 네 어민들 무슨 고생을 그리하겠느냐. 나는 네 어미 볼 때마다 죽은 네 애비가 고얀 생각이 들드구나.』

고노인의 음성이 차차 젖어들었다.

『네 애비가 살아 있었다면 이 늙은것두 오죽이나 편하겠니, 요즘은 도무지 습증때문에 요동을 할 수가 없으니 말이다."

잠시 입을 다물었던 고노인은 이마의 땀을 훔치고 다시 노기 띤 소리를 질렀다.[26]

민족의 독립은 누구나 동의할 수밖에 없는 보편적 설득력을 지닌 당위적 명제다. 그러므로 텍스트의 수용자는 민족보다 개인이나 가족을 우선시하는 인물에게 비판적인 시선을 거두기 어렵다. 하지만 고노인은 서술자의 매개를 거치지 않은 직접적인 발화로 민족을 위한 희생행위에 대해 "가혹한 평가"를 하면서 당당하게 자신을 변호한다. 그럼에도 고노인의 자기 변호가 단호히 뿌리칠 수 없는 진한 호소력을 지니고 있다면, 그것은 그가 고현의 어머니에 기대어 자신의 가족 제일주의적 가치관을 피력하고 있기 때문이다.

아버지의 부재는 고현의 어머니에게 감당하기 힘든 삶의 무게와 고통을 가져온다. 그럼에도 그녀는 남편에 대해 어떤 원망도 품지 않고 묵묵히 인내하며 헌신적 사랑으로 고현을 양육한다. 고노인이 이러한 그녀를

---

26) 위의 책, 33~34쪽.

내세워 자신의 견해를 피력할 때, 아무리 민족의 독립이 거부할 수 없는 당위적인 명제라 할지라도 이를 전적으로 무시하기란 쉽지 않다. 더욱이 이미 그는 앞 단락에서 "왈칵 목에서 피를 토하고 거꾸러지"며, 아들의 죽음에 대해 그녀보다 큰 충격과 슬픔을 드러낸 바 있다. 따라서 아들에 대한 고노인의 비판적 발화는 서사에서 독립운동 자체에 대한 힐난이 아니라, 아들의 죽음이 초래한 부정적 영향에 대한 역설적 반응이라는 의미를 함축하게 된다. 이와 더불어 고노인은 환란(患亂)의 시대에 가족의 안위를 확보하기 위해 고군분투하는 헌신적 아버지처럼 인식되기까지 한다. 이렇게 텍스트는 민족의 독립 못지 않게 가족의 안위가 모든 사회 구성원이 중요하게 인정하는 공준된 가치항목이라는 데에 착안하여, 고현의 어머니를 표나게 내세움으로써 고노인의 가족주의에 자기 정당성을 부여하면서 부정적인 가치의 함축을 방지한다.

만약 텍스트가 '오욕'이 일제의 폭압적인 식민통치에 연원하고 있다고 상정하고 있다면, 분명 서사의 의미체계는 오욕에 대한 저항으로서의 민족 해방운동에 긍정적 가치를 부여하면서 고노인의 이기적 가족주의에 부정적 가치를 부여하게 될 것이다. 하지만 텍스트는 고노인의 이기적 가족주의에 면죄부를 주는 동시에, 대립적인 두 가치관 사이에서 유보적인 입장을 취함으로써, 결과적으로 오욕이 일제의 식민통치에서 기원하는 것이 아님을 보여주고 있다. 오욕이 식민지 시대와 무관함은 일본 유학중인 고현이 고향의 산천을 그리워하는 장면에서 명백히 드러난다. 그가 동경(東京)에서 그리는 고향산천은 "봄철에 피는 부엉산의 진달래꽃. 내려다 보이는 푸른 골짜구니. 여름이면 그 숲속에 열리는 산딸기. 목마르면 떠마신 차디찬 냇물. 선산의 잔디" 등 평화로운 이미지로 채색되어, "오욕(汚辱)의 날(刀)이 영겁의 산줄기를 끊어 놓"기 이전의 모습을 그대로 간직하고 있다.

오욕이 식민지 시대와 직접적인 연관이 없다면, 당연히 그것은 해방 이후부터 한국전쟁에 이르기까지의 시기와 관련이 있을 것이라 단정할 수 있다. 그런데 이 시기를 시간적 배경으로 하고 있는 내서사의 단락들에는 유난히 환멸의 감정이 빈번하게 표출되어 있는 점이 주목된다. 이 환멸은 식민지 시기를 배경으로 하고 있는 내서사 단락에도 표출되는 현상이다. 상이한 시간적 배경에도 불구하고 두 부분이 유기적인 서사의 전개 속에서 의미론적 일관성을 확보할 수 있는 결정적인 요인은 바로 이 '환멸'이라는 의미항의 존재 때문이다. 그 환멸은 외부의 타인에 대한 혐오적 반응으로 촉발되어진 것과 고현 자신의 행위에 대한 자책의 결과로 일어난 것으로 양분된다. 하지만 그 모두가 자기 도취와 허영에 취해 거창한 대의명분을 내세우는 현상과 부딪칠 때마다 느끼는 감정이라는 점에서 동질적인 감정의 분출로 파악할 수 있다.

> 더욱 현의 비위가 상한 것은 교수의 고고한 것 같은 표정과 강의답지 않은 웅변에서 누구도 원치않은데 스스로 나서서 결과적으로 남을 괴롭히는 선민의식과 값싼 영웅주의적 감상 그리고 자기기만을 발견한 것이다. 현은 어느덧 자기 손이 들려진 것을 깨달았다. 교수는 유창한 자기 강의에 취하고 있다가 얘기를 멈추고 불쾌한 얼굴을 했다.(...중략...)
> 현은 자리에 앉으며 벌써 자기의 행동을 후회하고 있었다. 교수가 불쾌히 생각한다는 것은 문제가 아니었다. 공연히 충돌을 받고 발끈하고 일어선 자기의 멋이 싫어졌던 것이다. 십억 아시아 민족의 청탁이나 받은 듯이 스스로 일어서서 항의한 것이 싫어졌다. 그래서 어쩌자는 것이었던가?[27]

이 인용문에는 제국주의를 합리화하는 교수에 대한 환멸이 고현 자신

---

27) 위의 책, 40~41쪽.

의 저항적 행위에 대한 환멸로 전이되는 과정을 잘 보여주고 있다. 그 환멸의 전이과정은 타인의 행위에 대한 비판적 시선이 자신에 대한 자책으로 전환되는 과정에 다름 아니다. 여기서 교수의 발언에 의해 촉발된 환멸은 거창한 대의명분의 이면에 감추어져 있는 부정적 속성에 대한 비판의 의미를 함축한다. "선민의식", "영웅주의적 감상", "자기기만" 등의 어휘들은 대의명분의 이면에 드리워져 있는 부정성을 폭로하기 위해 동원된 어휘들이다. 그런데 문제는 대의명분을 표나게 내세우며 타인을 억압하는 행위에 대한 항의조차도 타인의 "청탁"을 빌미 삼은 또 하나의 자기 기만적 "멋"으로 인식된다는 점이다. 따라서 화해할 수 없는 적대적 대립을 형성하고 있음에도 불구하고, 두 행위는 그 차별적 가치를 상실한 채 문맥상에서 동질적 의미를 함축하게 된다.28)

⑥ - ⑦ - ⑧의 서사단락이 배치되면서, 텍스트에서 환멸의 감정이 표나게 전경화된다. 이들 서사단락의 연속적 배치를 통한 환멸의 점층적 강조는, 내서사의 초점이 일본의 제국주의보다는 공산주의라는 대의명분의 비판에 초점이 맞추어져 있음을 뜻하는 것이다. 텍스트는 공산주의라는 거창한 대의명분의 이면에 "남을 억압하려는 포악성, 착취하려는 비정, 남보다도 뛰어났다는 교만, 스스로 나서려는 값싼 영웅주의적 참견, 남을 죽일 수도 살릴 수도 있다는 무엄"을 내재하고 있다는 점에서, 제국주의와 동일한 이념이라고 상정하고 그에 대해 짙은 환멸감을 표시한다. 이처럼 반복적으로 환멸을 전경화하는 서사적 배치는 공산주의의

---

28) 본래 이데올로기는 의미론적인 이분법과 이에 상응하는 서술 구도에 의해 지배되는 술화체계로서, 이러한 이데올로기의 진술주체는 자신의 술화를 유일한 진리로 내세운다(Peter V. Zima, 허창운·김태환 옮김, 『이데올로기와 이론- 비판적 인문사회과학을 위하여』, 문학과 지성사, 1996, 93쪽). 그런데 ③과 ⑤단락은 명확한 가치의 함축을 유보하거나 적대적 대립을 무화시킴으로써, 역사적 당위와 그 명분의 정당성 같은 옳고 그름에 대한 판단이 전혀 개입될 여지를 남기지 않는다. 이는 「불꽃」이 제국주의에 대한 가치 평가에는 무관심한 채, 오직 그 이데올로기성을 공산주의와의 대립과 충돌을 통해 구축하고 있다는 것을 단적으로 확증시켜 준다.

부정성을 부각시킴으로써, 자연스럽게 휴머니즘의 정당성을 확보하려는 서사적 의도와 밀접한 관련이 있다.

한편 공산주의라는 대의명분에 초점을 맞추어 환멸을 전경화하는 내 서사의 전개과정은, 텍스트의 서두에서 진술된 "인간이 땅과 인간에 가한 오욕"을 제시하려는 서사적 의도와도 밀접한 연관이 있다. '환멸'이 스스로를 기만하고 타인의 희생을 강요하는 억압적 상황에 대한 개인적 감정적 차원의 반발이라면, '오욕'은 오도된 대의명분이 낳은 인간성 유린의 비극적 상황을 사회적 역사적 차원에서 평가하는 언표이다. 물론 그 오욕이 구체적으로 무엇을 지칭하는가는 ⑨단락에 이르러서야 비로소 명확히 밝혀진다.

> 연호가 떠난 뒤 현은 마루에 앉아 혼자 시름에 잠겼다. 뉘우칠 것은 없었다. 얘기를 하지 않고는 견디지 못한 마음 가운데의 그 무엇.
> 망연히 꽃밭을 바라보았다. 며칠 동안 느끼지 못한 꽃들의 개성이 드러나 있었다.──── 인간은 꽃에다 여러 가지 뜻을 붙인다. 정열, 불안, 비애, 고결, 죄악, 분노, 모호, 온순, 광약(狂躍), 그러나 꽃은 그저 아름다울 뿐인데. 때가 오면 피고 때가 가면 말없이 지고. 그런데 인간은 꽃에다 제멋대로의 의미를 붙인다. 뿐더러 인간 자신의 색깔로 갈라놓고 편과 편을 만들어 서로의 가슴에 칼날을 겨눈다![29]

위의 인용문은 인민군과 함께 P마을에 들어온 연호와 논쟁을 벌인 후, 고현이 꽃밭을 바라보며 상념에 잠기는 장면이다. 「불꽃」은 텍스트 내적 상황을 미리 자연적 대상의 변모와 결부시켜 암시적으로 드러내곤 한다. ⑨단락에서도 오욕의 전조를 먼저 자연적 정경의 서술로써 암시적

---

[29] 선우휘, 앞의 책, 60쪽.

으로 드러낸다. 즉 인민군의 등장을 "하늘도 산도 들도 눈에 띠이는 모든 것, 꽃을 보아도 회색이었다"는 구절과 연계시킴으로써, 텍스트는 공산주의에 의해 오욕의 역사가 빚어진 것임을 암시적으로 예시한다. 그리고 위의 인용문에서는 꽃에 대한 비유적 서술을 통해, 인간의 삶을 인위적으로 규정하는 억압적 이념의 폭력성을 함축적으로 비판하고 있다. 여기서 "서로의 가슴에 겨눈 칼날"은 서두에서 언급된 "오욕(汚辱)의 날(刀)"과 정확히 대응한다. 이렇게 텍스트는 자연적 정경에 의탁한 비유적 서술이 문맥상 함축적 의미를 내포하게 함으로써, 오욕이 공산주의라는 대의명분에 의해 발생한 역사적 비극임을 확연히 드러낸다. 그리고 드디어 인민재판장의 전경을 보여줌으로써, 텍스트는 공산주의 이념이 인간에게 가한 오욕이 무엇인가를 구체적으로 폭로한다.

> 첫째번의 희생자 국민회 회장이 언도를 받자 군중의 까닭 모를
> 아우성과 함께 집행자들의 손에 쥐어졌던 굵다란 곤봉이 얼굴이
> 거의 흙빛이 된 반백의 머리 위에 쏟아졌다. 뼈가 부서지는 소리,
> 살이 떨어져 나가는 무딘 소리.30)

이 인용문에 담겨 있는 인민재판장의 전경은, 이념을 앞세운 채 집단적 광기에 차서 폭압적으로 무력한 인간을 단죄하는 대의명분의 부정성을 적나라하게 노출한다. 이처럼 ⑨단락은 텍스트의 서두에서 말하는 "인간이 인간에게 가한 보이지 않는 오욕"이 무엇인지를 상징적 차원을 넘어, 구체적인 역사적 정황의 제시를 통해 보여준다. 이와 함께 외서사의 서두에서 상징적으로 모호하게 제시된 오욕의 의미가 텍스트에서 명확하게 확정한다. 결국 여기서 오욕이라는 의미항을 중심으로 일관되게 내서사가 축조되

---

30) 위의 책, 62쪽.

어 있음을 알 수 있다. 즉, 오욕이 무엇이고 그것을 불러일으키는 근원이 무엇인가를 제시하려는 목적 아래 내서사가 구성되어 있는 것이다.

결국 텍스트는 인간성을 유린하는 오욕과 그에 반발하는 고현의 충동적 저항을 담고 있는 ⑨단락을 거쳐, 지금까지의 서사내용을 반성적으로 수렴하는 내외서사의 매개고리인 ⑩단락에서 내서사를 완결지음으로써 휴머니즘의 단초를 마련한다. 그리고 그 인과적 도달점인 외서사 ⑪단위에 이르러 궁극적인 전달 목표인 오욕에 맞선 행동에의 의지를 확고하게 구축하게 된다. 이를 통해, 원점회귀적 구조가 내서사를 발판으로 인간성을 유린하는 이념에 정면으로 맞서려는 행동의지를, 인과적 관계의 구도 속에서 효율적으로 견인하는 안전판 구실을 하고 있음을 알 수 있다. 따라서 내서사와 외서사의 연계과정을 간과한 채, 그 인과적 결과인 행동에의 의지에만 집중하게 되면, 그 맥락에 상관없이 텍스트의 전체적 의미 체계를 파악하는 우를 범하게 되는 것이다.

> 분명한 한가지는 외면하거나 도피하지는 않을 것이다. 외면하지 않고 어떻든 정면으로 대하자.
> 도피할 수가 없도록 절박된 이 처지. 정면으로 대하도록 기어코 상황은 바싹 내 앞으로 다가온 것이다.
> 이미 꽃밭의 시대는 끝난 것이다.
> 살아서 먼저 청부업자들을 거부하자. 떠들어대어야 인생은 더욱 무의미할 뿐이라는 것을 뼈저리도록 아르켜 주자. 꺼리고 비웃는데 그치지 말고 정면으로 알몸으로 던져 거부하자. 나 같은 처지의, 아니 나 이상의 경우의 무수한 인간들.[31]

이 인용문은 원점회귀적 구조 속에 내서사와 외서사가 유기적인 전개

---

31) 위의 책, 69~70쪽.

과정을 거쳐 최종적으로 부각시키고자 하는 의미의 종결점이자, 「불꽃」의 궁극적인 주제 해석의 근거가 되는 부분이다. 대부분의 해석자들은 내서사와의 구조적 연계성을 도외시한 채, 이 부분에서 보여지는 "외면하거나 도피하지" 않고 상황을 정면으로 맞서려는 행동의 의지에만 초점을 맞추면서, 이 텍스트를 행동적 휴머니즘으로 정의한다. 그러나 텍스트 전체의 유기적 맥락을 고려하면, 그 정의가 과연 텍스트에서 형상화된 행위의 성격을 잘 드러내고 있는가 하는 의문이 제기될 수밖에 없다.

전체 서사에서 고현의 저항적 행위를 추출하면, 〈일인교수에 대한 반발 - 일본군에서의 탈주 - 학교장에 대한 항의 - 인민재판장에서의 저항〉을 거론할 수 있다. 이들 사건은 공통적으로 '저항'의 의미소를 담고 있다. 그러나 이들 행위 모두가 주체적 결단의 소산이라기보다는 긴박한 정황에 휩쓸려 들었을 때 즉자적으로 감행되어지는 행위라는 측면에서, 수동적 반응의 결과로 파악되어질 수밖에 없다. 그것이 회피할 수 없는 상황에 직면에서 촉발된 즉흥적인 반응이라는 것은 위의 인용문에서 볼 수 있는 것처럼, "도피할 수가 없도록 절박된 이 처지. 정면으로 대하도록 기어이 상황은 바짝 내 앞으로 다가온 것이"라는 최후의 상황인식이 행동에의 의지로 전화되고 있는 것에서 쉽게 간파할 수 있다.

또 그것이 수동적 반응의 소산이라는 것은 저항의 행위를 표현할 때, "어느덧 자기 손이 들려진 것을 깨달았다"든가, "저도 모르게 불쑥 일어섰다"는 등, 스스로가 행동의 능동적 주체가 되지 못하고 오히려 행위에 이끌려 가는 피동적 주체로 서술되고 있는 점에서도 확인할 수 있다. 이처럼 고현의 행위를 추동하는 근원이 회피할 수 없는 상황에 직면해서 빌현되는 수동적이고 맹목적인 저항의 의지라는 점에서, 그것은 문맥상 적극적이고 능동적인 의미의 계열을 생산하지는 못한다. 이것은 행동적 휴머니즘이 반드시 주체적 결단에 의한 적극적이고 능동적인 저항행위를 수반해야 함을 고려할 때, 그 용어가 텍스트에 담긴 일련의 저항적 행위양상에 담긴 의미를 제대로 포착해 내지 못한다는 것을 의미한다. 차라리 그 행위는 회피 불가능한 상황에 처한 주체가 인간 억압에 대해 즉자적으로 반응한 결과라는 점에서, '반응적 휴머니즘'이라는 용어가 일련의 저항적 행위에 담긴 본질적 의미를 보다 잘 설명해 주는 용어가 될 수 있다.[32]

2) 이기적 행위주체와 윤리적 행위주체

「불꽃」은 과거의 이야기를 중심으로 하는 내서사가 현재의 이야기축인 외서사 속에 삽입되어 단일한 텍스트를 구성하는 방식을 취하고 있다. 즉, 내서사에서 인물의 상태변화를 야기하는 핵심적 사건을 배열하고, 외서사에서는 인물의 변화된 상태를 통해 주제를 효과적으로 견인해 내는 방식으로 이루어진 텍스트인 것이다. 따라서 전체 텍스트의 통일적인 주제망을 보다 깊이 있게 이해하기 위해서는, 서사의 중심주체인 고현의 정체성의 변모과정을 세밀하게 살펴 볼 필요가 있다. 이때 유의할 것은 핵심적인 행위와 인식의 주체는 고현이지만, 그의 주체성은 그것의 형성과 변모에 관여하는 다른 인물들과의 연관 속에서만 올바르게 해명될 수 있다는 점이다.

먼저 고현의 정체성을 해명하는 데 있어 중요하게 부각되는 인물은 아버지와 할아버지다. 아버지는 민족의 독립이라는 대의명분을 위해 자신을 바친 인물이라는 점에서, 타자 지향적 주체라고 정의할 수 있다. 이에 비해 고노인은 오직 이기적 보존욕에만 사로잡혀 있는 자기 지향적

---

32) 이와 관련하여, 선우휘가 그다지 행동주의적인 작가가 아니라 오히려 과감하게 자신을 역사의 격랑에 내던지는 혁명가에 대해서 '행동콤플렉스'를 지니고 있었으며, 그에 응전하지 못하는 자신의 초라함이 좌익혐오증으로 연결되었다는 지적 (김진기, 앞의 책, 378~403쪽)은 매우 타당한 견해라 판단된다.

주체이다.

> 『사람은 순리대로 해야 하느니라. 나라 빼낀것이 좋을 리야 있
> 으랴만 종자가 원래 제 구실 못 하는 말종이니 말이다. 그리구 언
> 제는 나라가 사람 살렸다던, 그저 세상 형편에 따라 제 주먹으로
> 제 일 처리를 해야지. 믿을것은 자기밖에 없느니라. 딴 녀석을 위
> 해 손가락 하나 까딱거릴 것도 없고, 손톱만큼이라도 남의 도움을
> 바랄것도 없어. 제몫으로 제 살림을 해야지.』[33]

고노인의 직접적인 발화의 내용에 의하면, "벼슬하는 놈들만 버티고
앉아서 백성들 것 모조리 훑어가기질이나 하구, 안 내면 잡아다 볼기나
치구"하기에 '나라'는 하등의 쓸모가 없는 존재다. 따라서 "믿을 것은
자기밖에 없"으며, 타인과는 별개로 순리대로 "세상 형편에 따라 제 주먹
으로 제 일을 처리해야"한다는 가치관을 내세운다. 이때 그가 말하는
순리에 따른 행동은 오직 자기 보존욕과 자기 필요에 따라 현실적 질서와
충돌하지 않고 자신을 그에 순응시키면서 안전을 도모하는 행위를 뜻한
다. 이처럼 고노인은 '자기'에 긍정적인 가치를 부여하고 '민족'에 부정적
인 가치를 부여하기에, 자신을 희생하면서까지 '민족'에 절대적 가치를
투여한 아들과는 화해할 수 없는 대립적 관계에 놓여 있을 수밖에 없다.
그러나 서사에서 고노인의 이기적 개인주의는 '나'보다 '가족'이라는
보편적 설득력을 지닌 집단을 내세우며 자기 논리를 전개해 나가기 때문
에, 그것이 텍스트 수용주체에게 부정적인 가치로만 받아들여지지 않는
다. 원래 국가나 정부의 기능이 쇠퇴하여 생활적 위기가 닥칠 때의 첫
번째 도피처가 바로 가족이라고 한다.[34] 식민지 치하로부터 해방되어

---

33) 선우휘, 앞의 책, 54쪽.
34) Ch. Lasch, *Heaven in a Heartless World*; M. Barrett · M. McIntosh, 김혜경 역, 『가족은
반사회적인가?』, 여성사, 1994, 138~146쪽 재인용.

동족상잔의 전쟁을 거치기까지, 당대의 역사적 현실은 혼돈과 질곡으로 점철되어 있었다. 따라서 그러한 시대를 살아가는 개인이 오직 혈연적 집단을 믿고 의지하는 것도 전혀 이상할 것은 없다. 그런 측면에서, 고노인의 이기적 개인주의에는 지배권력에 착취와 억압만 당해야 했던 당대 사회 구성원의 피해의식과 자기 보존본능이 반영되어 있다고 할 수 있다.

고현은 자기와 가족의 안위만을 우선시하는 고노인의 이기적 개인주의와 민족공동체를 위해 자기 희생도 서슴지 않는 아버지의 현실 저항주의를 동시에 수용하면서 자신의 정체성을 형성해 나간다.

> 그러나 현은 할아버지의 얘기를 그처럼 가혹한 것이기만 하다고 생각하지 않았다. 물론 그렇다고 부친의 죽음을 할아버지처럼 생각할 수는 없었다.
> 오직 그때 부친이 그렇게 하지 않고는 견디지 못한 어쩔 수 없었던 마음 가운데의 그 무엇, 빈손으로 의젓이 죽음과 대결하고 생명을 태웠던 그 무엇에 대한 모색과 두려움이 첫술에 타는 가슴속에 사납게 회호리치고 있었다.[35]

위의 인용문은 고현이 만세운동에 참가했다가 죽음을 당한 부친의 행위를 이기적 개인주의의 입장에서 비난한 고노인의 발언에 대해 생각하는 장면이다. 고노인의 이기적 개인주의는 현실과의 충돌을 회피하는 현실 순응의 처세술을 필요로 한다. 고현은 고노인의 이러한 현실 순응의 태도를 수긍하면서도, 아버지의 현실 저항적 태도를 부정하지 않는다. 그러나 "모색과 두려움"이라는 상이한 어휘의 결합이 말해주듯이, 그는 아버지의 삶의 태도를 긍정적으로 지향하려 함과 동시에 그에 대해 머뭇거림의 태도를 나타낸다. 결국 양립 불가능한 가치체계가 고현의 내부에 공존하고

---

35) 선우휘, 앞의 책, 54쪽.

있는 것인데, 서사에서 주도적으로 고현의 행위를 추동하는 것은 현실 순응적 태도이며 현실 저항적 태도는 내면으로 가라앉아 있게 된다.

고현이 현실 순응적 태도를 취하게 되는 결정적인 계기는 할아버지와 관련된 어린 시절의 외상(trauma)에 기인한다. 어렸을 적, 그는 할아버지를 향한 모욕에 분연히 대항한 후 "공명과 찬사"를 기대하지만 오히려 그에게 돌아온 것은 할아버지의 꾸중에 따른 "의혹과 환멸의 감정"뿐이다. 이 기대와 배반의 경험은 고현으로 하여금 피동성과 체념을 내면화하는 결정적인 계기로 작용하게 된다. 즉 그것은 고현에게 지울 수 없는 내적 상처를 안기고, 이후 외적 상황에 대결적 자세를 취할 때마다 어김없이 환멸의 감정을 동반하게 만드는 근원이 된다.

그런데 여기서 주목되는 점은 고현이 할아버지를 향한 모욕에 저항하는 능동적 행위자임에도 불구하고, 결과적으로는 그것의 부정적 영향에 의해 변화를 겪는 수동자가 되어버리고 만다는 사실이다. 이는 외적 상황에 대해 저항적 태도를 보이는 일련의 사건에서도 변형되어 유사하게 반복된다. 고현은 할아버지의 현실 순응적 태도를 수용하는 동시에 아버지의 현실 저항적 성격을 내재하고 있기 때문에, 외적 상황이 그를 압도해 올 때면 그 내면화된 가치가 외적 계기에 의해 촉발되면서 충동적으로 그것에 저항한다.36) 그러나 그 저항행위는 적극적인 의지의 소산이라기보다는 즉자적이고 수동적인 반발의 소산이란 점에서, 고현이 근본적으로 그 행위의 능동적 수행자라고 단정하기는 매우 어렵다. 일테면 내서사의 대미를 장식하는 핵사건에서 연호가 변화를 유발하는 능동자라면, 고현은 능동적 행위자로의 결정적인 변화의 전기를 맞지만 그 상황의 수동적 수혜자라는 점에서 동질적 모습을 보여준다. 이처럼 그가 서사에서 능동적 행위자형이라기보다는 수동적 행위자형의 주체유형에 가깝게 형상화되어 있

---

36) 이동하, 「선우휘의 <불꽃> 연구」, 『우리문학의 논리』, 정음사, 1988, 132~154쪽.

다는 것은, 「불꽃」의 주제적 의미망을 행동적 휴머니즘이 아니라 '반응적 휴머니즘'으로 지칭할 수 있는 또 하나의 유력한 근거가 된다.

어린 시절의 지울 수 없는 외상을 계기로, 고현은 현실적 질서에 순응하면서 개인적 안위를 도모하는 고립적 정체성을 형성한다. 타자로부터의 침범과 타자에의 관여를 불원(不願)하는 고립주의적인 그의 성격은 '소극적 개인주의'[37]로 명명될 수 있다. 고현의 소극적 개인주의 역시 자기 보존본능에 집착한다는 점에서, 고노인의 이기적 개인주의와 공통점을 지니고 있다. 특히 서사에서 고노인이 고현의 어머니를 통해 자신의 이기적 개인주의를 합리화하듯이, 고현 역시도 자신의 소극적 개인주의를 어머니를 통해 정당화한다. 즉 "남을 괴롭히지 않고 그저 저는 저대로 살아간다"는 소극적 개인주의는 "숙명적인 고독과 신고의 그림자가 뒤따르"는 어머니의 삶을 위로한다는 소아적 명분에 의해 합리화되는 것이다. 이처럼 고현의 어머니는 서사의 전개과정에서 두드러지게 전경화되어 있지는 않지만, 매개자형 인물로서 텍스트의 의미형성에 중요한 역할을 수행한다.

한편 고현의 어머니는 스무 살에 남편을 잃고 유복자 고현을 낳아 헌신적으로 키우는 전통적인 여인이다. 그녀는 인고와 철저한 자기 희생으로 평생을 일관했으면서도, 단 한 번의 자기 주장도 없이 묵묵히 현실을 헤쳐 나간다. 이러한 그녀의 모습이 확대되어 역사적 질곡 속에서도 따뜻한 인간애를 잃지 않는 순박한 인간의 표상으로 자리잡게 된다.

> 이웃을 보는 눈귀하나에도 조심을 담고, 건너는 한마디의 얘기
> 에도 남을 괴롭힐사 애쓰는 인간들. 늙은, 젊은, 어린 남녀의 수많
> 은 얼굴들. 그리운 그 얼굴들이 있지 아니한가. 나는 외로울 수

---

37) 염무웅, 앞의 책, 649쪽.

없다. 이제부터 그들 가운데서 잃어진 내 자신을 찾아야 한다. 그리고 청부업자들을 격려하고 주어진 땅 위에 그들과 함께 새로운 마을을 세우자. 거기에 내 더움의 삶을 바치는 것이다.[38]

혼돈과 수난의 상황에 둘러싸여 있음에도, 타인에 대한 조심성 있는 배려를 잊지 않고 순종적 삶을 살아가는 이름 없는 사람들의 모습에는 고현의 어머니상(像)이 투영되어 있다. 고현은 어머니상이 투영된 순박한 인간들의 삶이 유린되는 것은 '청부업자'로 지칭되는 자들 때문이라고 보고, 그들을 배제한 유토피아적 인간공동체를 추구한다. 이렇게 해서 결국, 휴머니즘은 순박한 인간과 청부업자의 이항대립적 구도 속에 순박한 인간을 옹호하며, 그 이데올로기적 정당성을 형성해 나간다. 고현이 휴머니즘을 체화한 윤리적 주체로 변화하는 시점도 순박한 민중들의 삶과 아픔을 공명하는 순간이다.

"남에게서 괴로움을 받기 싫은 것처럼 나도 남을 괴롭히지 않는다"는 소극적 개인주의는 자기 보존본능과 타인에 대해 방관자적 자세 때문에, 결과적으로 타자의 폭력을 용인하는 이기적 주체의 속성을 지닐 수밖에 없다. 이렇게 이기적 개인주의의 속성을 내포하고 있는 고현이 타인과의 관계 속에서 타인의 아픔에 공명하는 '윤리적 주체'[39]로 거듭나는 계기는 인민재판정에서의 체험과 각성을 통해서이다. 고현은 "희생자의 머리와 어깨와 허리에 내려지는 아픔은 곧 나 자신의 머리와 어깨와 허리에 가해

---

38) 선우휘, 앞의 책, 70쪽.

39) 레비나스(Emmanuel Levinas)는 타인은 나와 내 가족의 안전을 추구하는 나의 이기심을 꾸짖고 타인을 영접하고 환대하는 윤리적 주체로 내 자신을 세우도록 요구함으로써, 자아의 자발적인 존재확립과 무한한 자기 보존의 욕구에 도덕적 한계를 설정한다고 말한다. 따라서 레비나스에게 타인은 나의 존재를 위협하는 침입자가 아니라 오히려 내면성의 닫힌 세계에서 밖으로의 초월을 가능케 해주는 존재로서, 진정한 주체성의 확립은 타인의 존재를 자기 안으로 받아들이고 윤리적 관계를 형성할 때 비로소 가능하게 된다(강영안, 「레비나스의 주체와 타자」, 『주체는 죽었는가- 현대철학의 포스트모던 경향』, 문예출판사, 1996, 241~242쪽 참조).

지는 아픔"임을 자각하며, 타인의 아픔에 공명하는 윤리적 주체로 거듭난다. 이 극적 변모양상은 '꽃밭'의 정적 이미지에서 '불꽃'의 동적 이미지로의 변용을 통해 상징적으로 묘사된다. 결국 고현은 외부와 단절된 자기 폐쇄적인 개인적 정체성의 단계를 뛰어넘어, 현실 속에서 타자와의 연대를 통해 자아의 의지를 구현하는 윤리적 정체성을 확보해 나간다.

한편 「불꽃」이 취하고 있는 원점회귀적 서사구조는 대단원에서 탄생하는 윤리적 주체와 행동에의 의지를 강렬하게 부각시킨다. 이는 이 텍스트가 성찰형의 소설양식을 띠게 하는 요인의 하나이기도 하다. 물론 「불꽃」은 서사의 뼈대를 이루는 중심적 행위와 사건이 유기적으로 결합되어 풍부한 서사성을 획득하고 있다. 이 작품의 미덕은 이처럼 인과적으로 배열된 유기적 서사라인을 진행시켜 나가면서도, 그 중간 중간에 인물의 내적 독백과 서정적 상징을 적절히 배치함으로써, 서사성 못지 않게 서정적 성찰의식을 동시적으로 구현하고 있다는 점이다. 특히 대단원에서 사건과 행위 중심의 서사전개가 내면적 성찰로 전이·수렴됨으로써, 윤리적 주체의 탄생을 통한 휴머니즘적 주제의식을 강렬하게 부각시키고 있는 것이다.

3) 인간성 회복의지의 진실성과 허위성

「불꽃」은 소극적 개인주의로 일관하던 인물이 대단원에서 윤리적 주체로 변모하는 과정을 전경화하면서, 인간에 가해진 오욕에 대한 저항으로서의 반응적 휴머니즘을 텍스트의 총체적 의미망으로 견고하게 구축해낸다. 이때 텍스트에 구축된 총체적 의미체계로서의 반응적 휴머니즘은 역사적 현실을 체험한 주체의 현실인식과 저항의지가 투영되어 있다는 점에서, 중요한 이데올로기적 함의를 내포하고 있다.

무차별적인 살육과 파괴를 수반하는 전쟁은, 어떤 예외도 두지 않고 모든 인간의 실존 자체를 위협하는 상황을 초래한다. 더구나 이념 쟁투의 성격을 지니고 있는 한국전쟁의 경우, 피아(彼我)의 구분을 가혹할 정도로 철저하게 행하게 된다. 이때 전투의 직접적인 참여 당사자가 아닌 후방의 민간인들도 예외 없이 냉엄한 선택을 강요당할 수밖에 없다. 「불꽃」에서 그러한 역사적 상황은 '인민재판'의 삽화를 통해 구체화된다. 인민재판장의 장면은 중도적 입장이나 지배체제와 무관한 삶의 존재양식은 용인의 대상이 아니라, 처벌과 단죄를 통한 강제적 교정의 대상일 뿐이라는 것을 잘 보여준다. "다만 어울리지 않는 생활양식을 거부하고 남으로 내려온 것 외에 아무런 반항도 꾀하지 않은, 한 무력한 늙은이", 조선생의 부친이 냉혹한 이념 쟁투의 비참한 희생양이 되는 것도 그러한 이유에서이다. 또 외적 상황에 일절 관여하지 않고 자신의 내면세계를 유지하며 자족적 삶을 살아가겠다는 고현이 본인의 의사와 무관하게 인민재판장에 이끌려 나와 인간성이 유린되는 장면을 목도해야 하는 것도 그 때문이다.

결국 인민재판장의 광경은 주체를 둘러싼 폭력적 현실상황을 가장 극명하게 부각시켜 준다. 그러므로 인간의 실존을 위협하는 폭력적 상황에 대한 대항 이데올로기로 제시된 반응적 휴머니즘에서 주체의 강렬한 저항과 극복의지를 읽어낼 수 있는 것은 너무나 당연해 보인다. 구체적으로 말하자면, 반응적 휴머니즘에는 인간성을 유린하는 폭력적인 역사적 힘에 대한 도덕적 감정적 반발의 충동이 내재되어 있는 동시에, 인간성의 상실이라는 절체절명의 위기적 상황에 저항하여 인간의 존엄성을 회복하려는 주체의 강한 의지가 투영되어 있다. 결과적으로 풍부한 서사성을 바탕으로 원점회귀적 구조에 의해 효과적으로 견인된 반응적 휴머니즘은 누구도 거부할 수 없는 당위론적 명제인 인간적 존엄성의 회복이라는 유토피아적 의지를 내보임으로써, 수용주체의 강력한 심정적 동의를 이끌어낼 수 있게 된다.

　그러나 반응적 휴머니즘은 인간의 존엄성 회복이라는 유토피아적 의지를 함유하고 있음에도 불구하고, 본질적으로 당대의 지배 이데올로기적 자장에 철저히 갇혀 있다는 점에서, 문제적인 성격을 띠고 있다. 반응적 휴머니즘이 당대의 지배 이데올로기인 반공 이데올로기에 깊이 침윤되어 있다는 것은, 그것의 구축을 위해 텍스트가 역사적 현실을 서사 내적 상황으로 전이하는 과정에서 잘 드러난다. 왜냐하면 텍스트 내적 상황은 현실세계가 있는 그대로 텍스트 내부에 반영되는 것이 아니라 이데올로기의 매개과정을 거쳐 변형·굴절되어 텍스트 내부로 전이되기 때문이다.

　「불꽃」이 텍스트의 궁극적 의미체계로 반응적 휴머니즘을 제시하기 위해, 텍스트 외적 상황을 서사 내부의 현실상황으로 축조할 때 드러나는 가장 중요한 특징은, 모든 대의명분 특히 공산주의의 이면에 개인적 욕망과 자아 도취가 숨어 있다고 파악하는 점이다.

　　그것은 어느 때고 그들이 활기를 칠 수 있는 세계가 오고야 말리라는 확신이었다. 현은 중국거지같은 초라한 모습을 한 김모라는 노인에게 접하고 아연했다. 인민의 해방이 머지않아 이루어지리라고 예언하는 김노인은 실은 까닭모를 복수심을 만족시키는 기회를 노리고 있는 것이었다. 공산주의 의론은 정감록(鄭鑑錄)과 다름없는 운명의 예언서. 다르다면 그것은 과학의 이름을 붙인 예언서라는 것, 김노인은 그것을 놓고 잃어진 자기 반생의 몇배를 미래에 충당할 수있는 노다지판을 그리고 있었다.
　　그렇지 못하면 초라한 그 모습이 사진틀속에 담아 벽에 걸리우거나 그 이름이 당사(黨史)의 찬란한 한 페이지를 차지하리라는 개기름같이 번쩍거리는 욕망.
　　인민의 해방이란 방정식에 절대적인 의미를 붙이고 이를 갈고

있는 이들은 말하자면 청탁자 없는 청부업자였다.[40]

위의 인용문은 고현이 관동군에서 탈출하여 연안에 도착했을 때의 풍경을 서술한 부분이다. 여기서 연안을 대표하는 인물 김노인은 단지 "까닭 모를 복수심"과 "개기름같이 번쩍거리는 욕망"을 충족시키기 위해 공산주의에 의탁하고 있는 사람으로 묘사되어 있다. 그러나 이는 민족 해방운동의 거점이었던 연안의 역사적 정치적 의미를 사장·왜곡시키는 것이다. 실상 연안은 무장독립 노선을 견지하는 좌파 독립운동가들이 팔로군을 중심으로 민족 해방운동을 전개해 나가던 거점 지역이었다. 물론 이러한 역사적 사실은 반공 이데올로기에 의해 철저히 부인되고 합법성을 인정받지 못하는 기억이다.[41]

결국 공산주의를 중심항으로 텍스트 외적 현실이 텍스트 내적 상황으로 이전되지만, 지배 이데올로기의 공식적 입장만을 맹목적으로 추종함으로써, 텍스트 내부에 조성된 상황은 매우 편향된 의미를 산출할 수밖에 없게 된다. 즉, 텍스트는 공산주의를 정치적 이념이 아니라 개인의 탐욕을 충족시키기 위한 수단으로 의미화하게 되는 것이다. 결국 여기서 정치적 이념으로서의 공산주의는 자취를 감추며, 그것은 오직 사적 욕망의 충족을 위한 수단의 의미만을 내포하게 된다. 이처럼 정치적 이념에 담겨 있는 진정한 변혁의지에 눈을 감고, 오직 그 이면에 개인적이고 심리적인 원인이 따로 있다고 보는 서술태도에서 '분한'[42]을 읽어 낼 수 있다. 이렇

---

40) 선우휘, 앞의 책, 47쪽.
41) 그런 측면에서, 이러한 역사적 사실은 푸코가 말하는 '예속된 앎', 즉 통일적 이론의 심급에 의해 합법성을 인정받지 못하고 은폐된 역사적 내용에 해당하는 대표적인 예에 속한다고 할 수 있다(Michel Foucault, 박정자 옮김, 『사회를 보호해야 한다』, 동문선, 1998, 24쪽).
42) 원래 니이체로부터 기원한 용어로, 그는 분한(ressentiment)을 "실제상의, 행위의 반응이 불가능하기 때문에 단순한 상상의 복수에 의해 그것을 대신할 때 생기는 원한"(Friedrich Nietzsche, 「도덕의 계보」, 정진웅·최민홍·김기덕 역, 『대세계 철

게 공산주의를 하나의 정치적 이념으로 파악하지 않고, 개인의 사사로운 감정의 차원으로 환원하는 분한적 태도는 인민재판장에 대한 서술에서도 찾아볼 수 있다.

> 공포 가운데서 또는 완강한 조직가운데서 그렇게 애써 쌓아올린 탑을 그렇게도 가벼이 보아넘기다니. 거기다 걷잡을 수 없었던 허망한 얘기의 논리.
> ─청부업자라구─
> 승리자로서의 여유와 관용을 가지고 얘기를 들어 넘긴 자신이 기특했다기보다 보다 어리석었다. 가슴 한 귀퉁이에 생긴 솜사탕 같은 공허. 연호는 그 공허를 증오의 불길로 메꾸어 갔다.[43]

이 인용문은 골수 공산주의자 연호가 현과 논쟁을 한 후의 내적 심리상태를 보여주고 있다. 그런데 이 인용문의 바로 위 부분에는 연호가 P고을에 도착해서 마을 사람들이 "승리자에게 보내는 존경과 경탄, 외포와 선망의 눈초리"를 읽어내고, "삼 년이 넘는 자기의 신산(辛酸)"을 보상받았다며 흡족해 하는 장면이 나온다. 현과의 논쟁 이후에 연이어지는 이들 서술에서, 전지적 서술주체는 연호의 내면까지 파고 들어가 그의 내적 심리를 자세하게 기술하고 있다. 그런데 그 서술에 동원된 언어를 살펴보면, "공포", "여유와 관용", "공허", "증오" 등 이데올로기어의 부재 속에 주관적 감정을 짙게 드러내는 단어들만이 계열적 관계를 형성하고 있다. 당연히 그것은 연호의 정치적 사상적 측면을 배제한 채, 개인적 감정의 측면만을 전경화하게 된다. 특히 이 부분은 연호가 인물-초점자가 되어

학적 문학전집』 7, 백문당, 1978, 40쪽)이라고 말한다. 분한은 정치적 충동을 진정한 사회 변혁의지로 보지 못하고 그 뒤에서 개인적이고 심리적인 원인을 찾아내려고 애쓰는 태도에 적용되는 용어다(이경덕, 「근대성과 모더니즘- 프레드릭 제임슨의 모더니즘론」, 『세계의 문학』 1993 가을, 250쪽).
43) 선우휘, 앞의 책, 60쪽.

직접 자신의 내면 상태를 토로하는 형식으로 서술되어 있기 때문에, 수용 주체는 이 서술내용을 있는 그대로 받아들이게 된다. 그리고 이는 현의 발화내용과도 일치하기 때문에, 결국 연호가 사적 욕망의 충족을 위해 공산주의를 추종했다는 것은 서사에서 의심할 수 없는 사실로 확증되며, 인민재판 역시도 사적 분한의 소산으로 의미화된다.

그러나 인민재판은 폭력적 위협과 공포 분위기를 조성한 채, 다중이 참관하는 장소에서 공개적으로 적대적 타자를 처벌하는 공개재판이다. 인민재판을 시행하는 목적은 주민들의 경각심을 자극함으로써, 특정 이념 집단에 대한 지지를 강요하고 일탈을 방지하려는 것이다. 다시 말하자면, 인민재판은 특정 이념 집단을 향한 강제적 동일시를 압박하는 물리적 기제 라 할 수 있다. 그런데 「불꽃」에서의 인민재판은 현이 무관심과 혐오로 그동안 자신이 쌓아 올린 희생과 노고를 일거에 무너지는 듯한 공허감을 안겨주자, 연호가 자신의 상처난 자존심을 회복하기 위해서 개최하는 것 으로 설정되어 있다. 즉 그것은 정치적 목적을 달성하기 위한 것이라기보 다는, 연호의 개인적 원한을 풀기 위한 수단으로 형상화되어 있는 것이다.

이렇게 「불꽃」은 텍스트 전체에 걸쳐, 공산주의를 정치적 이념으로서 가 아니라 개인의 사사로운 원한의 분출을 위한 수단으로 문맥화하는데, 이로써 텍스트에 형성된 이데올로기를 '분한의 이데올로기'라 칭할 수 있다. 이 분한의 이데올로기는 하나의 이념에 담긴 정치적 역사적 문맥을 소거한 채 그것을 개인의 원한으로 치부하는 왜곡에도 불구하고, 역사적 현실에 대한 생산주체의 이데올로기적 경험과 인식이 담겨 있다. 그리고 무엇보다도 분한의 이데올로기는 현실적 모순을 해결할 수 있는 길을 열어 놓는다는 점에서 매우 중요한 역할을 한다.

좌우의 대립과 한국전쟁으로 이어지는 제반 역사는 그것을 발생시킨 근본적인 요인들이 제거되지 않고는 해결될 수 있는 성질의 것이 아니다.

그러나 분한의 이데올로기는 정치적 역사적 차원에서는 해결될 수 없는 딜레마를 개인적 윤리적 차원으로 치환하여, 그에 대한 해결책을 제시할 수 있게 한다. 구체적으로 말하면, 공산주의를 하나의 정치적 이념으로 인정하기를 거부하고 개인적 욕망이나 자기 현시욕의 산물로 문맥화함으로써, 그 해결책으로 휴머니즘을 제시할 수 있게 되는 것이다.

> 청부업자들의 교만과 포악을 곧 같은 인간인 자기 자신의 부끄러움으로 돌리고 한결같이 고통을 참고 견디어 온 「조용한」 인간들, 광기(狂氣)의 청부업자는 사라지고 「조용한」 인간들의 세계가 와야 한다.
>
> 조용한 인간들의 세계——44)

이 텍스트의 휴머니즘은 〈청부업자 : 조용한 인간들〉의 이분법적 대립 구도에 기반해 있다. 여기서 '청부업자'가 "자기가 나서야 이 사회를 건질 수 있다는" 자아 도취와 허영에 가득 찬 공산주의자를 가리키는 지칭소라면, '조용한 인간들'은 청부업자가 야기한 폭력적 현실에 의해 삶을 유린당한 사람을 가리키는 지칭소이다. 따라서 '청부업자'와 '조용한 인간들'은 가해자와 피해자라는 대립적인 위치에 놓이게 된다. 그리고 이는 개인의 야욕을 충족시키기 위해 공산주의를 추종하는 청부업자들을 분리·배제해야만 보통 사람들의 평화로운 삶 즉, "조용한 인간들의 세계"가 온다는 논리를 가능하게 한다.

이야기는 단순한 설명적 고안물이 아니라, 인간이 사물을 경험하는 방식을 실제로 구성하는 것이다.45) 「불꽃」도 개인적 원한 분출의 수단으

---

44) 선우휘, 앞의 책, 70쪽.
45) Calvin O. Schrag, 문정복·김영필 옮김, 『탈근대적 자아를 넘어서』, UUP, 1999, 42쪽.

로 공산주의를 추종하는 청부업자에 의해 인간성을 유린하는 오욕의 역사가 배태되었다는 인식을 서사적으로 구성해내고 있다. 그리고 이러한 인식을 기초로, 텍스트는 청부업자라는 부정적 타자를 배제해야만 보통 사람들의 평화로운 삶이 회복될 수 있다는 서사적 해결책을 고안해낸다. 즉, 텍스트의 총체적 의미망으로 제시된 반응적 휴머니즘은 주체의 내면적 욕망과 경험적 현실 사이의 간극을 메워주는 이데올로기적 해결책의 역할을 수행하게 되는 것이다. 그러나 특정 이념을 개인적 원한 분출의 수단으로 파악한 탓에, 그에 대한 대안으로 제시된 반응적 휴머니즘 역시도 역사적 문제를 개인의 윤리문제로 환원한 채, 역사적 안목을 결여하고 조건 반사적 행동으로 치닫는 즉흥주의로 가득 차 있을 수밖에 없다. 더구나 반응적 휴머니즘을 통해 지향되는 유토피아에의 갈망은 정치·사회적 요인을 누락시킨 채, 일 개인의 노력으로 역사적 현실의 모순이 해결될 수 있다고 믿는 순진한 전망이라는 점에서 허위적이다. 그리고 이는 텍스트가 냉혹하게 비판해 마지않는, 자기 희생이라는 허위의식에 기초한 소영웅주의를 내포하고 있다는 면에서 자기 모순적이기도 하다. 또 한편으로 반응적 휴머니즘은 교묘한 왜곡과 모순에 기반해 자신의 이데올로기를 형성한다는 점에서 비판의 여지를 남기고 있다.46)

〈청부업자 : 조용한 사람들〉이라는 대립구도의 한 축을 이루는 '조용한 인간'은 이념의 폭력성에 대한 저항으로서의 휴머니즘을 지탱하는 초석

---

46) 유종호는 '꽃밭'으로 상징되는 소극적 개인주의의 삶에서 벗어나 타인과 공동체적 삶을 영위하고자 하는 고현의 행동지가 "조용한 인간들의 세계"에 대한 갈구로 전도되고 있는 모순이 간과되고 있음을 지적한다(「이반과 갈등의 현실- 선우휘론」, 『한국단편문학대계』 10, 삼성출판사, 1969, 411쪽). 그러나 이것은 언뜻 모순되어 보임에도 불구하고, 전체 서사 내적 문맥의 차원에서 보면 필연적인 귀결로 파악된다. 고현이 행동에의 의지는, 단지 '꽃밭'으로 상징되는 소극적 개인주의 혹은 "조용한 인간들의 세계"로 회귀하고자 하는 목적 하에서만, 유의미성을 유지할 수 있는 것이다. 따라서 행동에의 의지와 모순되는 듯한 정적인 자연세계로의 회귀는 텍스트가 요구하는 내적 정합성에 비추어 보면, 전혀 모순적인 것이 아니다.

이 된다는 점에서 매우 중요한 역할을 한다. 그러나 '조용한 인간'은 사회 성원의 계층과 계급적 차이를 '인간'이라는 통칭으로 무화시킨다는 지적은 차치하더라도, 실체가 없는 허상적 개념이라는 혐의가 짙게 풍긴다는 점에서, 논란의 여지를 안고 있다. 즉, 그것은 혼돈의 시대에 자신의 생존을 위해 살아가던 실제 현실 속의 민중상과는 동떨어진 추상적이고 신비화된 허구적 존재에 불과하다. 더 문제가 되는 것은 〈청부업자 : 조용한 인간들〉의 대립구도가 정작 실질적인 대립항의 한 축을 소거하고 그 자리에 서민을 위치시킴으로써, 교묘한 환치를 행한다는 점이다. 왜냐하면 청부업자가 인간성을 유린하는 공산주의자를 표상한다면, 텍스트 내적 정황으로 보아 그 대립항은 보통 사람들이 아니라 당연히 휴머니즘적 주체로 상정되어야 하기 때문이다.

그러나 환치의 과정을 생략하고, 〈청부업자 : 휴머니즘적 주체〉의 대립구도를 상정하게 되면, 문맥상 이 대립구도의 이면에 잠재되어 있는 〈공산주의자 : 반공주의자〉라는 심층적 의미대립이 서사의 표면으로 불거져 나올 수도 있다. 반공 이데올로기가 자명한 이념의 형태를 취하면서도 실제로는 특정한 계급이나 이익을 대변하는 특수 이데올로기라면, 휴머니즘은 어느 누구도 이의를 제기할 수 없을 만큼 보편 타당한 설득력을 지닌 전체 이데올로기이다.[47] 따라서 환치의 과정을 생략하면, 휴머니즘적 주체가 곧 반공주의자라는 은폐된 진실이 폭로되기 때문에, 텍스트는 반공의 다른 이름에 불과한 휴머니즘에 대해 수용주체로부터 자발적

---

47) "만하임은 이념이나 사상의 형태를 취하면서도 실제로는 특정한 계급이나 이익을 대변하는 특수 이데올로기와 특정한 집단의 이익에 이바지하기보다는 광범하게 현실과 관련되어 일반적으로 사람들의 정신이나 정서를 고무시키는 전체 이데올로기를 구별했다. 전체 이데올로기의 개념은 그것에 대한 비판이 적대자의 관점뿐만 아니라, 자기 자신의 관점을 포함한 모든 관점을 이데올로기적 분석에 종속시킬 수 있는 용기를 가질 때 비로소 일반적인 형태에 도달할 수 있다"(Karl. Mannheim, 황성모 역, 『이데올로기와 유토피아』, 삼성출판사, 1982, 330~333쪽; 佐伯啓思, 이은숙 옮김, 『이데올로기와 탈이데올로기』, 푸른숲, 1996, 33쪽).

동의를 이끌어 내기가 쉽지 않게 되는 것이다. 이 때문에 텍스트는 〈청부업자 : 조용한 사람들〉의 구도를 취하면서, 보다 넓은 자장을 갖는 휴머니즘을 통해 수용주체를 효과적으로 반공 이데올로기의 주체로 호명하고 있는 것이다. 이는 휴머니즘이 인간성을 유린하는 억압적 현실로부터 인간을 해방시키는 역할을 하기는커녕, 인간을 억압하는 지배 이데올로기와 공모를 하게 된다는 점에서, 문제성을 내포하고 있다.

그런데 이 텍스트가 범하고 있는 최대의 왜곡이자 모순은 텍스트 전체의 총체적 의미체계로서의 반응적 휴머니즘의 정당성을 확보하려는 와중에서, 대승적 삶의 주체와 소아적 삶의 주체를 교묘하게 환치한다는 데에 있다.

> 동굴에서 죽은 부친. 강렬히 살아서 아낌없이 그 생명을 일순에 불태운 부친. 부친은 살아 남는 인간들을 대신해서 죽었고, 그들의 삶에 어떤 의미를 부여했을런지도 모른다.
> 저 숲속에 누운 할아버지. 시체가 아니라 그것은 삶의 증거. 모든 불합리에 알몸으로 항거하고 불합리 속에 역시 불합리한 삶을 주장한 피 어린 한 인간의 역사. 거인의 최후 같은 그 죽음.[48]

위의 인용문은 고현이 연호를 죽인 후, 소극적 개인주의로 일관했던 자신의 삶을 반성하고, 행동에의 의지를 불태우는 텍스트의 종결부이다. 이 부분은 전체 텍스트에서도 가장 장엄하고 극적인 분위기를 창출하는 부분이다. 여기서 장중한 분위기에 동화되어 비판적 거리를 상실한 틈을 타서, 텍스트는 은밀한 왜곡 속에 수용주체를 오도된 인식으로 유도한다.

내서사의 앞 부분에는 민족의 독립이라는 대의명분을 위해 자신을 희생한 부친의 행위와, 이를 이기적 가족주의의 입장에서 비난하는 고노

---

48) 선우휘, 앞의 책, 68쪽.

인의 대립이 제시되어 있었다. 상술한 바처럼, 이때 텍스트는 대승적 삶을 긍정하면서도 가족의 안위가 모든 사회 구성원이 중시하는 공준된 가치항목이라는 것에 착안하여, 고노인의 이기적 가족주의에 자기 정당성을 부여했었다. 언뜻 보기에 위의 인용문 역시 아버지의 삶과 할아버지의 삶을 모두 긍정한다는 점에서, 내서사의 앞 부분과 동일한 태도를 보여주는 것처럼 보여진다.

문학 텍스트는 최초의 정보가 지각의 과정에 중대한 영향을 미치는 일차효과(primary effect)의 힘을 이용하되, 통상 그것들에 대립하는 기제를 설치하여 일차효과에 반하는 최근효과(recency effect)를 발생시킨다.49) 위의 인용문은 표면적으로 일차효과에 기대어 내서사의 앞 부분에 나타난 유보적 태도를 지속적으로 유지하는 것같지만, 이면에서는 대립적 기제를 통해 은밀하게 민족의 독립이라는 대의명분에 충실했던 아버지의 삶을 의문에 부치고, 오히려 고노인의 삶을 부조리한 현실에 저항한 순교적 삶으로 격상시킨다. 구체적으로 말하면 내적 독백의 형태로 제시된 지문에서, 고현은 아버지가 "살아 남는 인간들을 대신해서 죽었고 그들의 삶에 어떤 의미를 부여했을는지도 모른다"고 추측형의 수사를 사용함으로써, 긍정적 가치의 부여를 유보한다. 반면에 할아버지의 삶과 죽음에 대해서는, "모든 불합리에 알몸으로 항거"한 "거인의 최후 같은 그 죽음"이라고, 논박의 여지가 없는 것처럼 단호한 어조로 평가한다. 이렇게 해서 텍스트는 응당 아버지에게 돌아가야 할 찬사를 이기적 삶으로 일관한 할아버지에게 돌림으로써, 할아버지의 삶과 죽음에 최대한 긍정적인 가치를 부여한다. 이는 민족의 독립이라는 대의명분을 위해 자신을 바친 타자 지향적 주체와 이기적 개인주의로 일관했던 자기 지향적

---

49) M. Perry, "Literary Dynamic : How the order of a text creates its meaning", *Poetic Today*, fall. 1979, p. 57.

주체가 뒤바뀐 오도된 의미 부여에 다름 아니다.

결국 이것은 비장한 분위기 속에서 이전의 정보를 수정하게 만드는 강력한 최근효과를 발생시키는 탓에, 수용주체는 이러한 왜곡을 감지하지 못한 채 무의식적으로 그에 동의를 하게 된다. 그렇다면 텍스트의 생산주체가 이렇게 수용주체를 오도된 방향으로 향하도록 서사를 축조하는 근원은 무엇일까? 이는 공산주의라는 대의명분을 폄하하고, 반응적 휴머니즘이 궁극적으로 지향하는 "조용한 인간들의 세상"을 옹호하려는 지나친 강박관념이 왜곡된 형태로 표출된 것이라 해석할 수 있다.

「불꽃」의 생산주체는 인간해방을 빙자한 대의명분이 얼마나 인간을 억압하고 유린하는가를 철저하게 자각하고 있다. 이러한 자각은 혐오감이 짙게 배어 있는 "청부업자"라는 호칭으로 소명의식에 가득 차 있는 자들을 지칭하는 데에서 단적으로 나타나 있다. 그런데 문제는 '민족의 독립'이라는 거역할 수 없는 민족적 명제와 그토록 혐오해 마지않는 '공산주의'라는 이념이 거창한 대의명분이라는 측면에서, 동질적 속성을 함유하고 있다는 점이다. 텍스트 외적 정보에 비추어 보더라도, 두 대의명분은 밀접한 연관관계를 지니고 있다. 3·1운동은 서방 자본주의 세계의 원조에 대한 막연한 기대를 가지고 평화적으로 전개된 독립운동인데, 그것의 처절한 패배는 기존의 독립운동 방식에 대한 뼈아픈 반성과 비판을 불러일으킨다. 그래서 일부 독립운동가들은 기존의 독립운동가와 운동방식에 철저한 비판을 가하고, 공산주의 국가와 연대하여 무장투쟁을 하는 방식으로 독립운동의 노선을 선회한다.[50] 이러한 역사적 사실은 「불꽃」에서 고현이 그토록 혐오해 마지않던 연안의 공산주의자가 현 아버지의 대의명분을 비판적으로 계승하고 있음을 뜻한다. 그러나 이러한

---

50) 이러한 시각에서 보면, 격렬한 좌우대립과 한국전쟁도 따지고 보면 단순한 이념의 대결이 아니라 일제시기 민족해방 운동을 둘러싼 노선 갈등이, 이후 정치·군사적 충돌로 변화된 것이라 할 수 있다.

역사적 사실은 지배세력에 의해 철저히 은폐되고 억압된 비공식적 앎에 불과하다.

「불꽃」의 생산주체는 두 대의명분 사이의 친연관계를 은닉·단절하기 위해, 공산주의를 분한의 이데올로기로 비하하며 〈청부업자 : 조용한 사람들〉의 대립구도를 짜지만, 그것이 이들의 공통적 속성을 완전히 배제할 수는 없다. 그렇다고 모든 대의명분은 이기적 욕망의 기만적 표현에 불과하다는 텍스트 생산주체의 인식을 노골적으로 드러내면, 어느 누구도 부정할 수 없는 독립운동이라는 대의명분마저 부정하는 꼴이 된다. 난처한 상황에 놓인 생산주체의 입장은 텍스트에서 행위와 인식의 주체 고현의 아버지에 대한 모호한 태도로 나타난다. 그러나 아버지의 삶에 대해 유보적인 입장을 취하고 할아버지의 삶을 절대적으로 긍정하는 고현의 태도는, 결과적으로 텍스트에서 민족을 위해 헌신한 아버지의 가치를 억압하는 효과를 초래한다. 이는 결국, 대의명분을 내세우는 '청부업자'를 배제하고 반응적 휴머니즘이 지향하는 "조용한 세계" 즉 유토피아적 공동체를 이루고자 하는 생산주체의 과도한 열망이, 독립운동이라는 역사적 명제마저 억압하게 만든 것이라 할 수 있다.

제5장 전통주의 담론

한국전쟁은 전통적 사회구조를 근본에서부터 허물어 버린다. 그럼에
도 전통주의 담론의 존재는 전(前)근대적 생산양식에 기반한 생활양식과
가치체계가 당대에도 여전히 강력한 영향력을 행사하고 있음을 잘 보여
준다. 전통주의 담론은 역사적 현실의 비판적 재현이나 그에 대한 저항의
지를 드러내려는 데 목적을 두고 있지 않다. 이 담론은 역사의 폭력성을
치유·정화하고자 하는 염원을 담아내려는 서사양식이다. 이를 위해,
전통주의 담론은 전근대적인 시공간을 배경으로, 전래의 공동체적 가치
관에 충실한 삶을 서정적으로 그려낸다. 이 때문에, 탈역사적 서사라거나
서사양식 미달이라는 비판을 받는다. 하지만 각각의 텍스트는 그 내적
요구에 맞는 서사형식을 채택하기 마련이다. 따라서 전통주의 담론의
문제성을 비판적으로 재단하기에 앞서, 우선 그것이 당대의 역사적 상황
에 대한 문학적 반응의 한 형태임을 인정해야 한다. 그런 연후에, 서사
구성방식 등을 중심으로 전통주의 담론양식의 특성을 면밀하게 고찰해
야만, 비로소 전통주의 담론의 의의와 한계가 분명하게 드러날 수 있다.

1. 신화적 구성원리와 복고주의 : 「학마을 사람들」

1) 신화적 구성원리와 회귀욕망

먼저 「학마을 사람들」의 시공간을 구성하는 근본적 원리의 특징을

한 마디로 지적하면 '신화적'이라고 말할 수 있다. 이때 '신화적'이라 함은 "이야기를 구성하는 기본적인 사건들을 조직하는 중심"[51]으로서의 크로노토프[52]를 구축하는 구성방식이 신화적 원리에 기반하고 있다는 것을 의미한다.[53] 이러한 전체 서사적 시공간의 구조와 본질 탐색은 지형학적 수준에서, 서두에 제시된 전형적인 향촌인 학마을의 지리적 배경에 대한 언급으로부터 출발할 수 있다.

　　자동차 길엘 가재도 오르는데 십 리 내리는데 십리라는 영(嶺)을 구름을 뚫고 넘어, 또 그 밑의 골짜기를 삼십리 더듬어 나가야하는 마을이었다.
　　강원도 두메의 이 마을을 관(官)에서는 뭐라고 이름 지었는지 몰라도 그들은 자기네 곳을 학 마을(鶴洞)이라고 불렀다.
　　무데기 무데기 핀 진달래꽃이 분홍 무늬를 놓은 푸른 산들이 사면을 둘러싼 가운데 소복히 일곱 집이 이 마을의 전부였다. 영마루에서 내려다보면 꼭 새 둥우리 같았다. 마을 한 가운데는 한

---

51) Mikkail M. Bakhtin, 전승희 외 옮김, 『장편소설과 민중언어』, 창작과 비평사, 1988, 458쪽.
52) 서사의 본질적 범주로서의 시공간 형식을 살펴보기 위해서는, 이를 분리하지 않고 동시적으로 바라볼 수 있는 관점의 확보가 필요하다. 문학의 형식적 구성범주로서의 시공간에 주목하여, 중요한 이론적 성과를 남긴 바흐친의 크로노토프(chronotope)는 이런 맥락에서 우리의 시선을 끈다. 크로노토프는 시간과 공간 사이의 내적 연관관계를 지칭하는 개념으로, 바흐친은 문학의 크로노토프가 본질적으로 장르와 장르의 하부를 좌우하는 결정적 기능을 한다고 말한다(위의 책, 260～261쪽).
53) 커모드는 잃어버린 시간의 질서(a lost order of time)가 의미를 생산하고, 안정의 중개자(the agents of stability), 절대적인 것을 요구하는(call for absolute) '신화(myth)'와, 여기와 지금(the here and now hoc tempus)이 의미를 생산하며, 변동의 중개자(the agents of change), 조건부 동의(conditional assent)을 갖춘 '픽션(fiction)'을 구별한다. 「학마을 사람들」은 커모드가 말하는 신화의 세 가지 특성에 부합한다는 점에서도 '신화적' 텍스트라고 규정할 수 있다(Frank Kermode, 조초희 옮김, 『종말의식과 인간적 시간-허구이론의 연구』, 문학과 지성사, 1993, 51쪽; 조남현, 『소설원론』, 고려원, 1982, 92쪽).

그루 늙은 소나무가 섰고, 그 소나무를 받들어 모시듯 둘레에는
집집마다 울안에 복숭아꽃이 활짝 피어 있었다.[54]

「학마을 사람들」의 시작 부분인 위의 인용문에서, 학마을은 산에 의해
사면이 차단된 폐쇄적 공간으로 묘사되어 있다. 유일하게 내외공간을
연결하는 소통로인 영(嶺)의 지형묘사도 통행의 어려움에 초점이 맞추어
져 있어서, 문맥상 소통보다 차단의 의미가 보다 부각되어 있다. 이렇게
외부와 단절된 장소로서의 학마을은 이름처럼 새 둥우리 모양을 하고,
학의 보금자리인 소나무를 중심으로 형성된 전형적인 향촌(鄕村)이다.
그리고 '학마을'은 외부에 존재하는 관(官)이라는 공적 조직과는 무관
하게 이 마을에 거주하는 구성원이 부르는 비공식적 명칭으로, 이 마을의
전통적 농촌공동체의 성격을 드러내는 표지 역할을 한다. 이처럼 외부와
단절된 지리적 조건은 학마을에 안정성과 내부 성원간의 친밀성이 유지
되는 안락한 공간의 속성을 부여한다.

하지만 전체 서사의 시공간은 지형학적 수준에서 설정된 무대에서
사건이 계기적으로 발생하고 상황이 변전하는 과정을 거쳐 의미 있는
서사체가 형성된 이후에나 비로소 그 고유한 미학적 자질을 드러낸다.
「학마을 사람들」에서 서사적 시공간의 본질형성에 결정적으로 작용하는
것은, 학과 학나무를 중심으로 한 제1자연과 학마을의 성원들이 인습과
전통에 입각해 일상적 삶을 영위해 가는 '제2자연'[55] 사이에 동일적 관계
가 성립한다는 점이다. 즉 인간적 삶의 제국면이 자연의 원리에 동화되어
주객의 일체화를 형성하고 있다는 것이다.

---

54) 이범선, 「학마을 사람들」, 『현대문학』, 1957. 1, 179쪽.
55) 루카치는 인습과 전통으로 이루어진 관습의 세계를 제2의 자연으로 정의된다.
    루카치에게 제2의 자연은 인위의 산물로서, 내면의 본질을 상실한 자연을 의미한
    다(Georg Lukács, 반성완 역, 『소설의 이론』, 심설당, 1985, 80쪽).

1) 씨 뿌리기 시작할 바로 전에 학은 꼭 찾아오곤 하였었다. 그리고는 정해 두고 마을 한 가운데 서 있는 노송(老松) 우에 집을 틀었다. 마을 사람들은 이 노송을 학 나무라고 불렀다.

학이 돌아온 날은 학마을의 가장 큰 잔칫 날이었다. 학 나무 밑에선 호기롭게 떡을 쳤다.(...중략...)

가물이 들어도 그들은 학 나무를 쳐다보았다. 그러면 학이 그 긴 주둥이를 하늘로 고추고 비오- 비오- 울어 고해주는 것이었다. 그러면 또 하늘은 꼭 비를 주시곤 했다. 장마가 져도 그들은 또 학을 쳐다보았다. 이번엔 학이 가 가 길게 울어 주기만 하면 비는 곧 가시는 것이었다. 바람이 불 것도 그들은 미리 알 수 있었다. 학이 삭은 나무가지를 자꾸 둥우리로 물어올리면 그들은 곡식을 빨리빨리 걷우어 들여야 했다.56)

2) 그네들은 물을 길러 뒷 산 밑 박우물로 갔다. 그러면 꼭 학 나무 밑을 지나가야 했다. 그런데 어쩌다 학의 똥이 처녀들의 물동이에 떨어지는 일이 있었다. 그러면 그 처녀는 그 해 안에 시집을 간다는 것이었다. 그래 나이 찬 처녀들은 물동이를 이고 학 나무 밑을 지날 때면 걸음걸이가 더욱 의젓하였다. 한 해에 한 둘은 꼭 물동이에 흰 학의 똥을 받았다. 그리고 그들은 틀림없이 그 해 안에 시집을 가곤 하였다.57)

학이 거주하는 노송이 "끊임없는 생명을 상징하는 우주목"58)이라면, 학은 마을의 길흉화복(吉凶禍福)을 좌우하는 영물(靈物)이다. 그리고 서사 내적 구조의 측면에서, 학은 사건을 일관되게 축조하는 좌표로서, 동일한 시공간에서 서사 내적 상태를 긍정적 상황으로, 혹은 부정적 상황

56) 이범선, 앞의 책, 181~183쪽.
57) 위의 책, 182쪽.
58) Micea Eliade, 이동하 역, 『성과 속』, 학민사, 1983, 132쪽.

으로 전환시키는 변환축 역할을 하게 된다. 구체적으로 살펴보면, 학의 회귀가 학마을의 안위와 풍요를 보장한다면, 학의 부재는 공동체의 수난을 지시한다. 따라서 마을 사람들이 일상적인 삶의 평안한 지속을 보증하는 학의 회귀를 기념하는 축제의 시간을 갖는 것은 너무도 당연해 보이며, 이는 시원(始原)적 사건의 반복적 도래를 기념하는 성스런 행위로 간주될 수 있다.

1)에서 보여지듯, 학마을 공동체의 삶은 학으로 상징되는 제1자연의 원리에 철저하게 동화되어 이루어진다. 가뭄을 해소해 주는 것도, 장마를 막아주는 것도, 농작물의 풍흉(豊凶)을 결정하는 매개체도 학이다. 심지어 마을 성원들의 개인적 삶도 철저하게 학으로 상징되는 자연의 순환적 리듬에 조응하여 이루어진다. 2)에서 결혼이라는 삶의 중요한 결정이 학에 의해 이루어진다는 것은 이를 단적으로 보여주는 서사 내적 장치이다.

또 한편으로, 학은 역사적 사건의 발생과 그로 인한 공동체의 수난을 예기한다. 이는 서사 내부에서 학의 불회귀(不回歸)와 식민지 치하, 그리고 학이 자신의 새끼를 죽이는 변괴(變怪)와 동족상잔의 비극을 병행시키는 사건의 조직화로 나타난다. 결국 학의 회귀 유무가 하부의 사건을 유기적으로 결합함으로써, 일상적 삶과 역사적 사건이 제1자연에 동화 · 병행된다는 사실은 신화적 구조원리, 즉 유추(analogy)와 동일성(identity)에 기반해서[59] 전체 텍스트가 통일적인 의미체계를 형성하고 있다는 것을 의미한다.[60] 따라서 철저하게 자연의 원리에 동화된 삶이

---

59) "신화가 자연을 인간 형태에 동화시키는 데 사용하는 가장 중요한 개념적 원칙은 유추와 동일화이다. 유추는 인간 생명과 자연 현상 사이에 평행선을 설정하고, 동일화는 <태양신>, <수목신>을 지각한다. 신화는 자연에 의해 제공된 구도의 근본적 요소—매일 보고 있는 태양과 계절의 순환——를 조작하여 이것을 죽음과 (다시 유추) 재생으로 하여 인간의 생명에 적용시킨다(Northrop Frye, 「신화 · 허구 · 변형」, 김병욱 외 엮음, 『문학과 신화』, 예림기획, 1998, 92쪽).

60) 「학마을 사람들」의 서사적 구성과 관련하여, "인과관계에 의해서 진행되는 것이 아니라 시간적 순서에 따라서 나열될 뿐이"(이남호, 「교과서에 실린 문학작품을

이루어지는 학마을은 전통적 농촌공동체의 환유적 공간이자, 개인의 내적 삶과 외적 삶이 일치하는 신화적 서사공간이 될 수밖에 없다.

신화적 구조원리는 자연적 순환에 입각한 반복적 확장의 원리다.[61] 따라서 신화적 구조원리에 기반하여 축조된 「학마을 사람들」은 순환적 시간구조로 인해 역사적 시간으로부터 일탈된 '추상적 무시간성'을 드러낼 수밖에 없다. 시간의 흐름에도 불구하고 동일하게 학에 의해 결정되는 탄실이와 봉네의 결혼이나, 등가적인 역사적 사건으로 설정된 식민지 지배와 한국전쟁 등은 무시간적 추상성을 잘 보여주는 서사적 국면들이다.[62] 특히 식민지지배와 한국전쟁은 '공동체의 수난'을 가져오는 동질적 사건으로 설정됨으로써, 그것들이 역사적 사건이 아니라 자연의 질서를 교란하는 일종의 천재지변(天災地變)으로 의미화되고 있음을 알 수 있다.

이에 따라 텍스트에서 공적·역사적 영역은 언제나 사적·일상적 공동체를 파괴하는 부정적 힘으로 의미화된다. 그리고 평화적인 공동체의 파괴는 단순히 삶의 토대의 붕괴에 그치는 것이 아니라 본원적 고향의

어떻게 가르칠 것인가」, 『현대문학』, 2000. 9, 271쪽)어서 인과관계를 말하는 것이 무의미하다는 견해도 있다. 그러나 이것은 서사의 인과성이 명시적으로 드러날 수도 암시적으로 감추어질 수도 있음(Seymour Chatman, 한용환 옮김, 『이야기와 담론- 영화와 소설의 서사구조』, 고려원, 1990, 57~62쪽)을 간과한 입장이라고 생각된다. "밀턴은 『실락원』을 썼고, 그 다음에 부인이 세상을 떠났고, 그 후에 그는 또 『복락원 Paradise』을 썼다"는 기지 넘치는 글에서 알 수 있듯이, 서사의 인과성은 시간적 순서에 입각한 사건의 나열만으로도 생겨날 수 있는 것이다 (Shlomith Rimmon-Kennan, 앞의 책, 1985, 34~35쪽).

61) "순환의 신화적 혹은 추상적 구조원리란, 하나의 생명이 태어나서 죽고 하는, 계속적이고도 동일한 반복이 그 하나의 생명이 죽어서 다시 태어나고 하는 동일한 반복으로 확장된다는 원리이다. 이러한 동일한 반복의 패턴, 즉 그 하나의 생명의 죽음과 재생의 패턴에 모든 다른 순환이 대체로 동화되어진다"(Northrop Frye, 앞의 책, 221쪽).

62) 물론 등가적 의미구도에도 불구하고, 의미론적 차이가 전혀 없는 것은 아니다. 주어진 상황에 대해 바우의 세대는 억쇠의 세대에 비해 보다 '적극적' 혹은 '합리적'으로 대응한다. 또한 공동체의 수난이라는 동일한 의미의 함축에도 불구하고 식민지 지배가 공동체의 피폐와 곤궁을 가져다 준다면, 전쟁은 공동체의 전면적 붕괴를 수반한다는 점에서 보다 파괴적인 사건으로 서사화된다.

상실로 그 의미가 확장된다. 즉, 고향의 상실은 표면적으로 생활의 토대 상실을 의미하지만, 심층적으로는 내적 욕구와 외적 삶이 화해롭게 공존하는 낙원의 상실을 의미하는 것이다. 따라서 본원적 고향의 상실은 필연적으로 잃어버린 낙원에로의 회귀욕망을 불러일으킨다.

> 상여는 둘인데 상주는 덕이 한 사람이었다. 그날 마을 사람들은 다들 뒷산으로 따라 올라갔다. 피난을 가던 때처럼 이장 영감이 앞서 갔다.
> 저녁때가 거의 다 되어서야 그들은 산에서 내려갔다. 이번엔 덕이가 맨 앞에 두 주의 위패(位牌)를 모시고 걸었고, 그 바로 뒤를 봉네가 흰 보자기로 뿌리를 싼 조그마한 애송나무를 하나 어린애처럼 앞에 안고 따르고 있었다.[63]

위의 인용문은 전쟁의 참화를 피하기 위해 피난을 갔던 마을 사람들이 학마을로 돌아와 박 훈장과 이장 영감의 장례를 치르고 산을 내려가는 텍스트의 종결부이다. 여기서 "애송나무를 하나 어린애처럼" 소중하게 다루는 마을 사람들의 모습으로 서사의 종결부를 장식하여, 텍스트는 '평화로운 공동체로의 회귀욕망'을 강하게 부각시키고 있다. 하지만 박 훈장과 이장 영감이 징병으로 마을을 떠나는 덕이와 바우를 배웅하는 장면으로 텍스트가 시작되는 것을 감안한다면, 희망적 종결부에도 불구하고 현재의 서사축은 역사적 힘에 의해 훼손·붕괴되는 공동체의 상황이 주를 이루고 있어 부정적인 상태가 대부분을 차지하고 있다. 단지 현재의 서사축에서 긍정적인 서사적 상황이 유지되는 때는 해방을 기점으로 전쟁의 어두운 그림자가 드리워지기 전까지의 짧은 시간에 한정되며, 평화로운 공동체상을 통한 긍정적 상태의 제시는 주로 과거의 서사축

---

63) 이범선, 앞의 책, 200쪽.

에서 회상의 기법으로 이루어진다.

「학마을 사람들」에서 과거의 서사축은 분량의 측면에서는 얼마 되지 않지만, 의미의 발현축으로서 텍스트 전체의 주제적 의미망의 형성에 있어서는 현재의 서사축 못지 않게 중요한 역할을 하기 때문에, 회상 혹은 기억은 대단히 중요한 문제로 대두된다. 기억은 과거를 되돌아가야 할 원점으로 이상화하며 이와 더불어 현재는 훼손된 과거로 인지된다. 이렇게 절대적 이상향으로서의 과거의 기억과 함께, 텍스트는 부정적 현재에서 충만한 과거로 회귀하기 시작하는 것이다. 그리고 과거의 기억이 서사의 종결부와 연결되면서 비로소 텍스트의 중심적 의미체계가 완성된다. 이제 돌아가야 할 이상향은 과거의 시점에 존재하며, 애송나무로 표상되는 텍스트의 종결부는 '과거로 회귀하고자 하는 욕망'의 구체적 실천행위로서만 서사적 의미를 지니게 된다. 따라서 과거를 현재의 절대적 이상향으로 상정하고 미래를 되돌아가야 할 과거로 파악하는「학마을 사람들」의 시공간은, 신화적 크로노토프, 구체적으로 말해서 원점회귀의 크로노토프라고 규정할 수 있다.

그런데 여기서 텍스트의 형식와 관련하여, 왜 '신화적 형식'이 요구되는가? 하는 미적 양식에 대한 인식론적인 질문이 제기된다. 이 물음에 대한 답변은 그러한 미적 형식을 배태한 텍스트 외적 조건과의 연관 속에서만 제대로 구해질 수 있다. 알다시피, 1950년대는 전쟁으로 인해 기존의 사회적 경제적 토대가 전면적으로 붕괴된 시기다. 그 붕괴의 구체적인 모습은 사회를 지탱하는 가장 기초적인 집단인 가족의 해체나 고향의 상실로 나타난다. 그와 더불어 기존의 물적 토대에 기반한 전통적 가치체계도 집단적 정체성을 유지할 수 있는 기능을 상실하고 만다. 이러한 시대적 압력에 의해 미적 주체는 상징적 방식으로 그에 대응할 수밖에 없게 된다. 그러므로 신화적 형식은 이러한 파멸적 상황에 대한 미학적 응전의 소산으로 여겨진다. 다시 말해서, 개인의 존재론적 기반이 된 전통적 세계의 상실이라는 절대절명의 위기적 상황 앞에서, 이를 상상적으로 치유·극복하고 미래적 전망을 확보하려는 적극적인 미적 장치의 일환으로 신화의 형식이 채택되었다는 것이다.

그러나 신화적 형식의 수용은 위안과 허위의식을 동시에 가져온다는 점에서 문제적 형식으로 생각된다. 우선 그것은 파편화된 현실에 조화로운 형식을 부여함으로써 역사의 참화 속에서 잃은 것이 무엇인가를 깨닫게 하면서 존재로 하여금 불안과 혼돈에서 벗어날 수 있게 한다. 또 과거의 선험적 본향(本鄉)을 통해 지향점을 명확하게 제시하고 있는 신화적 형식은 서정적 분위기 속에서 과도하게 주체를 압박하는 현실의 부정성을 희석시키면서 새로운 삶의 전망을 모색하게 한다는 점에서 긍정적이다. 하지만 그것은 과거를 절대적 이상향으로 미화함으로써 현실을 왜곡하고 실현 불가능한 과거로의 회귀욕망을 불러일으킨다는 점에서 일종의 허위의식을 생산하고 있다고 할 수 있다.64) 그리고 이러한 허위의식의 생산은 역사와의 단절이 인간의 행복을 보장한다는 초역사적·감상적 낭만주의에 함몰된 퇴행적 수용주체의 생산으로 이어진다는 점에서 문제적이다.65)

---

64) 이 점에서 리얼리즘적 표현양식에 충실한 이범선의 또 다른 대표작 「오발탄」은 우리의 흥미를 끈다. 이 작품에서 「학마을 사람들」이 보여 주었던 되돌아가야 할 선험적 고향의 이미지는 "가자! 가자!"라는 노파의 외마디 소리와, 현실에 타협하지 않고 묵묵히 가족을 부양하는 철호의 내적 성실성에서 그 희미한 징후적 흔적을 찾아 볼 수 있을 뿐이다. 이것은 전쟁 이전 세계로의 복귀가 하나의 환상임을 자각한 결과일까? 아니면 제임슨의 지적처럼 향수가 부정적 현재에 대한 명석하고 가차없는 불만을 드러내는 현실 비판의 자극제가 된 탓일까?(Fredric Jameson, 여홍상·김영희 공역, 『변증법적 문학이론의 전개』, 창작과 비평사, 1984, 93~94쪽)
65) 전쟁은 기성의 물적 토대를 완전하게 파괴시켰다고 해도 과언이 아니다. 더구나 이후 '행위로서의 전쟁'은 종료되었으나 '상태로서의 전쟁'이 지속되는 시대(Carl Schmitt, Positionen, und Begriffe im Kamf mit Weimar-Gent Vensaille, 1923~1939(1940); 신일철, 「한국전쟁의 역사적 의의」, 『한반도 분단의 재인식(1945-1950)』, 나남, 1993, 413쪽 재인용), 즉 신화의 형식이 그토록 배제하고자 했던 역사적 영역이

2) 공동체적 행위주체와 권위적 서술주체

「학마을 사람들」이 '추상적 무시간성'이라는 시공간적 특성을 담지하고 있다면, 이것은 서사 속의 행위주체에도 해당되는 말이 된다. 단독자로서의 특성을 결여하고 서사의 무대에 등장한 행위주체는 종결될 때까지 의식과 상태에 있어서 일말의 변화도 보여주지 못한 채 무대 밖으로 사라진다.66) 이처럼 변화와 발전을 용납하지 않는 행위주체에게서 '자기인식에로의 여정을 떠나는 문제적 개인'의 개념을 떠올리는 것은 부질없는 일이다. 다만 여기서 우리는 시공간과 주체성 사이에 존재하는 친연관계를 확인할 수 있을 뿐이다.67)

서사의 주무대로 설정되어 있는 학마을은 마을 구성원 모두가 한 가족처럼 친밀한 관계를 유지하며 살아가는 가족적 집단주의 사회이다. 전통적 가족주의는 '만물이 존재하는 원리이자 윤리적 판단의 준거가 되는 천도(天道)를 정점으로, 분수(分數)에 따라서 인간을 등급과 서열로 구분하는 인륜(人倫)의 체계를 사회관계의 기초로 삼는 성리학적 세계관'68)

과도하게 일상적 삶을 짓누르는 항시 전쟁상태의 사회가 지속된다. 이러한 현실에 비추어 보면, 과거의 이상적 삶으로의 회귀는 역사의 시계바늘을 거꾸로 돌리기 전에는 도달할 수 없는 퇴행적 환상에 불과하다.

66) 「학마을 사람들」의 행위주체는 변화도 주도적 행위도 보여주지 못하고 상황에 수동적으로 반응할 뿐이라는 점에서, 마틴 제이가 말하는 서사시의 주체와 다를 바 없다. "서사시의 주체는 직접적이고 완결된 방식으로 살아간다. 그는 긴장 속에서 자신의 존재와 함께 하고 초월적인 하나의 원리와 동등한 가치를 지니고 있지 않다. 따라서 서사시에서 주체의 역할은 최소화된다. 주체는 수용적이고 수동적이며, 신의 은총의 수익자이다."(Martin Jay, "Georg Lukács and the Origins of the Western Marxist Paradigm", *Marxism and Totality*, Berkeley · Los Angeles: University of California Press, 1984, p. 94).

67) 배경의 자질이 작중인물이 존재하고 행동하는 방식의 원인 아니면 결과(Michael Toolan, 김병욱 · 오연희 공역, 『서사론』, 형설출판사, 1995, 151쪽)라거나 존재의 공간이 곧 존재의 종류를 결정짓는다(Ricardo Gullon, "On Space in the Novel", *Critical Inquiry*, Autumn 1975, p. 15)고 하는 말들은 시공간과 행위주체 사이의 연관싱을 강조하는 주장들이다.

68) 최봉영, 『주체와 욕망』, 사계절, 2000, 244~250쪽 참조.

에 근거한다. 이 세계관 속에서 개체는 '통체(whole)의 분신'으로만 존재하기에, 전통적 가족주의는 가족을 구성하는 성원이 가족이라는 통체에 자신을 동일시하는 집단적 형태의 자아의식을 바탕에 깔고 있을 수밖에 없다. 따라서 전통적 가족주의에서 가족 성원은 자율적이고 독립적인 개별자로 존재하는 것이 아니라, 다른 가족 성원과의 관계 속에서 위치를 부여받고 공통의 목표를 함께 추구해야 하는 존재가 된다.

> 그들은 마을 사람들을 학 나무 밑에 모았다. 그리고 긴 연설을 늘어놓고 나서 바우를 앞에 내다 세웠다. 이제부터는 박 동무가 이 부락의 인민위원장이라고 했다. 인민위원장이 무엇이냐고 묻는 마을 사람들에게 그들은 그게 바로 이 마을의 가장 높은 사람이라고 했다. 모를 일이었다. 학 마을에서는 제일 나이 많은 남자가 이장 일을 보아야만 했고, 또 그 이장이 학마을의 제일 어른이었다. 그러나 다음 날부터 바우는 마을에 제일 높은 사람 행세를 정말로 하기 시작하였던 것이다.[69]

학마을은 가족주의적 윤리가 조화롭게 공동체를 지탱하고 구성원간의 관계를 위계적으로 조직하는 사회다. 그 사회에서는 장유유서(長幼有序)의 원칙에 의해 구성원의 존경을 받는 내부의 연장자가 곧 공동체의 인도자가 되어 가사·생업 등 공동체의 전 영역을 관장한다. 피난을 가건 장례를 지내건 간에 언제나 맨 앞에 서는 이장 영감의 모습은 분적(分的) 가족주의 윤리가 지배하는 학마을의 성격을 단적으로 드러낸다. 이렇게 인륜(人倫)의 원리에 지배되는 학마을 공동체는 개별주체의 독자적 지위를 용납하지 않는 권위주의적 사회로 비추어질 수도 있음에도 불구하고, 텍스트에서는 시종일관 조화로운 이상향으로 표상되고 있다. 다시 말해,

---

69) 이범선, 앞의 책, 193쪽.

순박한 사람들이 반목 없이 조화롭게 어우러져, 자연의 순환적 질서에 조응하면서 응집성이 강한 공동체를 형성하고 있는 학마을은 말 그대로 전형적인 유토피아적 공동체로 제시되고 있는 것이다.[70]

이것은 "개별적 욕망체계와 외부의 사회체제가 본질적으로 정합의 관계"[71]에 있다는 전제하에서 학마을 공동체를 서사적으로 형상화하고 있기 때문에 가능해지는 것이다. 학마을의 성원들은 공동체의 규범을 추호의 의심도 없는 절대적인 가치체계로 받아들여 그에 철저하게 동화되어 있다. 공동체의 가치규범에 호명되어 그에 완전히 동일시된 개별주체는 자신을 공동체에 용해시키고 그것이 허용하는 한도 안에서, 그에 합당한 방식으로 자신의 욕망을 추구한다. 「학마을 사람들」의 중심적인 행위주체이자 '과거로 회귀하고자 하는 욕망'에 추동되는 욕망의 주체는, 이처럼 집단의 분신으로서만 존재하는 공동체적 주체인 바, 텍스트는 개별주체는 없고 집합주체만 있는 형국이 된다. 그러므로 집단보다는 예외적 개인을 행위와 의미의 원천으로 삼아 갈등·대립 속에서 자아와 세계의 본질을 드러낸다는 근대소설의 이념에 비추어 본다면, 「학마을 사람들」은 "갈등다운 갈등도 없"[72]는 '서사양식 미달'의 텍스트로 간주될 수밖에 없다.

물론 이 텍스트에 개별적 행위주체가 전혀 존재하지 않는 것은 아니다. 학마을 공동체에서 이탈하여 공동체적 주체와 대립·갈등하는 바우는 텍스트의 유일한 능동적 개별 행위주체이다. 텍스트는 바우의 공동체로부터의 이탈과 대립의 근원을 '실연'이라는 개인적 욕망의 좌절에서 찾는

---

70) 사회학자 로자벳 켄터는 유토피아적 공동체를 낳는 관념으로 인간의 완전 가능성 (perfectibility), 질서, 형제애, 육체와 정신의 일치, 실험정신, 집단으로서의 응집성을 들고 있다(Rosabeth Moss Kanter, 김윤 역, 『공동체란 무엇인가- 사회학적 시각에서』, 심설당, 1983, 48~72쪽 참조).
71) 최봉영, 앞의 책, 198쪽.
72) 이남호, 앞의 책, 267쪽.

다.73) 학마을은 공동체의 윤리적 틀을 벗어난 사적 욕망 추구를 용납하지 않는 분(分)의 사회이기에, 과도한 사적 욕망의 추구는 문맥상 자기 분수를 망각한 사악한 욕망으로 부정적 의미를 함축하게 된다. 따라서 공동체적 주체와 개별주체의 대립은 의미의 축에서 보면 인륜과 사적 욕망의 대립에 다름 아니며, 바우가 이장 어른을 제쳐두고 "마을에 제일 높은 사람 행세를" 하기 시작하면서 이러한 대립이 행위의 차원에서 구체화된다. 이렇게 장유유서(長幼有序)의 윤리를 정면으로 위반하는 행동에 붕우유신(朋友有信) 윤리의 암묵적 무시가 더해지면서, 서사 내부에서 바우는 인간이 지켜야 할 근본적인 도덕적 질서를 파괴하고 이상적 공동체를 위기에 빠뜨리는 사악한 인물로 형상화된다.

「학마을 사람들」에서는 행위주체의 역할이 축소된 대신, 서술주체가 전체 서사상황을 조감할 수 있는 위치에서 서사적 정보를 권위적으로 장악하고서 주도적으로 서술을 전개해 나간다. 개별주체에게 발화의 기회를 주지 않고 전지적 서술자가 서술을 주도하는 이러한 서술상황은 몰개성적인 공동체적 행위주체의 출현과도 밀접한 상관관계가 있다. 그리고 권위적 서술주체가 서사의 내적 상황과 의미형성에 관여하는 서술상황은 텍스트의 이데올로기적 국면에도 중요한 영향을 미친다. 우선 그것은 단편양식을 취하고 있는 텍스트가 장시간에 걸쳐 일어나는 사건을 무리 없이 압축·요약하여 파노라마적으로 제시할 수 있게 한다. 또 그것은 무엇보다 전지적 서술로 서사의 의미체계를 통일적으로 관장할 수 있게 한다는 점에서 '내포저자'가 지지하는 윤리에 부합하는 단일한 이데올로기의 창출에 매우 유리한 서사적 국면을 조성하는 효과를 자아낸다.

---

73) 바우를 편모(偏母) 슬하의 자식으로 설정한 것도, 공동체로부터의 이탈을 인물의 축에서 개연적으로 밑받침하는 동기부여의 장치로 볼 수 있다.

이장영감은 장죽에 담배 가루를 담으며 한숨을 쉬었다. 또다시 그 느릿 느릿한 잠꼬대 같은 대화마저 끊어졌다.

꼬교—.

또 한 번 마을에서 닭이 울었다. 다음은 고요하다. 졸리도록 따스한 봄 햇볕이 흰 무명 주의 등에 간지러웠다. 이장 영감은 갓끈과 함께 흰 수염을 한 번 길게 쓸어 내렸다.

학 마을. 얼마나 아름답고 포근한 마을이었노.

이장영감은 어느새 황소같은 더벙머리 총각으로 돌아가, 이글이글 타오르는 화톳불을 돌며 덩실덩실 춤을 추고 있었다.

옛날 학마을에는 해마다 봄이 되면 한 쌍의 학이 찾아오곤 하였었다. 언제부터 학이 이 마을을 찾아오기 시작하였던지는 아무도 모른다. 어쨌든 올해 여든인 이장영감이 아직 나기 전부터라 했다. 또 그의 아버지가 나기도 더 전부터라 했다.[74]

위의 인용문은 학마을의 지리적 배경묘사에 연이어 이장 영감을 초점자로 하여 "아름답고 포근한 마을"이었던 예전의 고향을 회상하기 시작하는 부분이다. 여기서 학마을은 현재와 달리 외적 환경과 내적 삶이 일치하는 절대적 본향으로 표상된다. 이 소급제시는 기본 서사를 방해하지 않으면서 단지 먼저 일어난 사건을 첨가하는 기능만을 한다는 외적 회상(external analepses),[75] 즉 서사의 시작 전에 일어난 사건을 전달하는 방식을 취하고 있지만, 공동체가 지향해야 할 선험적 좌표의 제시라는 점에서 텍스트의 의미형성에 있어서 매우 중요한 위치를 차지한다. 주로 요약과 생략으로 빠르게 서사를 전개시켜 나가던 서술자가 여기에서는 서술의 속도를 늦추고 자세히 세부전경을 묘사하고 있는 점에서, 이 회상

---

74) 이범선, 앞의 책, 180~181쪽.
75) Gérard Genette, 권택영 옮김, 『서사담론』, 교보문고, 1992, 38~39쪽.

212 전후소설 담론의 이데올로기와 유토피아

장면이 얼마나 중요한 부분인가를 간파할 수 있다.

한편 여기서 서술주체가 거리의 조정을 통해 각 행위주체와의 관계양
상을 달리함으로써 도덕적 이데올로기적 태도를 드러내고 있음을 감지
할 수 있다.76) "독자적이고 직접적으로 의미하는 말의 주체"가 되지 못하
는 "말 못하는 노예들"77)인 다른 공동체적 주체들에 비해, 이장영감은
서사에서 빈번히 자신의 감정과 심리상태를 드러낸다. 이는 서술주체가
이장영감의 내면까지 파고 들어가 그의 사고와 감정상태를 서술하기 때
문에 가능한데, 이러한 친밀한 연루관계는 서술주체가 가장 공감하는
행위주체가 바로 이장영감임을 드러낸다.

이와 달리 서술주체가 가장 거리를 두고 서술에 임하는 대상이 바우다.
"그밖에도 이건 무슨 수작인지 도무지 모를 말도 바우는 아는 모양이었
다. 스탈린 · 소련 · 유우엔 · 탱크."의 구절에서 볼 수 있듯이, 자신의 전
지적 능력을 최대한 자제하고 단정적 어투를 피하면서 짐짓 서술대상을
이해하지 못한 것처럼 능청을 떨고 있는 서술태도에서 바우와 극도의
거리를 유지하려는 서술주체의 태도를 쉽게 눈치챌 수 있다.78) 그리고
결론적으로 말해서, 이장영감과 바우에 대한 서술주체의 상이한 거리조
정과 서술태도는 학마을 공동체를 지배하고 있는 인륜에 기초한 전통적
가족주의 가치관을 옹호하는 내포저자의 입장을 드러낸다는 측면에서,

---

76) 작가 · 화자 · 인물 · 독자 사이에 도덕적, 지적, 미적 가치, 심지어는 육체적 가치의
   축에 있어서 다양한 거리가 존재하지만, 화자의 도덕적 · 지적 특성이 무엇보다도
   중요하다(Wayne C. Booth, 이경우 · 최재석 역, 『소설의 수사학』, 한신문화사, 1987,
   178~183쪽).
77) Mikkail M. Bakhtin, 김근석 옮김, 『도스또예프스끼 시학- 도스또예프스끼 창작의
   제문제』, 정음사, 1988, 11쪽.
78) 서술방식과 관련하여, 주로 압축과 요약에 의해 서술이 전개되고 있는 「학마을
   사람들」이 매우 서정적 분위기를 자아내는 것은 흥미로운 현상이다. 물론 회상의
   기법이나 내외적 갈등을 부각시키기보다는 화합과 조화에 초점을 두고 서술하는
   태도에 기인한다는 답변 등이 가능하겠지만, 이는 보다 정치(精緻)한 연구가 요구
   되는 논제이다.

매우 중요한 이데올로기적 함의를 내포하게 된다고 말할 수 있다.

3) 분한(憤恨)의 이데올로기와 반공 이데올로기의 접속

「학마을 사람들」의 텍스트 이데올로기와 관련하여, '반공 이데올로기적 경향'을 띠고 있다는 견해와 '탈이데올로기적 경향'을 보이고 있다는 견해가 대립·공존하는 흥미로운 현상을 발견할 수 있다. 이는 상이한 텍스트 이해가 낳은 결과지만, 결론적으로 이 텍스트가 반공 이데올로기에 경사되어 있다는 것만은 분명해 보인다. 하지만 텍스트의 이데올로기에 대해 언급할 때, '반공 이데올로기적인가?' 혹은 '탈이데올로기적인가?'를 판별하는 일보다 더 긴요하게 요구되는 작업은, 텍스트가 어떠한 방식으로 텍스트의 이데올로기를 생산하며 어떻게 텍스트의 수용주체인 독자에게 그 이데올로기의 정당성을 설득하는가를 밝혀내는 일이다. 먼저 이 텍스트가 지배 이데올로기로서의 반공 이데올로기와 맺고 있는 친연관계는 어휘의 층위분석을 통해 손쉽게 밝혀 낼 수 있다.

> 그 날 저녁 때였다. 마을에는 또 딴 일이 벌어졌다. 난데 없는 누렁 옷을 입은 사람들이 북쪽영을 넘어 마을로 들어왔다. 쉰 명도 더 넘는 그들은 개시 어깨에 총을 메고 있었다. 그들은 이 마을 사람들을 해방시키려 왔노라고 했다. 그러나 마을사람들은 그 해방이란 말의 뜻을 잘 알 수 없었다. 박 훈장마저 알기는 알면서도 어덴지 잘 모를 이야기라 했다. 그렇게 그들이 하루, 마을에 머물고 남쪽으로 나가면 이어서 또 딴 패들이 밀려 들어왔다. 그들은 꼭 같은 이야기를 하고 갔다. 이렇게 몇 차례를 겪고나서야 마을 사람들은 그 아무나 보고 동무동무하는 그들이 북한 괴뢰군인 것을 알았고, 또 큰 싸움이 벌어진 것도 알았다.
> 마을 사람들은 이제야 비로소 학이 새끼를 물어 내버린 뜻을 알 것 같았다.[79)]

"학이 새끼를 물어 내버린" 괴변과 함께, 인민군이 학마을에 들이닥친다는 상황설정 자체로부터 벌써 심상치 않은 이데올로기적 태도를 읽어낼 수 있을 것이다. 서술주체는 국군을 지칭할 때 '우리 군대'라고 표현하는 것과는 달리, 인민군을 가리킬 때는 '북한 괴뢰군'이라는 지칭소를 사용함으로써, 언술의 층위에서 분명하게 반공 이데올로기적 입장을 드러낸다. 한편 여기서 '해방'과 '동무'라는 사회어를 둘러싸고 의미론적 충돌이 발생하고 있다. "해방이란 말의 뜻을 잘 알 수 없"는 학마을 사람들을 통해 '몰이념적 민중상'[80]을 드러내고 있는 것 같지만, 거기에는 보다 은밀한 이데올로기적 의미가 내재되어 있다. 성리학적 가족주의 이데올로기에 입각해 보면, '해방'은 자신이 속해 있는 공동체와의 관계단절을, '동무'는 신분·남녀·노소에 따라 구분된 분적 원리를 무너뜨리는 반인륜의 의미를 내포하게 된다. 따라서 "알기는 알면서도 어덴지 잘 모를 이야기"라는 표현은 문맥 속에서 전통적 가족주의에의 경사와 공산주의에 대한 냉소라는 이데올로기적 의미를 함축하게 된다.[81]

그리고 이러한 이데올로기적 맥락이 형성된 이후, 학마을을 떠났던 바우가 귀향하여 서사에 재등장한다. 공산주의자가 된 바우는 "착취니 반동이니 영웅적이니 붉은 기니 하는 따위 말들"을 늘어놓으면서, 이장 영감 대신 인민위원장으로서 마을의 우두머리 행세를 하며, 심지어는 마을 사람들이 숭배하는 영물인 학에 총구를 겨누는 만행도 서슴지 않는다. 이런 일련의 행위에 의해 상술한 바처럼, 바우는 서사에서 천리(天理)와 인륜(人倫)을 파괴하는 인물로 형상화된다. 그런데 텍스트는 학마을

---

79) 이범선, 앞의 책, 192쪽.
80) 임헌영, 「분단시대문학론고」, 『민족의 상황과 문학사상』, 한길사, 1986, 229쪽.
81) 『학마을 사람들』은 한국전쟁에 대한 지배 이데올로기의 공식적인 성격규정을 그대로 답습하고 있다는 점에서도 매우 반공 이데올로기적 성격의 텍스트라고 할 수 있다. 일반적으로 우리는 한국전쟁을 '6·25전쟁'이라 부르는데, 이 호칭에는 전쟁을 바라보는 반공 이데올로기적 성격이 내포되어 있다.

공동체로부터의 이탈이 개인적 욕망의 좌절에 기인하듯이, 공산주의자 바우의 악행 역시 사적 욕망의 소산임을 암시한다. 바우가 유독 이장네 집과 봉네네 집만을 불태우고 마을을 떠난 것은, 그의 악행을 유발하는 근원적인 동인이 사욕의 좌절에 대한 원한의 감정에 연원함을 확증시켜 준다.

결과적으로, 텍스트는 이념과 전쟁을 개인의 사사로운 감정의 차원으로 환원해 버린다. 이로써 텍스트에 형성된 이데올로기를 '분한의 이데올로기'라 칭할 수 있는데, 거기에서 정치적 이념으로서의 공산주의 이데올로기는 자취를 감추며, 오직 사적 원한 분출을 위한 수단의 의미만을 내포하게 된다.82) 이를 분한의 이데올로기와 반공 이데올로기의 결합이라고 규정할 수 있는데, 그럼으로써 텍스트는 교묘하게 반공 이데올로기를 정당화하는 이데올로기적 역할을 효과적으로 수행하게 된다. 왜냐하면 반공 이데올로기에 동조하지 않는 수용주체도 천리와 인륜을 파괴하는 '분한의 분출로서의 공산주의 이데올로기'에 대한 '대항 이데올로기로서의 반공'에는 쉽게 동조할 수 있기 때문이다.83)

공동체의 붕괴가 반인륜적 이데올로기 집단에 편승한 개인적 원한의 분출이 가져온 비극이라고 파악한 텍스트는, 파괴된 공동체의 재건의지를 미래 지향적인 전망이 아닌 '과거로 회귀하고자 하는 욕망'의 제시를 통해 드러낸다. 이는 이상적 과거와의 단절이 가져오는 고통의 외상적 징후가 서사에 반영된 것인 동시에, 전쟁이 일시적 재난(災難)에 불과하

---

82) 전쟁의 광기를 이념의 대립이 아닌 개인의 원한 분출로 보는 분한의 이데올로기는 이범선 문학에서 흔치 않게 등장한다. 「살모사」에서 마을 사람들을 집단학살하고 심지어 부모까지도 냉혹하게 살해하는 '살모사'의 잔혹행위가 주인을 살해한 노비와 그에게 겁탈당한 주인집 며느리 사이에서 태어난 자식이라는 기이한 출생에 근원한다고 보는 것도 그러한 예의 하나다.

83) 그러므로 한국에서의 정치이념은 하나의 정치담론이기 이전에 도덕적 담론으로 취급되고 있다고 할 수 있다.

며 시간이 지나면 자연이 극복될 것이라는 감상적 낙관주의의 자궁 안에서 전쟁의 상처를 치유하려는 의지가 서사에 투영된 결과로 볼 수 있다. 즉, 그것은 전통 질서의 붕괴와 더불어 혼돈한 상태에 내던져진 주체가 동양적 사유양식이 투영된 낙원서사(paradise)를 통해 현실의 모순을 극복하려는 미학적 응전의 한 형태로 인식된다. 따라서 '과거로 회귀하고자 하는 욕망'으로 드러나는 낙원의식은 부조리한 현실을 초월하려 한다는 점에서 유토피아적 염원의 한 형태라 생각되지만, 과거에 매몰된 허위의식을 조장한다는 측면에서는 이데올로기의 자장에 갇힌 퇴행적 허위의식으로 비추어지기도 한다.

그러나 과거의 이상적 공동체로 회귀하고자 하는 낙원의식에 잠재된 이데올로기적 허위와 모순은 텍스트 자체에 존재하는 모순에 의해 폭로된다. 이는 이데올로기에 비판적 관점을 제공하는 내적 거리를 확보함으로써 그것의 환상을 폭로하는 문학 텍스트의 특수한 존재형식에 기인하여 발생하는 현상이다. 「학마을 사람들」에서 학마을은 내적 삶과 외적 환경이 행복하게 일치하는 낙원공동체로 형상화되어 있다. 하지만 과거의 공동체로의 회귀를 열망하는 공동체적 주체인 이장 영감은 스스로 개인적 욕망을 공동체적 질서에 종속시킴으로써 자기의 일생이 "텅빈 것이 되어" 버렸음을 고백한다. 이것은 학마을 공동체가 개인적 욕망을 관습적 '율법'으로 억압하여 내적 평화를 유지하는 권위적 사회의 성격을 띠고 있음을 암시하는 것이다.[84] 또한 바우의 원한 분출에 의해 마을이 황폐화되는 것을 통해, 학마을 공동체의 불행은 단순히 외부에 존재하는 역사적 힘의 침투에만 기인한 것이 아니라 공동체 내부에 존재하는 모순에도 원인이 있음을 알 수 있다. 따라서 텍스트 내적 모순들은 예전의

---

84) 음주조차도 학의 도래 때만 가능하다는 서사내용을 통해서도, 학마을 공동체가 개인의 사적 욕구를 율법에 의해 엄격하게 통제하는 권위적 사회임을 알 수 있다.

학마을 공동체가 왜곡된 기억에 의해 이상화된 '환상'일 수 있으며, 현재가 지향해야 할 선험적 좌표가 될 수 없음을 폭로하고 있다고 하겠다. 그러나 텍스트가 담지하고 있는 다양한 모순들은 미적 주체가 역사적 현실을 미적으로 창조하는 과정 속에서 텍스트에 남긴 성실성의 흔적이라는 점에서 결코 텍스트의 결함이 될 수는 없다.

2. 맺힘과 풀림의 구조와 화해의 미학 : 「수난이대」

1) 맺힘과 풀림의 서사구조와 승화욕망

하근찬이 민족적 수난이 야기한 한국적 한(恨)의 세계를 집요하게 천착한 작가라면, 등단작 「수난이대」는 그가 지속적으로 탐구해 나간 한의 원형질을 고스란히 담아내고 있는 텍스트다. 「수난이대」는 주인공 박만도(朴萬道)가 전쟁터에서 무사히 귀환하는 아들을 벅찬 심정으로 마중나가는 장면으로 시작하여, 그 아들이 불구자가 된 것을 알고 비통한 심정에 젖어든 주인공을 집중적으로 그리다가, 아들과 함께 하는 귀로에서 감동적 화해를 이루는 장면으로 서사를 마무리하고 있다. 이와 같은 서사의 표면적 내용에 근거해 보면, 이 텍스트의 주제적 의미가 '한(恨)'이라는 중심적 의미항과 밀접하게 연관되어 있음을 쉽게 간파할 수 있다.

「수난이대」의 주제적 의미가 '한(恨)'이라는 의미항과 긴밀하게 결부되어 있다는 것은, 이 텍스트의 제요소가 한의 정조를 발산하게끔 유기적으로 배치되어 있음을 의미하는 것이다. 사실 이 텍스트의 전반부가 한이 생성 · 응고되어 가는 과정을 그리고 있다면, 후반부는 맺힌 한이 용해되어 가는 과정을 담고 있다고 할 수 있다. 따라서 이 텍스트는 한의 맺힘과 풀림이 명확히 부각되도록 서사를 구성함으로써, 전체 텍스트의 주제적 의미를 견인해 나간다고 볼 수 있는 것이다.

> (아들이 돌아온다. 아들 진수(鎭守)가 살아서 돌아온다. 아무개는 전사했다는 통지가 왔고, 아무개 아무개는 죽었는지 살았는지 통소식이 없는데 우리 진수는 살아서 오늘 돌아오는 것이다.) 생각할수록 어깨ㅅ바람이 날 일이다. 그래 그런지 몰라도 박만도(朴萬道)는 여느 때 같으면 아무래도 한두 군데 앉아 쉬어야 넘어설 수 있는 용머릿재를 단숨에 올라 채고 말았다. 가슴이 펄럭거리고, 허벅지가 뻐근했다. 그러나 그는 고개마루에서도 좀 쉴 생각을 하지 않았다. 들 건너 멀리 바라보이는 정거장에서 연기가 물씬물씬 피어 오르며 삐익-하고 기적소리가 들려 왔기 때문이다.[85]

위의 인용문은 주인공 박만도가 전쟁터에서 무사히 귀환하는 아들을 마중 나가는 서사의 시작점이다. 여기서 "돌아온다"는 술어의 반복적 사용은 아들의 귀환이 그에게 얼마나 커다란 기쁨을 가져다 주는 사건인가를 표나게 강조하는 역할을 한다. 또 아들이 돌아온다는 소식에 박만도가 평소와 달리 용머리재를 단숨에 넘어선다는 서사적 상황 설정 역시도, 동일한 역할을 한다. 전쟁이라는 시대적 배경과 더불어 손(孫)이 귀한 집안의 유일한 혈연을 의미하는 '삼대독자(三代獨子)'라는 인물의 자질을 고려하면, 이러한 설정은 충분한 서사적 개연성을 획득하고 있다고 볼 수 있다.

이처럼 서사의 초입은 인물의 기대와 희망이 최고조로 도달에 있음이 부각되도록 설정되어 있다. 따라서 이 텍스트의 전반부가 한이 생성·응고되는 과정을 담고 있다는 설명은 선뜻 받아들이기 힘들지도 모른다. 하지만 이와 같은 서사의 초입은 고조된 기대와 그 기대의 좌절이 가져오

---

85) 하근찬, 「수난이대」, 『한국일보』, 1957. 1. 1.

는 충격효과를 유발하기 위한 은밀한 복선을 내재하고 있다. 즉 그것은 고조된 기대가 예기치 못한 좌절로 변환되는 서사의 전개과정 속에서, 텍스트에서 한의 정조가 보다 개연성 있게 부각될 수 있도록 하기 위한 서사적 의도가 담겨 있는 것이다.

> (삼대 독자가 죽다니 말이 되나 살아서 돌아와야 일이 옳고 말고. 그런데 병원에서 나온다 하니 어디를 좀 다치기는 다친 모양이지만 설마 나같이 이렇게사 되지 않았겠지.) 만도는 왼쪽 조끼 주머니에 꽂힌 소맷자락을 내려다보았다. 그 소매ㅅ자락속에는 아무 것도 든 것이 없었다. 그저 소매ㅅ자락 그것뿐이 어깨 밑으로 덜렁 처져 있는 것이다. 그래서 노상 그쪽은 조끼 주머니 속에 꽂혀 있는것이다. (볼기짝이나 장딴지 같은 데를 총알이 약간 스쳐 갔을 따름이겠지 나처럼 팔뚝 하나가 몽땅 달아날 지경이었다면 엄살스런 놈이 견뎌 냈을 턱이 없고 말고.)
> 슬며시 걱정이 되기도 하는 듯 그는 속으로 이런 소리를 줏어 섬겼다.[86]

기대와 기쁨이 전경화되어 있는 첫 인용문과 달리, 이 인용문에는 불안과 우려의 심정이 집중적으로 부각되어 있다. 이 인용문은 전체 서사에서도 매우 중요한 비중을 지니고 있는데, 그것이 무엇을 의도하고 있는지는 앞의 인용문을 염두에 두고 전체적인 서사의 구도 속에서 파악해야 한다. 박만도의 내적 독백으로 시작하여 서술자의 서술을 거쳐 다시 그의 내적 독백으로 이어지는 이 인용문에는, 대단히 중요한 서사정보가 담겨 있다. 박만도가 한쪽 팔이 없는 불구라는 것과 그의 아들이 병원에 입원했다가 퇴원을 했다는 사실이 그것이다. 특히 후자는 기대가 좌절로 전환될 수 있음을 암시함으로써 텍스트 전체의 서사적 구도형성에서 중요한 역할

---

86) 위의 글.

을 수행한다. 다시 말해 그 서사정보는 텍스트의 시작부에 담긴 희망적 기대가 좌절로 반전되는 아이러니를 사전에 암시하는 징조단위의 기능을 수행하는 것이다. 따라서 텍스트의 전반부에는 서사의 표면에 부각된 기대의 실현이 아니라, 그 기대의 좌절을 통해 반전의 충격적 효과가 충분히 발휘되도록 서사단락이 배치되어 있다고 할 수 있다.

「수난이대」는 기대가 좌절로 실현되는 아이러니의 서사적 완결점과 함께 한의 정조를 발산하게 된다. 그런데 텍스트는 아이러니의 완결점 이전에 박만도 자신이 육체적 불구가 된 연유를 보여주는 서사단락을 우선 배치하고 있다.

> 정거장 대합실에 와서 이렇게 도사리고 앉아 있노라면, 만도는 곧잘 생각히는 일이 한 가지 있었다. 그 일이 머리에 떠오르면, 등골을 찬 기운이 쫙 스쳐 내려가는 것이었다. 손가락이 시퍼렇게 굳어져서 마치 이끼 낀 나무토막 같은 팔뚝이 지금도 저만큼 눈 앞에 보이는듯 하였다.[87]

이 인용문은 박만도가 역사(驛舍)에서 아들을 기다리다 과거를 회상하기 시작하는 부분이다. 여기서 역은 '기다림'의 공간이기 이전에 '떠남'의 의미를 지닌 공간으로 각인된다. 그 떠남은 안전이 보장된 익숙하고 안온한 공간으로부터 강제로 이끌려 나와 위협이 도사린 역사적 수난의 장으로의 내던져짐을 뜻한다. 따라서 내부공간과 외부공간 사이를 매개하는 기차역은 부정적 공간일 수밖에 없다. 때문에, 그는 역에만 오면 자신이 불구가 되던 순간이 떠올라, 두려움에 휩싸인 채 평소에는 가슴 깊이 묻어둔 고통스런 기억을 반추하게 되는 것이다.

이렇게 해서, 텍스트는 과거를 반추하는 소급제시의 단락을 제시한

---

87) 위의 글.

이후에, 다시 현재의 서사단락으로 돌아와 비로소 징조단위가 실현되는 서사단락을 배치한다. 즉 박만도 자신이 불구가 된 사연을 먼저 제시한 후, 연이어 불구가 된 아들과의 조우라는 서사의 결정적인 핵사건을 배치하고 있는 것이다. 이렇게 되면, 서사에서 압도적인 역사적 힘에 의한 민중의 수난이 두드러지게 전경화된다. 그러므로 이와 같은 서사단락의 유기적 배치는 민중의 한의 생성과 응고의 과정을 효과적으로 제시하기 위한 전략의 일환이라 볼 수 있다.

> 그러나 아들의 모습은 쉽사리 눈에 띄지 않았다. 저 쪽 출찰구로 밀려가는 사람의 물결 속에 두 개의 지팡이를 의지하고 절룩거리면서 걸어 나가는 상이 군인이 있었으나, 만도는 그 사람에게 주의를 기울이지는 않았다. 기차에서 내릴 사람은 모두 내렸는가 보다.(...중략...)
> 그 순간, 만도의 두 눈은 무섭도록 크게 떠지고, 입은 딱 벌어졌다. 틀림없는 아들이었으나, 옛날과 같은 진수는 아니었다. 양쪽 겨드랑이에지팡이를 끼고 서 있는데 스쳐 가는 바람결에 한쪽 바지가랑이가 펄럭거리는 것이 아닌가.
> 만도는 눈앞이 노오래지는 것을 어쩌지 못했다. 한참 동안 그저 멍멍하기만 하다가, 코허리가 찡해지면서 두 눈에 뜨거운 것이 핑 도는 것이었다. 그러나, 그는 여느때처럼 코를 팽팽 풀어 던지지는 않았다.[88]

박만도가 불구가 된 아들과 조우하는 장면은 결정적인 서사의 반환점이다. 이 서사단락의 제시와 함께 기대가 좌절로 전락하는 배반의 아이러니가 완성된다. 이 텍스트에서, 기대가 좌초되는 배반의 아이러니는 민중의 한이 무엇에 연유하는가를 핍진하게 보여주는 역할을 한다. 위의 인용

---

88) 위의 글.

문에서, 박만도는 "두 개의 지팡이를 의지하고 절룩거리면서 걸어 나가는 상이 군인"에게는 눈길조차 줄 생각을 하지 않는다. 이는 기대가 좌절로 종결되리라는 불안한 예감이 드리워져 있음에도 불구하고, 그가 얼마나 아들의 무사귀환을 고대하고 있는지를 잘 보여준다. 다시 말해, 그것은 불구가 된 아들과 대면할 때 박만도의 가슴 속에 애통한 심정과 고통의 응어리가 얼마나 강하게 맺히리라는 것을 암시하는 서사적 효과를 유발한다. 게다가 이 인용문의 말미에 보여지는 "여느 때처럼 코를 팽팽 풀어 던지지" 않는 그의 모습은 심적 응어리가 생성되는 상황임을 새삼 강조하는 효과를 낳는다. 대부분의 하근찬 소설에서 배설은 민중의 생명력을 상징한다. 여기서도 배설은 문맥상으로 내면의 부정적 퇴적물을 밀어내는 민중의 긍정적인 힘이라는 의미를 함축하고 있기 때문에, 그런 효과의 생산이 가능한 것이다.

하지만 무엇보다도 역사의 부정적인 힘에 의해 야기된 민중의 수난과 한의 생성은 불구가 된 두 육체의 조우에서 보여지듯, '고통받는 몸(the body in pain)' 즉 훼손된 육체를 통해 생생히 제시되고 있다. 이처럼 「수난이대」는 기대와 좌절의 아이러니 구조 속에서 고통받는 육체를 정점으로 한이 응고되는 과정을 압축적으로 형상화해내고 있다. 그러나 이 텍스트가 지닌 미덕은 단순히 한의 응고과정을 보여주는 데 그치는 것이 아니라, 그 맺힌 한을 풀어내는 화해의 과정까지 담아내고 있다는 점이다. 따라서 아이러니는 사건구성의 한 계기에 불과하다고 할 수 있다.[89] 즉 기대와 좌절에 의해 한의 생성을 견인하는 아이러니가 전체 텍스트의 주제적 의미형성의 시발점이 되고 있다면, 그 주제적 의미의 완결은 맺힌 한이 용해되는 풀이의 서사과정이 존재함으로써 가능해진다.

「수난이대」에서, 불구가 된 두 육체의 조우라는 서사의 반환점을 돌아

---

89) 김진기, 「민요적 세계관의 의미구조」, 『한국근현대 소설연구』, 박이정, 1999, 428쪽.

집으로 회귀하는 노정(路程)이 심층적 의미의 층위에서 맺힌 한을 풀어 나가는 서사의 자기 전개과정이 되고 있다. 그런데 '풀이'의 완성은 한의 부정적 속성인 공격성(怨)과 퇴영성(嘆)을 전화시켜 우호성(情)과 진취성 (願)과 같은 긍정적 속성으로 변화시키는 '삭힘'[90]의 단계를 거쳐야만 이루어질 수 있다.

> 그렇게 거듭빼기로 석 잔을 해치우고서야 으으윽!하고 개트림을 하였다. 여편네가 눈이 휘둥굴해 가지고 혀를 내둘렀다.
> 빈속에 술을 그처럼 때려 마시고 보니 금세 눈두덩이 확확 달 아 오르고 귀뿌리가 발가ㅎ게 익어 갔다. 술기가 얼근하게 돌자 이제 좀 속이 풀리는 상 싶어 방문을 열고 바깥을 내다보았다. 진 수는 이마에 땀을 척척 흘리면서 다 와 가고 있었다.[91]

이 인용문은 아들이 불구가 된 사실을 확인한 박만도가 집으로 돌아가 는 도중에 주막집에 들러 술로 화를 달래는 장면이다. 여기서, 지금 그가 기대의 좌절로 인해 생긴 마음의 응어리 때문에, 심리적 자폐상태에 빠져 있음을 알 수 있다. 다리 불구가 되어 걸음이 불편한 아들을 아랑곳하지 않고 혼자 빠르게 걸음을 옮기거나, 평소와 달리 주막집에서 주인과 농조 차 주고받지 않는 모습은, 박만도가 심리적 자폐상태에 빠져 있음을 알리 는 서사적 표지이다.

한편 이 인용문은 한을 삭이고 있음을 서사적으로 표현하고 있는 것이 기도 하다. 주막이 길의 선상에 있는 일시적 휴식처라면, 술은 제약된 상황이나 심리적인 긴장의 상태로부터 벗어나게 하는 위안과 정화의 작 용을 한다.[92] 따라서 좌절감과 분노를 술로 달래고 있는 박만도의 모습은

---

90) 천이두, 『한의 구조 연구』, 문학과 지성사, 1993, 99쪽.
91) 하근찬, 위의 글.
92) 이재선, 『한국문학 주제론』, 서강대학교 출판부, 1989, 215쪽.

'삭힘'의 과정을 통해 내면의 분기(憤氣)를 가라앉히려는 모습의 서사적 표현으로 해석될 수 있는 것이다. 이러한 삭임의 단계를 거쳐야 한의 부정적 속성인 퇴영성(嘆)이 우호성(情)으로 변화되면서, 화해의 상태에 도달할 수 있게 된다.

> 만도는 아랫배에 힘을 주며 끄ㅎ!하고 일어났다. 아랫도리가 약간 후들거렸으나 걸어갈만은 하였다. 외나무 다리 위로 조심 조심 발을 내디디며 만도는 속으로,
> (인제 새파랗게 젊은 놈이 벌써 이게 무슨 꼴이고. 세상을 잘못 타고나서 진수 니 신세도 참 똥이다 똥.)
> 이런 소리를 줏어 섬겼고, 아부지의 등에 업힌 진수는 곧장 미안스러운 얼굴을 하며,
> (나꺼정 이렇게 되다니 아부지도 참복도 더럽게 없지. 차라리 내가 죽어 버렸더라면 나았을 낀데!)
> 하고 속으로 중얼거렸다.
> 만도는 아직 술기가 약간 있었으나, 용케 몸을 가누며, 아들을 업고 외나무다리를 무사히 건너 가는 것이었다.
> 눈앞에 우뚝 솟은 용머리재가 이 광경을 내려다보고 있었다.[93]

위의 인용문은 '삭힘'의 과정을 거쳐 마음의 응어리를 풀고 화해에 이른 모습을 보여주고 있는 텍스트의 대단원이다. 여기서 서로의 마음을 읽고 있는 듯 오가는 내적 독백은 박만도와 아들 진수가 내적 갈등을 극복하고 상호 교감을 이루고 있음을 나타낸다. 또 그런 그들을 정관(靜觀)하고 있는 용머리재는 자아와 외부세계가 상호 일체의 화해상태를 이루고 있음을 나타내 보여준다. 이처럼 '풀이'는 제어된 심적인 긴장을 풀어 주게 할 뿐만 아니라, 인간 상호간의 관계의 경색을 해소함으로써 서로의 일체감

---

93) 하근찬, 앞의 글.

이나 평형감을 확인하게 한다.[94]

결국 「수난이대」는 핵심적인 탐구의 대상인 '한(恨)'을 정점으로, 그것의 맺힘과 풀림이 부각되도록 서사를 유기적으로 구성하고 있다. 그러나 이 텍스트에서 '한(恨)의 풀림'이 슬픔이나 좌절감 등 부정적인 정서가 완전히 해소된 상태에까지 이르렀다고 간주할 수는 없다.[95] 왜냐하면 이 작품은 한의 맺힘과 풀림의 서사를 통해, 역사의 부정적인 힘 앞에 무방비상태로 노출된 민중이 어떻게 역사적 수난과 상처를 인내하며 다시 일상적 삶을 영위해 나가는가를 서사적으로 재현해내고 있을 뿐이기 때문이다.

2) 민중상(像)으로서의 행위주체와 관조적 서술주체

서사 텍스트의 유기적 구성과정은 특정 상황맥락 하에 특정 인물의 행위나 사고내용을 연쇄적으로 배치함으로써, 텍스트가 제시하고자 하는 주제적 의미를 견고하게 구축해 나가는 과정이다. 따라서 어떤 상황맥락 하에 어떤 특성을 지닌 인물이 등장하여 어떠한 행위와 인식을 펼쳐 나가느냐는 그 텍스트의 주제적 의미를 결정하는 중요한 변수로 작용한다. 앞서 밝혔듯이, 「수난이대」는 '한(恨)'의 맺힘과 풀림의 구도를 통해 서사를 구성하고 있다. 이를 위해, 이 텍스트는 역사의 폭력이 존재를 압도하는 식민지시대와 한국전쟁기를 텍스트의 객관적 시대상황으로 설정한다. 그리고 그 역사적 상황에 의한 존재의 수난을 부각시키기 위해, 영웅적 주인공이 아니라 그 피해의 대상이 되는 힘없는 민중을 주인공으로 내세운다.

---

94) 이재선, 앞의 책, 296쪽.
95) 신은경, 『풍류- 동아시아 미학의 근원』, 보고사, 1999, 237~238쪽 참조.

섬에다가 비행장을 닦는 것이었다. 모기에게 물려 혹이 된 곳을 벅벅 긁으며, 비 오듯 쏟아지는 땀을 무릅쓰고, 아침부터 해가 떨어질 때 까지 산을 허물어 내고, 흙을 나르고 하기란, 고향에서 농사일에 뼈가 굳어진몸에도 이만저만한 고역이아니었다. 물도입에 맞지 않았고음식도이내변하곤해서, 도저히 견디어 낼 것 같지 않았다. 게다가 병까지 돌았다. 일을 하다가도 벌떡 자빠지기가 예사였다. 그러나, 만도는 아침저녁으로 약간씩 설사를 했을 뿐 넘어지지는 않았다. 물도 차츰 입에 맞아 갔고, 고된 일도 날이 감에 따라 몸에 배어드는 것이었다.[96]

　　이 인용문은 전지적 서술주체가 자신의 능력을 최대한 발휘하여 텍스트의 중심적 행위주체 박만도가 징용을 당해 강제노동을 하던 시절을 소급제시하고 있는 부분이다. 여기서 서술주체는 존재를 둘러싼 가혹하고 열악한 주변환경을 집중적으로 요약·서술하는데, 이는 부정적인 역사의 힘에 의한 민중의 시련과 고통을 부각시키기 위한 서술전략의 일환이다. 다시 말해 "어디로 가는 것인지 알지"도 못한 채 징용에 끌려 나와 낯선 땅에서 엄청난 강도의 노동에 종사하는 인물의 집중적 조명을 통해, 당대를 지배하던 역사의 부정적 힘과 그에 무방비로 노출된 민중의 수난을 강하게 환기시키려 하고 있는 것이다. 따라서 거대한 역사의 힘에 대해 일말의 저항적 태도나 비판적 인식을 보여주지 못하는 행위주체는 무력한 피해자적 특성을 강하게 보여줄 수밖에 없다.

　　그러면서도, 위 인용문은 자신을 둘러싼 악조건에 굴하지 않고 꿋꿋하게 현실에 적응해 나가는 인물의 모습을 통해 수난 극복의 민중상을 암시하고 있기도 하다. 박만도는 징용을 끌려나감에도 태평한 태도를 취하고, 낯선 땅에서 힘든 노동에 혹사당하면서도 그 낙천성을 잃지 않는다. 여기

---

96) 하근찬, 앞의 글.

서 역사의 폭력에 일방적으로 유린당하면서도 행위주체로 하여금 시련과 고통을 딛고 일어나, 대단원에서 극적 화해에 이르게 하는 근인이 무엇인가를 알 수 있다. 텍스트는 잡초처럼 질긴 생명력을 시련과 고통을 인내하며 맺힌 한을 풀어내는 민중적 힘의 원천으로 상정하고 있는 것이다.

인간의 신체는 노동과 일상적 삶의 영위를 가능하게 하는 토대다. 따라서 불구가 된 신체를 지니고 살아가는 존재는 일상적 삶의 국면에서 많은 어려움을 겪을 수밖에 없다. 텍스트는 외나무 다리를 건너다 냇물에 빠져 곤혹을 치루었던 경험의 소급제시를 통해 그 어려움을 단적으로 보여준다. 이때 박만도는 곤혹스러운 상황에도 불구하고 울적한 웃음을 통해 비애를 승화해 나가는 우직스러움을 보여준다. 이는 '고통받는 몸(the body in pain)'에 각인된 고통과 수난에도 불구하고 증오와 자학과 같은 자기 소모적 방향으로 치닫지 않고 현명하게 그것을 극복하는 민중의 건강성이라는 긍정적인 의미를 함축한다. 더구나 자신의 분신인 아들마저 불구가 되었다는 충격으로 인해 참담한 심정에 빠져 있음에도 불구하고 이를 인내하며 화해적 상태에 이르게 되는 행위주체는, 강인한 생명력을 지닌 민중상을 표상한다. 그러므로 「수난이대」에서 '맺힘'의 서사 전개과정이 압도적인 역사의 힘에 의해 수난받는 민중상으로서의 행위주체를 전경화시키고 있다면, '풀림'의 서사 전개과정은 인물이 지닌 낙천성과 강인한 생명력을 기반으로 고난과 시련을 딛고 일어서는 강인한 민중상을 부각시키고 있다고 말할 수 있다.[97]

한편 서술주체에 의해 조율되는 인물의 정서는 수난받는 민중상과 이를 극복하는 강인한 생명력을 지닌 민중상을 효과적으로 제시하는 데

---

97) 주어진 텍스트에서 어떤 인물특성들을 배제하거나 포함시키는 것은 한 문화권에서 인간성을 표상할 때 사용하는 가치항들을 나타내는데(Steven Cohn · Linda Shires, 앞의 책, 109쪽), 이는 텍스트가 함축하고 있는 이데올로기성을 밝혀내는 데 있어 중요한 판별점 구실을 한다.

중요한 역할을 한다. 그러므로 서술주체가 자신을 둘러싼 상황에 대응하는 행위주체에 대해 어떤 관점과 태도를 취하면서 서술을 해 나가는지를 탐색해 볼 필요가 있다. 이 텍스트의 서술주체는 주로 서술대상이 되고 있는 행위주체와 일정한 거리를 유지한 채, 외적 조망(external perspective)과 내적 조망(internal perspective)을 적절히 병행하여 인물의 내면적 정서를 전달함으로써, 수난과 생명력의 표상으로서의 행위주체를 효과적으로 형상화한다. 이때 서술주체는 인물의 감정과 인식을 그대로 전달하려 할 뿐 자신의 입장을 드러내거나 주관적 판단을 통한 과도한 개입을 자제한다. 이 때문에 인물에 대한 공감적 시선에도 불구하고 서술자가 중립적인 태도를 취하고 있다는 인상을 준다.

1) 앞서간 만도는 주막집 앞에 이르자, 비로소 한번 뒤를 돌아보았다. 진수는오다가 나무 밑에 서서 오줌을 누고 있었다. 지팡이는 땅바닥에 던져 놓고, 한 쪽 손으로는 볼일을 보고, 한쪽 손으로는 나무등치를 감싸안고 있는 모양이 을씨년스럽기 이를데 없는 꼬락서니였다. 만도는 눈살을 찌푸리며 으음-하고 신음소리 비슷한 무거운 소리를 내었다. 그리고, 술방 앞으로 가서 방문을 왈칵 잡아당겼다.[98]

2) 「차라리 아부지 같이 팔이 하나 없는 편이 낫겠어예, 다리가 없어 놓니 첫째 걸어 댕기기에 불편해서 똑 죽겠심더.」
「야야, 안 그렇다. 걸어댕기기만 하면 뭐 하노. 손을 제대로 놀려야 일이 뜻대로 되지.」
「그럴까예?」
「그렇다니, 그러니까 집에 앉아서 할 일은 니가 하고, 나댕기메 할 일은 내가 하고, 그라면 안 되겠나, 그제?」

---

98) 하근찬, 앞의 글.

「예.」
진수는 아버지를 돌아 보며 대답했다. 만도는 돌아보는 아들의
얼굴을 향해서 지긋이 웃어 주었다.[99]

1)의 인용문은 이 텍스트의 서술주체가 어떻게 서술대상이 된 행위주
체를 서술해 나가는가를 잘 보여준다. 이 인용문은 삼대독자인 아들이
불구가 된 것에 실망한 박만도의 심리상태를 잘 보여주고 있다. 여기서
서술주체는 일정한 지각적 거리를 유지한 채, 인물의 내면으로 파고 들어
가지 않고 단지 외적 조망을 통해 자신이 지각한 것만을 서술하고 있다.
그럼에도 서술자는 '절제의 미학과 압축의 묘미[100]'를 살리면서, 별다른
어려움 없이 인물의 내면에서 일어나는 좌절과 분노의 감정을 효과적으
로 표출하고 있다. 일테면, "비로소"라는 부사어와 "왈칵"이라는 투사체
적 어휘로 내적 감정의 외적 발현으로서의 행위를 간결하게 포착·제시
함으로써, 그 암시성에도 불구하고 인물의 내적 심리상태를 생생하게
전달한다. 더구나 "을씨년스럽기 이를데 없는 꼬락서니", "눈살을 찌푸
리며" 등 주관적 감정이 동반된 표현을 구사하면서, 박만도의 현재 심정
을 보다 분명하게 제시하고 있기도 하다. 이처럼 서술주체는 서술대상이
되는 인물과 일정한 지각적 거리가 존재함에도 불구하고 주관적 감정이
동반된 표현을 구사함으로써, 수난받는 민중의 고통과 애환을 효과적으
로 부각시키고 있다. 이는 결국, 짙은 연민을 유발함으로써, 수용주체가
심리적 정서적 국면에서 인물과 쉽게 동화될 수 있게 한다.

한편 2)의 인용문은 박만도와 그의 아들이 좌절감과 분기를 풀고 화합
에 이르는 장면인데, 여기서도 서술주체는 인물의 내면에 대한 전지적
투시를 배제한 채 외적 조망을 통해 인물을 형상화해 내고 있다. 특히

---

99) 위의 글.
100) 조남현, 「상흔 속의 끈질긴 생명력」, 『광장』, 1984. 5, 189쪽.

여기서 서술자가 뒤로 물러난 채, 인물의 직접적인 발화를 전면에 배치하고 있다. 이처럼 주관적 개입을 배제하고 인물의 직접적인 발화만을 객관적으로 제시하면, 인물의 개인적 사회적 특성이 잘 드러나게 된다. 여기서 사투리는 인물의 제한된 지식과 인식의 수준을 드러내지만, 민중이라는 존재를 표상하기에는 오히려 적절해 보인다. 또 그것은 순박하고 따뜻한 인물의 내면적 정서를 익살스럽게 보여줌으로써, 내적 좌절과 고통을 이겨내고 화합에 이른 상태를 잘 보여준다.

그런데 서술주체와 서술대상 사이에는 일정한 지각적 거리가 존재함에도 불구하고, 심리적 국면에서는 매우 가까운 친연성을 지니고 있다. 이는 서술주체가 일정한 지각적 거리에도 불구하고 비판적 시선을 전혀 드러내지 않고 따뜻한 공감적 시선으로 서술대상으로서의 인물을 포착하고 있기 때문에 일어나는 현상이다. 게다가 외적 조망과 더불어 적절하게 내적 조망을 병행하는 것도 그러한 인상을 주는 주요한 요인이다. 인물의 심리상태를 자신이 직접 고백하는 발화양식인 내적 독백은 내적 조망에 의한 문체형식의 대표적 형태이다.101) 서술주체는 중요한 순간마다 뒤로 물러난 채 내적 독백을 통해 인물이 직접 자신의 내적 상태를 표현하게 함으로써, 외적 조망만의 고수가 가져올 수 있는 거리감을 적절히 차단한다.

3) 주객의 화해와 패배적 순응주의

「수난이대」는 한(恨)의 맺힘과 풀림의 서사구조를 통해, 민중의 수난과 더불어 상처와 고통을 이겨내고 일상적 삶을 지속하려는 민중의 끈질긴 생명력과 수난의 극복의지를 서사화하고 있다. 이때 텍스트에서 가혹

---

101) Franz K. Stanzel, "The Opposition Perspective: Internal Perspective-External Perspective", 1979, pp. 11~112; 이상신, 『소설의 문체와 기호론』, 느티나무, 1990, 74쪽 재인용.

한 환경과 그로 인한 존재의 좌절과 고통이 비애의 미학을 생산한다면, 상처와 고통을 이겨내려는 존재의 승화욕망은 화해의 미학을 발산한다고 말할 수 있다. 다시 말해, 이 텍스트는 맺힘과 풀림의 서사양식을 통해 비애와 수난의 미학과, 해학과 화해의 미학이라는 상반된 미학을 동시적으로 구현하고 있다. 이때 상반된 미학의 동시적 발현에는 중요한 이데올로기성이 함축되어 있다. 그러므로 역사적 현실을 텍스트 내부로 끌어들여 변형·재구성하는 텍스트의 미학적 축조작업을 통해 형성된 텍스트의 이데올로기성을 탐색해 볼 필요가 있는데, 그것은 이 텍스트에 나타난 한(恨)의 특성을 규명하는 작업으로부터 출발할 수 있다.

> 만도는 진수의 잘못이기나 한 듯 험한 얼굴로,
> 「가자, 어서」
> 무뚝뚝한 한 마디를 던지고는 성큼성큼 앞장을 서 가는 것이었다.
> 진수는 입술에 나려 와 묻는 짭짤한 것을 혀끝으로 날름 핥아 버리면서, 절름절름 아버지의 뒤를 따랐다.
> 앞장서 가는 만도는 뒤 따라오는 진수를 한번도 돌아보지 않았다. 한눈을 파는 법도 없었다. 무겁디무거운 짐을 진 사람처럼 땅바닥만을 응시하고, 이따금 끄으끄으거리면서 부지런히 걸어만 가는 것이었다.[102]

좌절·상실을 당하여 그 한의 유발자에 대하여 갖는 외향적 공격성(怨)이 한의 일차적 정서현상이라면, 뒤이어 무력한 자아를 되돌아보고 스스로를 자책하고 한탄하는 내향적 공격성(嘆)이 한의 이차적 정서현상이라고 한다.[103] 위의 인용문은 불구가 된 아들을 목도한 직후 박만도가 보이는 반응을 보여주고 있는 장면이다. 그는 순간적으로 대타적 공격성

---

102) 하근찬, 앞의 글.
103) 천이두, 앞의 책, 14~15쪽.

의 징후를 완전히 억제하지는 못하지만, 금새 어쩔 수 없는 현실 앞에서 무력감과 좌절감으로 인해 자폐적 상태에 빠져들고 만다. 한은 보복·반격을 통한 설욕이 불가능할 때 생기는 정서이다.[104] 하지만 구체적인 보복의 대상을 찾을 수도 보복의 능력도 없는 그로서는, 무력한 자신에 대한 탄식·한탄의 성격을 짙게 풍기는 한을 품게 되는 것이다. 이는 인물의 축에서 저항과 변혁의 주체로서의 민중상이 배제되고, 고통과 비애로 점철된 수난받는 민중상과 이를 감내하고 수용하는 민중상이 형상화되어 있는 서사적 현상과 상호 조응한다.

다시 말하지만 공격적 원(怨)으로서의 한이 아닌 자책의 탄(嘆)으로서의 한과, 투쟁과 저항의 주체로서의 민중이 아닌 수난과 체념의 민중상의 서사적 표현은 문학 텍스트와 역사적 현실구조의 상호 조응성을 잘 보여준다. 왜냐하면 그것은 저항이 무화되고 패배가 일종의 체념으로 굳어진 닫힌 사회적 현실의 서사적 재현으로 볼 수 있기 때문이다.[105] 결국 「수난이대」에서 보여지는 비애와 수난의 미학은 수난받는 민중의 좌절과 고통에 대한 서사적 증언이라는 의미를 지니고 있다.

한편 「수난이대」는 한이 해소되는 풀이의 과정 속에서 풍자와 저항의 미학이 아니라 해학과 화해의 미학을 지향한다. 민중적 증오로서의 한의 폭력적 표현형식이 풍자라고 한다면,[106] 맺힘의 구조를 통해 탄(嘆)으로서의 한(恨)의 응결과정을 보여준 텍스트가 그것의 해소방향을 풍자와 저항의 미학적 차원이 아니라 해학과 증오의 차원에서 찾으려 하는 것은 너무도 당연해 보인다.

「수난이대」는 서사의 종결부에서, 한의 응어리를 풀어버리고 불구가 된 아들과 상호 일체감을 형성하는 주인공의 모습을 통해, 화해의 미학을

---

104) 위의 책, 16쪽.
105) 김진기, 앞의 책, 411~412 참조.
106) 김지하, 「풍자냐 자살이냐」, 『민중문학론』, 문학과 지성사, 1984, 28~30쪽.

극적으로 표현하고 있다. 이렇게 「수난이대」가 풍자와 저항의 미학적 구도를 형성하기보다 해학과 화해의 미학을 제시하는 이유는, 이 텍스트를 둘러싼 외부적 현실상황과의 연관 속에서 찾아질 수 있다. 당대는 일말의 저항과 변혁의 움직임조차도 불가능할 정도로 역사의 힘이 주체의 저항의지를 압도적으로 무화시켜 나가던 시기다. 따라서 해학과 화해의 미학은 압도적인 역사의 힘이 소박한 욕구마저도 잔혹하게 짓밟는 혼돈의 시대에 상처와 절망을 딛고 일어서 일상적 삶을 지속적으로 영위하려는 존재의 열망을 현실적으로 가능한 범위 안에서 서사적으로 제시한 것이라고 볼 수 있다. 즉 해학과 화해의 미적 구도는 풍자와 저항의 미학적 지향성에 비해 다소 소극적이고 수동적으로 비추어질 수도 있지만, 역사적 상황의 제약 아래서 현실적으로 실현 가능한 삶의 방향을 설정하게 한다는 점에서 그 의의를 찾을 수 있을 것이다.

그러므로, 해학과 화해의 미학은 '적응적 선호의 욕망 즉, 만족시키지 못할 욕구를 가짐으로 해서 생기는 긴장이나 좌절을 줄이고 욕구를 가능성에 맞추어 가려는 욕망'[107]이 투영된 서사미학이라고 진단할 수 있을 것이다. 충족 불가능한 욕구를 포기하고 가능한 범위 안의 것만을 욕망한다는 의식의 서사적 발현이 해학과 화해의 미학이라면, 그것은 현실 순응주의의 미학적 발현에 다름 아니다. 그러나 그 속에는 거대한 외적 힘에 의해 야기된 고통과 수난에도 불구하고 자기 소모적인 증오와 한탄에 빠지지 않고 현명하게 현실에 적응해 나가는 민중의 지혜가 담겨 있다. 화해의 욕망은 삶에 대한 강력한 긍정이 없이는 결코 불가능한 경지라 할 것이다. 따라서 피해의식과 한탄으로 일관하기보다 실의를 딛고 일어서는 해학과 화해의 미학에는, 가해자에 대한 불가능한 복수에의 일념에

---

107) J. Elster, *Sour Grapes*, Cambridge, 1983, p. 25; Alex Callinicos, 김용학 역, 『역사와 행위』, 교보문고, 1991, 226쪽 재인용.

사로잡히거나 자기 소모적인 증오에 **빠**지지 않고 수난으로 옹어리진 한 (恨)을 승화하여 주체와 세계가 조화로운 일체를 형성하는 세계를 희구하는 열망이 숨어 있다고 볼 수 있다.

그러나 문제는 해학과 화해의 미학이 역사적 현실을 배제한 채 그 자체로 자기 충족적인 운명 공동체적 삶의 양식을 소망한다는 점이다. 역사적 국면이 사장된 채 주체와 외부세계의 대립과 갈등이 주체 내부의 갈등으로 치환되어 있는 서사적 국면은, 이를 단적으로 보여준다. 「수난이대」에서 화해가 이루어지는 공간은 야성의 건강함과 화합과 삶의 활력이 생성되는 장소인 자연과 산108)이다. 주체와 주체, 주체와 세계 사이의 화해와 합일이 역사적 현실공간과 단절된 자연공간에서 이루어진다는 것은, 그것이 역사적 현실 속에서는 이루어질 수 없고 텍스트 생산주체의 유토피아적 욕망이 투영된 미적 가상으로만 존재한다는 것을 의미한다. 그러므로 역사가 배제된 자연적 향토의 세계에서의 화해와 화합은 일정한 한계를 지니고 있을 수밖에 없다. 결국 내적 갈등과 대립이 해소되고 조화와 화해가 성립됨에도 불구하고, 「수난이대」는 전체적으로 비애와 우수의 정서를 완전히 떨쳐내지 못한다. 즉, 이 텍스트에는 해학과 화해의 미학적 구현에도 불구하고 눌린 자의 체념과 실의의 감정이 내재되어 있다. 이는 제한된 가능성 안에서만 행동하면서 패배적 순응주의를 감수하기 때문에 빚어지는 현상이다. 따라서 해학과 화해의 미학은 궁극적으로 역사적 사회적 상황에 대한 적극적이고 능동적인 저항으로 전환될 수 있는 여지가 없다는 근본적인 한계를 지니고 있다. 하지만 감상적 정서의 과잉과 관념적 도그마에 의한 과도한 전망의 표출보다 현실에 대한 성실한 서사적 재현과 바람직한 삶에의 열망을 보여준다는 점에서 본다면, 그것이 그리 큰 단점이 되는 것은 아니다.

---

108) 이재선, 앞의 책, 285쪽.

제6장 전후소설 담론의 형식적 이데올로기적 특성

특정한 역사적 시기의 문학은 다른 형식으로 존재할 수밖에 없다.[1] 왜냐하면 문학은 특정한 사회·역사적 문맥 안에서 성립되고 정의되는 존재이기 때문이다. 문학담론의 연구가 텍스트가 기반하고 있는 사회적 조건에 유의해야 하는 이유도 바로 여기에서 찾을 수 있다. 문학 텍스트를 둘러싼 사회적 조건은 한 시대의 담론양상을 좌우하는 중요한 외적 결정소로 작용한다. 따라서 담론의 외적 결정소로서의 사회적 조건을 고려해야만, 비로소 담론의 양식적 특성과 그 효과가 명증하게 밝혀질 수 있게 된다. 그러나 문학의 역사성은 바로 통시성과 공시성의 절단점에서 드러난다.[2] 그러므로 문학담론을 둘러싼 외적 결정소를 고려하되, 통시적인 관점에서 소설담론의 공시적 특성을 살펴보아야만 전후소설의 문학사적 위상이 자연스럽게 도출될 수 있을 것이다.

전후소설 담론을 둘러싼 모든 사회적 조건은 한국전쟁과 밀접한 관련성이 있다. 분단의 고착화에 결정적 계기가 된 한국전쟁은 우발적으로 빚어진 이념의 충돌이 아니라, 도도한 역사의 흐름 속에서 필연적으로

---

1) 그런 측면에서, 마슈레의 다음과 같은 발언은 시사하는 바가 적지 않다. "문학은 변형의 실천적 물질적 과정인 바, 이 말은 특정한 역사적 시기에 문학은 다른 형식으로 존재함을 의미한다. 연구할 필요가 있는 것은 이러한 형식들 사이의 차이이다. 대문자(L)로 시작하는 문학은 존재하지 않는다. 문학적인 것, 곧 사회 현실 안에서의 문학 또는 문학적 현상이 존재할 뿐이며, 연구하고 이해되어야 할 것은 이런 것이다."("An Interview with Pierre Macherey", *Red Letters* 5, Summer. 1977, p. 3; Tony Bennett, 임철규 옮김, 『형식주의와 마르크스주의』, 현상과 인식, 1983, 202쪽 재인용).

2) Hans Robert Jauß, 장영태 역, 『도전으로서의 문학사』, 문학과 지성사, 1983, 207쪽.

일어날 수밖에 없었던 비극적 사건이다. 즉, 한국전쟁은 해방 이후 새로운 민족국가의 국가체제와 주도권을 놓고 벌어진 좌우파의 치열한 헤게모니 싸움이 무력충돌로 확장된 것이다.[3] 이후, 분단이 고착화되면서, 한반도는 자본주의 체제와 공산주의 체제 사이의 냉전이 치열하게 벌어지는 상황에 처하게 된다. 그리고 한국전쟁은 한국사회가 서구 자본주의 체제의 일원으로 편입되었음을 공식화한 사건이기도 하다. 따라서 전쟁 이후, 한국사회 내부의 갈등축은 좌우파의 대립에서 자본주의 체제의 민주적 양식과 독재적 양식간의 충돌로 옮아가게 된다. 그러나 이러한 변화에도 불구하고, 50년대 전후소설을 둘러싼 외적 조건들이 그리 획일적이지만은 않다. 자본주의적 생활양식이 존재하는가 하면 전근대적 생활양식이 그와 나란히 공존한다. 또 유교적 이념이 일상적 삶을 규율하는가 하면, 반공 이데올로기가 사회적 삶을 통제하는 절대 이념으로 작용하고, 형식적이나마 그와 근친관계에 있는 서구적 자유민주주의가 그와 나란히 병존한다. 이 '비동시적인 것의 동시성'[4]은 다양한 담론양식들이 상호 대립 · 교차하면서 전후소설의 지형도를 형성하는 요인으로 작용한다.

그런데 한국 전후소설의 지형도를 살펴보면, 한국전쟁이라는 격랑 속에 탄생한 문학답게 전후소설 담론이 이전 시기와 상당히 다른 양상을 띠고 있음을 알 수 있다. 우선 전후소설 담론의 지형에서 가장 눈에 띄는 변화는 사실주의 담론양식이 주도권을 상실하고, 새로운 담론양식들이 급부상한 점을 들 수 있다. 즉, 휴머니즘 담론이 지배적 담론양식으로 떠오르는가 하면, 허무주의 담론과 관념주의 관념이 주도적 담론으로 부상하게 된 점이다.[5] 사실주의 담론의 일시적 쇠퇴는 전쟁이 남긴 충격

---

3) 김동춘, 『전쟁과 사회- 우리에게 한국전쟁은 무엇이었나?』, 돌베개, 2000, 5 2~57쪽.

4) Ernst Bloch, "Nonsynchronism and the Obligation to Its Dialectics", *New German Critique*, No. 11, Spring. 1977, pp. 27~35 참조.

과 손실이 엄청난 데다가, 문학담론의 생산이 지배체제에 의해 엄격히 제한을 받는 상황에 기인한 현상으로 볼 수 있다.6) 사실주의 담론이 역사적 현실을 총체적으로 재현하기 위해서는 숨을 고를 시간이 필요했고, 대신 현실의 사실적 재현에서 일탈된 담론양식들이 그 빈자리를 채우게 된다. 전후소설이 단절론을 불러일으킬 정도로 문학사적 흐름에서 매우 낯선 존재로 여겨지는 것도 바로 그러한 담론양식의 부각에 기인한다.

　전후소설 공간에서 사실주의 담론에 비추어 볼 때, 가장 이질적인 특성을 보여주고 있는 담론양식으로는 관념주의 담론을 들 수 있다. 한국사회가 서구 자유민주주의 이데올로기에 기초한 자본주의 체제로의 편입했음을 공식화한 사건이 한국전쟁이라면, 관념주의 담론은 한국사회와 서구세계간의 보편적 동질성에 대한 인식에 기초한 담론양식이다. 전쟁은 근대화가 진척되기도 전에 근대문명에 대한 위기의식을 불러일으킨다. 더구나 당대의 한국사회는 자본주의 체제의 편입에도 불구하고, 권위주의적 독재체제가 강력한 힘을 발휘하고 있어서, 서구적 자유민주주의에 입각한 자본주의의 민주적 양식은 하나의 관념으로만 존재한다. 이러한 사회적 상황이 근대 공리체계의 모순과 현실적 부조리를 비판하면서 유토피아적 열망을 드러내는 관념주의 담론의 출현을 추동한다.

　결국 관념주의 담론은 문학담론을 둘러싼 사회적 위기 상황에 대한 서사적 대응의 소산이라 할 수 있다. 다시 말해 관념주의 담론의 출현은 사회의 급변과 문학담론을 강력히 통제하는 이데올로기적 검열기제로 인해, 기존의 서사양식으로는 더 이상 현실의 부정성을 드러낼 수 없다는

---

5) 이는 한 시대의 삶의 양태를 알게 모르게 이끌어 가는 담론을 주도담론으로 부르고, 권력에 의해 폭력적으로 강요되는 담론을 지배담론으로 부르는 이정우(『가로지르기』, 산해, 2000, 6쪽)의 구분방식에 착안한 것이다.
6) 그러나 50년대-전후문학에서 사실주의 담론이 위축되었을지라도, 이범선의 「오발탄」 등의 작품에서 볼 수 있는 것처럼 그 명맥이 완전히 끊어진 것은 아니다.

인식의 결과로 볼 수 있다. 그러므로 관념주의 담론이 현실을 사실적으로 재현하려 하지 않는 것은 재현능력의 결여 때문이 아니라 특정 관념의 서사적 형상화에 초점을 맞추려는 의도의 표명으로 보아야 한다. 이 담론 양식이 유기적인 서사의 전개보다 파편화된 서사구도를 선호하고, 사건의 연쇄망보다 서술자의 관념적 진술에 더 비중을 두는 것도 텍스트가 제시하고자 하는 주제적 관념을 보다 효율적으로 제시하기 위한 서사적 전략의 일환으로 볼 수 있다. 특히 관념주의 담론은 알레고리를 주요한 구성원리로 채택함으로써, 추상적이고 계몽적인 사유를 적절하게 서사적으로 형상화한다. 알레고리를 서사의 주요한 구성원리로 활용하게 되면, 현실의 제국면을 구체적으로 형상화하지 않고도 추상적 구도 속에서 현실의 모순을 선명하게 제시할 수 있는 장점이 있다. 따라서 관념주의 담론은 알레고리를 활용함으로써, 혼란스런 경험적 현실에 형식적 질서를 부여하면서, 주체와 현실 사이의 조화로운 관계가 균열된 총체적 파국의 현실을 비판적으로 드러내는 것이다. 사실 알레고리가 인간 실존으로부터 완전히 분리되어 버린 그런 세계의 지배적인 표현양식[7]이라는 것을 감안한다면, 현실적 삶의 토대가 붕괴된 시대에 알레고리가 두드러진 지배소로 부상하는 현상은 너무나 당연해 보인다. 하지만 지배소는 다른 구성요소들을 통제하고 지배하면서 전체 구조의 통합성을 보장[8]하는 존재로서, 특정 시기 텍스트의 역사적 특성을 드러내는 표지이다. 그러므로 알레고리가 주요한 형식적 지배소(the dominant)로 대두되는 현상 속에서 전후소설 담론의 새로움을 분명하게 확인할 수 있다.

한편 허무주의 담론 역시도 역사적 현실의 불합리성을 비판적으로 드러내면서 유토피아적 욕망을 표출한다는 짐에서는 관념주의 담론과

---

7) Fredirc Jameson, 여홍상·김영희 공역, 『변증법적 문학이론의 전개』, 창작과 비평사, 1984, 83쪽.
8) Raman Selden, 김용규 옮김, 『비평과 객관성』, 백의, 1995, 89쪽.

별반 다를 바 없다. 전후의 한국사회는 자본주의 체제로의 편입에도 불구하고 물적 토대의 철저한 붕괴로 말미암아, 외부의 원조에 의존해 지탱되는 파행성을 면치 못한다. 이러한 현상은 정신적 영역에도 동일하게 일어난다. 전쟁은 일상적 삶과 그 삶을 규율하는 공통감각, 즉 공통의 규범적 가치체계의 전면적 균열을 야기한다. 이처럼 삶을 관장하는 정신적 가치가 붕괴하면, 사회성원은 이기적 자기 보존본능에 입각해 비도덕적 행위도 서슴없이 저지른다. 더욱이 원조물자와 함께 유입된 외래문화의 가치체계는 전래의 가치관과 충돌하면서 사태를 더욱 악화시킨다. 당연히 50년대 한국사회는 극도의 아노미현상 속에서 허무와 냉소가 만연할 수밖에 없는 상황에 직면하게 된다. 허무주의 담론은 이러한 한국사회의 혼돈과 모순을 비판적으로 드러내면서, 그 모순이 지양된 일상성의 유토피아를 지향한다.

허무주의 담론은 현실의 사실적 재현에 초점을 맞추기보다는 그것이 존재에 가져온 내면적 체험을 조명하는 데 집중하는 담론이다. 허무주의 담론에 인간의 내면적 상처와 소외, 심리적 불안과 주객의 분열이 전경화되는 이유도 사건 자체보다 그에 대한 존재의 내면적 반응에 집중하는 서사양식의 특성에 기인한 것이다. 손창섭의 작품에서 볼 수 있는 것처럼, 아이러니가 주요한 형식원리로 사용되는 것도 그것이 주체와 세계사이의 균열과 주체의 열망을 패퇴시키는 현실의 부조리를 부각시키기에 유용한 구성방식이기 때문이다. 그리고 허무주의 담론의 행위주체는 대부분 전통적 소설양식과 달리 단일하고 안정된 정체성을 형성하지 못하고, 현실에서 고립된 채 균열적이고 불안정한 모습을 보여준다. 이처럼 허무주의 담론에 비정상적인 행위주체가 자주 등장하는 것은, 주체와 현실 사이의 균열과 간극을 부각시키는 서사형식과 상호 조응하는 현상으로 볼 수 있다. 이때 그 주체의 존재양태는 분명한 전망의 제시를 어렵게 하기 때문에, 허무주의 담론은 완결된 결말보다 미완의 개방적인 종결을 선호한다. 결말은 텍스트 생산주체인 작가의 주제적 의도와 그 주제적 의도를 가능하게 만드는 사회적 문화적 관습이 폭넓게 자리잡고 있는 지점이다.[9] 그럼에도 명확한 전망의 표출을 유보하는 미해결의 개방적 결말처리는 문제의 해결을 불가능하게 하는 현실상황과 밀접한 관련이 있다. 말하자면, 그것은 쉽사리 해결의 돌파구를 마련해주지 않는 압도적인 역사의 힘을 솔직하게 인정한 형식적 자취로 볼 수 있는 것이다. 나아가 미해결의 개방적 결말은 그 소극성에도 불구하고 현실의 모순을 직시하는 동시에 과도한 전망의 표출을 적절히 제어하면서, 과장 없이 유토피아에의 열망을 담아내고자 하는 무의식적 의지의 소산으로 볼 수 있다.

문학 텍스트는 역사적 현실을 능동적인 미적 변형의 과정을 거쳐 서사적 현실로 재구축한다. 따라서 실재의 현실을 텍스트 내적 현실로 전환시키는 미적 변형과정이 매우 중요한데, 지금까지 살펴 본대로 관념주의 담론과 허무주의 담론은 기존의 전통적인 문학담론의 형식에 균열과 파열을 일으키며 새로운 의미 생산방식의 가능성을 열어 놓는다. 이들 담론의 문학사적 의의도 우선 여기서 찾을 수 있다. 즉, 기존의 서사지평을 답습하는 차원에서 벗어나 한국소설 담론의 서사지평을 확장한다는 점에서, 관념주의 담론과 허무주의 담론의 문학사적 의의를 인정할 수 있는 것이다.[10] 그러나 이들 담론은 기존의 지배적인 미적 형식에 균열을 일으키며 새로운 의미 생산방식의 가능성을 열어 놓는다는 의미 이상의 의의를 갖고 있다. 왜냐하면 그것들은 기존의 전통적인 담론양식으로는 담아낼 수 없는 충격적 체험과 무의식적 욕망을 드러낼 수 있게 함으로써,

---

9) 김현, 『현대소설의 담화론적 연구』, 계명문화사, 1995, 17쪽.
10) 특히, 이후 현실의 제모순을 주관적 관념의 서사화를 지향하는 관념주의 담론이 최인훈과 이청준으로 이어지면서, 관념성과 재현성을 적절히 결합한 소설영역이 한국소설사의 새로운 흐름으로 확고하게 자리잡게 된다.

현실적 질서에 균열을 일으키며 전복적이고 저항적인 사유를 촉발하기 때문이다.

기성의 담론양식은 지배 이데올로기가 그어 놓은 금기와 한계의 경계선에 안존해 벌이는 의미론적 실천이라면, 기존의 안정된 의미 생산방식에 균열을 일으키는 담론양식은 그 경계선을 넘어서 일탈과 탈주를 도모하는 의미론적 실천이다.[11] 따라서 관념주의 담론과 허무주의 담론처럼 기성 담론에서 일탈해 있는 담론양식들은, 지배적 담론이 배제하고 억압하고 있는 것을 들추어내려 한다. 즉 그것들은 기존의 담론양식이 포착하지 못하거나 드러내지 못하는 경험과 욕망의 활성화를 가능하게 하는 담론양식이다. 이처럼 관념주의 담론과 허무주의 담론은 원심적이고 파괴적인 힘을 활성화하는 담론양식이기에, 주객의 균열과 현실의 부조리와 모순을 보다 첨예하게 비판할 수 있게 되는 것이다. 이들 담론에서 근친상간 등 사회 질서의 근간이 되는 성적 금기를 위반하는 파격적 행위가 자주 등장하는 것도, 현실적 질서에 대한 부정의식과 연관이 있다.

관념주의 담론과 허무주의 담론을 관통하고 있는 부정과 비판의 정신은 부정의 원리에 입각한 유토피아적 열망의 표출을 가능하게 한다. 본래 진정한 유토피아는 현실 비판이라는 부정의 원리와 전망의 제시라는 긍정의 원리를 함께 지니고 있어야 한다.[12] 여기서 부정의 원리가 현실의 부조리와 모순을 비판적으로 들추어냄으로써 우회적으로 바람직한 삶에의 열망을 드러내는 것이라면, 긍정의 원리란 이상사회에 대한 전망과 지향을 제시함으로써 직접적으로 보다 완전한 세계에 대한 열망을 표현하는 것이다. 그러므로 부정의 원리에 기초한 관념주의 담론과 허무주의

---

11) 크리스테바는 담론의 파열은 곧 주체와 그의 이념적 한계의 파열이기 때문에, 다중적 효과를 낳는다고 말한다. 그에 대한 구체적 논의는, Julia Kristeva, 김인환 옮김, 『시적 언어의 혁명』, 동문선, 2000, 14~17쪽.

12) Karl Mannheim, 황성모 역, 『이데올로기와 유토피아』, 삼성출판사, 1982, 450쪽.

담론은 대개 총체적 전망을 명시적으로 제시하는 대신 부조리한 현실을 비판적으로 재현함으로써 보다 바람직한 세계의 지향으로서의 유토피아를 우회적으로 표출한다. 즉, 주객의 단절과 주체의 열망을 패퇴시키는 역사적 현실을 전경화함으로써, 부재하는 것을 향한 동경을 징후적으로 드러낸다. 이때 관념주의 담론은 부정적 현실의 대타항으로서 초월적 영역을 설정하곤 한다. 이는 부조리한 현실의 역상으로서 유토피아에의 동경을 효율적으로 표현할 수 있게 하지만, 현실과의 교호작용을 허용하지 않는 절대적 심급이 상정됨으로써 추상적 관념성을 노출케 하는 원인으로 작용하기도 한다. 그에 비해, 허무주의 담론은 일상의 영역을 중심으로 세계 상실의 체험과 존재의 내적 고통에 초점을 맞춤으로써, 자연스럽게 생활세계가 복원된 일상성의 유토피아를 지향한다. 때문에, 허무주의 담론은 추상성을 상당 부분 극복하지만 대신 내면성에 경도된 모습을 보여준다.

이처럼 관념주의 담론과 허무주의 담론은 관념성과 내면성에 집중함으로써 주체의 욕망을 부정하는 현실을 부정하면서 유토피아적 욕망을 징후적으로 표출하는데, 이는 총체적 전망의 결여라는 비판을 불러일으키는 원인으로 작용한다. 하지만 그것은 전망의 부재가 아니라, 현실 부정과 비판의 성격이 강하게 부각된 탓에 상대적으로 전망 제시의 측면이 다소 미약하게 드러나고 있을 뿐이다. 사실 압도적인 역사의 힘이 주체를 압박하는 상황에서 낙관적 전망을 제시한다는 것은 허위성에 함몰될 우려가 있다. 이에 비해 부정의 원리에 의한 유토피아의 표출방식은 지배 이데올로기에 포섭되지 않으면서, 부정적 현실을 넘어서고자 하는 주체의 유토피아적 열망을 드러내기에 보다 효과적인 방식이라 여겨진다.

정리해서 말하면, 관념주의 담론과 허무주의 담론은 원심적이고 파괴적인 힘을 활성화하는 담론양식이다. 그리고 현실의 서사적 재현을 통해 강한 동일시 효과를 추구하는 사실주의 담론[13]과 달리, 이들 담론양식은 그 특유의 의미 생산방식으로 말미암아 수용주체인 독자가 서사에 몰입하는 것을 차단하며 강력한 이화(異化)효과를 산출한다. 이는 현실적 측면에서 매우 중요한 의미를 지닌다. 왜냐하면 텍스트의 실천은 정치적 실천이 사회 내에 도입하는 것을 주체 내부로 끌어들이기 때문이다.[14] 강력한 이화효과로 말미암아, 수용주체는 무반성적으로 텍스트 내적 상황에 몰입하기보다, 반성적 거리를 확보한 채 현실의 모순과 부조리를 비판적으로 사유하게 된다. 이는 곧 현실 변혁을 도모하는 수용주체의 생산으로 이어지면서, 현실적 측면에서 중요한 이데올로기적 기능을 발휘하게 되는 것이다.

관념주의 담론과 허무주의 담론에 대비해 보면, 휴머니즘 담론과 전통주의 담론이 매우 대척(對蹠)되는 특성을 많이 지니고 있는 담론양식임을 알 수 있다. 이들 담론은 유기적으로 전개되는 서사의 폐쇄적 종결을 통해 텍스트가 전달하고자 하는 주제적 의미를 명료하게 제시한다. 즉 목적론적으로 기획된 서사구조 안에 인간성의 유린과 공동체의 붕괴과정을 담아내면서, 자연스럽게 그 회복을 향한 인간적 의지가 강렬하게 부각되도록 유도한다. 이는 휴머니즘 담론과 전통주의 담론이 구심적이고 집중적 힘이 작용하고 있는 담론양식으로, 안정적이고 통일적으로 의미를 생산한다는 것을 뜻한다. 당연히 이들 담론은 자연스럽게 수용주체인 독자가 텍스트 내적 상황에 몰입하게 함으로써 동화효과를 산출한다. 그리고 이 동화효과로 말미암아, 두 담론은 쉽게 자신이 텍스트화한 현실인식과 비전에 대해 동의를 유도해 낼 수 있게 된다. 하지만 그로 인해, 현실의 모순과 부조리를 은폐하고 지배 이데올로기를 정당화하는 역기능을 수행하는 것도 부인할 수 없는 사실이다.

13) 김천혜, 『소설구조의 이론』, 문학과 지성사, 1990, 234쪽.
14) Julia Kristeva, 앞의 책, 19쪽.

누차지적 되듯이, 휴머니즘 담론은 지배 이데올로기를 정당화함으로써 현실권력의 헤게모니 장악에 공헌한다. 하지만 역설적이게도, 바로 이 점이 전후소설사에서 휴머니즘 담론을 **빼놓**을 수 없게 하는 이유이기도 하다. 50년대는 그 어느 시대보다 지배권력에 의한 담론의 제한과 통제가 강력하게 이루어진 시기이다.15) 따라서 현실 참여를 주창하는 좌파의 참여문학은 자취를 감추게 된다. 대신 이 공백을 현실 참여논리의 우파적 구현이라고 할 수 있는 휴머니즘 담론이 메우게 된다.16) 따라서 우리는 휴머니즘 담론을 통해 문학담론이 어떻게 지배 이데올로기의 재생산에 기여하는가를 구체적으로 확인할 수 있다.

휴머니즘 담론은 자신의 이데올로기성을 은폐한 채 엄격한 이분법적 대립구조에 입각해, 적대적 타자가 야기한 폭력으로 인해 인간성이 유린되었음을 고발한다.17) 그리고 이는 자연스레 인간성을 유린하는 적대적 타자를 배제하고 인간적 정체성을 회복하려는 열망의 표출로 이어진다. 이 과정에서 직접적이고 부분적인 체험에 근거해 주체와 현실 사이의 간극을 주관적으로 봉합함으로써, 역사적 현실을 왜곡하기도 한다. 이와 같은 배제와 왜곡의 과정을 거침으로 인해, 인간성의 해방을 부르짖는 휴머니즘 담론은 아이러니하게도 현실권력의 헤게모니 장악에 기여함으

---

15) 푸코에 의하면, 어느 사회에서든 담론의 생산을 통제·선택·조절하는 과정이 존재한다(Michel Foucault, 이정우 옮김, 『담론의 질서』, 서강대학교 출판부, 1998, 10쪽).

16) 오세영은 프롤레타리아 문학만이 사회 혹은 정치에 참여할 수 있으리라는 편견을 깨뜨리고, 민주주의 이념에 토대한 새로운 사회·정치 참여문학을 산출시키는 계기를 가져왔다는 점에서, 50년대말의 휴머니즘 문학이 큰 의미를 지니고 있다고 평가한다(오세영, 「한국 현대문학과 휴머니즘」, 『휴머니즘 연구』, 서울대학교 출판부, 1988, 23쪽).

17) "이데올로기의 효과들 중 하나는 이데올로기의 이데올로기적 성격을 이데올로기에 의해 실제적으로 부인하는 것이다. 이데올로기는 결코 '나는 이데올로기적이다'라고 말하지 않는다"(Louis Althusser, 김동수 옮김, 『아미엥에서의 주장』, 솔, 1991, 120쪽).

로써 억압적 효과를 산출하게 된다. 따라서 휴머니즘 담론은 정반대의 성향이나 이념을 자신 안에 끌어들여 종합하는 파시즘적 성격[18]을 내포하고 있다고 말할 수 있다. 하지만 그것이 부정적인 역할만을 수행한 것은 아니다. 휴머니즘 담론은 역사적 현실을 헤쳐 나가야 하는 주체에게 삶의 좌표를 설정하는 역할을 했다고 평가할 수 있다. 구체적으로 말하면, 당대의 역사적 현실에 대한 인식적 지도를 그려 보이면서 삶의 방향을 설정해 준다. 나아가 개인을 사회의 한 성원으로서의 정체성을 자각한 주체로 거듭나게 함으로써, 사회의 질서 유지와 내적 통합에 부분적으로 기여하기도 한다.

여기서 휴머니즘 담론의 의의와 한계를 구체적으로 포착해 낼 수 있다. 상술한 바처럼, 휴머니즘 담론은 현실 비판에는 눈을 감은 채 적대적 타자를 현실적 제모순의 유발자로 간주하고 그를 배제한 공동체의 유토피아 추구에 골몰한다. 이는 현실적 제모순의 구체적 성찰을 불가능하면서, 유토피아 지향의식이 현실적 모순을 왜곡·은폐하는 허위의식으로서의 이데올로기로 전락하게 만든다. 그러나 그 이데올로기적 장막을 걷어내면, 인간성을 유린하는 폭력이 난무하는 부정적 현실을 넘어서고자 하는 유토피아적 지향의식이 내재되어 있음을 발견할 수 있다. 따라서 휴머니즘 담론의 유토피아 지향의식은 폭력적 현실의 잔영(殘影)으로서 당대의 지배 이데올로기의 자장 안에서 부정적 현실을 극복하고자 하는 보상심리가 투영되어 있다고 할 수 있다.

한편 전통주의 담론은 상처와 고통으로 점철된 현재의 경험적 현실세계를 벗어나, 주객의 상호 일체성이 확보된 상상의 공동체로 회귀하고자 하는 주체의 열망이 투영된 서사양식이다. 전쟁은 오랜 문화적 연속성을 지닌 전통적 공동체의 단절과 파열을 가져온다.[19] 그럼에도 전통주의

18) 김철·신형기 외, 『문학 속의 파시즘』, 삼인, 2001, 19쪽 참조.
19) 그럼에도 장기 지속된 전래의 삶의 양식과 가치규범은 사회성원의 삶을 지속

담론은 이를 외부적 요인에 의해 초래된 일 순간의 재난으로 파악한다. 이는 인식논리의 부재라는 비판을 불러오지만, 그것은 인식논리의 부재가 아니라 당대의 역사를 바라보는 또 다른 인식을 드러내고 있을 뿐이다. 사실 전통적 공동체의 차원에서 보면, 전쟁과 같은 역사의 힘은 공동체적 삶의 질서에 일시적 혼란을 가져오는 날벼락에 불과할 뿐이다. 따라서 전통주의 담론은 그와 같은 인식에 기초해 전통 공동체에 안존(安存)하고자 하는 주체의 열망을 서사적으로 구현하려 한다. 이 담론양식이 가능한 한 역사적 현실을 배제한 채 인간과 자연이 평화롭게 공존하는 향토적 공간을 서사의 중심적 배경으로 설정하는 이유도 바로 여기에 있다.

역사와 절연된 향토적 공간의 설정은 폭력적 역사의 침윤에서 벗어나게 한다는 점에서, 보다 바람직한 삶을 희구하는 주체의 열망을 효과적으로 표출하기에 용이하다. 하지만 선험적 본향(本鄕)으로까지 이상화된 향토적 공간의 공동체는 이데올로기적으로 상상된 허구적 공동체의 성격을 띠고 있다. 그리고 아이러니하게도, 이러한 상상적 공동체를 에워싼 역사적으로 실재했던 사회적 구조는 문화적 이원화를 합리적으로 지속시키고자 했던 봉건적 계급구조이다.[20] 이는 전통적 집단 공동체가 주객이 일체화된 조화로운 집단 공동체가 아니라 대립과 갈등을 내포한 사회임을 뜻하는 것이다. 그럼에도 전통주의 담론은 전통적 공동체가 동일한 문화와 수난체험을 공유한 동질적 집단임을 표나게 강조한다. 따라서 여기서 전통주의 담론이 저항적 민족주의가 소멸된 자리에서 심정적 차

적으로 규율한다. 따라서 전통주의 담론은 윌리암스가 '잔여적인 것(the residual)'이라 부르는 것에 기반한다고 볼 수 있다. 그에 의하면, 지배적 문화의 관점에서는 표현되거나 실질적으로 입증될 수 없는 경험이나 의미, 가치 등이 전시대의 잔여분에 입각해서 실제로 체험되고 실천될 수 있다(Raymond Williams, 이일환 역, 『이념과 문학』, 문학과 지성사, 1982, 153쪽).

20) 정진배, 『중국현대문학과 현대성 이데올로기』, 문학과 지성사, 2001, 77쪽.

원에서나마 민족주의적 정체성을 공고히 하는 데 기여하고 있다고 조심스럽게 추론해 볼 수 있다.

전통주의 담론은 동일한 수난을 체험한 공동체의 일원이라는 의식을 절대적 심급으로 놓고 화해와 치유의 논리를 서사적으로 구축한다. 여기서, 향토적 공간에서 자아와 세계가 합일하는 서정적 순간은 당대 사회성원의 집단적 무의식이 극적으로 발현되는 순간이다. 하지만 서정적 화해의 유토피아는 주관적 소망의 투사로 도출된 감상적 화해와 합일일 뿐이다. 그리고 엄밀히 말해서, 그것은 미래 지향적 유토피아가 아니라 과거 지향적 낙원의식(paradise)에 더 가깝다. 아무튼 감상적 화해의 유토피아는 역사적 현실이 남긴 상처와 고통을 치유하고 고단한 주체를 위로하는 역할을 충실하게 수행한다는 점에서, 그 의의를 인정할 수 있다.[21] 하지만 감상적 화해의 유토피아는 변화된 현실에 눈감은 채 맹목적으로 과거에 안주하고자 하는 복고적 퇴행성을 함유하고 있다. 전통주의 담론이 현실 저항적 면모를 보여주지 못하고, 현실권력이 설정한 경계선 안에서 무력하게 현실에 순응하는 태도만을 보여주는 원인도 그와 연관이 있다. 진정 바람직한 유토피아는 고통의 체험을 현실적 모순의 자각과 성찰의 계기로 삼으면서 부정적 현실에 대한 대안을 추구해야 한다. 하지만 전통주의 담론은 고통과 상처의 체험을 쉽게 주관적 화해의 열망으로 전화시키는 안이함으로 말미암아, 정서적 위안의 기능에도 불구하고 현실 저항성을 탈각한 채 지배 이데올로기의 자장 안에 갇히는 한계를 보인다.

---

21) 이는 서사가 인간을 불안으로부터 벗어나게 하는 기능을 지니고 있음을 단적으로 보여 주는 것이다. "허구(虛構)를 읽는다는 것은 실제 세계에 일어났고, 일어나고 있고, 일어날 방대한 일들에 의미를 부여하는 놀이를 한다는 것을 뜻한다. 이야기를 읽음으로써 우리는 세상에 대한 어떤 진리를 말하려고 할 때 우리를 사로잡는 불안감에서 벗어나게 된다."(Umberto Eco, 손유택 옮김, 『소설의 숲으로 여섯 발자국』, 열린책들, 1998, 153쪽)

제7장 결론

　대부분의 논자들은 결론적으로 전후문학을 시대의 부정성에 압도되어 '당대의 역사적 현실을 총체적으로 드러내는 데 실패한 심미성이 결여된 문학'으로 평가한다. 그런데 전후문학이 부정적 평가를 받는 이유는, 전후문학 자체의 약점에 기인한 측면도 있지만, 무엇보다도 특정한 미학적 규범에 입각한 선입견을 암암리에 답습하고 있는 접근방식에 기인한 결과라고 여겨진다. 이처럼 전후문학의 연구가 기존의 부정적 평가를 재확인하는 데 그친다면, 사실상 50년대가 문학의 진공기로 치부됨으로써 한국문학사는 공백과 단절이라는 치유불능의 상처를 안게 된다. 그러므로 본고는 전후문학의 긍정적 의의를 발굴함으로써, 문학사적 연속성의 구체적 근거를 확보하는 데 연구의 궁극적인 목적을 두었다.

　전후문학을 새로운 관점에서 긍정적으로 바라보기 위해서는, 우선 기존의 협소한 미학적 규범에서 탈피하여 전후문학 자체의 고유한 미학적 특성을 면밀하게 규명하는 작업이 요구된다. 이를 위해 본고는 담론의 문제설정을 통해, 텍스트의 형식적 특성과 이데올로기적 특성을 동시적으로 조명하고자 했다. 즉, 의미 생성방식으로서의 담론 고찰을 통해, 텍스트의 구조·언술의 층위와 의미·주제의 층위는 물론 사회·역사적 층위를 다각도로 분석하여, 텍스트의 형식미학적 특성과 이데올로기적 특성을 세밀하게 밝혀내고자 했다. 하지만 이것이 단순히 개별 작품론의 나열에 그쳐서는 전후문학 전체의 지형도를 그려내지 못한다. 따라서 본고에서는 전후문학 전체의 지형을 총체적으로 조망할 수 있도록 전후문학을 유형별로 분류한 후, 그 유형을 대표하는 텍스트를 선별·분석을 했는데, 그 결과를 요약하면 다음과 같다.

전후소설 담론에서 가장 눈에 띄는 변화는 사실주의 담론이 주도권을 상실하는가 하면, 허무주의 담론과 관념주의 관념이 주도적 담론으로 부상하고, 휴머니즘 담론이 지배적 담론양식의 위치를 차지하게 된 점이다.

손창섭의 「혈서」와 서기원의 「암사지도」로 대표되는 허무주의 담론과 장용학의 「요한시집」과 김성한의 「오분간」으로 대표되는 관념주의 담론의 서사적 특성들을 살펴보면, 이들 담론이 한국소설 담론의 서사적 지평을 확장하고 있음을 확인할 수 있다. 관념주의 담론과 허무주의 담론은 전통적인 소설과는 달리 알레고리와 아이러니를 주요한 형식적 지배소로 활용한다. 두 담론에서 이들 지배소는 단순한 형식적 장치에 불과한 것이 아니라 부조리한 현실의 자각과 비판을 가능하게 하는 인식론적 자각의 수단이 되고 있다. 그리고 관념주의 담론과 허무주의 담론은 대체로 완결된 결말보다 미완의 개방적인 종결을 선호한다. 또 한편으로 담론의 주체형태에 있어서도 관념주의 담론과 허무주의 담론은 전통적 서사양식과 다른 특성을 보여준다. 관념주의 담론에서 행위주체인 인물의 역할이 축소되고 논평적 서술주체의 비중이 확대된다면, 허무주의 담론은 비정상적인 행위주체를 자주 등장시킨다.

결국 이러한 서사적 특성들은 기존의 서사지평에서 벗어나 한국소설 담론의 새로운 서사지평을 연다는 점에서, 관념주의 담론과 허무주의 담론의 문학사적 의의를 인정할 수 있는 것이다. 그러나 관념주의 담론과 허무주의 담론의 중요한 의의는 현실 비판의 역할을 훌륭하게 수행하면서, 유토피아적 열망을 표출하고 있다는 점에서 찾을 수 있다. 그런데 관념주의 담론과 허무주의 담론은 총체적 전망을 명시적으로 제시하는 대신 부정적 현실에 대항하여 부정적인 방식으로 유토피아적 욕망을 드러낸다. 이처럼 이화효과를 산출하는 두 담론에서의 유토피아는 그 표출방식의 특이성으로 말미암아 총체적 전망의 결여라는 비판을 받는다. 그러나 그것은 전망의 부재가 아니라, 현실 비판적 측면이 강하게 부각된 탓에 상대적으로 미래적 전망의 측면이 다소 미약하게 드러나고 있을 뿐이다. 사실 압도적인 역사의 힘이 주체를 압박하는 상황에서 현실의 부정성을 직접적으로 폭로하기란 쉽지 않다. 따라서 부정성의 원리에 의한 유토피아의 표출방식은 지배 이데올로기에 포섭되지 않으면서, 주체와 현실 사이의 간극을 드러내는 동시에 이를 넘어서고자 하는 주체의 유토피아적 열망을 투영시키기에는 보다 효과적인 방식이라 여겨지기도 한다.

한편 휴머니즘 담론과 전통주의 담론은 관념주의 담론이나 허무주의 담론과는 매우 대립적인 특성들을 보여준다. 일테면 오상원의 「유예」나 선우휘의 「불꽃」에서 볼 수 있듯이, 휴머니즘 담론은 유기적으로 전개되는 서사가 폐쇄적으로 종결되는 목적론적으로 기획된 서사구조를 통해, 텍스트가 전달하고자 하는 주제적 의미를 명료하게 제시한다. 또 이범선의 「학마을 사람들」과 하근찬의 「수난이대」에서 확인할 수 있듯이, 안정적이고 통일적인 정체성을 형성하는 주체를 보여준다. 그리고 휴머니즘 담론과 전통주의 담론은 역사의 폭력에 의해 상실된 인간성이나 공동체의 상실을 강조하면서 상실된 것의 회복을 향한 인간적 의지를 강하게 부각시킨다. 하지만 이 과정에서 주체와 현실 사이의 균열을 주관적 총체성으로 봉합함으로써, 지배 이데올로기에 동화되어 현실의 모순을 은폐하는 부정적 기능을 수행하기도 한다.

여기에서, 휴머니즘 담론과 전통주의 담론의 의의와 한계를 함께 포착해 낼 수 있다. 휴머니즘 담론은 이념적 도그마를 앞세운 폭력이 난무하는 혼돈을 극복하려는 의지를 서사화함으로써, 인간적 정체성의 복원과 사회의 내적 통합에 부분적으로 기여한 것이라 평가할 수도 있다. 그러나 항상 지적되듯이, 지배 이데올로기를 정당화함으로써 현실권력의 헤게 모니 장악에 공헌한 점은, 휴머니즘 담론의 치명적 한계로 거론될 수 있다. 한편 전통주의 담론은 주객의 일체성을 파괴하는 역사의 부정적인 힘에 대항하여, 보다 바람직한 삶을 희구하는 유토피아적 욕망을 효과적 으로 표출하기 위해, 가능한 한 서사 내부에서 역사적 현실을 배제한 채 인간과 자연이 평화롭게 공존하는 향토적 공간을 배경으로 주체의 화해를 모색한다. 이 주관적 소망이 투사된 낭만적 화해의 서사는 역사적 현실이 남긴 상처와 고통을 치유하고 고단한 주체를 위로하는 역할을 충실하게 수행한다는 점에서, 그 의의가 있다고 할 것이다. 그러나 미래 지향적 전망을 모색하지 못하고 복고적 퇴행성을 드러낸다거나, 현실 순응적 태도로 일관하면서 현실권력의 규범에 안주하는 무력성을 보여 주는 점은 그 한계로 지적될 만하다.

본고는 지금까지의 전후문학 연구가 대부분 부정적인 평가로 귀결됨 에 유의하여, 면밀한 작품분석을 통해 전후문학의 긍정적 의의를 도출하 려 했다. 하지만 담론연구의 특성상 보다 많은 작품을 분석의 대상으로 삼지 못했다. 이는 한 작품에서 보여지는 예외적 특성을 특정 담론양식의 일반적 특성으로 성급하게 일반화하는 오류를 범할 위험성을 안고 있다. 따라서 보다 많은 작품분석을 통해, 그 보편 타당성을 점검해야만 한다. 더구나 각 담론양식의 특성은 그 전후(前後)시기의 작품들과의 비교·고 찰을 통해 보다 분명하게 드러날 수 있음에도, 그와 같은 작업이 거의 이루어지지 못했다. 이는 앞으로 지속적인 연구작업을 통해 보완해 나가 야 할 것이다.

〈참 고 문 헌〉

〈자료〉

김성한, 「바비도」, 『사상계』, 1956. 5.

――, 「오분간」, 『사상계』, 1955. 6.

――, 「제우쓰의 자살」, 『사상계』, 1955. 1.

서기원, 「암사지도」, 『현대문학』, 1956. 11.

선우휘, 「불꽃」, 『문학예술』, 1957. 7.

손창섭, 「혈서」, 『현대문학』, 1955. 1.

오상원, 「유예」, 『한국일보』, 1955. 1. 1.

이범선, 「학마을 사람들」, 『현대문학』, 1957. 1.

장용학, 「요한시집」, 『현대문학』, 1955. 7.

하근찬, 「수난이대」, 『한국일보』, 1957. 1. 1.

〈국내논저〉

강승원, 「장용학 소설에 나타난 소외자의 자기실현 연구」, 숭실대학교
　　　석사논문, 2000.

강영안, 「레비나스의 주체와 타자」, 『주체는 죽었는가- 현대철학의
　　　포스트모던 경향』, 문예출판사, 1996.

강운석, 『한국 모더니즘 소설 연구』, 국학자료원, 2000.

구인환, 『한국근대소설 연구』, 삼영사, 1977

구자황, 「구원으로서의 생명과 사랑」, 조건상 편저, 『1950년대 문학의
　　　이해』, 성균관대학교 출판부, 1996.

권명아, 『가족이야기는 어떻게 만들어지는가』, 책세상, 2000.

권성우, 「4·19세대비평의 성과와 한계」, 『문학과 사회』, 문학과

지성사, 2000 여름호.

권영민, 「전후의식의 극복과 문학적 자기인식」, 『한국문학』, 1985. 6.

──────, 『한국현대문학사』, 민음사, 1993.

권택영, 『영화와 소설 속의 욕망이론』, 민음사, 1995.

김철·신형기 외, 『문학 속의 파시즘』, 삼인, 2001.

김 현, 「테러리즘의 문학- 50년대 문학소고」, 『문학과 지성』, 1971
　　　　여름호.

──────, 「허무주의와 그 극복- 동인문학상수상작가를 중심으로 한
　　　　시론」, 『사상계』, 1968. 2.

김 현, 『현대소설의 담화론적 연구』, 계명문화사, 1995.

김동리, 「<무명」에서 <광명>으로」, 『사상계』, 1959. 4.

김동인, 『김동인전집』 15, 조선일보사, 1988.

김동춘, 『전쟁과 사회- 우리에게 한국전쟁은 무엇이었나?』, 돌베개,
　　　　2000.

김동환, 「한국 전후소설에 나타난 현실의 추상화방법 연구」,
　　　　한국현대문학연구회 편, 『한국의 전후문학』, 태학사, 1991.

김만수, 「1950년대 소설에 나타난 한국전쟁의 형상화방식」,
　　　　『한국전후문학의 형성과 전개』, 태학사, 1993.

김병걸, 「소설 속의 6·25 그 비극의 문학」, 『월간중앙』, 1979. 6.

김병로, 「장용학의 <요한시집>에 나타나는 해체적 서사담론」,
　　　　『한국문학과 비평』 3, 예림기획, 1998.

김병익, 「분단의식의 문학적 전개」, 『문학과 지성』, 문학과 지성사, 1979 봄.

김상선, 『신세대작가론』, 일신사, 1964.

김상욱, 『소설교육의 방법연구』, 서울대 출판부, 1996.

김상태, 「1950년대 소설의 문체연구」, 한국현대문학연구회, 『한국의
　　　　전후문학』, 태학사, 1991.

김양선, 『한국현대소설과 비평의 만남』, 한불문화출판, 1993.

김영화, 「김성한론」, 『현대문학』, 1980. 11.

김우종, 『한국현대소설사』, 성문각, 1982.

김윤식, 『한국현대문학사론』, 한샘, 1986.

김윤식 · 김현, 『한국문학사』, 민음사, 1973.

김윤식 · 정호웅, 『한국소설사』, 예하, 1993.

김지하, 「풍자냐 자살이냐」, 『민중문학론』, 문학과 지성사, 1984.

김진균 · 정근식 편저, 『근대주체와 식민지 규율권력』, 문화과학사, 1997.

김진기, 『한국근현대 작가연구』, 박이정, 1999.

김천혜, 『소설 구조의 이론』, 문학과 지성사, 1990.

김치수, 「한국소설의 과제」, 『현대한국문학의 이론』, 민음사, 1982.

나은진, 「1950년대 소설의 서사적 세 모형 연구- 장용학, 손창섭,
    김성한을 중심으로」, 이화여자대학교 박사논문, 1999.

도정일, 「구조- 기호시학과 서사이론(6)」, 『문예아카데미 이론강좌』,
    1998. 4.

문병호, 『아도르노의 사회이론과 예술이론』, 문학과 지성사, 1993.

문화라, 「1950년대 서정소설 연구- 황순원, 오영수, 이범선을
    중심으로」, 이화여자대학교 박사논문, 2002.

───, 「손창섭 소설에 나타난 인물의 욕망구조 연구」,
    이화여자대학교 석사논문, 1994.

박동규, 「1950년대 소설의 변화」, 전광용 외, 『한국현대소설사 연구』,
    민음사, 1984.

박종철 · 오충연, 『언어와 문화, 그리고 삶』, 월인, 2001.

박헌호, 『한국인의 애독작품- 향토적 서정소설의 미학』, 책세상, 2001.

박훈하, 『소설담론과 주체형식』, 삼지원, 1998.

방민호, 「전후소설에 나타난 알레고리 연구- 장용학 · 김성한 소설을
    중심으로」, 서울대학교 석사논문, 1993.

배경열, 「서정과 고발의 미학- 이범선의 작품세계」, 『한국문학논총』
    제25집, 1999. 12.

배팔수, 「1950년대 소설에 나타난 작가의 현식인식 연구」, 계명대학교

박사논문, 1997.

백 철, 「한국문단 10년- 하나의 서론적인 글」, 『사상계』, 1958. 10.

서기원, 「암사지도에 관하여」, 『한국전후문제작품집』 1, 신구문화사,
    1964.

서동욱, 「아이와 초월- 레비나스, 투르니에, 쿤데라」, 『세계의 문학』
    1999 가을호.

손창섭, 「아마츄어 작가의 변」, 『사상계』, 1965. 7.

손호철, 「1950년대의 이데올로기: 극우, 반공 일색이었나?」,
    『현대한국정치 이론과 역사』, 사회평론 1995.

송하춘 · 이남호 편, 『1950년대의 소설가들』, 나남, 1994.

송현호, 『한국현대소설의 이해』, 민지사, 1992.

신경득, 『한국전후소설 연구』, 일지사, 1983.

신은경, 『풍류- 동아시아 미학의 근원』, 보고사, 1999.

신일철, 「한국전쟁의 역사적 의의」, 『한반도 분단의 재인식(1945-1950)』,
    나남, 1993.

엄해영, 『한국전후세대소설연구』, 국학자료원, 1994.

염무웅, 「선우휘론」, 『창작과 비평』, 1967 겨울.

오세영, 「한국 현대문학과 휴머니즘」, 『휴머니즘 연구』, 서울대학교
    출판부, 1988.

우한용, 『채만식소설 담론의 시학』, 개문사, 1992.

─────, 『한국현대소설구조연구』, 삼지원, 1990.

유종호, 「도상의 문학- 오상원론」, 『현대한국문학전집』 7, 신구문화사,
    1966.

─────, 「이반과 갈등의 현실- 선우휘론」, 『한국단편문학대계』 10,
    삼성출판사, 1969.

유학영, 「1950년대 한국소설 연구」, 성균관대학교 박사학위논문, 1987.

윤병노, 『한국현대소설의 연구』, 범우사, 1980.

윤수영, 「한국근대 서간체소설 연구- 형성과 구조 변모를 중심으로」,

이화여자대학교 박사논문, 1990.

윤승희, 「손창섭 소설의 성의식 연구」, 숭실대학교 석사논문, 1999.

윤효녕 외, 『주체개념의 비판- 데리다 · 라캉 · 알튀세 · 푸코』,
　　　　서울대학교 출판부, 1999.

이경덕, 「욕망과 서사」, 『문화과학』, 1993 봄, 문화과학사.

――――, 「근대성과 모더니즘- 프레드릭 제임슨의 모더니즘론」, 『세계의
　　　　문학』 1993 가을.

이광훈, 「선우휘론- 역사에의 저항과 배전」, 『문학춘추』, 1965. 2.

이기윤, 「1950년대 한국소설의 전쟁체험 연구」, 인하대학교 박사논문,
　　　　1989.

이남호, 「교과서에 실린 문학작품을 어떻게 가르칠 것인가」,
　　　　『현대문학』, 2000. 9.

이대영, 『한국 전후실존주의소설 연구』, 국학자료원, 1998.

이동하, 「선우휘의 <불꽃> 연구」, 『우리문학의 논리』, 정음사, 1988.

이명원, 「4 · 19세대 비평 '문학적 기념비' 아니다」, 『경향신문』, 2000. 6. 9.

――――, 『타는 혀』, 새움, 2000.

이보영, 「난세의 부조리와 구원」, 『문예중앙』, 1982. 6.

――――, 「이범선론」, 『평론선집 Ⅱ』, 삼성출판사, 1981.

이부순, 「소설의 서사적 거리와 태도」, 『현대소설 시점의 시학』, 새문사,
　　　　1996.

이상신, 『소설의 문체와 기호론』, 느티나무, 1990.

이어령, 「문제성을 찾아서」, 『한국전후문제작품집』 1, 신구문화사, 1966.

이용남, 「서정과 고발의 미학- 이범선론」, 『한국의 전후문학』, 태학사,
　　　　1991.

이유식, 『한국소설의 위상』, 이우출판사, 1988.

이재선, 「전쟁체험과 50년대 소설」, 이재선 · 김동욱 편, 『한국현대문학사』,
　　　　현대문학, 1989.

――――, 『한국문학 주제론』, 서강대학교 출판부, 1989.

──────, 『현대한국소설사』, 민음사, 1991.

이정우, 『시뮬라크르의 시대』, 거름, 1999.

──────, 『가로지르기』, 산해, 2000.

이준재, 「존재의 고뇌와 자유의 의미- 장용학의 <요한시집>론」, 『세대』, 1963. 12.

이진경, 『맑스주의와 근대성- 주체생산의 역사이론을 위하여』, 문화과학사, 1997.

이형기, 「암사지도와 전후의 의미- 서기원론」, 『한국단편문학대계』 19, 삼성출판사, 1969.

임헌영, 「실존주의와 1950년대의 문학사상」, 『한국현대문학사상사』, 한길사, 1988.

──────, 「장용학론- 아나키스트의 환가」, 『현대문학』, 1966. 3.

정백수, 『한국근대의 식민지 체험과 이중언어 문학』, 아세아문화사, 2000.

장수익, 「한국 관념소설의 계보- 장용학, 최인훈, 이청준의 경우」, 문학사와 비평연구회 편, 『1960년대 문학연구』, 예하, 1993.

장용학, 「나의 작가 수업」, 『현대문학』, 1956. 1.

전기철, 『한국전후 문예비평 연구』, 서울, 1993.

전수용, 「분신, 동반자, 제2의 자아」, 『현대 비평과 이론』 13, 한신문화사, 1997 봄 · 여름.

전영태, 「김성한 문학과 몰의식의 세계, 서종택 · 정덕준 엮음, 『한국현대소설연구』, 새문사, 1990.

정명환, 「전쟁과 한국작가」, 『사상계』, 1963. 3.

정진배, 『중국현대문학과 현대성 이데올로기』, 문학과 지성사, 2001.

정한숙, 『한국현대문학사』, 고려대출판부, 1983.

정현기, 「허무주의 혹은 냉소주의의 소설적 전개」, 『소설문학』, 1984. 9.

조남현, 「상흔 속의 끈질긴 생명력」, 『광장』, 1984. 5.

──────, 『소설원론』, 고려원, 1982.

조동숙, 「1950 · 60년대 소설에 나타난 이데올로기 연구」, 고려대학교
　　　박사학위논문, 1993.

조성애 엮음, 『비평과 이데올로기 분석- 클로드, 뒤셰 등의 실제분석을
　　　바탕으로』, 백의, 1996.

진덕규, 「이승만시대 권력구조의 이해」, 진덕규 외, 『1950년대의 인식』,
　　　한길사, 1981.

차혜영, 「서기원의 1950년대 소설 연구」, 한양어문학회 편, 『1950년대
　　　한국문학연구』, 보고사, 1997.

천상병, 「구질서에의 안티테에제- 암사지도」, 『현대한국문학전집』 7,
　　　신구문화사, 1966.

천이두, 「공백으로부터의 재건」, 『현대문학』, 1965. 4.

──── , 「분단 현실과 한국문학」, 『한국소설의 관점』, 문학과 지성사,
　　　1980.

──── , 『한의 구조 연구』, 문학과 지성사, 1993.

최례열, 「한국 전후소설에 나타난 현실인식 연구」, 대전대학교 박사논문,
　　　1997.

최봉영, 『주체와 욕망』, 사계절, 2000.

최종렬, 『타자들- 근대 서구 주체성 개념에 대한 정신분석학적 탐구』,
　　　백의, 1999.

하정일, 「전후 단편소설의 세계관과 장르적 특성」, 『민족문학의 이념과
　　　방법』, 태학사, 1993.

한승옥, 「1950년대 소설」, 한길문학 편집위원회 편, 『한국근현대문학연구입문』,
　　　한길사, 1990.

한용환, 『소설학사전』, 고려원, 1992.

한점돌, 「전후소설의 현실인식」, 구인환 외, 『한국전후문학연구』,
　　　삼지원, 1995.

한지수, 「지배 이데올로기와 재생산 메커니즘」, 한국정치연구회 편,
　　　『한국정치론』, 백산서당, 1989.

함재봉, 『탈근대와 유교- 한국정치담론의 모색』, 나남출판, 1998.

홍사중, 「파격의 포오트레이얼- 서기원론」, 『현대한국문학전집』 7, 신구문화사, 1966.

홍준기, 「지제크의 라캉 읽기」, 『문학과 사회』, 2000 겨울.

황순재, 『한국관념소설의 세계』, 태학사, 1996.

〈국외논저〉

柄谷行人, 송태욱 옮김, 『윤리21』, 사회비평, 2001.

佐伯啓思, 이은숙 옮김, 『이데올로기와 탈이데올로기』, 푸른숲, 1996.

淺田彰, 이정우 옮김, 『구조주의와 포스트구조주의』, 새물결, 1995.

Adorno, Theodor W., 홍승용 역, 『미학이론』, 문학과 지성사, 1984.

───────, 김주연 역, 「강요된 화해- 루카치의 오해된 리얼리즘에 대하여」, 『아도르노의 문학이론』, 민음사, 1992.

Althusser, Louis, 고길환·이화숙 역, 『마르크스를 위하여』, 백의, 1990.

───────, 이진수 역, 「예술론- 앙드레 다스프르에 답함」, 『레닌과 철학』, 백의, 1991.

───────, 김동수 옮김, 『아미엥에서의 주장』, 솔, 1991.

Bakhtin, Mikhail M·V. N. Vološinov, 송기한 역, 『마르크스주의와 언어철학』, 한겨레, 1988.

Bakhtin, Mikkail M., 전승희 외 옮김, 『장편소설과 민중언어』, 창작과 비평사, 1988.

───────, 김근석 옮김, 『도스또예프스끼 시학- 도스또예프스끼 창작의 제문제』, 정음사, 1988.

Bal, Mieke, 한용환·강덕화 옮김, 『서사란 무엇인가』, 문예출판사, 1995.

Barrett, M.·M. McIntosh, 김혜경 역, 『가족은 반사회적인가?』,

여성사, 1994.

Barthes, Roland, 김희영 역, 「롤랑 바르트의 주요어 20개- 장 자크 브로시에와의 대담」, 『텍스트의 즐거움』, 동문선, 1997.

Bataille, Georges, 조한경 옮김, 『에로티즘』, 민음사, 1989.

Bennett, Tony, 임철규 옮김, 『형식주의와 마르크스주의』, 현상과 인식, 1983.

Bloch, Ernst, 박설호 역, 『희망의 원리』, 솔, 1993.

─────, 박설호 옮김, 『희망의 원리』 1, 솔, 1995.

Bogdal, Klaus-Michael, 문학이론연구회 옮김, 『새로운 문학 이론의 흐름』, 문학과 지성사, 1994.

Booth, Wayne C., 이경우 · 최재석 역, 『소설의 수사학』, 한신문화사, 1987.

Bürger, Peter, 최성만 역, 『전위예술의 새로운 이해』, 심설당, 1986.

Callinicos, Alex, 김용학 역, 『역사와 행위』, 교보문고, 1991.

Chatman, Seymour, 한용환 옮김, 『이야기와 담론- 영화와 소설의 서사구조』, 고려원, 1990.

Cohan, Steven · Linda M. Shires, 『이야기하기의 이론- 소설과 영화의 문화기호학』, 한나레, 1997.

Deleuze, Gilles, 이경신 옮김, 『니체와 철학』, 민음사, 1998.

Eagleton, Terry, 김명환 외역, 『문학이론입문』, 창작과 비평사, 1986.

─────, 윤희기 옮김, 『비평과 이데올로기』, 열린책들, 1987.

Eco, Umberto, 손유택 옮김, 『소설의 숲으로 여섯 발자국』, 열린책들, 1998.

Eliade, Micea, 이동하 역, 『성과 속』, 학민사, 1983.

Foucault, Michel, 박정자 옮김, 『사회를 보호해야 한다』, 동문선, 1998.

─────, 이규현 역, 『성의 역사- 앎의 의지』 1, 나남출판, 1990.

─────, 이정우 옮김, 『담론의 질서』, 서강대학교 출판부, 1998.

Freud, Sigmund, 윤희기 옮김, 「정신적 기능의 두 가지 원칙」,

『프로이트 전집-무의식에 관하여』 13, 열린책들, 1997.

Frye, Northrop, 임철규 역, 『비평의 해부』, 한길사, 1982.

─────, 「신화 · 허구 · 변형」, 김병욱 외 엮음, 『문학과 신화』, 예림기획, 1998.

Genette, Gérard, 권택영 옮김, 『서사담론』, 교보문고, 1992.

Girard, René, 김윤식 역, 『소설의 이론』, 삼영사, 1977.

Goudsbom, John, 천형균 역, 『니힐리즘과 문화』, 문학과 지성사, 1988.

Greimas, Algeirdas Julien, 김성도 편역, 『의미에 관하여』, 인간사랑, 1997.

Heidegger, Martin, 전양범 역, 『존재와 시간』, 시간과 공간사, 1989.

Hutcheon, Linda, 김상구 · 윤여복 옮김, 『패러디 이론』, 문예출판사, 1992.

Jameson, Fredric, 여홍상 · 김영희 공역, 『변증법적 문학이론의 전개』, 창작과 비평사, 1984.

─────, 윤지관 옮김, 『언어의 감옥- 구조주의와 형식주의 비판』, 까치, 1985.

Jauß, Hans Robert, 장영태 역, 『도전으로서의 문학사』, 문학과 지성사, 1983.

Kanter, Rosabeth Moss, 김윤 역, 『공동체란 무엇인가- 사회학적 시각에서』, 심설당, 1983.

Kemode, Frank, 「비밀과 서술순서」, Gérard Genette 외, 석징경 외 역, 『현대서술이론의 흐름』, 솔, 1997.

─────, 조초희 옮김, 『종말의식과 인간적 시간- 허구이론의 연구』, 문학과 지성사, 1993.

Királyfalvi, Béla, 김태경 역, 『루카치 미학비평』, 한밭출판사, 1984.

Kristeva, Julia, 김인환 옮김, 『시적 언어의 혁명』, 동문선, 2000.

Lacan, Jacques, 「정신분석 경험에서 드러나 주체기능 형성모형으로서의 거울단계」, 권택영 엮음,

민승기 · 이미선 · 권택영 옮김, 『욕망이론』, 문예출판사, 1994.

Lanser, Susan Snaider, 김형민 옮김, 『시점의 시학』, 좋은날, 1998.

Larrain, Jorge, 신희영 옮김, 『맑스주의와 이데올로기』, 백의, 1998.

Lu, Sheldon Hsiao-Peng, 『역사에서 허구로- 중국의 서사학』, 길, 2001.

Lukács, Georg, 반성완 역, 『소설의 이론』, 심설당, 1985.

─────, 「풍자에 대하여」, 『루카치 문학이론』, 세계, 1990.

─────, 여균동 옮김, 『미와 변증법』, 이론과 실천, 1987.

Lunn, Eugene, 김병익 역, 『마르크시즘과 모더니즘』, 문학과 지성사, 2000.

Lévi-Strauss, Claude, 박옥줄 옮김, 『슬픈 열대』, 한길사, 1998.

Macdonell, Diane, 『담론이란 무엇인가』, 한울, 1992.

Macherey, Pierre, 「반영의 문제」, Dominique Lecourt 외, 이성훈 편역, 『유물론 반영론 리얼리즘』, 백의, 1995.

─────, 배영달 옮김, 『문학생산 이론을 위하여』, 백의, 1994.

Mannheim, Karl, 황성모 역, 『이데올로기와 유토피아』, 삼성출판사, 1982.

Marcuse, Herbert, 최현 · 이근영 역, 『미학과 문화』, 범우사, 1982.

─────, 김인환 역, 『에로스와 문명』, 나남출판, 1989.

Meakin, D., 이동화 역, 『인간과 노동- 산업사회에 있어서의 문학과 문화』, 한길사, 1982.

Mecklenburg, Norbert, 허창운 역, 『변증법적 문예비평』, 예림기획, 1999.

Mills, Sara, 김부용 옮김, 『담론』, 인간사랑, 2001.

Muecke. D. C., 문상득 역, 『아이러니』, 서울대학교 출판부, 1980.

Nietzsche, Friedrich, 「도덕의 계보」, 정진웅 · 최민홍 · 김기덕 역, 『대세계 철학적 문학전집』 7, 백문당, 1978.

Oliver, Kelly, 박재열 옮김, 『크리스테바 읽기』, 시와 반시, 1997.

Pollard, Arthur, 송낙헌 역, 『풍자』, 서울대 출판부, 1986.

Rimomon-Kenan, Shiomith, 최상규 역,『소설의 시학』, 문학과 지성사, 1985.

Ryan, Michael, 나병철 · 이경훈 옮김,『해체론과 변증법』, 평민사, 1994.

Scholes, Robert,「언어, 서술과 반서술」, Gerard Genette 외, 석경징 외 옮김,『현대서술이론의 흐름』, 솔, 1997.

Scholes, Robert · Robert Kellogg, 임병권 옮김,『서사의 본질』, 예림기획, 2001.

Schrag, Calvin O., 문정복 · 김영필 옮김,『탈근대적 자아를 넘어서』, UUP, 1999.

Schramke, Jürgen, 원당희 · 박병화 역,『현대소설의 이론』, 문예출판사, 1995.

Selden, Raman, 김용규 옮김,『비평과 객관성』, 백의, 1995.

────────, 현대문학이론 연구회 역,『현대문학이론』, 문학과 지성사, 1987.

Todorov, Tzvetan, 신동욱 옮김,『산문의 시학』, 문예출판사, 1992.

Toolan, Michael, 김병욱 · 오연희 공역,『서사론』, 형설출판사, 1995.

Uspensky, Boris, 김경수 옮김,『소설구성의 시학』, 현대소설사, 1992.

Watt, Ian, 전철민 옮김,『소설의 발생』, 열린책들, 1988, 32쪽.

Wellek, René,「문학비평의 역사적 조망」, Paul Hernadi 엮음, 최상규 옮김,『비평이란 무엇인가』, 예림기획, 1998.

Widmer, Peter, 홍준기 · 이승미 역,『욕망의 전복』, 한울아카데미, 1998.

Williams, R., 이일환 역,『이념과 문학』, 문학과 지성사, 1982.

Wolff, Janet, 이성훈 · 이현석 옮김,『예술의 사회적 생산』, 한마당, 1986.

Zima, Peter V., 서영상 · 김창주 옮김,『소설과 이데올로기』, 문예출판사, 1996.

────────, 정수철 역,『문학의 사회비평론』, 태학사, 1996.

────────, 허창운 · 김태환 옮김,『이데올로기와 이론- 비판적 인문사회과학을 위하여』, 문학과 지성사, 1996.

Zima, Pierre, 이건우 역, 『문학텍스트의 사회학을 위하여』, 문학과
지성사, 1983.

Žižek, Slavoj, 「"열정적인 집착"에서 반-동일시로」, 라깡과
현대정신분석학회 편, 『우리시대의 욕망 읽기』, 문예출판사, 1999.

─────, 김소연·유재희 옮김, 『삐딱하게 보기- 대중문화를 통한
라캉의 이해』, 시각과 언어, 1995.

─────, 주은우 옮김, 『당신의 징후를 즐겨라!: 할리우드의
정신분석』, 한나래, 1997.

Best, Steven, "Jameson, Totality and the Poststructuralist Critique",
Postmodernism/ Jameson/ Critique, ed. Douglas Kellner,
Washington D. C.: Maisonneuve Press, 1989.

Bloch, Ernst, "Nonsynchronism and the Obligation to Its Dialectics",
New German Critique, No. 11, Spring, 1977.

Booth, Wanyne, *A Rhetoric of Irony*, Chicago · London: The
University of Chicago Press, 1974.

Brooks, Peter, *Reading for the Plot: Design and Intention in
Narrative*, New York: Vintage Books, 1984.

Cawelti, John G., *Adventure, Mystery and, Romance: Formula
Stories as Art and Popular Culture*, Chicago · London: The
University of Chicago Press, 1976.

Dowling, William C., *Jameson, Althusser, Marx: An Introduction to
The Political Unconscious*, Ithaca · New York: Cornell
University Press, 1984.

Fowler, Alastrair, *Kind of Literature*, Cambridge · Mass: Harvard
University Press, 1982.

Genette, Gérard, *Narrative Discourse*, tran. Jane E. Lewin,
Ithaca · New York: *Cornell University* Press, 1980.

Gullon, Ricardo, "On Space in the Novel", *Critical Inquiry*, Autumn

1975.

Jameson, Fredric, *Marxism and Form: Twentieth Century Dialectical Theories of Literature*, Princeton: Princeton University Press, 1971.

————, *The Political Unconscious: Narrative as a Socially Symbolic Act*, New York: Cornell University Press, 1981.

————, "Third-World Literature in the Era of Multinational Capitalism", *Social Text*, vol. 1, no. 5, Fall, 1986.

Jay, Martin, "Georg Lukács and the Origins of the Western Marxist Paradigm", *Marxism and Totality*, Berkeley · Los Angeles: University of California Press, 1984.

M., Perry, "Literary Dynamic : How the order of a text creates its meaning", *Poetic Today*, fall. 1979.

Pêcheux, Michel, Nagpal trans., *Language, Semantics, Ideology*, New York: St. martin's Press, 1982.

전후소설 담론의 이데올로기와 유토피아

인쇄일 초판 1쇄 2005년 09월 05일
　　　　　2쇄 2015년 06월 23일
발행일 초판 1쇄 2005년 09월 10일
　　　　　2쇄 2015년 06월 25일

지은이 이 정 석
발행인 정 진 이
발행처 새미
등록일 2005.03.15. 제17-423호

서울시 강동구 성내동 447-11 현영빌딩 2층
Tel : 442-4623~4 Fax : 442-4625
www. kookhak.co.kr
E- mail : kookhak2001@hanmail.net
ISBN 978-89-5628-161-2 (93800)
가 격 15,000원